Gesundes Gift

Franz Kabelka

Gesundes GIFT

Roman

styria premium

Für Sibylle,
die mir den Weg nach Indien wies

PROLOG

Sie liegt zusammengekauert auf dem nackten Lehmboden.

Kein Teppich, nicht einmal ein billiger Baumwollfetzen, der der fiebrigen Haut unter dem klatschnassen Kunststoffsari als Unterlage dienen würde. Durch die unverglasten Öffnungen unterhalb des Schilfdachs dringt das fahle Licht der Abenddämmerung in den kargen Raum, jener kurzen Dämmerung, die die Bewohner nördlicherer Breitengrade immer wieder zu überraschen pflegt.

Ein niedriger Schemel, zwei löchrige Matratzen. Kein Kasten, nur ein von der Feuchtigkeit verzogenes Regal; auf dessen Bambusrohren, säuberlich geschlichtet, die wenigen Kleidungsstücke, neben den verblichenen Fotos am Bindfaden Meeras ganzer Besitz. In Schwarz-Weiß starren Vater und Mutter auf sie herab, steif und ernst. Davor, aufgefädelt nach Größe, ihre vier Geschwister und sie selbst als Fünfjährige. Niemand auf dem Bild, der lächeln, niemand, der sich für diesen gewichtigen Augenblick entspannen würde. Auch der Fotograf hat sie nicht dazu aufgefordert, hat keinen Witz gemacht, damit sich die herben Mundwinkel womöglich ein bisschen nach oben bewegten. Er kannte die Befindlichkeit dieser Menschen, was sollte er ihnen vormachen. Vermutlich würde es ohnehin das einzige Familienfoto ihres Lebens bleiben. Na schön, vielleicht noch eines anlässlich der Hochzeit des ältesten Sohns. Aber da wären kaum noch dieselben fünf am Leben. Nein, dagegen sprach alle Erfahrung, alle Statistik.

In der Ecke, wo sich der Tonkrug mit dem brackigen Wasser befindet, hat sich etwas bewegt. Sie nimmt es wahr, aber sie reagiert nicht darauf. Dabei war sie, solange sie sich gesund und stark fühlte, immer darauf bedacht, die Kontrolle darüber zu behalten, was sich auf dem Fußboden und entlang der Wände abspielte. Die Kontrolle aller drei Dimensionen. Das ist allen an ihr aufgefallen:

ihre unglaubliche Ordnungsliebe. Aditi, ihre Arbeitskollegin in der Fabrik und Zimmergenossin in Kannagi Nagar, hat öfters darüber geschmunzelt; gleichzeitig war sie über Meeras Haltung froh gewesen, kam diese ja letztlich auch ihr zugute. Armut und Sauberkeit mussten einander nicht widersprechen, davon waren sie beide als Angehörige einer der niedrigsten Kasten überzeugt. Ehe Meera ihren Sari abnahm und auf das Regal legte, pflegte sie immer zu überprüfen, ob sich keine Spinne darauf eingenistet hatte. Und ehe sie sich auf ihrem Lager niederließ, inspizierte sie den Boden darunter. Sie hasste es, nächtens auf eine Kakerlake zu treten, wie damals, als sie draußen in der freien Natur ihr Geschäft verrichten wollte. Das Krachen des gepanzerten Insekts hatte sich ihr ins Gedächtnis eingebrannt. Das wollte sie nie, nie wieder erleben.

Und jetzt hat sie es nicht einmal mehr auf ihre Matratze geschafft.

Die Schlange nähert sich ihr: langsam, lautlos, mit gelegentlichen seitlichen Ausweichmanövern, aber zielsicher und beständig. Das schwarze, fleckige Kettenmuster auf dem Rücken hebt sich trotz der zunehmenden Dunkelheit im Raum deutlich vom erdbraunen Grundton ab, und als sich Kopf und Oberkörper aufrichten, scheint der weiße, gesprenkelte Bauch beinahe von innen her zu leuchten. Luzifer: der Leibhaftige, der Lichtbringer. Wie Vater und Mutter gehört Meera der christlichen Minderheit an, das Bild des Satans als Schlange ist ihr nicht unbekannt. Aber sie ist weit davon entfernt, sich zu fürchten. Weder vor dem Kuss des verkleideten Teufels noch vor dem Biss einer echten Schlange.

Sie hat diese Art schon öfter gesehen, jeder in der Gegend würde sie erkennen. Bei der Feldarbeit stellt die Kettenviper die mit Abstand größte Gefahr dar. Einerseits wegen ihrer enormen Giftigkeit, welche die Blutzellen binnen Sekunden zu zerstören vermag und Gehirnblutungen oder akutes Nierenversagen auslöst, andererseits wegen ihrer Vorliebe, in den Wiesen und Äckern nahe den menschlichen Siedlungen nach Mäusen zu jagen. Die bekanntere Brillenschlange ist dagegen vergleichsweise harmlos, sie scheut die Nähe des Menschen. Manchmal, vor allem zwischen Juli und Dezember, wenn die aggressiven Jungvipern gehäuft auftreten, versuchen die Vorarbeiter mit Stöcken und lauten Rufen die Felder zu säubern, bevor die Arbeiter, in der Hauptsache Frauen, beginnen. Dennoch gibt es jedes Jahr etliche Tote bei der Ernte, das ist Teil des ländlichen Lebens hier, und niemand regt sich darüber auf – bei wem auch?

Nein, sie hat keine Angst, nur Schmerzen. Von der rechten Niere strahlt es in alle Richtungen aus; es, das sie zu Boden geworfen hat und ihr nicht erlaubt, die wenigen Zentimeter Höhenunterschied hinauf zum weißen Laken zu überwinden. Ihr Atem geht laut und hechelnd und dröhnt in ihr wie ein Orkan. Trotz der späten Stunde ist es noch immer stickig und heiß, aber der Schüttelfrost lässt sie zittern und sich noch fester zusammenrollen.

Wie du, denkt sie. Ich werde dir immer ähnlicher, Schlange. Schlangengott.

Sie weiß, dass sie das Gift längst in sich trägt, das ihre Organe zersetzt. Seit Wochen hatte sie gespürt, dass mit ihr etwas nicht in Ordnung war. Später kamen Sehstörungen und eine nicht enden wollende Übelkeit dazu. Nachdem sie beim Mörsern plötzlich umgefallen und minutenlang nicht mehr zu Bewusstsein gekommen war, stellte Riya, die Vorarbeiterin mit den schmalen, verbissenen Lippen, sie von der Arbeit frei. „Bis auf Weiteres", sagte sie. Aber das war nun schon viele Wochen her, und angesichts Meeras Zustands, der sich ständig verschlechterte, wäre niemand auf die Idee gekommen, sie wieder zurück in die Fabrik zu holen. Auf die Idee, nach einem Arzt zu rufen, kam allerdings auch keiner.

Stattdessen war eines Tages dieser alte Mann in der Tür gestanden und hatte sie mitgenommen. Gerade einmal hundertfünfzig Kilometer betrug die Strecke von der großen bis zur kleinen Stadt, aber die Busfahrt dauerte fast vier Stunden. Stunden, in denen sie im Mittelgang auf dem Boden kauerte und sich krümmte vor Schmerzen. Bis sie endlich mit den anderen Frauen in jener Hütte untergebracht wurde, wo sie seither lebt, ohne arbeiten zu müssen. Von den Leuten hier wird sie mit dem Wichtigsten versorgt, sogar Tabletten und Spritzen gibt man ihr, wenn die Schmerzen gar zu schlimm werden. Wann in ihrem Leben war ihr dieser Luxus gegönnt gewesen: zu leben, ohne sich dafür abschinden zu müssen?

Jetzt ist es zu hören, worauf Meera längst schon gewartet hat: das alles durchdringende Zischen, mit dem die Viper den Angriff einleitet. Den Flug der Schlange, wie man es nennt, wenn eine Kettenviper beim Zustoßen nahezu mit ihrem gesamten Körper vom Boden abhebt.

Die großen goldgelben Augen mit den senkrechten Pupillen wippen jetzt keine Armlänge von Meeras Kopf entfernt hin und her. Auch die Iris des Tiers scheint zu leuchten, zwei Lämpchen bei hereinfallender Nacht. Eigentlich bist du wunderschön, denkt sie. Trotz der fürchterlichen Krämpfe im Unterleib muss sie lächeln.

„Aber du kommst zu spät, Schlange!"

Ihr Atem trifft auf den flachen, geschuppten Schädel, dessen rundliche Nasenspitze sich nach oben wölbt und der Schlange ein Aussehen verleiht, als würde sie grinsen. Nicht böse, eher mitleidig.

„Wieso", flüstert sie, „wieso kommst du erst jetzt?"

Sie hört noch, wie die Bastbänder mit den vielen bunten Glasperlen am Türrahmen leise klingelnd geteilt werden.

Dann taucht die Welt in ein alles erlösendes Schwarz.

TEIL I

„Eine Vergiftung ist immer moralisch."
Francis Picabia, *Jesus Christus Rasta*

1

„So!“, zischte Frieda, was eigentlich *so nicht* bedeutete, *nicht mit mir*. Sie hatte die Schnauze gestrichen voll. Zog eine Zigarette aus der gelben Schachtel und stand auf, um sich zu verdrücken.

„Ich geh nur mal schnell an die frische Luft.“

An jene frische Luft, die gleich nicht mehr so frisch sein würde, weil sie sie jetzt verpesten würde. Krebs hin, vorzeitiger Tod her. Um sich und den Menschen ihrer Umgebung *erheblichen Schaden* zuzufügen. Wenigstens konnte ihr Gequalme ihrem Kind nichts anhaben. Weil sie keines hatte, haha, und auch keines erwartete. Baby, nein danke!

Wenn es noch einen anderen Grund als ihre Sucht gebraucht hätte, warum sie Leo allein in der andächtig lauschenden Menge zurückließ, hätte sie auf diesen schrägen Vogel aus dem Ländle verweisen können. Ein Vorarlberger Autor, der aus einem höchst nervigen Kriminalroman las. Nicht einmal ein verdammter Kommissar kam darin vor. Wie konnte man etwas Kriminalroman nennen, wenn darin kein Ermittler dem Verbrecher hinterherhechelte! Nur ein Bergfex, der auf über zweitausend Meter Seehöhe aufgewachsen war, konnte so etwas Geschraubtes von sich geben. *It needs a mountain to fall that low*. Ein Spruch von Lou Reed, oder doch von jemand anders? Kopfschüttelnd zog sie an der Zigarette.

Zwei weitere Literaturflüchtlinge gesellten sich zu ihr in die Kälte, packten ihre Päckchen aus, gaben einander Feuer. Die Raucherzone draußen vor der Tür: der letzte Ort für spontane Bündnisse in dieser entsolidarisierten Gesellschaft. Okay, sie stank ein bisschen, diese Zone, und man fror sich einen ab. Aber war das nicht immer so, wenn ein paar arme Schweine sich zusammenfanden? Vielleicht war ja nur dann etwas von Solidarität zu spüren, wenn es um einen herum so richtig bedrohlich war? So frostig und stinkig wie vor dem *Wien Drei* in einer Novembernacht, in der der

Winter erstmals in diesem Jahr heftig an die Tür klopfte. Der mit den matschigen Stadtstraßen.

Denn der andere, der in ihr, war schon längst ausgebrochen. In aller Härte.

Sie war heute das erste Mal hierhergekommen – Leo zuliebe. Er hatte dieses Faible für Autoren aus dem alemannischen Westen entwickelt, seit er letzten Sommer bei einer von einem Supermarkt organisierten Bodenseefahrt entdeckt zu haben glaubte, dass das Ländle *K & K* vom Feinsten zu bieten hatte: Käse und Kultur. Seither suchte er auf Brunnen- und Naschmarkt gezielt nach Bergkäse aus dem hinteren *Wauld* (so nennen die Bregenzerwälder ihre Gegend) und las neuerdings Köhlmeier und Konsorten. Und eben deshalb hatte er sie ins *Wien Drei* geschleppt. Bloß, weil irgendein Vorarlberger Schriftsteller dort las. Und sie hatte genickt und war ihm nachgetrottet wie … wie ein folgsames Schulmädchen. War das jetzt die sexuelle Hörigkeit, oder was?

Bullshit! Mit Sex und Hörigkeit hatte das zuletzt zu tun. Das war nun echt nicht ihr Thema.

Sie wünschte, es wäre es gewesen!

Wann und wodurch wird eigentlich aus dem *LAP*, dem Lebensabschnittspartner, ein biederer *Lapp* im wahrsten Sinn des Wortes? Mit dieser Frage sollte frau sich schon einmal auseinandersetzen. Und sie sollte sich vor allem fragen, wann es an der Zeit wäre, diesen Lebensabschnitt für beendet zu erklären und den Lappen aus dem Bett zu werfen. Und sei es ein sündteures Wasserbett, das er ihr anlässlich seines Einzugs in ihre Wohnung vor fast genau drei Jahren vermacht hatte.

Das Blöde war nur, dass dieser Lapp immer genau dann, wenn sie so weit war, dass sie ihm sein verdammtes Wasserbett nachschmeißen und den Wohnungsschlüssel abknöpfen wollte – endlich, endlich auch zu Hause die Taffe sein, als die man sie in der Arbeit immer hinstellte! –, dass dieser Haderlump akkurat dann eines seiner selbst gekochten viergängigen Menüs für sie hinzauberte, wie es im besten Haubenlokal nicht raffinierter zu kriegen war, mit roten Rosenblüten als Dekoration. Oder dass er sie mit einer

Massage verwöhnte, bei der sich im wohligen Rieseln die entschiedensten Trennungsgedanken von einem trennten, trennen mussten, um irgendwo in der Gegend des Steißbeins zu zerstäuben …

Nach dem Menü, nach der Massage dann das Ritual der Selbstvorwürfe: Wie konntest du nur vergessen, wie lieb er doch ist, was er alles für dich tut, wie viel Geborgenheit er dir schenkt. Zweifelsohne gab es Hunderte, ach was, Tausende alleine in dieser Stadt, die mieser waren als er. Wie egoman konnte frau eigentlich sein? Vielleicht lag es ja schlicht an ihr. Vielleicht sollte sie mal an der eigenen Fassade kratzen und, wenn möglich, noch ein bisschen tiefer. Woher rührte nur ihre wabernde Unzufriedenheit? War sie womöglich der Ausfluss aus der ständigen Beschäftigung mit den Grauslichkeiten dieser Welt *im Jammertal unseres Jobs*, wie Fillinger es neulich so treffend formuliert hatte? Und wenn du einmal über den eigenen Tellerrand schaust, nur ein bisschen, auf all die trauten Pärchen in deinem Bekanntenkreis zum Beispiel, wie sie ticken beziehungsweise eben nicht ticken! Sei ehrlich: Geht es dir da nicht vergleichsweise … ja, was genau? Super, prächtig, passabel? So lala? Wie auch immer, du gibst ihm und dir und dem, was man Beziehung nennt, halt noch eine Chance. Eine letzte oder vorletzte, was soll's. Baust dich auf an den hausbackenen Leopold'schen Komplimenten, an seinen kleinen Aufmerksamkeiten. Opferst dem lieben LAP einen weiteren Lebensabschnitt, investierst erneut – wenn auch nicht gerade rundum erneuert – in die Beziehung und hasst dich gleichzeitig dafür, dass du Ausdrücke wie *investieren* und *Beziehung* verwendest, als wären die beiden kompatibel.

Sie dämpfte die Zigarette mit der Stiefelspitze aus und stapfte zurück ins Lokal. Der Vorarlberger Autor war immer noch nicht fertig mit seiner Lesung. Nach jedem zweiten Satz starrte er irgendwen im Publikum an, vielleicht versuchte er so, die Reaktion auf seine Worte zu testen. Jetzt hatte er Frieda beim Eingang bemerkt und musterte sie mit einem strafenden Blick. Schließlich hatte sie es gewagt, sich für die Dauer einer Zigarettenlänge seiner Aura zu entziehen.

Dann las er weiter aus seinem Buch: „‚Cool, Baby!', grinst er. ‚Du musst lernen, der Realität ins Auge zu sehen.'"

Frieda wusste nicht, was mit ihr passierte. Aber plötzlich musste sie losprusten, deutlich vernehmbar bis in den hintersten Winkel. Das Publikum quittierte es mit einem entrüsteten Murmeln. Frieda konnte dennoch nicht aufhören zu lachen.

Der Schriftsteller legte langsam das aufgeschlagene Buch mit dem Umschlag nach oben auf den Tisch.

„Darf ich fragen, was Sie daran so lustig finden?“, fragte er pikiert.

„Keine Ahnung. Tut mir leid, es hat mich einfach so überkommen. Vielleicht ...“, sie hielt sich kurz die Hand vor den Mund, um nicht wieder loszuprusten, „vielleicht liegt es ja an diesem *Du musst lernen, der Realität ins Auge zu sehen*. Erinnert mich irgendwie an einen alten Humphrey-Bogart-Schinken.“

Der Autor stand auf und knipste demonstrativ die Leselampe auf dem runden Tischchen aus.

„Ich denke, wir machen hier Schluss. Ich danke Ihnen allen für Ihre Aufmerksamkeit – jedenfalls all jenen, die sie mir tatsächlich geschenkt haben.“

Beleidigte Leberwurst! Frieda zuckte mit der Schulter. Ob sie Leberwürste im Ländle überhaupt kannten? Das böse Gemurmel im Raum nahm nach dem vorzeitigen Abgang des Schriftstellers kurz an Intensität zu, für Frieda hörte es sich an wie die akustische Vorhut eines nach Lynchjustiz gierenden Mobs. Sie zog Leo vom Stuhl hoch.

„Komm, wir gehen.“

„Also, ich wollte eigentlich noch ...“

„Ich muss hier raus, Poldi – mit dir oder ohne dich!“

Er blickte einen Moment unschlüssig in Richtung Bar, wo dem frustrierten Autor gerade ein Glas Rotwein eingeschenkt wurde. Am Ende will er sich noch bei dem Xiberger für mein Verhalten entschuldigen, schoss es Frieda durch den Kopf.

Aber Leopold Laubers Grund, noch bleiben zu wollen, war ein durch und durch profaner: Er hatte sich die ganze Zeit über schon so auf das Vierterl gefreut, das ihm jetzt nicht vergönnt war. Dabei schmeckte der Zweigelt im *Wien Drei* hervorragend!

*

Danach hatte sie ihm gegenüber natürlich wieder dieses schlechte Gewissen, eh klar!

Längst hätte sie aus leidvoller Erfahrung wissen müssen, dass ihr schlechtes Gewissen niemals ein sanftes Ruhekissen hergab; schon gar nicht war es etwas, aufgrund dessen sie jemals eine Entscheidung gefällt hatte, die sie nicht sofort wieder bereut hätte. Dennoch, sie konnte auch diesmal nicht umhin, den von ihr provozierten Eklat gleich wiedergutmachen zu wollen. Eine spontane Einladung war das Einzige, was ihr auf die Schnelle einfiel.

„Weißt was, als Entschädigung kommst nächste Woche mit auf unser Symposium, okay? Ich weiß doch, wie du auf so was stehst. Mindestens fünf Stunden Philosophie am Stück. Wer, wenn nicht du, ist dafür der Richtige?"

VMV, der Vienna Medienverlag mit seinem knappen Dutzend an Zeitungen und Zeitschriften, wollte sein zwanzigjähriges Jubiläum mit einem Symposium feiern. Thema: Risken und Chancen des Unvorhersehbaren. Drei hochkarätige Referenten waren dafür angekündigt sowie eine abschließende Podiumsdiskussion, das volle Programm. God himself, im Zivilberuf Chefredakteur von *opinion* und gesegnet mit dem zu seiner Statur passenden Namen Fillinger, hatte ausdrücklich betont, dass nicht nur sämtliche Journalisten und Verlagsbedienstete eingeladen seien, sondern auch deren Angehörige, Freunde und Verwandte. Und irgendwo dazwischen war ja wohl auch Friedas knuddeliger Lapp anzusiedeln.

Leo war selig über die Einladung. Einem Privatgelehrten wie ihm, der seit Äonen *Die Zeit* abonniert hatte und diese auch las, der etliche Philosophen zu seinen persönlichen Freunden zählte und keinen öffentlichen Diskurs versäumte, konnte man damit echt Freude machen. Frieda selbst hätte auf das Brimborium gut und gerne verzichten können. Mit ihren Kollegen und Vorgesetzten musste sie nicht auch noch am freien Samstagnachmittag zusammenhocken, aber immerhin: So hatte man wenigstens zwei Fliegen mit einer Klappe geschlagen. Und dass der Veranstalter nur die besten Tröpfchen und ein erlesenes Buffet auffahren lassen würde, galt als gesichert.

*

Sie saßen in dem aus architektonischer Sicht nicht einmal üblen neuen Veranstaltungssaal im zweiten Bezirk und lauschten den einleitenden Grußadressen. Zuerst gab ein abgetakelter ORF-Reporter in seiner Funktion als Moderator den Ablauf der Veranstaltung bekannt; danach redeten, natürlich allesamt länger als vereinbart, die grüne Vizebürgermeisterin, ein launiger Vertreter der Gewerkschaft und Minister Steindlinger, der die Bedeutung des Vienna Medienverlags für die österreichische Printbranche nicht genug betonen konnte. Wahrscheinlich hofft der Gute, dadurch künftig ein wenig besser in den diversen Organen des VMV abzuschneiden, spekulierte Frieda. Wegen der leidigen Inseratenkampagne, die im Untersuchungsausschuss abgewürgt worden war, hielten sich die Ministerien derzeit ja etwas zurück mit Einschaltungen, welche die Hofberichterstattung fördern sollten.

Endlich waren die Grußadressen erledigt, und der Moderator kündigte die erste Referentin an: eine Frau DDr. Riemer aus Deutschland, die ihr Philosophie- und Sprachstudium *summa cum laude* abgeschlossen habe.

Als die blonde Dame mit ihrem Headset die Bühne betrat und sich einige Meter vom Rednerpult entfernt platzierte, um zu demonstrieren, dass sie sich nirgendwo anhalten musste, ging ein Raunen durch den Saal: Eine solch hübsche Philosophin hatte man seit der lesbischen Sappho nicht mehr in der Öffentlichkeit gesehen. Sie charakterisierte sich selbst als *praktische Philosophin,* die nicht nur ein Beratungsinstitut leite und wissenschaftlich tätig sei, sondern auch einmal pro Woche im Krankenhaus, Sparte Onkologie, arbeite. Nach Eigendefinition eine *postanalytische Dekonstruktivistin* und, wie sie zu vermitteln versuchte, eine mit unendlicher Erfahrung. Wie alt die Tussi wohl ist, fragte Frieda sich und holte den Programmzettel hervor. Aber das Alter der Referenten war darauf nicht vermerkt, nur deren wichtigste Publikationen.

DDr. Riemer sprach frei und nach allen Regeln der Kunst. Das heißt nach den Regeln der Rhetorik, die sie zweifellos beherrschte. Sie benötigte keinen Spickzettel, artikulierte klar und deutlich, ihre Stimme kippte nie und sie verstand es, mimisch zwischen ernstseriös und lächelnd-vereinnahmend zu changieren. Ihre Gesten unterstützten das Gesagte, ohne zu übertreiben, und die Pausen setzte sie geschult an der richtigen Stelle. Perfekt, ohne Frage, ein seltener Fall von femininer Selbstsicherheit und Bühnenpräsenz. Aber irgendetwas begann bei Frieda Widerstand zu erregen. Sie blickte zu Leopold hinüber, der sein allzeit bereites Notizbuch, das sie ihm letzte Weihnachten geschenkt hatte, aufgeklappt auf dem Schoß liegen hatte. Offenbar hatte er sich bisher noch kein Wort notiert und blickte unverwandt in Richtung Podium. Ob die Schönheit der Referentin ihn so ablenkte, dass er aufs Mitschreiben verzichtete? Als die doppelte Doktorin davon berichtete, ihre jeweiligen Krebspatientinnen gleich zu Beginn der gemeinsamen philosophischen *Diskurse* mit der Frage *Wofür leben Sie?* zu konfrontieren, begannen sich bei Frieda die Haare aufzustellen. Und was machst du, wenn eine deiner Patientinnen dir diese Frage zurückgibt? Oder wenn eine doppelt so alte wie du, mit dem Tod Ringende dich verzweifelt anschaut? Zuckst du dann vielleicht doch ein klein bisschen zusammen, wischst du dir die blonde Mähne dann nicht mehr ganz so kokett aus der Stirn?

Frieda verspürte den heftigen Impuls, den Saal zu verlassen. Nicht, weil ihr nach einer Zigarette zumute war, sondern aus dem Gefühl heraus, der aalglatten, geschniegelten Atmosphäre entkommen zu müssen, dieser Mischung aus Selbstinszenierung und gepflegter akademischer Zitiermanie (ein bisschen Nietzsche hier, ein bisschen Seneca da). Aber hatte sie sich nicht geschworen, dieses Mal durchzuhalten, komme, was da wolle? Um sich zu beweisen, dass sie noch gesellschaftsfähig war, und, ja vielleicht, auch ein bisschen Leo zuliebe? Sie atmete tief durch. Von Odysseus war jetzt die Rede, von der Unberechenbarkeit seiner Irrfahrt, die er auf sich genommen und trotz aller Fallen und Gefahren glücklich zu

Ende gebracht habe. Und wie erging es seinen Gefährten? Kamen sie nicht allesamt dabei ums Leben?

Als hätte die Referentin Friedas stillen Einwand gehört, erläuterte sie, dass es genau darum *nicht* gehe. Die von Skylla Verschlungenen oder vom Zyklopen Erschlagenen seien Randfiguren in diesem Mythos, im Zentrum stünde die freiwillige Annahme des jeweiligen, noch so harten Schicksals. Das, und nur das gewähre Freiheit, die Freiheit des Geistes über alle irdischen Bedingtheiten. Das Akzeptieren der eigenen Unzulänglichkeit, der existenziellen Grenzsituation gelte es jeden Tag aufs Neue zu erproben und dem Unberechenbaren, Unerwarteten unerschrocken ins Auge zu sehen. Sich, um im Bild zu bleiben, dem fürchterlichen Blick des Zyklopen auszusetzen, nur um ihm bei der ersten sich bietenden Gelegenheit mutig den Pfahl ins Auge zu rammen. Auch wenn diese Odyssee zehn Jahre dauern möge oder länger. Und so weiter, und so fort …

Nachdem die schöne Philosophin unter tosendem Applaus die Bühne verlassen hatte, folgte das Referat eines schon leicht ergrauten, aber umso arrivierteren Kriegsberichterstatters, der Frieda sofort an Bernd Lussnig erinnerte. Er erging sich in zahlreichen Anekdoten über die Unwägbarkeiten in arabischen und afrikanischen Kriegsgebieten und betonte, keineswegs aus selbstzerstörerischen Tendenzen heraus immer wieder solch lebensfeindliche Schauplätze aufzusuchen. Warum dann, das sagte er nicht. Nach der dritten Geschichte, in der der edle Held wieder nur um Haaresbreite einem Anschlag oder einer Entführung entkommen war, schaltete Frieda innerlich ab.

Von welchen verdammten *Risken und Chancen* war da eigentlich die Rede? Welche Präpotenz brauchte es, nach der glücklichen Heimkehr ins sichere Mitteleuropa vom Umgang der Kriegsopfer mit ihren Ängsten und Nöten zu schwafeln? War das nicht auch das Dilemma aller Promiberichterstatter: dass sie den eigenen Standpunkt, die eigene Wahrnehmung mit jener der direkt Betroffenen gleichsetzten? Dass sie ihr eigenes Davongekommensein mit anekdotengewürzten Referaten zu entschuldigen suchten? Es konnte einem übel werden davon, speiübel!

Wissend, dass sie soeben wieder einmal im Begriff war, einen Schwur zu brechen, erhob sie sich von ihrem Sitz und bat Leo, sie hinauszulassen.

„Ich muss nur schnell mal wohin."

Aber sie kehrte nicht zurück. Schnappte sich stattdessen im Foyer, wo die Kellner bereits damit beschäftigt waren, das Buffet aufzubauen, ohne zu fragen, ein Glas Weißwein und flüchtete damit hinaus in den begrünten Innenhof. Hier würde sie warten, bis der dritte Vortrag, in dem eine Klimaforscherin über die Grenzen der Wissenschaft sprechen sollte, vorbei war. Bei Leo würde sie sich halt für ihre abermalige Desertion entschuldigen müssen. Vielleicht würde er sie dafür mit dem traurigsten Hundeblick bestrafen, zu dem er fähig war. Seis drum. Diese bescheuerten Referate hatten mit ihr so viel zu tun wie … wie die mythischen Sirenen mit jenen neuzeitlichen, die samstags zu Mittag heulten! Das musste sie sich nun wirklich nicht länger geben.

Sie fragte sich, von welchen Risken und Chancen die Rede sein müsste, dass es mit ihr etwas zu tun hätte. Dass auch sie, Frieda Prohaska, sich daran aufbauen könnte. Flaute. Einöde. Kahlschlag. Das waren die Bilder, die ihr einfielen, wenn es ums Eingemachte ging. Um die nüchterne, die ernüchternde Zwischenbilanz, die frau mit knapp achtunddreißig zu ziehen hatte.

Die einzig interessante Story der letzten Jahre war ihr vor fast vier Monaten entzogen worden. Unmittelbar nach Bernds Unfall. Weil man ihr nicht zutraute, in seine Fußstapfen treten zu können. Weil man ihr keine Chance geben wollte, die Sache alleine durchzuziehen. Und vielleicht hatten sie sogar recht gehabt damit.

Vielleicht kannten Fillinger und Glenk sie ja besser als sie sich selbst …

Jedenfalls musste sie sich seit Juli mit lächerlichen Brosamen über Wasser halten. Mit Aufträgen, die weder finanziell noch journalistisch gesehen etwas hergaben. Und den Wechsel zu einem anderen Magazin konnte sie auch vergessen. Sämtliche Bewerbungen waren ein Flop gewesen, meist hatte man sie nicht einmal zu einem persönlichen Gespräch eingeladen. Die Printbranche lag darnieder, so sah es aus. Da konnte Minister Steindlinger daherquatschen, was er wollte.

Sie hockte unter einer Linde, deren Blätter allesamt abgefallen waren, und schlotete still vor sich hin. Es war föhnig, untypisch für einen Novembertag in Wien, sie schätzte die Temperatur auf knapp zwanzig Grad. Aus dem Vortragssaal drang kein Laut, und die hohen Mauern des Innenhofs schirmten den Verkehrslärm fast hundertprozentig ab.

Dennoch hatte sie plötzlich dieses Rauschen in den Ohren.

Auf einen Schlag, ohne jegliche Ankündigung, wie es nun einmal so seine Art war, schlug der alte Tinnitus wieder zu.

*

Sie steht am offenen Grab, umgeben von wenigen Verwandten und Bekannten. Es ist ein Sommertag, es ist heiß. Sie lässt die weiße Rose auf den mit Weihwasser vollgespritzten Sargdeckel fallen. Ein Fallen in Zeitlupe, in Superzeitlupe, bei der alle Geräusche sich verzerren. Das Gemurmel des Pfarrers, der sich trotz allem bereit erklärt hat, ein Begräbnis zu zelebrieren, zu einem Gequietsche entstellt, beendet erst durch eine einzige, entsetzliche Detonation: Die Rose hat eingeschlagen. Hat sich in den massiven Deckel mit dem schlichten Holzkreuz gebohrt und verwandelt sich jetzt, geführt von Geisterhand, in eine Dornenkrone.

Eine Detonation, die es gar nicht geben kann, geben darf.

Und die dennoch einen Tinnitus auslöst, der sie in alle Ewigkeit begleiten wird.

Betäubt klappt sie den Sarg auf, betrachtet das Gesicht der Mutter mit den weit aufgerissenen Augen, mit den schrecklich bleichen Lippen, die vergeblich ein letztes Wort zu formulieren versuchen: Frieda.

Klagend, flehend, im höchsten Diskant: Friiie-da, Friiie-da …

Hör auf, bitte hör endlich auf! Vergib uns unsere Schuld, Mama, vergib wenigstens mir!

Ja, ich hätte dich öfter besuchen müssen, dich nicht so alleine lassen dürfen. Hätte wissen müssen, wie dir zumute ist, nach all den Jahren ohne Mann, ohne Wärme. Du und ich, wir sitzen im selben Boot, hast du mehr als einmal gesagt. Aber ich habe dich nicht verstanden, habe deine Hilferufe nicht gehört. Du hast geschrien, wenn du schweigend in deinem Lehnstuhl gehockt bist, wenn du mich so müde angeschaut hast. Nicht anklagend, nur unendlich müde.

Das Schnitzelmesser, es ist neben dir in der Wanne gelegen.

Ein solides, altes Küchenmesser mit zwei Messingschrauben im Griff. Du hast dafür gesorgt, dass es immer gut geschliffen war. Das zäheste Hammelfleisch hat sich anstandslos damit zerlegen lassen, mit dem Schleifstein hast du umgehen können wie keine sonst. Das kommt davon, wenn man mit der Sense in der Hand auf die Welt gekommen ist – deine Worte! Früher hast du die Wiese hinterm Haus noch selbst gemäht. Alle paar Minuten hast du den grauen, speckigen Schleifstein hervorgezogen und das Sensenblatt damit nachgeschärft. Das Messer war ein Teil der Mitgift, ja, der halbe Hausrat wurde einem nachgeschmissen bei der Hochzeit dazumal, nicht irgendwelche teuren Reisegutscheine wie heutzutage. Deine Eltern haben es bei einem der letzten Messerschmiede in Zwettl anfertigen lassen. Weißt du noch, wie du mir das stolz erzählt hast?

„Echte Qualitätsware“, hast du gesagt: „So etwas geht nie kaputt.“

Und das ist sie auch nicht, obwohl die Klinge schon ganz schmal und dünn war vom vielen Schleifen, wie bei einem richtigen Fleischermesser. Wie viele Schnitzel du damit wohl geschnitten hast? Keines für Papa jedenfalls. Der war nach meiner Geburt schneller weg, als du schauen konntest.

Ich weiß nur eins: Ich werde nie mehr ein Schnitzel essen können, Mama. Mein Lebtag nicht! Denn das Schnitzelmesser habe *ich* gefunden, finden müssen, das hast du gut arrangiert. Ein altes Schnitzelmesser unter deinem weißen, aufgeschwemmten Körper. Die Pulsadern glatt durchtrennt. Zwei saubere Schnitte. Kein Pfusch.

Weil zu pfuschen, das ist dir zeitlebens gegen den Strich gegangen, Mama.

E-Mail-Verkehr mit Thomas Mitterer, Wien

Von: fpro@gmx.at
Gesendet: Mittwoch, 20. Juni 2012 17:47
An: t.mitterer@ecology.at
Betreff: deine fachliche Meinung

Lieber Thomas,

ich habe mich lange nicht mehr bei dir gemeldet, entschuldige! Aber wenn das auch nach einer Ausrede klingen mag: Mir ist es wirklich nicht so gut gegangen in letzter Zeit. Wenigstens hab ich jetzt beruflich etwas Spannendes am Laufen, was auch der Grund für dieses Mail ist.
Ich hätte ein paar fachliche Fragen zu klären, die du als erfahrener Chemiker mir vermutlich aus dem Stand beantworten könntest. Sofern es deine Zeit am Ökologieinstitut erlaubt, würde ich mich gerne mit dir treffen, um ein kleines Interview zu machen. Ich wäre dir sehr dankbar, wenn du mir einen Termin geben könntest. Gerne komme ich auch zu dir an deine Arbeitsstelle, damit du keine Freizeit opfern musst. Es eilt allerdings ziemlich, wenn ich das so direkt sagen darf, denn ich stecke bereits mitten in den Recherchen.
Nur so viel dazu: Es geht um Kritik an ayurvedischen Praktiken. Soweit ich weiß, bist du mit dem Thema vertraut, immerhin hast du zwei Jahre lang in Kalkutta gearbeitet. Konkret würde mich deine fachliche Meinung zu einer amerikanischen Studie interessieren, die ich dir ebenso beilege wie eine aktuelle Zurückweisung dieser Studie durch indische Ärzte. Vielleicht findest du Zeit, dir beides vor unserem Gespräch anzuschauen.

Auf eine baldige Antwort freut sich
deine alte Studienkollegin
Frieda Prohaska

Von: t.mitterer@ecology.at
Gesendet: Freitag, 22. Juni 2012 11:03
An: fpro@gmx.at
Betreff: Re: deine fachliche Meinung

Liebe Frieda,

ich hab geschwind einmal in deine Unterlagen hineingeschaut und rede natürlich gerne mit dir darüber, auch wenn ich schon viele Jahre nicht mehr in dieser Sparte tätig bin. Andererseits: Die Grundprinzipien vergisst man wohl nie.
Ich bin derzeit noch in Berlin, ab nächsten Mittwoch aber wieder in Wien. Während der Zugfahrt werde ich mir das Material noch genauer zu Gemüte führen. Ruf mich einfach ab Donnerstag an, dann machen wir uns einen Termin aus, einverstanden?

Herzlich dein
Thomas

Transkript: Interview mit Dr. Thomas Mitterer, Ökologieinstitut, 29. 6. 2012

FP: Danke, Thomas, dass du dir für dieses Gespräch Zeit genommen hast. Es geht, wie gesagt, um deine Einschätzung jener Studie, die Dr. Richard Piper von der Boston University gemacht hat und die unlängst im *Journal of the American Medical Association* publiziert wurde. Die Studie kam zum Ergebnis, dass vierzig Prozent der im Internet verkauften ayurvedischen Produkte, welche unter *Rasa shastra* laufen, massive Überschreitungen der Grenzwerte bei Quecksilber, Blei und Arsen aufweisen. Diverse Ayurvedaverbände in den USA und Europa haben auf die Ergebnisse von Pipers Studie reagiert und die Aussagekraft dieser Untersuchungen bestritten. Meine erste Frage an dich: Wie schätzt du das Ganze ein?

TM: Okay, zuerst einmal einige Anmerkungen zur Studie selbst. Was ich für problematisch halte, ist, dass da immer von soundso viel Mikrogramm Schwermetall pro Kilo die Rede ist. Es wird nicht unterschieden, ob es sich um Schwermetalle in löslicher oder nicht löslicher Form handelt. Genau das macht in der Praxis aber den Unterschied zwischen gefährlich und ungefährlich aus.

Weiters stört mich die ständige Bezugnahme auf den sogenannten Durchschnittsmenschen. Ich habe diese Kategorie noch nie verstanden. Wo sind etwa Kinder oder Alte und Schwache anzusiedeln? Aber man kann den Studienverfassern natürlich zugutehalten, dass ihr Untersuchungsgegenstand nicht die Erfassung der gesundheitlichen Effekte am Patienten war, wie bei einer klinischen Studie, sondern nur die Bestimmung des Schwermetallgehalts in verschiedenen Produkten.

FP: Und wie siehst du die kategorische Ablehnung dieser Studienergebnisse durch die Ayurvedacommunity? Sie lehnt den chemisch-analytischen Zugang ja prinzipiell ab.

TM: Nun, das ist eine sehr komplexe Geschichte. Erst einmal muss ich bekennen, dass sich meine Einstellung zur westlichen Naturwissenschaft im Verlauf der letzten Jahre einigermaßen geändert hat. Das klingt aus dem Mund eines Chemikers vielleicht eigenartig, aber ich bin überzeugt, dass es Dinge jenseits unseres Horizonts gibt. Dinge, die wir mit unseren evidenzbasierten physikali-

schen oder chemischen Methoden alleine nicht in den Griff bekommen. Denk nur an die Homöopathie. Es ist doch hochinteressant, dass sie bei uns immer stärker angenommen wird – gerade von den höheren Bildungsschichten.
Für mich kommt da eben ein wichtiger Aspekt ins Spiel, und der lautet Systembetrachtung. Die klassische Chemie, so wie du und ich sie gelernt haben, beruht ja darauf, dass man die Dinge erst in ihre Einzelteile zerlegt und dann wieder zusammenbaut. In den letzten Jahren ist man aber dazu übergegangen, die Systemwirkung mitzuberücksichtigen. Um es einfach zu sagen: Ein und dieselbe pflanzliche Substanz kann isoliert oder im Verbund mit anderen sehr unterschiedliche Wirkungen haben.
FP: Entschuldige, aber es geht hier ja nicht um Pflanzen – es geht um Schwermetalle wie Quecksilber, Blei, Arsen oder Kadmium!
TM: Ich weiß, ich weiß. Aber wie ich schon sagte, man kann nicht einmal davon ausgehen, dass Schwermetalle in jedem Fall negative Auswirkungen haben. Wie du weißt, ist beispielsweise Quecksilber in purem Zustand geschluckt überhaupt nicht gefährlich – der Körper scheidet es einfach wieder aus. Oder denk an das Quecksilberamalgam, das sich vielleicht auch als Füllung in deinen Zähnen befindet. Andere Hg-Verbindungen sind hingegen hochgiftig. Und natürlich macht die Dosis viel aus, ebenso wie die Frage Lang- oder Kurzzeiteinnahme. Eine bestimmte Substanz ein einziges Mal in großer Konzentration eingenommen kann zum Beispiel weitaus stärker wirken als eine häufige Einnahme in niedriger Konzentration oder umgekehrt. Dazu kommt noch die Konstitutionsfrage: Medikamente werden ja in der Regel von kranken Menschen eingenommen und treffen deshalb auf einen geschwächten Organismus, der völlig anders reagieren kann wie ein gesunder. Alle diese Aspekte spielen eine nicht unbedeutende Rolle – und deshalb ist eben die isolierte Betrachtung einer Substanz nicht zielführend.
FP: Genau so argumentieren auch die Vertreter des Ayurveda. Aber geht es letztlich nicht darum, ob sich die chemische Struktur, etwa von Quecksilber, durch eine ayurvedische Zubereitungsprozedur grundsätzlich ändern kann oder nicht? Ob das, was im Ayurveda unter Shodana verstanden wird, wissenschaftlich betrachtet überhaupt möglich ist: nämlich die Reinigung der Metalle von sämtlichen toxischen Nebenwirkungen? Kannst du dir das vorstellen?

TM: Ob ich mir das vorstellen kann? Ach Gott, wir wissen spätestens seit der Quantenphysik, dass es Dinge gibt, die uns Normalsterblichen schwer verständlich sind. Stichwort Informationsübertragung. Außerdem reden wir hier ja von einem Systemwechsel. Und ich denke, dass es generell schwierig bis unmöglich ist, mit den Methoden der einen Wissenschaft eine andere zu bewerten.
FP: Okay, lass uns einen Schritt zurück machen. Der Grund, warum im Rasa-shastra-Verfahren pflanzliche Stoffe mit Schwermetallen vermengt werden, ist ja, dass dadurch die Heilkraft und Haltbarkeit der Präparate erhöht werden soll. Es geht also, wohlgemerkt, nicht um zufällige Verunreinigungen, etwa durch Düngemittel, mit denen die Pflanzen in Kontakt kommen, sondern um eine bewusste Beimengung von Quecksilber oder Blei gemäß einer jahrtausendealten Tradition, niedergeschrieben in den ayurvedischen Rezepturen. Verstehe ich dich richtig: Du hältst eine solch wundersame Verwandlung eines giftigen Schwermetalls in ein heilsames Medikament für grundsätzlich möglich? Von der Beantwortung dieser Frage hängt immerhin ab, ob es angezeigt ist, schwermetallhaltige Produkte zu verbieten oder in unseren Apotheken zuzulassen.
TM: Wir bewegen uns im Kreis. Ich kenne mich bei Ayurveda doch viel zu wenig aus, um deine Frage eindeutig beantworten zu können.
FP: Aber du musst doch als Chemiker sagen können, ob eine Eliminierung der toxischen Eigenschaften von Schwermetallen durch Kalzinierung et cetera grundsätzlich denkbar ist?
TM: Meine Antwort darauf ist ein klares Jein. Als Chemiker müsste ich natürlich sagen, dass das nicht geht. Aber wie eben dargelegt, bin ich nicht mehr davon überzeugt, dass unsere Vorstellung von Chemie das alleinig Seligmachende ist. Ich maße mir auch nicht an, Zugänge jenseits der westlichen Chemie zu beurteilen.
FP: Aber Thomas ...
TM: Nein, warte, ich versuche es mit einem simplen Beispiel zu verdeutlichen. Wir wissen doch, dass Chinesen Kuhmilch schlecht vertragen. Nun, heute lässt sich das natürlich leicht erklären – ihnen fehlt einfach ein Enzym, um die Milch zu verdauen. Aber vor zweihundert Jahren hat kein Mensch den Grund gekannt. Und selbst wenn eine Gesellschaft grundsätzlich über ein komplexes Wissen wie die Quantenphysik verfügt, heißt das noch lange nicht,

dass damit viele etwas anfangen können. Das sollte uns doch zu denken geben, nicht wahr, und vorsichtiger sein lassen bei der Beurteilung fremder Systeme!
FP: Du lässt diese Frage also offen?
TM: Exakt. Sollen die sich damit beschäftigen, die beide Systeme gleich gut kennen. Ich zähle nicht dazu.
Was mich bedeutend mehr interessiert, ist die Frage: Was steckt dahinter, dass so viele westliche Menschen heute ihr Heil in etwas komplett Fremdem, Andersartigem suchen? Wieso kommt es bei uns überhaupt zu einem Ayurvedaboom? Ist eine solche, in einer anderen Kultur gewachsene Medizin überhaupt auf uns übertragbar? Ich meine, das ist ja schon bei einfachen Dingen so, dass sie an unterschiedlichen Orten unterschiedlich wirken. Wenn du eine Flasche des Weins, der dir im Urlaub so phantastisch geschmeckt hat, zu Hause aufmachst, fragst du dich vielleicht, was du da bloß für einen Fusel gekauft hast. Dabei hat sich der Wein nicht geändert – bloß das kulturelle Umfeld, in dem er getrunken wird, ist ein anderes.
FP: Manche halten diese Tradition der Mischung von Schwermetallen und pflanzlichen Substanzen für einen von der modernen Chemie längst überwundenen alchemistischen Irrglauben. Und sie fragen sich, wie diese Schwermetalle, wenn sie denn in angeblich ungefährlicher, nicht löslicher Form vorliegen, überhaupt eine Wirkung geschweige denn eine heilende haben sollen.
TM: Weil es nach ayurvedischer Meinung eben nicht um die stoffliche Wirkung, sondern um eine andere Art von Informationsübertragung geht. Ähnlich wie in der Homöopathie.
FP: Aber wie bitte stellt sich ein Chemiker vor, dass Informationen übertragen werden, die nicht an Moleküle gebunden sind?
TM: Ich tu mir persönlich schon schwer, den Welle-Teilchen-Dualismus zu verstehen, und der ist ja auch schwer verständlich in den makroskopischen Kategorien, in denen wir gelernt haben zu denken. Bezüglich der Frage, ob es absolute Wahrheiten gibt oder nur kulturell determinierte, tendiere ich mittlerweile eher zu Letzterem. Ich stelle fest, dass in anderen Kulturen seit Jahrtausenden andere Wege als bei uns beschritten werden und die Menschen dort offenbar auch nicht kränker sind.
FP: Aber ist ein solcher Relativismus nicht problematisch? Wenn etwa die Food and Drug Administration in den USA Obergrenzen

bei Schwermetallen festlegt, tut sie das wohl deshalb, weil sie Menschen damit schützen will. Egal, welchen kulturellen Hintergrund sie haben.
TM: Genauso kannst du fragen, welche Interessen dahinterstehen, dass es punkto Schwermetalle alleine in den USA vier unterschiedliche Grenzwerte gibt.
FP: Die aber allesamt, wie Pipers Studie belegt, bei Quecksilber, Blei und Arsen um das Tausendfache überschritten werden. Umso überraschender, dass in den USA nicht mehr Vergiftungsfälle bekannt sind als die etwa siebzig, von denen derzeit ausgegangen wird. Und aus Indien, wo Ayurveda ja einen viel höheren Stellenwert hat, sind noch weniger Fälle bekannt.
TM: Na, das überrascht mich jetzt nicht sonderlich. Es gibt auch eine große Dunkelziffer nicht erfasster Morde, weil einfach viele Opfer nie als solche erkannt werden. Opfer von Giftanschlägen zum Beispiel. Nicht jeder Tote wird gerichtsmedizinisch untersucht.
FP: Abgesehen von den Gefahren für jene, die diese zweifelhaften Substanzen schlucken: Denkst du nicht auch, dass insbesondere die Arbeiterinnen und Arbeiter, die bei der Herstellung schwermetallhaltiger Präparate eingesetzt werden, besonders gefährdet sind?
TM: Na klar, schon wegen der anfallenden Dämpfe. Und nach meiner Erfahrung mit indischen Betrieben kümmert sich dort selten jemand um den Schutz der Belegschaft. Warum verlagern westliche Pharmaunternehmen ihre Produktion in solche Schwellenländer? Weil, abgesehen von den lächerlichen Löhnen, dort auch die staatlichen Auflagen und Sicherheitsstandards niedriger sind, was wiederum Kosten senkt.
FP: Abschließende Frage: Worauf würdest du besonders achten, wenn du so einen Produktionsbetrieb zu kontrollieren hättest?
TM: Zuerst einmal müsste klar sein, mit welchen chemischen Verbindungen in dem betreffenden Betrieb hantiert wird. Erst danach kann man sich mit den nötigen Schutzmaßnahmen beschäftigen und überprüfen, ob es für alle, die mit gefährlichen Substanzen in Berührung kommen, eine entsprechende Arbeitskleidung oder Atemschutzmasken gibt, die auch tatsächlich verwendet werden bzw. funktionieren. All das ist nämlich keineswegs selbstverständlich.

Ein simples Beispiel: Auch in Indien gilt längst die Helmpflicht für Motorradfahrer. Im Alltag wirst du aber feststellen, dass die meisten den Helm lieber am Handgelenk als auf dem Kopf tragen. Das bloße Vorhandensein einer Schutzkleidung in einer chemischen Produktionsstätte sagt also noch gar nichts über deren Verwendung aus. Vielleicht gilt es ja einfach als uncool, sich in einen Schutzanzug zu zwängen, weil der die Haartracht ruiniert? Es gibt tausend Gründe, warum die Sicherheit am Arbeitsplatz nicht ernst genommen wird – vor allem, wenn, wie in Indien, das Leben des Einzelnen weniger wert ist als der mögliche Profit für ein Unternehmen. Darauf würde ich also bei einer Inspektion vor allem achten: auf den Unterschied zwischen Theorie und Praxis.
FP: Thomas, ich danke dir für das Gespräch.

2

Ajith Nair lehnte sich zufrieden zurück in den dicken Polster und streckte die Beine aus. Er verspürte nicht den geringsten Jetlag, und das Essen in dem von einem Nepalesen geführten Restaurant, von dem aus sich ihm ein schöner Blick auf den Charles River bot, hatte hervorragend gemundet. Von den vegetarischen Momos in Tomatensauce hatte er sogar noch eine Portion nachbestellt.

Sein Gegenüber war da weitaus weniger entspannt. Kein Wunder, dachte er. Sein Besuch war R. S. Murugan schließlich erst einen Tag vor Ajiths Abflug angekündigt worden, und in dem Telefonat waren nur einige wenige Eckdaten genannt worden: Wann genau Ajith am Flughafen Boston abzuholen sei, dass *der ältere Bruder* ausdrücklich eine persönliche Abholung wünsche und dass Ajith *angemessen*, also in einem ordentlichen Hotel, aber unter falschem Namen, unterzubringen sei. Mehr nicht. Murugan hatte immer nur *yes* und *of course* gemurmelt. Dabei hatte er vermutlich an nichts anderes denken können als an die wenig erfreuliche Perspektive, wegen des überraschenden Besuchs aus Chennai alle möglichen Termine schleunigst absagen zu müssen. Ohne Wenn und Aber. Egal, wie wichtig sie auch sein mochten.

Während des dreigängigen Menüs hatten sie nur belangloses Zeug geplaudert. Wie es den Eltern gehe, was die Kinder so trieben (Ajith hatte keine, weshalb sich das Thema rasch erledigt hatte) und wie hoch der Benzinpreis in Indien respektive in den USA derzeit sei, die übliche Palette eben. Wenn Murugan sich auch rechtschaffen bemühte, Interesse an der momentanen Situation in seiner ehemaligen Heimat zu bekunden, entging Ajiths geschärften Sinnen nicht, wie hektisch die Blicke des Brokers waren, wie fahrig seine Bewegungen. Ständig nickend und lächelnd vermied er tunlichst die eine, die einzig interessante Frage: jene nach Ajiths Auftrag. Das hätte schon beim Besuch eines nahestehenden Freundes als unhöflich gegolten; wie viel mehr galt das erst für ihre Beziehung. Die gar keine war, in der engeren Bedeutung des Wortes. Oder konnte man es als eine Art indirekter Verwandtschaft bezeichnen, wenn der ältere Bruder über ihnen beiden als überdimensionaler Scheinwerfer strahlte, als Fixstern am Firmament? Ein Stern, der alles sah und über allem wachte. Immerzu präsent, doch von den Menschen erst wahrzunehmen, wenn die Dunkelheit hereinbricht.

Nachdem der Besitzer des Lokals höchstpersönlich den Kaffee serviert hatte, fand Ajith es an der Zeit, zum geschäftlichen Teil überzugehen.

„Ich soll dir von unserem älteren Bruder die besten Grüße ausrichten. Wie man hört, läuft bei dir geschäftlich ja alles äußerst zufriedenstellend."

Wie man hört ... Es konnte nicht schaden, von Anfang an klarzustellen, wer die Kontrolle innehatte. Egal, wie weit die amerikanische von der indischen Ostküste entfernt war.

In Murugans Gesicht zuckte ein kleiner Muskel. Ganz kurz nur, aber Ajith registrierte es mit Wohlgefallen.

„Ich bedanke mich", sagte der andere. Es klang, als machte seine Stimme dabei einen tiefen Bückling. „Und was die Geschäfte angeht, bin ich in der Tat sehr zufrieden."

„Ja", bestätigte Ajith mit einem Blick auf Murugans Anzug. Der dunkle Stoff schimmerte dezent und saß wie angegossen. So etwas gab es nicht von der Stange. „Unser älterer Bruder sorgt für uns wie ein wahrer Vater. Das sollten wir nie vergessen."

Murugan nickte, vielleicht nicht ganz so enthusiastisch, wie man es sich hätte erwarten dürfen. Schließlich wusste Ajith nur zu genau, was bzw. wer den dunkelhäutigen Tamilen in die Lage versetzt hatte, so hoch auf der gesellschaftlichen Leiter zu klettern, dass er es sich leisten konnte, von seinem Arbeitsplatz an der Wall Street zurück zu seinem feudalen Häuschen im besten Bostoner Viertel zu fliegen, wann immer ihm danach war. Businessclass natürlich.

Ajith hatte noch nie ein derart teures Tuch auf der Haut gespürt, aber er beneidete den anderen nicht darum. Er machte sich nichts aus Statussymbolen. Zog es sogar vor, schlicht und möglichst locker gekleidet seiner Arbeit nachzugehen. Wenn er, wie momentan, selbst einen Anzug trug, dann nur deshalb, weil das in gewissen Situationen einfach unvermeidlich war. Weil man nicht auffallen durfte, sich anzupassen hatte wie ein Chamäleon. Das war in seiner Branche eines der ungeschriebenen Gesetze. Wobei diese die einzig wichtigen waren, davon konnte er ein Lied singen.

„Es geht um eine große Sache", sagte er unvermittelt, „eine, die unserem älteren Bruder äußerst wichtig ist. Dein Anteil dabei ist einfach und klar umrissen: Du hast nur Informationen zu beschaffen und ein bisschen Material, das ich nicht im Flugzeug mitbringen konnte. Aber unter keinen Umständen darf jemand etwas von unseren Aktivitäten erfahren. Unter gar keinen Umständen. Ansonsten …"

Mit der Handkante fuhr er von rechts nach links über seine Kehle. Es ging so schnell, dass kein Gast im *Nepalese Corner* es bemerkte. Außer der eine, für den die Botschaft bestimmt war.

Ajith nippte an seinem Kaffee und musterte Murugan über den Rand der Tasse hinweg. Freundlich, aber deutlich länger als üblich. *Unnötig lange* wäre dennoch der falsche Ausdruck gewesen. Schließlich war eine solche Verzögerung der normalen Zeitabläufe mitunter das wirksamste Mittel, um Kontrolle auszuüben. Ich könnte darüber ein richtig dickes Buch schreiben, dachte er, eines, das strotzt vor Alltagserfahrung. Vor angewandter Psychologie. Von beidem hatte Ajith Nair sich mit seinen eben mal neunundzwanzig Jahren zweifellos schon jede Menge angeeignet.

Der Blick über die Kaffeetasse zeigte ihm, dass die Botschaft angekommen war. Das Blut war aus dem Gesicht des Brokers gewichen. Zu Hause in Indien strebte ein jeder nach einem möglichst blassen Teint – je heller, desto besser stand man damit da in der gesellschaftlichen Hierarchie. Manche ließen sich sogar mit Chemie behandeln, um ihre Haut ein klein bisschen aufzuhellen. Aber damit hatte das plötzliche Weiß im Gesicht R. S. Murugans nichts zu tun.

„Selbstverständlich“, flüsterte er. Dann versuchte er sich an einem Lächeln. „Meine Lippen sind versiegelt. Was immer unser älterer Bruder wünscht, es wird geschehen.“

Nun lächelte auch Ajith. Eine Sekunde lang hegte er so etwas wie Mitgefühl für den anderen. Saßen sie nicht beide im selben Boot, wurden sie nicht vom selben Licht bestrahlt? Murugan, der erfolgreiche Börsenspekulant, und er, der nicht weniger erfolgreiche *Agent*, wie er sich selbst bezeichnete – stammten sie nicht aus derselben Gosse, auch wenn die seine in Kerala lag und jene Murugans in Tamil Nadu? Nein, verwarf er brüsk den Anflug von Sentimentalität, Gefühle waren schädlich, waren gefährlich in seinem Gewerbe. Es galt sich ihrer schnellstmöglich zu entledigen, wann immer sie einen zu überwältigen drohten, gemeinsame Hautfarbe und Herkunft hin oder her! Nur die Treue zählte, und die war weit mehr als ein Gefühl: Sie war eine Grundbedingung, die einzige Konstante in Ajiths Leben. Ohne sie war man nichts, höchstens Scheiße auf Beton.

Unfruchtbar wie Scheiße auf Beton.

Es war der Lieblingsspruch seines Vaters gewesen. Wie oft er ihn wohl in seinem Leben wiederholt hatte? Und ob er ihn auch auf den Lippen führte, ein letztes Mal, als er das Undenkbare beging? Als er sich umbrachte, wie so viele verarmte Bauern damals, wegen der einen Missernte zu viel. Wegen der Wucherzinsen, die er nicht mehr zurückzahlen konnte. Wegen der Schande, die eigene Familie nicht mehr ernähren, die Ausbildung des Sohnes an der Privatschule in Trivandrum nicht mehr finanzieren zu können. Die katholische Schule, an der er, der Hindujunge aus ärmlichen Verhältnissen, erstmals frei zu atmen gelernt hatte, wo er den Geist einer anderen Welt einsog wie frische Meeresluft. Sie lasen sogar ausländische Bücher und lernten dreimal so viel wie an der staatlichen Schule, die fast alle anderen aus seinem Dorf besuchten, die danach nicht einmal ordentlich Hindi sprechen konnten. Vor allem Englisch liebte er. „Nur wenn ihr Englisch beherrscht, könnt ihr in diesem Land etwas werden“ – das war ihnen von seinem Lieblingslehrer, der in den Vereinigten Staaten studiert hatte, immer wieder eingetrichtert worden. Seiner Ansicht nach hatte Ajith großes Talent, und Ajith setzte alles daran, den amerikanischen Akzent seines Lehrers zu kopieren. So drückte er seine Dankbarkeit und Zuneigung aus. Es fehlte ihm nur noch ein Jahr, ein lächerliches Jahr. Den Abschluss hätte er, der fleißige Schüler, problemlos geschafft. Mit einem guten Zeugnis wären auch lukrative Posten außerhalb seines Dorfes für ihn in Reichweite gerückt. Möglichst weit weg von zu Hause, wo es nur die Alternative gab, sich als Bauer oder als Fischer zu Tode zu schinden.

Aber Vater hatte es vorgezogen, eines Morgens in den Verschlag hinter ihrer Hütte zu gehen, wo sie das Zeug lagerten, das in weißen Säcken darauf wartete, auf die Felder ausgebracht zu werden, und eine Handvoll davon zu schlucken. So erfüllte das Pestizid am Ende doch noch seinen einzigen Zweck: zu töten. Wenn auch auf den Feldern nicht einmal mehr das gedieh, was man damit hätte vertilgen müssen. Was sonst sind wir als Unkraut, hatte Vater an seinem letzten Tag gemurmelt.

Sie hatten nicht verstanden, was er damit sagen wollte.

Und weil Vater nicht der erste und nicht der letzte Bauer gewesen war in diesem Jahr, als der Monsun das dritte Mal hintereinander ausblieb, der Gift schluckte oder sich an einem Baum erhängte, wurde eine Kommission eingerichtet. Eine *fact-finding delegation*, die herausfinden sollte, was wohl schuld sei an der Häufung von Selbstmorden in der Landbevölkerung. Und als die Kommission herausfand, dass nichts Ungewöhnliches herauszufinden war, dass es ebenso viele unterschiedliche Gründe wie Todesfälle gab, speiste man die Familien der Selbstmörder gnadenhalber, oder weil gerade Wahlen anstanden, bei denen man jede Stimme benötigte, mit jeweils drei *lakh* Rupien ab, dreihunderttausend Rupien also für jeden toten Vater und Alleinverdiener. Wenn die so Beschenkten dann ihre Schulden an die Gläubiger zurückgezahlt hatten, welche für die Kredite zwischen fünfundzwanzig und sechzig Prozent nahmen, blieb so gut wie nichts übrig. Jedenfalls nichts, mit dem man das letzte Schuljahr für den einzigen Sohn hätte berappen können.

In der allgemeinen Verzweiflung, als Mutter Grund und Boden für einen lächerlichen Betrag verkaufen musste und man die Heirat der Schwester, mitgiftlos, wie sie war, wieder absagte, tauchte *er* auf. Er, *der ältere Bruder* mit dem langen weißen Bart, wie man ihn in Kerala selten zu Gesicht bekam. Ein Mann, der sich um sie kümmerte und ihn, den Halbwüchsigen, mitnahm, hinüber in die große Stadt, die einmal Madras geheißen hatte. Ein älterer Bruder, der ihn wie ein wahrer Maharadscha in seinem weißen steinernen Haus aufnahm, als wäre er, der unwürdige Sohn eines Selbstmörders, sein eigen Fleisch und Blut. Der ihm Arbeit und Essen gab und ihn für seine Dienste sogar noch bezahlte, wodurch Ajith in die Lage versetzt wurde, seinen Teil dazu beizutragen, dass Mutter und Schwester nicht länger betteln mussten und wieder ein Dach über dem Kopf bekamen. All das dank eines bärtigen Fremden, der sich aus Kastengrenzen nichts machte. Der wie ein wahrer Vater an ihm handelte, bis zum heutigen Tag.

Nicht wie jener, der die Seinen alleine zurückließ.

Ihm, dem älteren Bruder, als der er sich ansprechen ließ, ihm allein galt seither Ajiths ganze Hingebung. Seine Treue. Bis in den Tod.

Nicht umsonst trug er diesen Namen: Ajith. *Der, der nicht zu besiegen ist*. Und war er nicht ein Nair, ein Abkömmling der alten Kriegerkaste? Wenn auch die Nairs ihre hohe Stellung längst verloren hatten – ihr Erbe trug er im Blut.

Vor allem aber war er ein Profi. Und ein Profi wusste nie, welchen Auftrag er als Nächstes erhielt.

Wen er als Nächsten zu eliminieren hatte.

3

Gegen zehn trudelte sie am Frühstückstisch ein. Versuchte, das Lächeln von Rosa Tauner, der älteren der beiden Tauner-Schwestern, zu erwidern, die in einem blauen Dirndl am anderen Ende der Eckbank bereitstand, um ihre Frühstückswünsche aufzunehmen. Aber Frieda wusste, dass das mit dem fröhlichen Morgenlächeln ein sinnloses Unterfangen war. Ein einziger Blick in den Badezimmerspiegel hatte ihr vermittelt, wie schrecklich sie aussah. Wie mitgenommen, verbraucht. Mit solch einer Visage ließ sich beim besten Willen kein gewinnender Gesichtsausdruck generieren. Umso aufgeräumter war dafür die Hausherrin.

„Kaffee oder Tee, Fräulein Prohaska? Wir haben ganz frische Kipferl für Sie, mit Bauernbutter und unserer hausgemachten Heidelbeermarmelade dazu schmecken s' am besten. Oder möchten S' lieber ein weiches Ei? Sie können natürlich auch gern beides haben. Bei uns kriegen S' ja noch echte Eier, mit einer g'sunden Farb. Nicht wie ein Chines, dem schlecht worden ist …"

Rosa Tauner kicherte über ihr Sprüchlein, das sie vermutlich schon zig Pensionsgästen erzählt hatte. Frieda lächelte mühsam zurück. Sie konnte mit dem Vergleich durchaus etwas anfangen, fühlte sie sich doch selbst wie besagter Chinese. Ihr Kopf dröhnte und im Bauch rumorte es, irgendetwas hatte sich da in den Schlingen ihrer Därme ganz gewaltig verheddert. Zweifellos hatte sie letzte Nacht ein weiteres Kapitel in ihrem privaten *Rum Diary* geschrieben. Im Tagebuch der großen Betäubung, wie sie es bei sich nannte. Eine Betäubung, die nun schon eine ganze Weile andauerte. Und die kurzen klaren Phasen wurden immer kürzer. Immer seltener.

Vor drei Jahren hatte es begonnen, während der paar abgefahrenen Wochen auf Kuba. Nein, natürlich hatte es nicht erst vor drei Jahren begonnen, aber in Havanna hatte sich die Betäubung materialisiert. Verschleiert, behübscht mit viel Tanz, viel Musik, kaschiert im Partytrubel, wo alle gesoffen hatten. *Bacilón* hieß das Zauberwort, abfeiern, was das Zeug hielt. Tanzend ins Delirium. Und zwar, das war das Edle daran, mit dem Sanktus von ganz oben. *God himself* war auf die Idee gekommen. Fillinger hatte gerade Grasl als Chefredakteur abgelöst, und vielleicht war seine geplante Verjüngungskur für *opinion* mit ein Grund dafür gewesen, dass er und nicht Glenk den Job erhalten hatte. Jedenfalls hatte Fillinger eine neue Serie ins Leben gerufen: *Die rote Szene in Lateinamerika*. Ein Signal an die dahinschmelzende jüngere Leserschaft, also an Studenten und alle links der SPÖ Angesiedelten, die einmal die wichtigste Zielgruppe gewesen waren – damals, als auf dem Cover noch knallrot *wochenzeitschrift für politik und kultur* stand und das Magazin auf Recyclingpapier produziert wurde. Mittlerweile fuhr *opinion* auf derselben Hochglanzschiene wie die Mitbewerber. Wie auch immer, Frieda sollte über die Musik- und Tanzszene Havannas berichten, sogar einen eigenen Fotografen hatte man ihr mitgegeben. Sie klapperten sämtliche In-Lokale vom Malecón bis hinaus zu den Playas del Este ab und vertieften sich in das grelle Ambiente. Der Havana Club, Nachfahre von Bacardi, leistete gute Dienste beim Vertiefen, über Nacht wurde der Rum zu ihrem Hauptnahrungsmittel. *Un trago, y un otro, y uno más …* Brannte nicht so in der Kehle wie Slibowitz oder Korn, aber die Wirkung war gleich stark. Eigentlich paradox, dachte sie, die Stärke dieses Zuckerbrands besteht darin, dich weichzumachen, zu entspannen. Dich einzulullen, würde Leo eher sagen. Und er hatte es auch gesagt, später, oft genug. Natürlich nicht bei ihrer ersten Begegnung. Da hatte er ja selbst noch mitgemacht. Er, der ungelenke Intellektuelle, hatte leicht angetrunken seine Gliedmaßen geradezu orgiastisch verrenkt, sich *rumbatisiert*, wie sie es scherzhaft nannten, wenn man im Tanz eins wurde mit den fetzigen Rhythmen der Bongos und Congas, mit den präzise gesetzten Riffs der Blechfraktion, alles kam, ohne Umweg über den Kopf, aus dem Bauch, aus der Hüfte heraus, zentriert noch im heftigsten Gewippe, in sich ruhend trotz Lärm und Hitze und Feuchtigkeit. *Sudando, bailando …*

So hatte sie Leo kennengelernt: mit kreisendem Becken, mit kreisender Rumflasche. Sogar geraucht hatte er in jener Nacht: eine Cohiba, fett, aber oho. Er, der passionierte Nichtraucher, mit der besten Zigarre der Welt. Bis ihm so schlecht davon wurde, dass er für eine halbe Stunde auf dem Klo verschwand. Als er zurückkam, hatte sie schon mehr als eine halbe Flasche intus.

„Sorry, ich bin es halt nicht gewöhnt."

Ja, er war es wirklich nicht gewöhnt und zeigte auch nicht die geringste Neigung, es sich irgendwann einmal anzugewöhnen. Weder das Rauchen noch das Saufen. Ausnahmen bestätigten bei ihm tatsächlich die Regel, so einfach war das für einen wie ihn. Zur Feier eines singulären Events, okay, aber immer im Bewusstsein: *Gift bleibt Gift bleibt Gift* … Es veränderte, verwandelte sich nicht schleichend, wie bei ihr, in den großen Tröster, den großen Betäuber, den *old demon alcohol. Drowning my sorrows in whisky and gin. So let's all drink to the death of a clown* …

Die guten alten Kinks hatten schon davor gewarnt, sogar die Stones, wer hatte es nicht. Nur echte Suchtler konnten sich zu dem Thema gediegen äußern und glaubhaft warnen. Aber ab einem gewissen Punkt verpuffen wundersamerweise alle Warnungen, werden zu milde belächelten Phrasen. Oder du registrierst sie nicht einmal mehr. Selbst wenn in fetten Lettern auf jeder Zigarettenpackung zu lesen ist, was dir bevorsteht – vorzeitiges Altern der Haut, Lungenkrebs, ein früher Tod … Irgendwann liest sich das wie die gesetzlich vorgeschriebenen Produktangaben auf einem Tetrapak mit Gemüsesaft: Deckt den Tagesbedarf an Kalzium und Magnesium. Enthält soundso viel Milligramm Vitamin B oder E 312 oder was auch immer. Es ist einem kein Achselzucken mehr wert. Und schon gar kein Innehalten.

Un trago. Ein Schluck. Ein einziges Stamperl. Damals hatte sie noch nicht gewusst, dass *trago* auch Trunksucht heißen kann.

Letzte Nacht hatte sie wieder zu viel von ihrem Weichmacher geschluckt. Hatte es genossen, wie der fesche Stehgeiger sich nach seinem Auftritt um sie kümmerte. Wieder einmal hatte sich alles weich und warm angefühlt, trotz der harten Holzbänke, auf denen sie hockten. Was eindeutig dem hochprozentigen Inländerrum zu verdanken war. Dass der nicht nur von Inländern geschätzt wurde, hatten schon vor Jahren die Schweden und Norweger bewiesen. Seinetwegen machten sie auf ihrer Urlaubsfahrt in den europäischen Süden extra einen Abstecher nach Österreich. Sechzig bis achtzig Prozent Alkohol, das konnte man bis vor Kurzem in ganz Skandinavien nicht auftreiben. Dank des Spirituosenschmuggels aus den baltischen Staaten war der österreichische Inländerrum aber heute kein Thema mehr für die süchtigen Nordmänner.

Sie wusste, dass sie dem Zeug verfallen war. Längst gab sie sich nicht mehr mit Bier oder Wein ab. Dabei hatten sie in den Zelten und bei den Ständen auf dem Festivalgelände einen tadellosen Riesling und einen noch besseren Veltliner zu bieten, gut gekühlt und mit einem pfeffrigen Abgang, der sogar Leo geschmeckt hätte. Aber mit dem Wein dauerte es entschieden zu lange, auf Touren zu kommen, und speziell den Weißen hatte sie auch nie so richtig vertragen. Nicht das Quantum, das sie benötigte, um denselben Effekt einzufahren wie mit dem hochprozentigen braunen Saft. Es soll Bier- und Weintypen geben – vielleicht war sie ja ein Rumtyp? Immerhin, sie steckte die Auswirkungen des Gesöffs überraschend gut weg. Zumindest die körperlichen.

Love me tender. Das stand eingraviert auf dem Flachmann, den sie letztes Jahr auf dem Naschmarkt gekauft und seither immer dabeihatte, versteckt im inneren Reißverschlussfach ihrer Handtasche. Es fiel ihr nicht schwer, ein Schwarzteeglas unbemerkt mit Rum aufzufüllen, sobald der Pegel unter eine gewisse Marke fiel. Trotz des wohligen Gefühls und obwohl der Fiedler ein netter Kerl war, der ihr nach dem Konzert sicher auch gerne privat aufgegeigt hätte, war es nicht zu mehr gekommen als zu ein bisschen Grapschen. Er hatte sie hinauf zur *Pension Nachtruh* begleiten dürfen, ein schnelles Busserl auf die Wange, ein kurzes Handgemenge, als er ihr die Bluse öffnen wollte, dann war sie in ihr Zimmer gestolpert und betäubt ins Bett gefallen.

Zum Glück hatte ihr Leo letzte Weihnachten diesen Wecker geschenkt, der sie aus jedem Koma holte. Nur dank der digitalen

Sirene hatte sie den Termin mit Lotte Prinz nicht verpennt. Dabei hatte sie das Arbeitsfrühstück in weiser Voraussicht erst für zehn Uhr anberaumt.

„Passt das überhaupt noch so spät?“, hatte sie Martha, die jüngere der Tauner-Schwestern, gefragt, die auch schon mindestens siebzig Jahre auf dem Buckel haben musste. Martha hatte übrigens wirklich einen ausgeprägten Buckel und stieg reichlich krumm daher. Das Leben hart an der Grenze zu Tschechien war kein Honiglecken.

„Aber natürlich passt das, Fräulein Prohaska!“, hatte Martha Tauner versichert, „bei uns gibt es keine Essenszeiten wie in den Hotels. Wir sind jederzeit für unsere Gäst’ da.“

Den beiden Damen verzieh Frieda nahezu alles. Auch, dass sie von ihnen nach all den Jahren noch mit *Fräulein* angeredet wurde. Seit sie 2007 auf die Pension gestoßen war, hatte sie sich keine andere Bleibe mehr gesucht, wenn sie Anfang Juli alljährlich zum Schrammelklangfestival nach Litschau kam, zurückkehrte in ihre alte Waldviertler Heimat. Rosa und Martha hatten diese drei L zu bieten, die sie auszeichneten unter allen Weibern, wie es in der Bibel hieß, vor allem unter allen Pensionsbesitzerinnen: Sie waren liebenswürdig bis zum Gehtnichtmehr, locker im Umgang und – ledig. Alte Fräuleins, wie sie selber von sich sagten, und wenn auch äußerlich gezeichnet durch Falten, gichtige Hände und verkrümmte Rücken, waren sie doch niemals grantig oder gar schrullig wie manche ihrer Schicksalsgenossinnen. Nichts weniger als bewundernswert, wie Frieda fand. Deshalb quartierte sie sich auch jedes Jahr wieder in der *Pension Nachtruh* ein. Der günstige Preis für das saubere Einzelzimmer – kleiner Erker und Blick auf den Herrensee inklusive – war auch kein Nachteil.

Penzdorf, ihr Penzdorf, hatte sie trotz der Nähe zu Litschau nie mehr besucht. Nicht hart wie Kruppstahl, nein, hart wie P, so sagte man bei ihnen zu Hause und meinte das eigene Dorf damit. Was auch passte, denn die meisten Penzdorfer waren hart im Nehmen und noch härter im Austeilen, beinhart bis in die Weichteile hinein. Seit Mutter tot und das Elternhaus verkauft war, hatte sie es vermieden, diesen Boden zu betreten, wo sie immerhin das Licht der Welt erblickt hatte. Aber es war zu wenig Licht in dieser Welt gewesen, viel zu wenig, und der eisige böhmische Wind war durch den dicksten Lodenjanker gepfiffen bis hinein ins Herz. Ja, Penzdorf und Prohaska – das waren zwei P, die einfach nicht zusammenpassten. Aber sie erinnerte sich noch an jeden Baum dort, an jeden einzelnen Findling. Von denen gab es auch genug in der Gegend, in dieser Hinsicht waren die Penzdorfer wirklich steinreich. Eingeklemmt zwischen drei Hügeln lag das Dorf da, mit seinen granitenen Kobel- und Wackelsteinen in den moorigen Wiesen und Kornfeldern, die den Bauern die Bewirtschaftung erschwerten. Jene gewaltigen Felsbrocken, die seit dem Rückzug der Gletscher hier herumlagen, wenn nicht, wie ein Mythos besagte, noch viel länger, nämlich seit der Teufel höchstpersönlich in einem Tobsuchtsanfall gegen Gott und die Welt mit ihnen um sich geworfen hatte.

Ihre Abneigung gegen Penzdorf hatte zum Glück nicht auf andere Waldviertler Kaffs abgefärbt, und Litschau war ihr von allen das liebste. Dieses Mal war Frieda in der einmaligen Situation, das Angenehme mit dem Nützlichen verbinden zu können, indem sie den Besuch des Schrammelklangfestivals mit Recherchen und Interviews zu ihrem neuen Projekt kombinierte. Nun ja, so ganz als *ihr* Projekt durfte sie es wohl nicht bezeichnen, wenn sie ehrlich sein wollte. Sie spielte schließlich nur eine Nebenrolle. Denn während sie in der nördlichsten Gemeinde Österreichs hockte, durfte sich Kollege Lussnig mit den internationalen Dimensionen des Themas befassen und in Indien herumkurven. Die klassische Arbeitsteilung eben, was Männlein und Weiblein betraf, da war die sonst so furchtbar progressive Redaktion von *opinion* um keinen Deut besser als konservative Blätter. Wobei sie sich in diesem Fall nicht einmal darüber beschwerte. Eine Auslandsreise, das war im Moment so ziemlich das Letzte, was sie anstrebte.

*

Lotte Prinz sah nicht gut aus, ganz und gar nicht. Ihr Gesicht wirkte aufgeschwemmt, und obwohl sie sich Mühe gegeben hatte, trotz der sommerlichen Wärme Hals und Dekolleté mit einem Seidentuch zu verhüllen, konnte man dort, wo das Tuch verrutscht war, scharlachrote Stellen erkennen.

„Schön, dass Sie kommen konnten", begrüßte Frieda sie und streckte ihre Rechte aus.

Die Frau hatte ihrem Händedruck nichts entgegenzusetzen, auch sonst wirkte sie völlig kraftlos. Eine schwere Depression, lautete Friedas schnelle Diagnose. Aber vielleicht würde ja eine jede so aussehen, die dieselbe Leidensgeschichte durchlitten hatte.

„Weiß eh nicht, ob es eine gute Idee war, mich mit Ihnen zu treffen", sagte Lotte Prinz, nahm dann aber doch auf der Eckbank Platz. Frieda schob ihr ein frisches Gedeck hinüber.

„Darf ich Sie zu einem Brunch einladen? Hier gibt es wirklich sehr leckere Kipferl."

„Danke, aber ich hab schon gefrühstückt, um fünf. Ich steh ja praktisch jeden Tag so früh auf. Wenn man nicht schlafen kann vor lauter Jucken ..."

Als müsste sie das Gesagte noch bestätigen, kratzte sie sich ausgiebig am Hals und an den Handgelenken. Erst jetzt bemerkte Frieda den Ausschlag an beiden Unterarmen. Man durfte davon ausgehen, dass auch die verhüllten Partien ihres Körpers ähnlich aussahen.

„Wenn es Ihnen recht ist, möchte ich unser Gespräch aufnehmen", sagte Frieda und griff nach ihrem Voicerekorder. „Natürlich würde ich das Aufgezeichnete nur anonymisiert verwenden."

Lotte Prinz sprang auf und rammte dabei mit dem Knie das dicke Holz des Tischunterbaus.

„Auf keinen Fall", rief sie mit schmerzverzerrtem Gesicht, „davon war nie die Rede!"

„In Ordnung, kein Problem, Frau Prinz. Es hätte mir nur erspart, mir schriftliche Notizen zu machen. Aber es ist wirklich kein Problem."

Sie schob das Aufnahmegerät hinüber, um zu demonstrieren, dass sie nicht daran dachte, im Geheimen mitzuschneiden.

Rosa Tauner steckte die Nase zur Tür herein und fragte, ob sie etwas bringen dürfe.

„Nur einen Kamillentee, bitte", sagte Lotte Prinz.

„Bitte sehr, bitte gleich", sagte Rosa und verschwand wieder.

„Könnten Sie mir eingangs vielleicht erzählen, wieso Sie diese Klinik überhaupt aufgesucht haben? Bis jetzt weiß ich ja nur, dass Sie seither ziemliche Probleme haben …"

Friedas Stimme klang mitfühlend. Sie hatte von Lotte Prinz' Leiden durch Emma erfahren und sofort telefonisch Kontakt zu der Litschauerin aufgenommen. Nachdem Dr. Weinzierl, der Chef der Ayurvedaklinik in Adang, Friedas Bitte um ein Interview und eine Besichtigung der Klinik brüsk abgelehnt und sie faktisch hinausgeschmissen hatte, waren Gespräche mit Betroffenen in den Mittelpunkt ihrer Arbeit gerückt.

Lotte Prinz erklärte, dass ihr Freunde die Klinik empfohlen hätten.

„Schauen Sie, ich habe schon alles probiert, was die Schulmedizin einem bei rheumatoider Arthritis verordnet. Und das sind ziemliche Hämmer, wie Sie sich vorstellen können: *Rheutrop retard* zum Beispiel oder *Methotrexat*, das die Immunabwehr unterbinden soll. Aber die Nebenwirkungen sind bei mir meist stärker gewesen als die versprochene Wirkung. Sogar eine Kältekur hab ich schon ausprobiert, aber die hat nur kurzfristig geholfen. Das Schlimme ist, dass ich immer wieder solche Schübe kriege. Dann schwellen alle Gelenke an und ich kann keinen Finger mehr rühren ohne Schmerzen." Sie stöhnte, als überkäme sie gerade wieder ein Schub.

„Und dann haben Sie sich gedacht: Probier ich halt einmal was anderes. Etwas ohne diese ganzen Nebenwirkungen."

„Genau. Also hab ich mich in Adang für eine Kur angemeldet."

„Teuer?"

„Natürlich. Fast dreitausend Euro, für gerade einmal zehn Tage. Und die Krankenkasse zahlt keinen Cent dazu! Aber mir war schon alles wurscht. Hauptsache, es hilft, hab ich mir gedacht, und mein Mann ist losgezogen und hat unsere letzten Spareinlagen abgehoben. Mein Kurtl unterstützt mich ja, wo es nur geht."

Frieda nickte so empathisch sie nur konnte.

„Und dann sind Sie also auf Kur gegangen?"

„Nein, zuerst musste ich daheim noch eine Entgiftung durchführen."

„Eine Entgiftung?"

„Na ja, eine sogenannte Grundreinigung. Da gab's eine Woche lang nichts als Reisschleim und Ghee zu futtern. Wissen Sie eh, was Ghee ist?"

Natürlich wusste Frieda das. Als Gold des Ayurveda bezeichneten wahre Fans die durch langsames Kochen von Butter gewonnene Substanz, der man eine wundersame Wirkung nachsagte.

„Als ich in die Klinik kam, hat Dr. Weinzierl gleich eine Pulsdiagnose durchgeführt, um meine energetischen Blockaden festzustellen. Dann hat er mir ein Loch in den Bauch gefragt, und nach einer halben Stunde stand fest, dass ich ein reinrassiger Pitta-Typ bin. Das kommt eher selten vor, hat er gemeint, die meisten sind eine Mischform. Na ja, und dann hat er mir halt meinen Ernährungs- und Behandlungsplan aufgeschrieben. Am nächsten Morgen ging es dann los mit den Therapien und Massagen."

Der zarte Ansatz eines Lächelns umspielte ihre Lippen.

„Es ist ja schon witzig, was man da für Leute trifft."

„Nämlich?"

„Wir waren nicht viele, nur elf Leute insgesamt. Aber irgendwie kam ich mir vor wie in einer anderen Welt. In zwei anderen Welten, genau genommen. Die einen waren so … wie soll ich sagen … so verlorene Hippies, denen du schon angesehen hast, dass sie irgendwie überdrüber sind. Die anderen waren eher betuchte Herrschaften. Geschäftsleute und Intellektuelle." Sie betonte *Intellektuelle*, als würde sie ein garstiges Wort verwenden. „Jedenfalls bin ich mir vorgekommen wie die einzige Normale. Wenn Sie wissen, was ich meine."

„Natürlich", bestärkte Frieda sie und nickte kräftig. Jetzt, wo Lotte Prinz in Fahrt gekommen war, wollte sie ihren Redefluss nicht unterbrechen.

„Zuerst hat mir die Kur auch rundum getaugt", erklärte Lotte,

„allein schon das Fasten hat meine Beschwerden gemildert, und erst recht diese Massagen mit Kräutern und Öl. Aber am dritten Tag hab ich einen Ausschlag bekommen. Erst im Gesicht und dann am ganzen Körper. Es hat höllisch gejuckt. Ich bin natürlich gleich zu Dr. Weinzierl und habe ihm gezeigt, wie ich ausschaue. Und was glauben Sie, hat er gesagt?"

„Keine Ahnung."

„‚Gratuliere!', hat er gesagt. ‚Ich gratuliere Ihnen, offensichtlich hat der Ausleitungsprozess bereits begonnen.' ‚Aber ich halte das nicht aus, Herr Doktor', habe ich gejammert, ‚Sie müssen mir was verschreiben!' ‚Das ist das Ama', hat er gesagt, ‚die Schlacken. Die arbeiten sich jetzt heraus. Weil Sie halt so viele Medikamente geschluckt haben während der letzten Jahre. Da müssen wir jetzt einfach durch, Frau Prinz.' *Wir* ist gut, hab ich mir gedacht, aber probierst es halt noch einen Tag lang. In der Nacht hab ich kein Auge zugetan, und am nächsten Tag ist das Jucken so arg geworden, dass ich keine Massage mehr ausgehalten habe. Dabei hat die Therapeutin eh schon von sich aus die Kräuterbehandlung abgesetzt, als sie gesehen hat, wie ich ausgeschaut hab. Also bin ich wieder zum Doktor gepilgert. Diesmal hat er mir doch ein Rezept ausgestellt: *Fenistil* ist draufgestanden. In der Apotheke hat mich die Apothekerin gleich gefragt: ‚Kommen S' aus der Klinik?' ‚Ja', sag ich, ‚wieso?' ‚Na, da sind S' nicht die Erste, die mit so einem Ausschlag zu uns kommt', sagt sie. ‚Aber ich bezweifle, dass es Ihnen helfen wird. Probieren S' lieber das.' Und sie gibt mir stattdessen ein homöopathisches Mittel, den Namen hab ich vergessen. ‚Werden S' sehen, das hilft', hat Sie mir versichert, ‚ich hab es schon vielen Klienten aus der Klinik gegeben.' Ich hab mich furchtbar gefreut und brav die Globuli geschluckt, aber der Juckreiz ist um keinen Deut besser geworden. Ich wollte ja wirklich da durch, das können Sie mir glauben, weil's doch wichtig ist, wegen der Ausleitung und so. Aber am Ende waren meine Arme und Beine total zerkratzt, und wenn mich nur einer angegriffen hat, hab ich laut geschrien. Da hab ich meinen Kurtl angerufen und gesagt: ‚Kurtl, bitte komm und hol mich ab, sonst fahr ich noch aus der Haut.'

Und das war keine bloße Redensart in dem Moment, das können S' mir glauben! Ich hab so geflennt am Telefon, dass der Kurtl alles stehen und liegen gelassen hat und gleich ins Auto gestiegen ist. Wir sind dann nach St. Pölten hinunter ins Krankenhaus, und dort haben sie mich erst einmal ordentlich zusammengeschissen. Wie könne man nur so dumm sein und sich bei meinem Krankheitsbild das ganze Glumpert auf die Haut schmieren lassen, hat der junge Arzt in der Ambulanz gemeint. Das würde ja schon bei Gesunden oft allergische Reaktionen auslösen, weil unsereins diese Öle und Kräuter halt einfach nicht gewöhnt sei. Gar nicht zu reden davon, dass die Zusammensetzung von dem Zeug oft nicht geklärt sei und dass es in den Herkunftsländern keine Standards dafür gäbe, die eingehalten werden müssen. Das pure Gift halt. ‚Aber der Dr. Weinzierl ist doch auch Arzt', hab ich mich verteidigt, ‚ein Arzt wird mir doch nichts Schlechtes verschreiben!' Da hat der junge Mann nur die Augenbrauen nach oben gezogen und mir Cortison verschrieben. Schon nach einem Tag war der Ausschlag weg, komplett. Gott sei Dank, kann ich nur sagen. Sie können mir glauben: Ich war knapp davor, mir was anzutun!"

Lotte Prinz hatte sich richtig in Rage geredet und musste jetzt erst einmal gehörig durchschnaufen. Vorsichtig schlürfend nahm sie einen Schluck von dem Kamillentee, den ihr Rosa gerade mit einem aufmunternden Lächeln serviert hatte.

„Und … und haben Sie mit der Klinik noch einmal Kontakt aufgenommen?", fragte Frieda in die Stille hinein.

„Ja, zwei Wochen später. Weil der Kurtl gemeint hat, dass wir uns das nicht gefallen lassen dürfen. Also hab ich mich hingesetzt und dem Dr. Weinzierl einen Brief geschrieben. Ganz höflich hab ich ihn gebeten, dass er mir einen Teil der Kurkosten erlassen soll, weil ich doch die Kur vorzeitig abbrechen musste, und wegen der Schmerzen."

„Und die Antwort?"

Lotte Prinz zuckte frustriert mit der Schulter und zog ein Kuvert aus ihrer Handtasche.

„Da, lesen Sie selbst."

Frieda überflog das Schreiben mit dem geschlungenen MAA als Briefkopf, dem Logo der *Maharishi Ayurvedaklinik Adang*. „Ihrem Wunsch kann leider nicht entsprochen werden", hieß es da, und in der Begründung war zweimal von der „Selbstverantwortung des Patienten" die Rede. Außerdem habe Frau Prinz durch ihre Unterschrift zur Kenntnis genommen, „dass ein positiver Effekt der Kur nur dann gewährleistet ist, wenn alle ärztlich verschriebenen Anwendungen die gesamte Kurdauer über konsumiert werden". Dem habe sich Frau Prinz durch ihren Abbruch der Kur nun ja leider entzogen.

„Könnte ich davon eine Kopie haben?", fragte Frieda.

„Wozu?"

„Vielleicht kann ich das in meinem Artikel verwenden."

Lotte Prinz zögerte einen Augenblick.

„Nein", sagte sie dann mit Bestimmtheit. „Es ist jetzt zwei Jahre her, was soll das noch groß bringen. Ich möchte mir keine Schwierigkeiten einhandeln. Und außerdem: Sie sehen ja selbst, wie ich beieinander bin, obwohl ich seither wieder die alten Hämmer schlucke. Oder gerade deshalb? Vielleicht war es ja doch meine Schuld. Wenn ich den Ausleitungsprozess nur durchgestanden hätte …"

Frieda seufzte. Dieses Muster kannte sie zur Genüge, Lotte Prinz war nicht die erste Geschädigte aus Weinzierls famoser Klinik, die sie interviewte. Am Ende gaben sich die ausschließlich weiblichen Opfer auch noch selbst die Schuld an ihrer Misere. Bisher war keine bereit gewesen, gegen die Klinik rechtliche Schritte zu setzen oder ihr, der Journalistin, hieb- und stichfestes Material zu überlassen. Von wegen Selbstverantwortung des Patienten! Aber so, wie sie selbst Dr. Gottfried Weinzierl erlebt hatte, konnte sich Frieda auch bestens vorstellen, dass er gegenüber schlichten Gemütern eine Autoritätsperson ersten Ranges darstellte. So einem pinkelte frau nicht ans Bein. Lieber igelte sie sich ein und nahm alle Verantwortung auf sich.

„Danke für das Hintergrundgespräch", sagte Frieda zu Lotte Prinz, die bereits aufgestanden war und nach ihrer Jacke griff.

„Ich verspreche Ihnen, dass ich alles, was Sie mir erzählt haben, nur anonymisiert verwenden werde. Und sollten Sie Ihre Meinung noch ändern, was die Unterlagen betrifft, können Sie mich jederzeit anrufen."

Das leidende, geschwollene Gesicht von Frau Prinz verriet ihr, dass sie sich diesbezüglich keine Hoffnung zu machen brauchte.

4

„Die Welt ist alles, was der Fall ist, hat uns der gute alte Wittgenstein vor jetzt bald hundert Jahren verkündet. Er hat nicht vorhersehen können, dass dank der unablässig anbrandenden Esoterikwellen unser Begriff von der Welt mittlerweile recht ordentlich erweitert worden ist, nicht wahr?"

Es sollte zynisch klingen, aber irgendwie schienen alle Argumente an Emma abzuprallen. Die alte Schulfreundin hatte Frieda schon im Vorjahr das Versprechen abgenommen, bei ihrem nächsten Besuch in der alten Heimat unbedingt einmal in ihrer „Hütte" vorbeizuschauen. Diese erwies sich als stattlicher Vierkanthof außerhalb der Stadt, den Emma und ihr Mann, ein bekannter Architekt, günstig gekauft und modernisiert hatten. Die ehemalige Stube, ausgestattet mit einer Oberlichte aus Milchglas, diente Emma als Grafikbüro, nicht weniger als drei große Apple-Computer prangten auf den weiß lackierten Schreibtischen. Bei der Führung durchs Haus waren Frieda seltsame Apparaturen an den Wasserhähnen aufgefallen. Emma hatte ihr erklärt, dass es sich um Wasserbelebungsgeräte nach Johann Grander handelte, was prompt zu einer heißen Diskussion über Glauben und Wissen geführt hatte. Mittlerweile waren sie bei der Komplementärmedizin angelangt. Dem Thema, das Frieda derzeit am meisten beschäftigte.

Sie hockten einander im Schneidersitz gegenüber, wie in alten Zeiten. Nur dass die ehemals übliche Unterlage, irgendein billiges Baumwolltuch, durch eine reich bestickte Brokatdecke mit einem breiten goldenen Saum ersetzt worden war, zweifellos ein Mitbringsel Emmas von einer ihrer zahlreichen Asienreisen. Der frisch zubereitete Jasmintee duftete, das Teelicht flackerte in einer mit Elefantenmustern durchbrochenen steinernen Kugel und erzeugte bizarre Lichtmuster im abgedunkelten Raum.

Aber Frieda hatte keinen Sinn für das exotische Ambiente. Sie diskutierten nun schon eine halbe Stunde, und Frieda spürte, dass ihr die alte Freundin immer fremder wurde, je länger das Gespräch dauerte.

„Das Zeug wäre doch früher in Medizinerkreisen nicht einmal satisfaktionsfähig gewesen, Emma! Heute findest du die nach wissenschaftlichen Erkenntnissen nullwertigen Salze eines Dr. Schüßler in jeder Apotheke, und schon der zwölfjährige Karli fragt, wenn die Mama ihn losschickt, um *Ferrum phosphoricum* zu holen, ob er die Globuli in D6 oder D12 bringen soll."

„Und was regst du dich darüber auf?" Emma gluckerte fröhlich. „Du musst dir das Zeug ja nicht einwerfen. Niemand zwingt dich dazu."

Frieda sah einer Riesenmotte nach, die von ihrer Nachtschwärmerei im Zimmer zurückgeblieben war und an der Innenseite des Fensters in einem letzten hoffnungslosen Taumel rauf- und runterflatterte. War er nicht richtig, der Einwand der Freundin? Weshalb regte sie sich so auf? Sie versuchte, es Emma gleichzutun und ebenso kerzengerade zu sitzen, aber ihre Hüften waren an die Position nicht mehr gewöhnt. Der Tee schmeckte ihr nicht, und Kaffee gab es keinen. „Sorry, das ist schon seit Jahren ein koffeinfreier Haushalt", lautete Emmas Entschuldigung. Immerhin half das Nippen an dem lauwarmen Gesöff beim Konzentrieren.

Wie lange trieb das Thema sie nun schon um? War es wirklich nur die Serie, für die sie seit Wochen recherchierte, oder steckte etwas Grundsätzlicheres dahinter? Eine Irritation, eine grundsätzliche Verstörung darüber, dass nichts mehr seine Ordnung hatte und jede Mess- und Wägbarkeit den Bach runterging? Wünschte sie sich, naiv wie ein kleines Mäderl, gar den allwissenden Herrn Doktor zurück, das Abbild des lieben Gottes auf Erden, der einem mit seiner bloßen sonoren Stimme helfen konnte?

Aber was war denn so anders bei den sogenannten Heilern jedweder Provenienz? Traten die etwa weniger priesterhaft auf, wenn sie ihre Puls- und Pupillendiagnose machten oder schlicht die Aura ihrer Klienten orteten, um danach ihre Wässerchen und Kügelchen zu verordnen? Nein, gewiss fehlte es ihnen nicht an Ausstrahlung.

Eher strahlten gerade sie jene Gewissheit, jene Überzeugungskraft aus, über die der gute alte Herr Doktor in seinem weißen Kittel schon längst nicht mehr verfügte in seiner krankenkassengestützten Ordination. Die gesellschaftliche Elite und erst recht das breite Bürgertum waren weggebrochen, hatten sich verduftet. Aus dem Mief der Massenordination hinüber in die ausbalancierte, von weichem Salzlicht durchflutete Feng-Shui-Atmosphäre der Heilkünstler. Wer sich nicht beizeiten umstellte, wer nicht selbst Globuli und Magnetbänder verschrieb, galt als Technokrat, bornierter Schulmediziner und willenloser Vertreter der Pharmaindustrie – mit einem Wort als alt. Also passten die Ärzte sich an, sortierten die Apotheker ihre Regale neu. Beide Berufsgruppen empfahlen jetzt ihrer Klientel, wonach diese sich sehnte: nach dem alles heilenden, heilmachenden Lebenselixier. Egal, was man während des Studiums gelernt hatte, egal, was durch zig Doppelblindstudien längst belegt war: Hauptsache, der Astralleib dehnt sich dank des verordneten Rosenquarzes ins Unermessliche; Hauptsache, das Horoskop bettet dich ein in kosmologische Sphären. Und – für den Fall, dass alle Stricke reißen sollten – der ewige, immer richtige Trost: Hilft's nichts, so schadet's nichts. Ein Trostpflaster, mit dem man jedem Mund, Augen und Ohren verkleben kann.

War es dieser hirnverbrannte, hirnverbrennende, als Zeitgeist getarnte Ungeist, der Frieda so nervte? Der, gepaart mit unverblümter Abzockerei, zu beweisen schien, dass Scharlatanerie und Quacksalbertum nie auszurotten sein würden – jedenfalls nicht durch eine an Redlichkeit und Überprüfbarkeit orientierte Wissenschaft? War es jene unheilige Allianz zwischen Anhängern der Alternativmedizin und irgendwelcher Alternativreligionen bis hin zur Verschmelzung beider? War es diese esoterisch-mystische Pseudoargumentation, die abzustellen sich einst Äskulap bemüht hatte und an deren Verbreitung seine postmodernen Schüler nun kräftig mitwirkten, anstatt dafür zu sorgen, dass derlei Sümpfe endlich trockengelegt würden? *Post*moderne, *yes indeed*! Welch abgrundtiefe Wahrheit doch in diesem bescheuerten Begriff steckte …

„Ach, Emma!" Frieda lächelte die Freundin müde an. „Sie brennen uns das Hirn heraus, und wir bezahlen noch fleißig dafür. Und darüber soll frau sich nicht aufregen? Ich bin mir nur nicht sicher, ob es Lauge oder Säure ist, mit der sie uns das Denken verätzen. Aber das ist ja wohl auch egal."

„Nicht unbedingt. Ob Lauge oder Säure macht doch für die Therapie einen ziemlichen Unterschied."

„Hast im Chemieunterricht also doch ein bisserl aufgepasst, wie?"

Beide lachten. Sie erinnerten sich an ihre gemeinsame Zeit in der Siebten und Achten, als der halb blinde Professor Salcher, fraglos eine Kapazität in seinem Fach und sogar Herausgeber des Schulbuchs für organische und anorganische Chemie am Gymnasium, vor Unterrichtsbeginn immer durch Abzählen der Köpfe die Anwesenheit zu kontrollieren pflegte. Wobei der alte Lehrer, nachdem die Schüler herausgefunden hatten, wie katastrophal es um sein Augenlicht bestellt war, auch schon mal einen Sturzhelm anstatt eines Kopfes zählte. Den hatten die Burschen einfach auf die Schulbank gestellt, und sie ließen ihn zum Gaudium aller ein bisschen wackeln, wenn Salcher gerade einen absenten Schüler aufrief. Huber? Anwesend! Irgendein Komiker fand sich immer, der die Stimme des Fehlenden zu imitieren wusste.

Aber Frieda wollte noch nicht von ihrem Lieblingsthema lassen.

„Was willst du eigentlich therapieren, meine Liebe? Die Säure- oder Laugenspritzer sind doch allüberall. In den Kliniken ebenso wie in den Kirchen. Und es braucht keine Kanzel mehr – es genügt der gemeine Volksaltar, um die Leute zu verblöden. Vor allem, wenn diese Predigten auch noch im Fernsehen massenhaft Verbreitung finden."

Emma nickte, aber ihr Nicken pendelte schnell zur Seite hin aus. Eine Geste, die Frieda seit der Schulbank kannte und die ganz eindeutig Zweifel signalisierte.

„Was ist? Sehe ich etwa zu schwarz?"

„Ach, keine Ahnung."

Emma kratzte sich an der Nase wie andere hinterm Ohr. „Vielleicht hat dein Groll ja einen tieferen Grund. Etwas Persönliches womöglich. Ist es nicht meist etwas tief in unserem Inneren, das den berühmten Weltschmerz auslöst?"

„Verdammt, Emma, fängst du jetzt auch noch an mit dieser Masche! Wenn ich etwas hasse, dann ist es das Geschwafel vom je eigenen Anteil, vom unbewältigten Problem, das jeder, der etwas kritisiert, angeblich mit sich herumschleppt. Als ob es nichts Objektives mehr gäbe. Die objektive Scheiße, die sich durchaus beschreiben lässt, ohne dass man sich zu ihr in die Kloschüssel legen muss."

„Die klinisch saubere Diagnose meinst du? Wissenschaft als Religionsersatz? Aber vielleicht machst du es dir doch ein bisschen zu einfach. Ich weiß ja, was du über Gott und die Welt denkst oder besser gesagt über den Umgang von unsereins mit Gott. Von wegen, wer da wen gezeugt hat, wer da wen braucht. Du hast es mir oft genug gepredigt."

Emma legte eine kleine Pause ein, vermutlich um die Gewichtigkeit der nachfolgenden Worte zu untermauern.

„Trotzdem glaube ich, dass auch du nicht so sicher bist, wie du tust. Und ist es ein Wunder? Wovon letztlich eine Wirkung ausgeht, können wir doch nicht allein chemisch-analytisch bestimmen, Frieda! Von wem stammt das Zitat *Wer heilt, hat recht*?"

„Vergiss es! So, wie der Spruch heute ständig verwendet wird, wenn der Hintergrund eines Heilungsprozesses nicht bekannt ist, ist er unredlich! Warum wohl führen ihn gerade die sogenannten Naturheiler und Komplementärmediziner ständig im Mund? Auch wenn es einem Patienten egal sein mag, was genau zu seiner Heilung beigetragen hat – für einen Mediziner ist es doch ein Armutszeugnis, wenn er akzeptiert, dass der Weg zum positiven Ergebnis nicht nachvollziehbar ist. *Evidence based medicine*, Emma! Die Ursache für eine bestimmte Wirkung mag nicht immer bekannt sein – aber messbar sollte sie wohl in jedem Fall sein. Freilich, eine bloß behauptete Wirkung braucht keine nachweisbaren Messdaten. Ich meine, wenn diese Heinis nur einen Funken Medizinerehre im Leib hätten, würden sie die angebliche Wirksamkeit ihrer Methoden und Mittel doch überprüfen wollen, mit Handkuss! Aber indem sie die Schulmedizin ablehnen, bestreiten sie zugleich jede wissenschaftliche Überprüfbarkeit und drücken sich vor jeglicher Verantwortung. Weißt du, wie viele Akademiker alleine unter meinen Bekannten so gestrickt sind? Und das sind oft dieselben, die die Herkunft jedes billigen T-Shirts penibel hinterfragen: Es könnte ja in Bangladesch von Kinderhänden hergestellt worden sein, oder die Baumwolle wurde womöglich nicht nach ökologischen Kriterien angebaut. Tolle Logik, tolle Konsequenz, nicht?“

Sie wurden durch die Stimme Billie Holidays unterbrochen.

Don't know why, there's no sun up in the sky, stormy weather. Frieda entschuldigte sich und angelte das Handy aus ihrer Handtasche. *glenk* stand auf dem Display, absichtlich kleingeschrieben. Sie konnte den Chef der Wissenschaftsabteilung nun einmal nicht ausstehen. Glenk teilte ihr mit seiner schnarrenden Stimme mit, sie möge ihre Sachen packen und morgen in aller Früh in die Redaktion kommen. Worum es ging, wolle er am Telefon nicht sagen.

„Morgen? Du weißt schon, dass ich mir für morgen freigenommen habe?“

„Doch, morgen. Punkt acht in der Redaktion. Anordnung von *God himself.*“

Schöne Scheiße! Wenn Glenk den Chefredakteur ins Spiel brachte, war klargestellt, dass sie es gar nicht erst mit einer Ausrede versuchen musste. Was gleichzeitig bedeutete, dass sie auf die letzte lange Nacht des Festivals, normalerweise der feuchtfröhliche Höhepunkt, verzichten musste. Ade, mein fescher Fiedler! Und ewig schade auch um das Abendkonzert mit Roland Neuwirths *Extremschrammeln*, ihrer Lieblingsband. Aber angetrunken und im Dunkeln konnte sie unmöglich die hundertfünfzig Kilometer von Litschau nach Wien zurückfahren.

Obwohl das Telefonat nicht länger als eine Minute gedauert hatte, kam die Diskussion mit Emma danach nicht mehr so recht in Gang. Und da die Gastgeberin ohnehin erklärt hatte, dass sie nur bis fünfzehn Uhr Zeit habe (der wöchentliche Yogakurs, leider, den dürfe sie auf keinen Fall versäumen!), erhob sich Frieda aus dem Schneidersitz. Sie küssten einander zum Abschied auf die Wangen.

Dreimal, wie es sich gehörte oder wie man es ihnen jedenfalls damals auf der Interrailreise beigebracht hatte. Das Geschmuse hatte sich schon einmal herzlicher angefühlt.

Als Frieda in den Lift stieg und Emmas kleine, zarte Hand ihr ein letztes Mal durch die milchige Scheibe zuwinkte, gab es ihr einen Stich in der Brust: *Et tu, Brute*! Schon das Interview mit Thomas Mitterer hatte ihr gezeigt, wie selbst ausgebildete Chemiker begannen, den Boden unter den Füßen zu verlieren. Es war ein Sumpf, der unaufhaltsam mächtiger und tiefer wurde und jeden verschlang, der sich ihm näherte. Diese Wirkung jedenfalls war unbestritten, evident. Dafür brauchte es keine Beweise.

Irritierend nur, dass Emmas Satz auch ein paar Stunden später noch in ihr arbeitete: *Wovon letztlich eine Wirkung ausgeht, können wir doch nicht allein chemisch-analytisch bestimmen.*

5

Als sie die Redaktion betrat, spürte sie sofort, dass etwas passiert war. Statt der üblichen Betriebsamkeit herrschte eine gedrückte Atmosphäre. Dicke Luft trotz des weit geöffneten Fensters.

Glenk kam aus seinem Glasverschlag und versuchte, ihr die Jacke abzunehmen. Aber sie war schneller. Wenn sie etwas hasste, waren es diese patriarchalen Gesten. Außerdem passte es nicht zu Glenk, dem Grantler, wenn er sich als Gentleman aufspielte. Höchstens wie die Faust aufs Auge.

„Kommen S', wir gehen rauf", brummte er und stapfte los, ohne auf ihre Reaktion zu warten. Sie trottete hinter ihm her. Fillinger logierte im vierten Stock, und der Lift war wieder einmal außer Betrieb. Vermutlich ließ ihn Fillinger absichtlich nicht reparieren, weil er dadurch zu ein bisschen Bewegung genötigt wurde. Was ihm auch durchaus nicht schadete.

Das Büro des Chefredakteurs war spartanisch eingerichtet. Nur ein Foto seiner Familie im Holzrahmen zierte den Schreibtisch, sonst fand sich im ganzen Raum nichts Persönliches. Das Berufliche und das Private trennen, so lautete schließlich sein Credo. Eines von vielen.

„Sie werden gleich verstehen, warum wir Sie auf die Schnelle zurückholen mussten", sagte Fillinger. Er gab sich gar nicht erst die Mühe, sie zu begrüßen. „Tja, es hat leider einen schlimmen Vorfall gegeben. Einen sehr schlimmen." Er räusperte sich. „Glenk, sind Sie bitte so gut und klären Sie Frau Prohaska auf?"

In Friedas Kopf schrillten sämtliche Alarmglocken. Was zum Teufel hatte es zu bedeuten, wenn Fillinger von *schlimm* sprach? War es nun so weit, würde man ihr endgültig den Laufpass geben? Hatte Dr. Weinzierl sich über sie beschwert, weil sie bei ihrem Besuch in der Klinik ein Fläschchen Öl hatte mitgehen lassen, um es chemisch analysieren zu lassen? Ein Diebstahl, der nicht nur unethisch, sondern auch umsonst gewesen war, weil ihr die Phiole im Suff schlicht und ergreifend aus der Hand gerutscht war und sich ihr Inhalt auf den Parkettboden der *Pension Nachtruh* ergossen hatte. Es wäre nicht das erste Mal gewesen, dass ihre etwas eigentümlichen Recherchemethoden Probleme nach sich zogen. Das letzte Mal hatte die größte Tageszeitung des Landes gedroht, *opinion* zu klagen, falls man es wagen würde, die unter Vorspiegelung einer falschen Identität erworbenen Kenntnisse über die finanziellen Machenschaften des mächtigen Käseblatts zu veröffentlichen, vor dem bis hin zum Kanzler alle den Schwanz einzogen. Okay, ihre Methode war nicht eben neu gewesen, andere waren damit schon berühmt geworden. Aber es machte nun einmal einen gewaltigen Unterschied, ob man Wallraff oder Prohaska hieß. Fillinger hatte sie damals mächtig zusammengeschissen und ihr offen mit Kündigung gedroht. Die Recherchearbeit von drei Monaten durfte sie unter „außer Spesen nichts gewesen" verbuchen. Seither war es ihr nicht mehr gelungen, mit ihren Geschichten auf die Titelseite zu kommen. Das war weder für die Geldbörse noch für das journalistische Ego gut.

„Bernd ist tot", sagte Glenk und sah wie immer haarscharf an ihr vorbei. Aber etwas war anders. Wenn sie sich nicht irrte, hatte ein Wangenmuskel des Wissenschaftsredakteurs kurz gezuckt. So viel an Regung hatte sie bei ihm noch nie erlebt.

„Bernd? Bernd Lussnig?"

„Ja. Wir haben es gestern Abend gefaxt bekommen, von der österreichischen Botschaft aus Delhi. Es war wohl ein Unfall. Ein tragischer Verkehrsunfall."

Sie war vollkommen perplex. Bernd und ein Verkehrsunfall, das war einfach denkunmöglich! Wenn ein harter Hund wie Bernd denn tatsächlich einmal ins Gras beißen sollte, dann, weil ihn ein Terrorkommando irgendwo im arabischen Raum entführte und vor laufender Videokamera hinrichtete oder weil eine verirrte Kugel ihn erwischte. Es gab wahrlich genügend Schlachtfelder auf dieser Welt, wo sich für einen wie ihn eine Gelegenheit dazu geboten hätte. Aber ein Verkehrsunfall … eine witzlose Ironie der Geschichte, oder was?

„Wann … wo … wie ist es passiert?“

Sie spürte sofort, wie nullwertig diese Reaktion war. Als ob die klassischen W-Fragen einen in einer solchen Situation nur um einen Millimeter weiterbrächten. Außerdem registrierte sie, wie plötzlich eine gewisse Drüse aktiv wurde. Jetzt fang bloß nicht an zu heulen, ermahnte sie sich. Das Private und das Berufliche schön hübsch trennen, Frieda! Doch selbst der, von dem diese Devise stammte, schaute im Moment ziemlich fertig drein, raffte sich dann aber doch zu einer Antwort auf. Reden war vielleicht noch das beste Mittel, um den Kloß im Hals loszuwerden.

„In Pondicherry, Südostindien“, sagte Fillinger. „Er war zu Fuß unterwegs, als er überfahren wurde. Es muss schon vor mehreren Tagen passiert sein. Aber bis die Botschaft davon erfahren hat …“

„Ich dachte, Bernd sei in Kerala? Er wollte doch dort diverse Ayurvedaresorts und Produktionsstätten besuchen, oder?“

„Das hatte er vor, ja. Aber in letzter Minute hat er seinen Flug nach Trivandrum gecancelt und stattdessen einen nach Chennai gebucht. Von dort hat er sich allerdings nie gemeldet. Na ja, kennst ja seine Art.“ Sein Wechsel vom Sie zum Du fiel Fillinger wohl selbst nicht auf.

Ja, sie kannte Bernds Art. Nur die Art, wohlgemerkt, nicht den Menschen. In einer einzigen gemeinsamen Nacht lernte man einen Mann nicht kennen. Schon gar nicht einen wie Bernd Lussnig.

Er war ein Freak gewesen, nicht mehr und nicht weniger. Ein genialisch angehauchter Grenzgänger mit mehr Macken, als erlaubt. Aber er hatte es immer geschafft, damit durchzukommen. Das unterschied ihn ganz gewaltig von den meisten, die sie kannte. Insbesondere von ihr selbst.

Da war zum Beispiel Bernds Angewohnheit, alles kleinzuschreiben. Auf die Logik der jeweils gerade gültigen Groß- und Kleinschreibnorm, die irgendwelche Rechtschreibpäpste als Dogmen verordneten, wolle er, wie er verkündete, sich gar nicht erst einlassen. „Wenn sogar der Name unserer geliebten Wochenzeitschrift kleingeschrieben wird", blödelte er, „kann ich mich doch nicht durch die Verwendung von Großbuchstaben darüber erheben. Das wäre ja fast so etwas wie Hybris."

Ob seine konsequente Kleinschreibung damit zusammenhing, dass er orthografisch schlichtweg eine gröbere Lücke hatte, oder ob es sich nur um einen seiner Spleens handelte, wusste niemand in der Redaktion. Und so, wie die Dinge lagen, würde das auch künftig nie jemand herausfinden. Aber egal, ob Defizit oder Spleen: Bernd hatte sich bei *opinion* eine Position erschrieben, aufgrund derer ihm diese Eigenheit von Fillinger nachgesehen wurde, wie so manch andere auch. Vor Drucklegung ließ man halt einen der frisch von der Uni gekommenen Volontäre, die sonst zu nichts zu gebrauchen waren, Bernds Texte orthografisch standardisieren. Im Trockendock überholen, wie Fillinger es nannte. Es gab bedeutend Schlimmeres, als die mangelhafte Rechtschreibung eines Mitarbeiters sanieren zu müssen. Am Inhalt von Bernds Beiträgen war jedenfalls nie etwas auszusetzen. Er, der meistzitierte Kampfgockel von *opinion*, dessen Artikel auch schon mal international Aufsehen erregten, durfte sich Privilegien herausnehmen, an die andere, vor allem freie Mitarbeiter wie Frieda, die nach Seiten pro Heft bezahlt wurden, nicht einmal zu denken wagten.

„Wie weit bist du eigentlich mit deinen Recherchen bei den hiesigen Kliniken?", fragte Glenk.

Ein ziemlich brüsker Themenwechsel, wie Frieda fand. Typisch, dass der alte Unsympathler nicht einmal angesichts der spürbaren Präsenz des Todes einen Hauch Sensibilität an den Tag legte. Wo keine Erde ist, kann nichts wachsen, wie ein lettisches Sprichwort besagte. Oder war es ein litauisches? Egal: Dass diese ehemalige Binsenweisheit zumindest in der Landwirtschaft nicht mehr zutraf, bewiesen Tausende Gewächshäuser in Holland und Andalusien, wo Tomaten ohne einen Krümel Erde Kindskopfgröße erreichten. Aber es gab doch so etwas wie die metaphorische Wahrheit. Eine Wahrheit, die nicht von den Gesetzen der Natur beziehungsweise deren Pervertierung abhängig war. Wenn man so wollte, zeigte ja bereits der Geschmacksverlust bei dem erdfrei produzierten Gemüse, dass der Spruch in einem höheren Sinne immer noch stimmte.

In Friedas Augen hatte Glenk die besten Chancen, bei der Wahl zum Widerling des Jahrhunderts den ersten Platz zu erobern. Was dann zu einem Problem werden konnte, wenn man von einem wie ihm abhängig war. Wenn dieser Mensch darüber zu entscheiden hatte, ob sie genügend verdiente, um sich einen sieben Jahre alten Havana Club leisten zu können. Oder nur einen dreijährigen.

Entsprechend vorsichtig fiel ihre Antwort aus: „Na ja, in der Adanger Klinik habe ich auf Granit gebissen, aber mit den sonstigen Gesprächen lässt sich schon etwas anfangen. Meiner Meinung nach hat dieser Dr. Weinzierl ordentlich Dreck am Stecken."

„Aber handfeste Beweise, dass da etwas aus dem Ruder gelaufen ist, haben wir keine?"

Aus dem Ruder gelaufen? Ihrer bescheidenen Meinung nach war da nie etwas *im* Ruder gelaufen – oder wie lautete der richtige Ausdruck dafür, wenn ein durchgeknallter Arzt, der von sich behauptete, kraft seiner transzendentalen Meditationskräfte sogar fliegen zu können, die Leute nach Strich und Faden ausnahm? Nur damit sie kränker aus seiner famosen Klinik heimkehrten, als sie diese betreten hatten? So wie Lotte Prinz und etliche andere. Jene Geschädigten, die, wenn frau ehrlich sein wollte, ihr leider allesamt nicht rasend viele *hard facts* anvertraut hatten. Material für eine Coverstory sah jedenfalls anders aus.

Fillinger beendete Glenks Verhör, indem er die Klappe seines Wandschranks öffnete und eine Flasche Hennessy XO sowie drei bauchige Gläser hervorzauberte. Beim Einschenken zitterte seine Hand.

„Lasst uns einen in Gedenken an Bernd heben", sagte der Chefredakteur. „So einen wie ihn sieht dieses Haus nicht wieder."

Er reichte Glenk und Frieda die üppig gefüllten Gläser.

„Auf Bernd."

„Auf Bernd", lautete das Echo. Selten war man in der obersten Etage von *opinion* so einer Meinung gewesen.

Sie kippten die Köpfe nach hinten, und der Cognac beruhigte ein wenig die entnervten Hirnwindungen.

„Lussnig war unser bestes Pferd im Stall", sagte Fillinger und schenkte gleich noch einmal nach.

Frieda versuchte sich vorzustellen, wie Bernd diese Würdigung kommentiert hätte. Mit einem *ihr superlativsüchtigen Arschlöcher!* vielleicht oder *Pferde gehören nicht in einen Stall, sie gehören aufs freie Land.* Nach dem zweiten Glas begann sich langsam wieder eine vertraute Wärme in ihrem Körper auszubreiten.

„Ohne Bernds Anteil, ohne die internationale Dimension, gibt diese Ayurvedageschichte natürlich nicht mehr viel her", schnarrte Glenk unvermittelt.

Mit einem Schlag war es vorbei mit der hübschen Wärme. Aber sosehr sie sich auch anstrengte, Glenks Feststellung war faktisch wenig entgegenzuhalten. Sollte sie darauf verweisen, dass sie zu dem amerikanischen Verfasser der Schwermetallstudie auf Bernds Wunsch hin Kontakt aufgenommen hatte? Aber selbst dabei war doch letztlich nur wenig herausgekommen. Weniger als wenig, genau genommen. Nichts. Der Widerling hatte leider recht, so sah es aus.

„Vielleicht lässt sich ja später mit Ihrem Material etwas anfangen. Dieser Ayurvedaboom hat ja eben erst begonnen", murmelte Fillinger. Es sollte wie ein Trost klingen, aber sie wusste es richtig einzuschätzen – als Vertröstung auf den Sankt-Nimmerleins-Tag. Sie hatte genügend Erfahrung damit, dass ein einmal verworfenes Thema so schnell nicht mehr auf die Agenda kam.

„Ja, vielleicht", sagte sie und bewegte sich in Richtung Tür.

„Ach, eins noch", sagte Fillinger. Aber dann überließ er es doch Glenk, den Satz fortzusetzen.

„Schau bitte Bernds Sachen durch und sortier aus, was an seine Frau gehen soll und was in der Redaktion verbleibt."

Sie nickte und legte die Hand auf die Türklinke. „Wann … wann ist das Begräbnis?", fragte sie halb über die Schulter hinweg.

„Das wird so lange wie möglich hinausgeschoben. Frühestens nächsten Donnerstag."

„Warum das?

„Erstens, weil der Leichnam noch nicht einmal überführt worden ist."

„Und zweitens?"

„Weil die hiesige Staatsanwaltschaft eine Obduktion beantragt hat."

„Wozu? Ich dachte, es sei ein Verkehrsunfall gewesen?"

„Schreibt jedenfalls die Botschaft. Und die beruft sich auf die Polizei von Pondicherry. Aber ich denke auch, dass es nicht schadet, das noch einmal mit unseren Mitteln zu überprüfen."

Mit unseren Mitteln, mit ihren Mitteln ... Da war sie wieder, die elende Grundsatzdiskussion, mit der sie sich die letzten Wochen hatte herumschlagen müssen. Moderne westliche Methoden gegen uralte östliche. Systemwechsel, Paradigmenwechsel, wie Thomas Mitterer es nennen würde. Wie auch immer: Welche Rolle spielte das alles jetzt, wo Bernd doch tot war? Ihr Kollege und Partner, ihr heimliches Vorbild. Ja, darauf lief es wohl hinaus: auf ein posthumes Geständnis.

Sie zog die Tür hinter sich zu und stolperte die Stiege hinab. Zwischen dem dritten und zweiten Stock stützte sie den Kopf gegen die Wand.

Dann ließ sie fließen, was aus ihr herausmusste.

*

Bernd Lussnigs Schreibtisch war das reine Chaos. Sie hatte sich zwei Bananenkartons aus dem Supermarkt gegenüber besorgt und begann die Sachen in den linken oder rechten Karton zu packen, je nachdem, ob sie im Haus verbleiben oder an Bernds Frau Lili gehen sollten. In den meisten Fällen war offensichtlich, was in welche Schachtel gehörte. Erst als sie in einer Schublade auf eine dicke, knallgelbe Mappe stieß, die sie schon einmal gesehen hatte, musste sie einen Augenblick überlegen. In der Mappe, das wusste sie aus ihren gemeinsamen Besprechungen, pflegte Bernd alle möglichen Unterlagen abzulegen, die zu ihrem aktuellen Thema angefallen waren. Nun ja, jetzt war es ja nicht mehr aktuell. Sie knüpfte das schwarze Stoffband auf, klappte die Flügel auseinander. Ein letzter Blick auf unsere gemeinsame Arbeit, dachte sie.

Zuoberst lag Pipers Schwermetallstudie, von der sie ebenfalls eine Kopie besaß. Die Seiten waren, wie sie überrascht feststellte, mit handschriftlichen Anmerkungen vollgesudelt. Und das, obwohl Bernd vorgeschlagen hatte, dass *sie* die Studie übernehmen und das Interview mit dem Verfasser machen sollte. Dennoch hatte auch er sich offenbar intensiv damit befasst. Was ließ sich daraus folgern? Dass er, der alte Kontrollfreak, ihr zu wenig vertraute? Oder, umgekehrt, dass er Mitleid mit ihr gehabt hatte, weil sie bei ihren Recherchen in der österreichischen Provinz herumlurchen musste, während er sich in exotische Gefilde begab? Hatte er ihr deshalb wenigstens die *American connection* überlassen?

Unter der Studie fand sich ein Sammelsurium an Notizzetteln und Adressen. Ein Zettel im Format einer Eintrittskarte fiel zu Boden. Sie hob ihn auf. Es war tatsächlich eine Kinokarte. Der Filmtitel, der an diesem Tag im *Cine Center* am Fleischmarkt gelaufen war, war nicht mehr zu entziffern, wohl aber das Datum: 8. Juni 2012. Wenn sie sich nicht irrte, war Bernd genau zwei Tage später abgeflogen. Nach Chennai anstatt nach Trivandrum.

Sie drehte den Zettel nachdenklich zwischen ihren Fingern. Erst jetzt bemerkte sie den handschriftlichen Vermerk auf der Rückseite. Dass er von Bernd stammte, war eindeutig – alle Buchstaben waren kleingeschrieben und schwer zu entziffern. Vielleicht die letzten Schriftzeichen, die sie von ihm zu Gesicht bekommen würde.

flug umbuchen! → chap → kk, auroville

Sie steckte die Kinokarte in die Brusttasche ihrer Jeansjacke. Dann band sie die gelbe Mappe wieder zusammen und warf sie in den rechten, für Lili bestimmten Karton. Für Frieda war das Thema gestorben, und niemand sonst in der Redaktion würde es sich antun, es noch einmal aufzurühren. Alleine die Zeit, die sie mit der Lektüre von Studien und Fachbüchern verbracht hatte … Und all die unbezahlten Stunden, die für sinnlose Diskussionen, wie für jene mit Emma, draufgegangen waren … Selbst wenn daraus jemals ein ordentlicher Artikel geworden wäre: Der Stundenlohn dafür hätte sich nie und nimmer gerechnet!

Sie blickte auf die beiden Bananenschachteln hinab. Die mit den für Bernds Witwe bestimmten Sachen war nur halb voll. Die gelbe Mappe stach daraus hervor wie eine blühende Sonnenblume aus einer Müllhalde.

„Nein", murmelte sie plötzlich. Holte die Flügelmappe wieder aus der Schachtel und steckte sie in ihre Handtasche. Sie würde die Unterlagen sicher bald wegwerfen. Aber irgendwie, sagte ihr ein Bauchgefühl, war es dafür noch nicht an der Zeit.

E-Mail-Verkehr mit Dr. Richard Piper, Boston

Von: fpro@gmx.at
Gesendet: Freitag, 22. Juni 2012 09:11
An: r.piper@bmc.org
Betreff: Anfrage

Sehr geehrter Dr. Piper,

mein Name ist Frieda Prohaska, ich bin Journalistin bei der österreichischen Wochenzeitschrift *opinion*. Zusammen mit meinem Kollegen Bernd Lussnig arbeite ich zurzeit an einem umfassenden Bericht über Ayurveda. In diesem Zusammenhang sind wir auf die Studie gestoßen, die Sie letztes Jahr in JAMA publiziert haben und in welcher Sie massive Grenzwertüberschreitungen bei Quecksilber, Blei und Arsen in vielen via Internet erhältlichen Ayurvedaprodukten nachgewiesen haben.
Ich würde Sie ersuchen, mir in diesem Zusammenhang einige Fragen zu beantworten. Gerne rufe ich Sie in Boston an, ein Telefonat via Skype wäre vielleicht am einfachsten. Ich kann Ihnen für ein solches Hintergrundgespräch kein Honorar in Aussicht stellen, eine pauschale Aufwandsentschädigung nach dem bei Ihnen üblichen Stundensatz können Sie uns aber gerne verrechnen.
Teilen Sie mir bitte mit, ob Sie dazu bereit wären und in welcher Form Sie das Gespräch abwickeln möchten. Natürlich wäre es auch möglich, unsere Fragen per Mail zu beantworten.

Mit besten Grüßen aus Wien
Frieda Prohaska

Von: r.piper@bmc.org
Gesendet: Dienstag, 31. Juli 2012 14:35
An: fpro@gmx.at
Betreff: Re: Anfrage

Liebe Frau Prohaska,

entschuldigen Sie meine späte Antwort, aber ich stecke zurzeit über beide Ohren in einem weiteren Forschungsprojekt zu eben jenem Thema, an dem Sie Ihr journalistisches Interesse bekundet haben.
Grundsätzlich bin ich zu einer Stellungnahme bereit, bitte Sie aber, mir Ihre Fragen auf schriftlichem Wege vorzulegen. Ich bin kein großer Redner und ziehe es vor, meine Meinung schriftlich zu kommunizieren. So ist auch eher gewährleistet, nicht falsch verstanden oder zitiert zu werden.

Mit freundlichen Grüßen
Richard Piper

Von: fpro@gmx.at
Gesendet: Mittwoch, 1. August 2012 08:46
An: r.piper@bmc.org
Betreff: AW: Re: Anfrage

Sehr geehrter Dr. Piper,

herzlichen Dank für Ihre Bereitschaft zur Kooperation und bereits im Vorhinein besten Dank für Ihre Mühe!

Hier also meine vier Fragen:
1. Ein von Ayurvedavertretern vorgebrachtes Argument gegen Ihre Studie lautet, dass die bloße Anwesenheit von Schwermetallen in ayurvedischen Produkten nichts darüber aussage, ob diese in gebundener oder löslicher Form vorliegen. Dr. K. Neeravan aus Mumbai kritisiert in seinem neuesten Buch insbesondere, dass in Untersuchungen wie Ihrer die ayurvedische Kunst der Reinigung toxischer Metalle (*Shodana*) und ihre Überführung in einen nicht toxischen Zustand (*Bhasma*) in keiner Weise berücksichtigt werde. Er unterstellt Ihnen sogar „typisch westliche Arroganz". Was halten Sie von dieser Kritik?
2. Wie erklären Sie sich, dass angesichts der weltweiten Ver-

wendung von ayurvedischen Substanzen nur so wenige Fälle von Quecksilber-, Blei- oder Arsenvergiftung bekannt sind, obwohl laut Ihrer Studie doch unzählige Menschen mit diesen schwermetallhaltigen Produkten in Berührung gekommen sein müssen?
3. Lassen die Ergebnisse Ihrer Studie den Schluss zu, dass auch jene Produkte, die in Ayurvedakliniken in Europa oder sonst wo im Westen Verwendung finden, für den Konsumenten gefährlich sind? Oder gehen Sie davon aus, dass ayurvedische Präparate aufgrund der jüngsten, im indischen Parlament beschlossenen Gesetze künftig nicht bedenklich für den Konsumenten sind?
4. Werden Sie sich als Wissenschaftler weiterhin in dieser Sache engagieren? Und welche sind Ihre nächsten Projekte?

Mit freundlichen Grüßen
Frieda Prohaska

Von: r.piper@bmc.org
Gesendet: Montag, 6. August 2012 09:14
An: fpro@gmx.at
Betreff: AW: AW: Re: Anfrage

Liebe Frau Prohaska,

in der gebotenen Kürze meine Kommentare zu Ihren vier Fragen.
ad 1: Auf die Polemik von der „westlichen Arroganz" möchte ich mich gar nicht erst einlassen. Ich kann nur konstatieren: Was das Schwermetall Blei betrifft, das in den von uns analysierten Produkten ja die massivste Grenzwertüberschreitung aufwies, gibt es keine nicht toxischen Verbindungen! Wir haben zudem in zusätzlichen Untersuchungen nachgewiesen, dass Blei, wie es in dem untersuchten Sample vorlag, vom menschlichen Organismus sehr wohl absorbiert wird. Zahlreiche klinische Berichte von Bleivergiftungen nach Einnahme der von uns untersuchten Präparate bestätigen dies.
Das Argument, dass es sich bei dem nach den traditionellen ayurvedischen Rezepturen bearbeiteten Blei um eine andersartige, nicht toxisch wirksame Form von Blei (das ominöse *Bhasma*)

handle, wurde nach meiner Kenntnis noch nie einer physikalisch-chemischen Überprüfung nach wissenschaftlich anerkannten Standards unterzogen. Dies wäre aber die längst fällige Bringschuld der Ayurvedazunft. Meines Wissens gibt es bislang nur einige Untersuchungen an Tieren, bei denen nach Verabreichung der in Frage stehenden Substanzen nicht einmal der Bleigehalt im Blut – das wesentlichste Kriterium für eine allfällige Bleivergiftung! – gemessen wurde.
Solange es also keine gesicherten Belege für die Ungefährlichkeit schwermetallbelasteter *Rasa-shastra*-Produkte gibt, bleibe ich bei meiner Meinung, dass es sich bei der angeblichen „Reinigung" von Schwermetallen um alchemistischen Glauben ohne jede wissenschaftliche Basis handelt.
ad 2: Mein Argument lautet, dass die Anzahl der uns bekannten Vergiftungsfälle nicht repräsentativ für die faktische Zahl der Betroffenen ist. Es ist allgemein bekannt, dass Fallberichte von negativen Auswirkungen medizinischer Produkte nur einen geringen Prozentsatz der tatsächlichen Fälle ausmachen – und das gilt, so nebenbei, für schulmedizinische Produkte ebenso wie für jene aus dem alternativmedizinischen Bereich.
Was im Speziellen die geringe Anzahl von dokumentierten Bleivergiftungen in Indien anlangt, gibt es dafür mehrere Erklärungen: Erstens sind die Symptome von Bleivergiftungen wenig spezifisch (Bauchschmerzen, Müdigkeit aufgrund von Anämie, Verstopfung etc.). Zweitens ist bei indischen Ärzten oft gar nicht das Bewusstsein vorhanden, dass es sich bei solchen Symptomen um die Folge einer Bleivergiftung handeln könnte. Und drittens ist die für eine richtige Diagnosestellung erforderliche Bluttestung in Indien wenig verbreitet bzw. der Masse der Bevölkerung nicht zugänglich.
ad 3: Zur Präzisierung: Die indische Gesetzeslage hat sich nur in der Hinsicht geändert, dass jetzt – wenigstens theoretisch – jene ayurvedischen Produkte, die für den Export bestimmt sind, untersucht werden müssen. Ob allerdings die Kontrolle der Exportware auf ihren Schwermetallgehalt hin tatsächlich rigoros und zu hundert Prozent erfolgt, kann ich nicht beurteilen.
Für die in Indien selbst verwendeten Substanzen, und diese machen angesichts der Verbreitung von Ayurveda auf dem Subkontinent naturgemäß die große Masse aus, besteht jedenfalls nach wie vor keine Kontrollpflicht.

ad 4: Das habe ich in der Tat vor. Eine neue, noch deutlich umfassendere Studie als die Ihnen bekannte ist bereits in Vorbereitung, Details dazu unterliegen noch der Geheimhaltung. Außerdem wurde ich zu einem interdisziplinären Kongress eingeladen, der im nächsten Frühjahr in Indien stattfinden soll und bei dem ich meine Position sehr nachdrücklich zu vertreten gedenke.
Abschließend darf ich Sie ersuchen, mir vor Veröffentlichung Ihres Artikels diesen in beglaubigter Übersetzung zukommen zu lassen, um von mir die Freigabe jener Passagen einzuholen, in denen ich zitiert werde. Gerade weil dieses Thema auch in Fachkreisen sehr kontrovers behandelt wird und emotional befrachtet ist, kann ein falsch wiedergegebenes Wort bereits heftiges Feuer entfachen. Sie werden verstehen, dass ich mich dagegen absichern möchte.

Grüße aus Boston
Richard Piper

6

Weil er noch genügend Zeit bis zum vereinbarten Termin beim Bunker Hill Monument hatte, nahm Richard Piper den Umweg über die Commonwealth Avenue in Kauf, um seinem Kollegen Charles Boyd im *Department of Chemistry* persönlich die heiklen Unterlagen zu überbringen. Niemand sollte erfahren, an welcher Studie sein Team derzeit arbeitete, und Charles, der Laborleiter im Department, würde auf jeden Fall dichthalten. Was man von anderen Leuten in Pipers beruflichem Umfeld nicht immer behaupten konnte. Die plauderten, karrieregeil, wie so mancher und vor allem manche war, schnell einmal aus, was man unter dem Siegel der größten Verschwiegenheit an sie weitergegeben hatte. Natürlich dachte er jetzt nicht an Bridget, die sensationell vorderlastige Bridget Kacowsky, von der man sagte, dass sie sich auch schon mal mit dem einen oder anderen Professor in die Horizontale begab, wenn sie sich dafür in der Vertikalen das Überspringen von mindestens einer Sprosse auf der inneruniversitären Karriereleiter erhoffte. In jedem Fall war es angesichts des unerklärlichen Datenschwunds, den der Uniserver des Öfteren zu verzeichnen hatte, vorzuziehen, die Unterlagen in ein schlichtes graues Kuvert zu stecken und sie persönlich zuzustellen, anstatt sie einzuscannen und zu mailen.

Eine Hand wäscht die andere, dachte Piper. Ein Prinzip, so alt wie die Menschheit. Du hast Charles an der Highschool geholfen, dass er seinen Abschluss in Englisch geschafft hat. Jetzt darf er wieder einmal etwas für dich tun. Soll einen ja erleichtern, wenn man Schulden abarbeiten kann.

Aber es ging nicht nur darum, dass Charles ihm gegenüber verpflichtet war. Auch ganz grundsätzlich schwor Piper darauf, chemische Analysen, welche nun einmal den meisten seiner wissenschaftlichen Arbeiten zugrunde lagen, nicht im eigenen Haus durchführen zu lassen. Zwar gehörte auch das *Department of Chemistry* derselben Universität an wie das *Medical Center*, aber es machte dennoch einen großen Unterschied, ob die Laboruntersuchungen vor Ort oder unter Charles Boyds Patronanz stattfanden. Schon, um sich gegen allfällige spätere Vorwürfe absichern zu können, welche meist darauf abzielten, die Objektivität irgendwelcher Mitarbeiter oder Verfahrensweisen anzuzweifeln. Und in der Tat, wer wusste nicht, wie schwach, wie anfällig für Selbstbetrug der menschliche Geist war: Immer wieder kam es vor, dass die subjektive Erwartung des an einer Studie Beteiligten selbst die ausgeklügeltsten Analysemethoden und mithin deren Ergebnisse zu torpedieren vermochte. Der Mensch war immer die Sollbruchstelle. Auslagerung lautete deshalb Pipers Zauberwort. Und mochte Charles Boyd an der Highschool auch nicht ein As gewesen sein, was amerikanische Literatur betraf – in seinem Fachgebiet, der analytischen Chemie, war er eine Koryphäe.

Piper parkte seinen Wagen vor dem Institutsgebäude, schnappte das Kuvert und ging gemessenen Schrittes über den großen Innenhof hinüber in den Trakt, wo sich Charles' Büro befand. Boyd würde über seinen Anblick nicht sonderlich erfreut sein, mutmaßte er. Denn wann immer er bei ihm auftauchte, roch es nach Arbeit.

Doch er hatte sich geirrt. Boyd begrüßte ihn fast überschwänglich, und da der ehemalige Klassenkamerad nie ein Talent zum Schauspielern gehabt hatte, war anzunehmen, dass er es mit seiner Herzlichkeit ehrlich meinte.

„Richard Piper!", rief Boyd, umarmte ihn und schlug ihm dazu noch kräftig auf die Schulter. „Wenn das keine Freude ist, dich wieder einmal zu sehen, alter Kumpel! Und eine Ehre, bei Gott. Aber es ist ja kein Wunder, dass du dich nicht mehr mit dem einfachen Personal abgibst – wenn man zu einer internationalen Größe geworden ist ..."

„Hör auf, Charles", lachte Piper. „Du übertreibst maßlos."

Boyd mimte den Entrüsteten: „Ich und übertreiben? Von wegen! Mein Freund, der Scheffel, unter den du dein Licht stellen könntest, wurde noch nicht konstruiert. Der Name Piper wird nicht nur im JAMA pausenlos zitiert – ich habe ihn in der *New York Times* ebenso gefunden wie in der *Indian Times*."

„Das ist doch längst ein alter Hut, mein Bester. Okay, unsere Studie hat seinerzeit ein paar Wellen geschlagen, aber …"

„Ein paar Wellen, von wegen!", unterbrach ihn Boyd. „Die ganze verdammte FDA hat ihren Kurs deswegen geändert. Und wenn ich nicht irre, haben sie in Indien Panik gekriegt und schnell ein neues Gesetz erlassen – genau wegen deiner Studie."

„Wegen *unserer* Studie, Charles. Du wirst wohl nicht den Anteil der involvierten Kollegen, zu denen ja auch du zählst, schmälern wollen."

„Nett, dass du das sagst, Richard. Aber wir beide wissen, dass du neunzig Prozent der Arbeit geleistet hast, und dafür gebührt dir auch Ruhm und Ehre."

„Genug der Schmeichelei. Wenn ich dir zeige, was sich in diesem Kuvert befindet, wirst du vielleicht gleich bereuen, mir so viele Blumen gestreut zu haben."

„Hm", brummte Boyd, „ich hoffe tatsächlich, dass du nicht schon wieder einen Job für mich hast. Wir sind bis oben hin voll mit Aufträgen. Außer …" Er grinste listig, fast ein wenig verschlagen. „Außer du hast diesmal etwas für unser Department auf die Seite legen können."

Sie prusteten gleichzeitig los. Die Ironie dieser Überlegung war zu offensichtlich, denn die Budgetkürzungen machten auch vor Piper nicht halt. Da konnte seine letzte Studie noch so erfolgreich gewesen sein.

„Schau dir die Unterlagen einfach mal übers Wochenende an und sag mir, ob du das hinkriegen würdest", sagte Piper, nun wieder ganz ernst. „Ich verspreche dir auch, dass dein Name prominent vorkommen wird. Oh, und es erübrigt sich natürlich hinzuzufügen, dass …"

„Dass ich niemandem gegenüber ein Sterbenswörtchen erwähnen darf", ergänzte Boyd. „Schon verstanden, Richard. Wozu hat man alte Freunde."

„In dem Fall: Danke, dass du dich damit befassen willst."

„Befassen heißt nicht, dass ich es auch machen werde.“

„Okay, Charles. Wir werden sehen.“

Jetzt war er es, der dem anderen auf die Schulter klopfte.

„Du weißt, ich vertraue auf dich. Nur auf dich. Du bist einfach unser bester Mann. Was sage ich: der Beste in ganz Massachusetts.“

„Und du der falscheste Hund unter der Sonne“, rief Boyd und warf die Arme in die Höhe. „Weiche, Satan!“

Mit der Hand bereits auf der Türklinke drehte Piper sich noch einmal um: „Was ist der Unterschied zwischen einem amerikanischen und einem iranischen Universitätsprofessor, Charles?“

„Du wirst es mir gleich sagen“, seufzte Boyd.

„Der iranische bekommt mehr Geld von der CIA.“

Boyd lachte, wie es sich gehörte. Ein kurzes Winken und die Tür schloss sich hinter Piper. Aus Boyds Büro war ein seltsames Geräusch zu vernehmen. Es hörte sich an, als ob ein Gorilla sich wütend auf die Brust trommelte.

*

Als er ins Auto stieg, begann es zu tröpfeln. Piper ärgerte sich, den Wetterbericht nicht ernst genommen und dem Treffen unter freiem Himmel zugestimmt zu haben, er hatte nicht einmal einen Schirm dabei. Die Begründung für die Wahl des extravaganten Treffpunkts war ihm zwar merkwürdig vorgekommen, aber Piper war auf die Schnelle kein Gegenargument eingefallen.

„Können wir uns beim Bunker Hill Monument treffen?“, hatte der Mann mit leichtem Akzent gefragt. „Dort hat doch eine wichtige Schlacht in Ihrem Unabhängigkeitskrieg stattgefunden. Und Unabhängigkeit ist schließlich etwas vom Wichtigsten. Wer wüsste das besser als wir Inder.“

Und wir Wissenschaftler, hatte Piper im Geiste hinzugefügt und eingewilligt. Er stieg aufs Gaspedal, denn nach der Plauderei mit Charles würde es nun doch etwas knapp werden, den Termin einzuhalten. Nach der University Bridge bog er rechts in den

Memorial Drive ein. Das Verkehrsaufkommen hielt sich in Grenzen, obwohl es ein Freitagabend war. Im Rückspiegel leuchtete kurz ein Regenbogen vor dem Hintergrund dunkler Wolken, ehe er bei der nächsten Abzweigung wieder aus seinem Blickwinkel verschwand. Was für ein Tag, dachte Piper, und welch seltsamer Zufall: im Verlauf einer einzigen Stunde zwei Anrufe in derselben Sache zu erhalten! Obwohl diese österreichische Journalistin ihn ja nur gebeten hatte, ihr Mail nicht zu übersehen und schnell zu beantworten, während der Inder eine persönliche Unterredung wünschte. Wenn möglich wollte er sich noch an diesem Abend mit ihm treffen, immerhin sei er extra von Indien dafür angereist. Im Kern ging es den beiden um dasselbe: um Pipers liebstes Kind, die Schwermetallstudie. Dabei war der Hype um die Studie längst wieder abgeflaut, was nur der medialen Logik entsprach: einen Tag titelseitenträchtig, am nächsten schon ein alter Hut.

Bei ihrem Erscheinen vor vier Jahren hatte Piper die internationale Aufmerksamkeit durchaus genossen. Und es war doch einiges in Bewegung gekommen: Fernsehberichte in etlichen europäischen Staaten, das Einfuhrverbot für ayurvedische Produkte in Kanada und schließlich die offizielle Warnung der Food and Drug Administration, basierend auf seinen Ergebnissen. Es folgten Entgegnungen und Proteste seitens diverser Ayurvedaverbände und sogar ein wissenschaftlicher Kongress, der sich mit dem Thema beschäftigte. Besonders stolz konnte Piper darauf sein, dass die renommiertesten indischen Ärzte eine Stalinorgel an Gegenargumenten gegen ihn in Stellung gebracht hatten, herausgegeben in einem im deutschen Springer Verlag verlegten Sammelband. Was gab es für einen Wissenschaftler Ehrenvolleres, als in einem Buch zitiert zu werden, selbst wenn man wegen seiner Forschungsergebnisse angegriffen wurde? Zumal diese Attacken nicht hatten verhindern können, dass die indische Regierung in einer Nacht-und-Nebelaktion ein Gesetz verabschiedete, in dem die Kontrolle aller ayurvedischen Präparate beschlossen wurde, welche für Export und Internethandel bestimmt waren. Das war allerdings genau der Haken dieses Gesetzes, der Schönheitsfehler, der nicht nur westlichen Wissenschaftlern auffiel: *nur* für den Export! Sogar namhafte indische Zeitschriften wie *Frontline* hatten darauf hingewiesen, dass dies doch eine einigermaßen sonderbare Optik ergebe. Wenn die aufgezeigte Gefahr so evident war, dass man sich auf höchster Ebene bemüßigt sah, ein Gesetz zu ändern – warum dann bitte nicht gleich für alle einschlägigen Produkte? Und was die praktische Kontrolle des neuen Gesetzes anging: Das war natürlich noch einmal ein eigenes Thema …

Piper war schon des Längeren nicht mehr in Charlestown gewesen, erst recht nicht mit dem eigenen Wagen, und so brauchte er eine ganze Weile, bis er endlich in der Nähe seines Ziels einen Parkplatz fand. Während des Marsches hinauf zum Denkmal erinnerte er sich, was der Mann auf seine Frage, wie er ihn erkennen sollte, geantwortet hatte: „Am *Tika* auf meiner Stirn. Sie wissen doch, was ein Tika ist?"

Na, selbstverständlich wusste er das, man war ja schließlich kein Kulturbanause: Das Tika oder Tilaka stand nach hinduistischer Vorstellung für das dritte Auge, den Sitz des geheimen Wissens. Wieso der Mann sich allerdings erbeten hatte, der Herr Doktor möge alleine kommen, hatte er nicht ganz verstanden. Das klang ja geradezu verschwörerisch. Doch weil der andere gleich aufgelegt hatte, war es bei der Verwunderung geblieben.

Der Regen hatte zum Glück schon wieder aufgehört. Langsam stieg Piper die Stufen zum granitenen Monument hinauf, dessen Spitze im Abendlicht orange glänzte. Auf der obersten Stufe hockte ein dunkelhäutiger Mensch, gehüllt in einen dünnen grauen Anzug. Trotz der für einen Maiabend tiefen Temperatur trug er keinen Mantel. Dumm oder abgehärtet?, fragte sich Piper. Der rote Punkt auf der Stirn des Mannes war das zweite Auffällige an ihm. Es war lange her, seit Piper das Zeichen zuletzt gesehen hatte, in Boston liefen wenige damit herum. Aber kein Zweifel, es hatte etwas, verlieh den damit Gezeichneten eine gewisse exotische Aura. Dabei wusste Piper genau, dass das Bindi für die meisten Inder längst keine spirituelle Bedeutung mehr hatte, sondern zur bloßen Dekoration verkommen war.

Als er sich ihm näherte, erhob sich der Mann. Offenkundig wusste er genau, auf wen er wartete. Sein eng sitzendes Sakko ließ erkennen, dass er über muskulöse Oberarme verfügte.

„Schön, dass Sie es sich so schnell einrichten konnten, Sir. Ich bin Ihnen wirklich sehr dankbar."

„Piper, sehr erfreut", sagte Piper und streckte seine Rechte aus. „Herr Nair, wenn ich nicht irre?"

„Richtig", sagte der andere und schüttelte ihm länger als nötig die Hand. Eine Eigenart, die Piper nicht goutierte. Er sah darin weniger Herzlichkeit als Vereinnahmung. Aber vielleicht ist das ja auch nur das protestantische Erbe in mir, dachte er, eine subtile Form von Verklemmung. Vielleicht weiß ich einfach nicht mit körperlicher Nähe umzugehen.

Endlich zog der andere die Hand wieder zurück. „Ich habe Ihnen ein kleines Geschenk mitgebracht", sagte er. „Wie man hört, lieben Sie ja indische Literatur."

Während Piper sich fragte, woher der Mann das wissen wollte, entnahm der seiner ledernen Umhängtasche ein kleines Päckchen.

„*The White Tiger* von Aravind Adiga. Betrachten Sie es bitte als Symbol für die Kooperation zwischen uns. Für die indisch-amerikanische Freundschaft. Der Roman stand lange Zeit auf der Bestsellerliste der *New York Times*."

Ein kleines, fast scheues Lächeln umspielte die Lippen des Mannes, als er ihm das in goldenes Zellophan verpackte Präsent überreichte.

Piper hatte von dem Buch noch nie gehört. In Anbetracht der Unmenge an wissenschaftlicher Literatur, die er täglich zu durchforsten hatte, fand sich Belletristisches selten auf seiner Agenda. Der einzige indische Roman, den er gelesen hatte, war Arundhati Roys *The God of Small Things* gewesen. Er hatte die Geschichte als verstörend empfunden, gar zu brutal wurden darin die mörderischen Auswirkungen des Kastendenkens geschildert. Piper bedankte sich für das Geschenk und versprach wider besseres Wissen, das Buch ehebaldigst zu lesen.

„Ich kann es Ihnen wirklich nur sehr empfehlen, Sir. Ich bin kein großer Leser, aber ich habe den *Weißen Tiger* sehr genossen. Vielleicht, weil die darin beschriebene Geschichte meine eigene sein könnte. Jedenfalls eine, die zeigt, wie man auch in unserem Land als kleiner Mann etwas werden kann. Ähnlich wie bei Ihnen: vom Tellerwäscher zum Präsidenten. Das ist doch einer Ihrer großen Mythen, nicht wahr? Wenn es auch bei uns …", er dachte einen Augenblick lang nach, „wenn es auch bei uns dafür vielleicht noch einer größeren Entschlossenheit bedarf als in Ihrem Land. Ich verspreche Ihnen jedenfalls, dass Sie nach der Lektüre die Mentalität indischer Unternehmer besser verstehen werden."

Sein Lächeln passte nicht ganz zu seiner Körpersprache, fand Piper. Wie auch immer: Er hatte nicht vor, seine Zeit mit Betrachtungen über Literatur und die Mentalität der Inder zu vergeuden.

„Sie haben in unserem Telefongespräch gesagt, dass es Ihnen um meine aktuellen Forschungen geht. Und dass Sie mir diesbezüglich ein Kooperationsangebot zu machen haben."

„Nicht ich persönlich", entgegnete Nair. „Ich bin nur ein kleines Rädchen im großen Getriebe. Aber sind wir nicht alle auf die eine oder andere Art abhängig von höheren Mächten, Sir? Ich von meinem, Sie von Ihrem Geldgeber? Wenn Sie etwa keine Forschungsgelder aus Stiftungen oder von unternehmerischer Seite mehr erhielten, könnten Sie wissenschaftlich kaum so erfolgreich tätig sein, oder?"

Wie wahr, dachte Piper. Die Finanzierung seiner neuen Studie war noch immer nicht endgültig gesichert. Dabei befand sich die Arbeit dafür schon in einem fortgeschrittenen Stadium. Sein Besuch bei Charles war ein Beleg dafür.

„An welche Art von Kooperation haben Sie überhaupt gedacht?", fragte er sein Gegenüber. „Am Telefon haben Sie nichts Konkretes darüber geäußert."

„Lassen Sie uns doch ein wenig spazieren gehen, Sir. Beim Gehen kommen die Gedanken immer am besten in Fluss, finde ich."

Ohne Pipers Antwort abzuwarten, setzte er sich in Bewegung. Sie schlenderten um das Monument herum wie zwei Touristen, die den Freedom Trail abklapperten, um am Ende zwangsläufig auf dem Monument Square zu landen. Mit dem Unterschied, dass sie beide keinen dieser Apparate dabeihatten, mit denen die sechzehn historischen Sehenswürdigkeiten auf der vier Kilometer langen Strecke von den meisten Besuchern lückenlos dokumentiert wurden. Tag für Tag die gleichen digitalen Bilder von denselben Bauten, eine millionenfache Kopie des Trivialen, des Vordergründigen. Piper hielt nichts von dieser Manie. Als ob einem dadurch irgendetwas über die Bedeutung historischer Orte vermittelt würde.

Die Sonne ging langsam unter und übergoss die Skyline von Boston mit einer graurosa Glasur. Ich sollte öfter hierherauf kommen, dachte Piper. Wieso braucht es erst die Anregung von außen, um sich den schönsten Blick über Boston zu gönnen? Plötzlich fiel ihm ein, was er schon beim Telefonat mit Nair vergessen hatte zu fragen. Oder hatte er die Frage ohnehin gestellt, und sie war nur nicht beantwortet worden?

„Wie heißt eigentlich Ihr Auftraggeber?"

Der Inder hielt seinen Blick auf den Boden geheftet. Ruhig setzte er Fuß vor Fuß, wie einer, der von Kindheit an das gleichmäßige, ausdauernde Gehen gewöhnt war. Auch seine Antwort klang ruhig und bedächtig.

„Verzeihen Sie, Sir, aber ich denke, dass es für Namen noch zu früh ist. Das mag Sie vielleicht befremden, aber bei uns geht es im Geschäftsleben etwas anders zu als bei Ihnen. Vor allem dann, wenn es sich um solch ... sensitive Bereiche handelt wie in diesem Fall. Es gibt ein keralisches Sprichwort, das lautet: Ramme zuerst die Pfosten in den Boden, wenn du einen Zaun bauen willst. Dabei spielt es keine Rolle, ob dieser Zaun aus Palmblättern oder aus Stacheldraht besteht. Hauptsache, der eigene Grund und Boden ist gesichert. Sie verstehen, Sir? Ohne solche Maßnahmen ist das schönste Haus, der größte Palast nämlich in Kürze nichts mehr wert, denn Diebe und Räuber werden sich seiner bemächtigen – ein ehernes Gesetz."

In gewisser Weise bewunderte Piper die ausschweifende Sprache des Orients, wenn sie ihm als Wissenschaftler auch vollkommen wesensfremd war. Ein einfaches Ja oder Nein konnten diese Menschen in eine voluminöse Bildersammlung wie in jene der Geschichten aus *Tausendundeiner Nacht* verpacken. Wenn sich Piper recht an seine Literaturklasse an der Highschool erinnerte, stammten die berühmten Erzählungen ursprünglich aus dem Indischen, ehe sie von Persern und Arabern weiterentwickelt wurden. Sinnlich, opulent, gewiss – aber im Kern war *Tausendundeine Nacht* nichts anderes als eine Mordsgeschichte, in der Frauen nach ihrer Liebesnacht mit dem Herrscher umgebracht werden. Bis auf jene, die durch die Kunst des spannungsreichen Erzählens das fatale Muster zu durchbrechen vermag.

„Wenn Sie mir nicht einmal den Namen Ihres Auftraggebers nennen wollen oder können, hat sich ein weiteres Gespräch wohl erledigt."

Piper blieb stehen, doch der andere hielt seine Schritte nicht an, änderte nur die Richtung: Er begann Piper zu umkreisen.

„Halten wir uns doch nicht mit Formalitäten auf, Sir", sagte der Mann mit leiser, beschwörender Stimme, obwohl niemand in der Nähe war, der sie hätte hören können. Oder den man im Fall des Falles um Hilfe bitten konnte. Die Art, wie der andere sich um ihn herum bewegte, bereitete Piper zunehmend Unbehagen. Wie ein Raubtier, dachte Piper. Worauf hatte er sich da nur eingelassen?

„Welche Rolle spielt ein Name, der Ihnen letzten Endes doch nichts sagen würde? Wollen wir nicht lieber über das Wesentliche reden? Darüber, was bei unserer Kooperation für Sie herausspringen könnte?" Der Inder wackelte während seiner Fragen mehrfach mit dem Kopf. Piper wusste damit nichts anzufangen.

„Ich verhandle nicht mit Unbekannten beziehungsweise mit dem Agenten eines Unbekannten", sagte er harsch und erschrak gleichzeitig über die ungewohnte Schärfe in der eigenen Stimme. „Ich denke, wir beenden besser unsere Unterhaltung, Mr Nair."

Jetzt blieb auch der andere stehen. Einige Augenblicke lang blickten sie einander schweigend an. Dann lächelte der Inder wieder sein eigentümliches Lächeln. Wie ein Junge, der erstmals ein Mädchen anspricht.

„Wie haben Sie den *Gott der kleinen Dinge* gefunden, Sir?“, fragte er unvermittelt. „Ich gehe davon aus, dass Ihnen die Geschichte etwas zugesetzt hat, Ihren Randnotizen nach zu urteilen. Nun ja, sie ist ja auch keine leichte Kost, vor allem, wenn man nicht in Indien aufgewachsen ist.“

Piper erstarrte. Nicht einmal Mary Rose hatte diese Notizen je zu Gesicht bekommen. Seine Bücher waren für alle in der Familie tabu, erst recht für Menschen außerhalb. Weshalb er niemals welche verliehen oder eingetauscht hatte. Zu Büchern hatte er ein ausgesprochen intimes Verhältnis. In jedem einzelnen Exemplar seiner Privatbibliothek fand sich sein Exlibris, er hatte sich den Stempel bereits als Student anfertigen lassen. Und er duldete keine Zweitleser, natürlich nicht. Man überließ ja auch seine Gattin keinem anderen!

Woher also konnte Nair wissen, was er in eines seiner Bücher hineingekritzelt hatte? Piper spürte, wie ihm ein kaltes Rieseln ausgehend von den Nackenwirbeln über den Rücken lief. Und so viel war sicher: Es hatte nichts mit der langsam hereinbrechenden Nacht zu tun.

Eher hing es mit dem zusammen, was ihm vorgestern früh aufgefallen war, als er das Wohnzimmer betreten hatte, was er aber, nachdem auch Mary Rose keine Erklärung dafür gehabt hatte, als Produkt einer vorübergehenden Geistesabwesenheit abtat: Ein Stapel seiner Bücher hatte sich nicht auf dem angestammten Platz befunden.

7

Der Winter war über Wien gekommen, früher als üblich und mit solchen Mengen an Schnee, als wolle er mit einem frostigen Lächeln die globale Klimaerwärmung widerlegen. Frieda litt seit Wochen an einem hartnäckigen Husten, der vom vielen Rauchen auch nicht besser wurde. Was du bräuchtest, wäre eine Kur, hatte Leo gemeint. Am besten irgendwo in Südostasien.

Es war nicht das erste Mal, dass er mit so einem Vorschlag daherkam. Leo hatte mit Wintersport rein gar nichts am Hut und zog es vor, dem Schnee zu entfliehen, indem er sich auf die andere Seite der Weltkugel zurückzog. Seine Arbeit als Softwareberater ließ sich auch online tadellos bewältigen, was für Friedas Job nicht im selben Maße galt. Aber das war nicht der Hauptgrund, warum sie ihn ungern auf seine Reisen in den Süden begleitete. Sie waren einfach zu unterschiedlich gepolt, was das Temperaturempfinden anlangte. Während es ihm nicht heiß genug sein konnte, liebte sie es kühl und herb. Irland oder Skandinavien, das waren ihre Lieblingsdestinationen. Dem konnte er wieder wenig abgewinnen, und so gingen sie im Urlaub ihre eigenen Wege. Was vermutlich ohnehin das Beste war. Länger als eine Woche mit ihm zusammen zu sein, endete meist in einem unerquicklichen Streit. So versuchten sie beide, vor sich und anderen die gegensätzlichen Bedürfnisse schönzureden. „Das hält unsere Beziehung frisch", pflegten sie zu antworten, wenn Freunde fragten, warum sie kaum einmal gemeinsam verreisten. „Nach einer längeren Trennung sehnt man sich wieder mehr nach dem anderen." Beide hatten sie die Ausrede schon so oft verwendet, dass sie mittlerweile fast selbst daran glaubten.

Friedas neue Auftragsarbeiten für *opinion*, sämtliche aus dem Wissenschaftsressort, waren wenig inspirierend und nötigten sie zudem, sich ständig mit Glenk abzusprechen. Kurzfristig war er ein wenig freundlicher ihr gegenüber aufgetreten, so, als hätte er ein schlechtes Gewissen gehabt, weil die Serie über Esoterik nach Lussnigs Tod eingestellt worden war. Aber mittlerweile nervte er wie eh und je. Sie hielt seine schiere Gegenwart nicht aus. Vielleicht stimmte es ja doch, dass gewisse Körper eine negative Aura ausstrahlten.

Am 14. Dezember erhielt sie überraschend ein Mail aus Boston.

Dr. Piper fragte nach, ob der Artikel, in dem sie ihn zu zitieren beabsichtigte, schon erschienen sei. Sie erklärte ihm, warum es nicht zu einer Publikation gekommen war, und erwähnte in dem Zusammenhang den Tod Bernd Lussnigs. Das schien Piper zu beunruhigen, denn er erkundigte sich in einem weiteren Mail, wie und wo der Unfall passiert sei. Frieda erklärte ihm die Umstände, so gut sie konnte. Aber Piper gab sich damit nicht zufrieden. Ob es irgendwelche Zweifel gegeben hätte, dass es sich bei dem Tod ihres Kollegen um einen Verkehrsunfall gehandelt habe, wollte er wissen. Sie teilte ihm mit, dass Bernds Leichnam zwar obduziert worden sei, dies aber keine neuen Erkenntnisse gebracht hätte. Daraufhin kam kein weiteres Mail mehr aus Boston.

Sie fand es eigenartig, dass sich der Wissenschaftler so für Bernds Tod interessiert hatte. Hatten sich die beiden womöglich gekannt? Sie erinnerte sich, dass Bernds Exemplar von Pipers Studie mit Kommentaren vollgekritzelt gewesen war. Ob Bernd ihn kontaktiert hatte, ohne ihr davon etwas mitzuteilen? Das wäre schon mehr als eigenartig gewesen. Sie fragte sich, ob sie Piper darauf ansprechen sollte, ließ es dann aber sein. Was sollte es bringen, in der Vergangenheit herumzuwühlen? Es würde Bernd nicht lebendig machen ...

Doch sie bekam die Sache nicht aus dem Kopf. Warum war Bernd nicht wie besprochen nach Trivandrum geflogen, sondern hatte kurzfristig nach Chennai umgebucht? Und was bedeuteten die seltsamen Notizen auf der Kinokarte? Wer waren *chap* und *kk*? Freunde von ihm oder Informanten? Waren sie dafür verantwortlich, dass Bernd in Tamil Nadu und nicht in Kerala recherchiert hatte, und hatte er sie vor seinem Tod noch getroffen?

Die gelbe Flügelmappe! Wo hatte sie sie bloß hingelegt? Ihre elende Schlamperei, jetzt fiel sie ihr auf den Kopf. Nach einigen Minuten hektischen Suchens kam es ihr plötzlich wieder in den Sinn, wo sie stecken musste: in dem alten Metallschrank in der Garage, wo sie all das Zeug deponierte, von dem sie sich aus irgendwelchen sentimentalen Gründen nicht trennen konnte.

*

Auf der Anrichte in der Küche lagen, wie an einem Raster penibel ausgerichtet, kleine Zettel, DIN-A4-Seiten, zwei DVDs in Papierhüllen und ein paar Broschüren. Frieda knabberte an einem mit Radieschen belegten Butterbrot. Mittlerweile hatte sie sämtliche Materialien aus Bernds Hinterlassenschaft gründlich gesichtet und ein ziemlich klares Bild, wofür Bernd was benötigt hatte. Nur bei zwei Notizzetteln blickte sie nicht durch. Es handelte sich offenbar um Aufzeichnungen zu einem Telefonat, das Bernd geführt hatte. Die Telefonnummer stand rechts oben, die übrigen Zahlen und Begriffe auf dem Blatt ergaben aber wenig Sinn.

Sie öffnete ihr Notebook und googelte die Telefonnummer. Sie gehörte zu einem chemischen Labor in Bremen. Warum nicht, dachte sie, wozu habe ich Flatrate?

Sie stellte ihr Handy auf laut und wählte die Nummer. Als sich am anderen Ende eine Männerstimme meldete, drückte sie die Record-Taste ihres digitalen Aufnahmegeräts. Es war nicht die feine englische Art, ein Telefonat heimlich mitzuschneiden, aber es hatte sich schon öfters bezahlt gemacht. Gerade bei solch unangemeldeten Gesprächen plapperte mancher Dinge aus, die man später nie mehr aus ihm herauskriegen würde.

Transkript: Telefonat mit Horst Kessler, ChemLab Bremen, 17.12.2012

HK: Kessler. Guten Tag, was kann ich für Sie tun?
FP: Guten Tag. Mein Name ist Prohaska, ich arbeite für die Wiener Wochenzeitschrift *opinion* und würde Ihnen gerne ein paar Fragen stellen.
HK: *opinion?* Aber gerne. Wenn das so weitergeht, zählt Ihr Magazin ja bald zu unseren Stammkunden.
FP: Sie hatten bereits mit uns zu tun?
HK: Wie, Sie wissen nichts davon? Ein Kollege von Ihnen hat mich doch vor etwa einem Monat mehrmals angerufen.
FP: Hieß dieser Kollege zufällig Bernd Lussnig?
HK: In der Tat. Ich erwarte eigentlich längst ein Päckchen mit Proben von ihm. Er wollte sie mir unmittelbar nach seiner Rückkehr aus Indien zusenden.
FP: Ich muss Ihnen leider sagen, dass Bernd ... Nun, er ist tot.
HK: Tot? Aber wie um alles in der Welt ...
FP: Bernd hatte in Indien einen tödlichen Verkehrsunfall. Wir beide haben für eine Artikelserie zusammengearbeitet. Ihre Telefonnummer habe ich aus seinen Unterlagen. Könnten Sie mir sagen, weshalb er Sie kontaktiert hat?
HK: Nun, ich nehme an, dass es sich hierbei um kein Geheimnis handelt, schon gar nicht unter diesen Umständen. Herr Lussnig hat sich ausführlich bezüglich Blut- und Urintests erkundigt. Schließlich habe ich ihm, wie gewünscht, einige 30-Milliliter-Röhrchen für Urintests per Eilversand an eine Adresse in Südindien geschickt. Offenbar war es sehr dringend.
FP: Um welche Tests handelte es sich?
HK: Um Tests nach der ICP-MS-Methode, einer Form der Massenspektronomie. Es ging ihm darum, Schwermetalle im Urin feststellen zu können. Vor allem wollte er wissen, ob sich damit Blei, Quecksilber und Arsen zuverlässig im Organismus nachweisen lassen. Solange Sie pro zu analysierender Substanz vierzig Euro hinlegen, suchen wir gerne auch nach hundert verschiedenen Materialien, sagte ich. Außerdem machte ich ihn darauf aufmerksam, dass die Haltbarkeit der Proben mit etwa einer Woche begrenzt sei. Er meinte, dass dies kein Problem sei, er werde sie mir schon rechtzeitig zusenden.

FP: Hat er erwähnt, wen er zu testen beabsichtigte?
HK: Er sagte, dass er die Tests für seine bevorstehende Indienreise benötigte. Über die Testpersonen äußerte er sich nicht. Er hat mich allerdings gefragt, ob unser Institut auch Erfahrung mit der Testung ayurvedischer Präparate habe. Daraus können Sie ja vielleicht Rückschlüsse ziehen.
FP: Vielleicht, ja. Aber was haben Sie ihm geantwortet?
HK: Ich sagte, dass wir mit ayurvedischen Produkten noch nie zu tun hatten, sehr wohl aber mit Nahrungsmitteln wie Tee und Reis und allen möglichen Nahrungsergänzungsmitteln aus dem asiatischen Raum. Und dass wir bei praktisch allen untersuchten Proben fündig geworden seien, was die Belastung mit Pestiziden und Schwermetallen betraf. Wenn die Leute wüssten, was in vielen dieser Produkte steckt, würden sie einen weiten Bogen darum machen. Ich gehe so weit zu behaupten, dass man sich mit manchem Reis aus Bangladesch eine Arsenvergiftung zuziehen kann, so verseucht ist die Erde dort bereits.
FP: Wollte Bernd sonst noch etwas von Ihnen?
HK: Er fragte mich, wie er es mit der Deklarierung der Proben am Zoll halten solle. Ich riet ihm davon ab, sie überhaupt zu deklarieren, und sagte, er solle die Röhrchen am besten in seinem Kulturbeutel verstauen, das sei am unverdächtigsten. Außerdem empfahl ich ihm, einen Teil der Proben einzufrieren und aufzuheben, um sie später im Bedarfsfall nochmals testen zu können. Worauf er lachte und meinte, dass er unseren Analysen durchaus vertraue und nicht vorhabe, Urin länger als unbedingt nötig in seinem Gefrierfach zu horten. Er war wohl ein humorvoller Mensch, Ihr Kollege.
FP: Ja, das war er.
HK: Mit einem leicht makabren Einschlag. Aber den sagt man ja den Wienern ohnehin nach, nicht wahr? Jedenfalls wollte er wissen, ob bzw. wie ich ihm helfen könnte, falls er im Zuge seiner Recherchen selbst mit toxischen Substanzen in Berührung käme. Ich erklärte ihm, dass im Fall einer hundertprozentigen Grenzwertüberschreitung eine Chelat-Therapie angezeigt sei. Haben wir auch schon des Öfteren im Fall einer Kontaminierung mit Schwermetallen angewendet – leider nicht immer mit Erfolg. Apropos Therapie: Vielleicht interessiert es Sie, dass Herr Lussnig auch noch meine persönliche Einschätzung zu einem ganz anderen Thema wissen wollte.

FP: Natürlich, sehr! Worum ging es?
HK: Ob ich als Chemiker es für möglich hielte, Schwermetalle mittels Verbrennung und mechanischer Zerkleinerung von ihren toxischen Eigenschaften reinigen zu können.
FP: Ganz klar: Damit spielte Bernd auf die ayurvedische Prozedur der Kalzinierung an. Und was haben Sie ihm darauf geantwortet?
HK: Dass ich mir absolut nicht vorstellen könne, wie die toxischen Eigenschaften etwa von Blei durch eine solche Behandlung verschwinden sollen. Die Veraschung ist Teil des alten alchemistischen Umwandlungsgedankens und somit weniger eine Frage der Chemie als eine Glaubensfrage. Diese Methode hat allenfalls eine antibakterielle Wirkung. Das Experimentieren mit Quecksilber steht in derselben Tradition. Die Alchemisten wollten daraus bekanntlich Gold gewinnen, die heutigen Quacksalber wollen mit ihren herbometallischen Medikamenten Geld machen, das ist der ganze Unterschied. Und obwohl sich die Alchemisten bei ihren Experimenten seinerzeit reihenweise vergifteten, lassen sich heute wieder genügend Menschen von der Illusion verführen, alles, was früher zusammengepanscht wurde, sei natürlicher und schon deshalb besser gewesen. Man schwafelt von Arkanum und Transmutation und ignoriert die fatale Tatsache, dass Schwermetalle, wenn sie sich erst einmal im menschlichen Gewebe eingelagert haben, extrem schwer wieder daraus zu entfernen sind. Selbst bei harmlosen Legierungen wird doch Metall im Körper freigesetzt; ja, es gibt Berichte darüber, dass sogar Titanimplantate sich teilweise auflösen können. Ich riet Ihrem Kollegen jedenfalls dringend, vorsichtig zu sein, was allfällige Experimente und Selbstversuche mit unbekannten Substanzen betraf.
FP: Sie glauben also, dass Bernd eine Art Selbstversuch plante?
HK: Schwer zu sagen, er ließ sich nicht recht in die Karten schauen. Ebenso gut könnte es sein, dass er die Testung an anderen durchführen wollte. Ich weiß nur so viel: Es ging ihm um hieb- und stichfeste Beweise, die jedes Gericht anerkennen würde.
FP: Und solche Beweise wären durch Testungen nach der ICP-MS-Methode zu erbringen?
HK: Zweifellos. Die Schwierigkeit liegt ja nicht darin, eine erhöhte Schwermetallbelastung im Nachhinein festzustellen, sondern darin, rechtzeitig herauszufinden, dass jemand eine gefährliche Dosis abbekommen hat. Die Symptome einer Blei- oder Queck-

silbervergiftung sind wenig spezifisch und könnten alle möglichen Ursachen haben. Aber spätestens wenn neurologische Störungen auftauchen, ist höchste Gefahr im Verzug.

FP: Welcher Art sind diese neurologischen Störungen?

HK: Es beginnt meist mit Kopfschmerzen und Wortfindungsstörungen, dazu kommen häufig Tinnitus und Sehstörungen bis hin zu mentalen Veränderungen.

FP: Okay, Herr Kessler, dann danke ich Ihnen sehr herzlich für Ihre Auskünfte.

HK: Nichts zu danken, Frau Prohaska. Ach, und falls Sie vorhaben sollten, auf Herrn Lussnigs Spuren zu wandeln, darf ich Ihnen denselben Rat geben wie ihm: Seien Sie vorsichtig, was Sie Ihrem Körper zumuten. Man lebt nur einmal. Glaube ich jedenfalls.

FP: Wie kommen Sie auf die Idee, ich würde auf Bernds Spuren wandeln wollen?

HK: Weil, nichts für ungut, aus Ihnen derselbe fiebrige Aufdeckergeist tönt wie aus ihm. Ist ja vermutlich auch wichtig und richtig, ein solcher Jagdinstinkt, wenn man in Ihrem Beruf etwas erreichen will. Ich als Wissenschaftler bevorzuge hingegen kühles Blut und klare Analysen.

FP: Auf Wiederhören, Herr Kessler. Und nochmals vielen Dank!

HK: Gern geschehen. Auf Wiederhören.

8

„Was, bitte, wollen Sie überhaupt von mir?“

Piper hatte sich jetzt wieder unter Kontrolle. Zumindest hoffte er, dass sich seine Stimme danach anhörte.

Der Mann, der sich Nair nannte – Piper glaubte längst nicht mehr, dass dies sein richtiger Name war –, blickte ihn neutral an.

„Ich sagte es doch schon, Sir: Wir bieten Ihnen unsere Kooperation an. Ein lukratives Geschäft, für beide Seiten gleichermaßen. Besonders für Sie, wenn man es genau betrachtet. Ich wünschte, mir würde jemand einmal so ein Angebot machen: Eine Million Dollar dafür, etwas *nicht* zu tun! Wenn ich mir vorstelle, dass in meinem Land ein Auftragsmord schon um zehntausend Rupien zu haben ist …“

Er legte den Kopf schief wie ein Rabe. Oder wie einer, der gerade eine Yogaübung zur Nackenentspannung macht.

Pipers Hirn arbeitete auf Hochtouren, aber sosehr er sich bemühte, er vermochte keinen Sinn in diesem Angebot zu erkennen. Nur eines war ihm klar: dass es sich um ein unmoralisches handeln musste.

Der andere ließ ihm alle Zeit der Welt, um seine Gedanken zu ordnen. Wenn es denn da etwas zu ordnen gab. Denn einzig Panik und Chaos hielten sich momentan in Pipers Kopf die Waage. Wer es geschafft hatte, sich unbemerkt Zutritt zu seinem Allerheiligsten zu verschaffen und in seinen Büchern herumzuschnüffeln, saß auf dem längeren Ast, das konnte man drehen und wenden, wie man wollte. Und diese Sicherheit stand ihm ins Gesicht geschrieben. Vor dem Mann würde ihn auch ein ganzes Bataillon an Polizisten nicht beschützen können. Und überhaupt: Auf welcher Basis sollte er um Personenschutz für sich und seine Familie ansuchen? Weil jemand mit ihm über eine Randbemerkung in einem Roman ein Schwätzchen geführt hatte? Die Bostoner Polizei hatte vermutlich

Besseres zu tun, als solchen Abstrusitäten nachzugehen. Abgesehen davon, dass es für dieses Gespräch bzw. dessen Inhalt keinerlei Zeugen gab. Sie sollten sich entspannen, Doktor, und arbeitsmäßig ein wenig kürzertreten. Das wäre noch das Freundlichste, was man sich als Reaktion erwarten durfte.

„Ich verstehe nicht, was das alles mit der Studie zu tun hat", sagte er. „Oder war sie überhaupt nur ein Vorwand, um mich hierherzulocken?"

„Keineswegs, Sir, wir würden Sie doch nicht so plump anlügen! Nein, Ihre Studie war schon Gold wert, wenn Sie den Ausdruck gestatten. Für die westliche Pharmaindustrie jedenfalls. Wie viel haben Sie dafür eigentlich erhalten? Einhunderttausend, zweihunderttausend? Oder mehr? Ich bezweifle jedenfalls, dass Ihnen für Ihre Arbeit mehr geboten wurde, als wir Ihnen dafür bieten, dass Sie nichts tun."

Piper sah ihn ungläubig an. „Sie müssen verrückt sein, Herr Nair, oder wie immer Sie heißen! Mein Team und ich haben keinen Cent dafür eingesteckt. Es war schwierig genug ..."

„... das Geld dafür aufzureißen. Ich weiß, was Sie sagen wollen. Mag ja sogar sein, dass Sie tatsächlich in lauterer Absicht diese Ergebnisse geliefert haben, Sir. Nichtsdestotrotz werden Sie zustimmen, dass es immer auch eine Umwegrentabilität bei solch überaus passenden Forschungsergebnissen gibt. Passend für die einem nahestehenden Interessengruppen. Außerdem steigt mit der gewonnenen Reputation auch die Chance, beruflich und damit finanziell vorzurücken. Und, nicht zu vergessen, man kommt damit künftig leichter an neue Aufträge heran. So wie an jenen, an dem Sie gerade arbeiten, Dr. Piper! Eine Arbeit, von der wir Sie allzu gerne entlasten möchten."

Er verzog die Lippen zu einem breiten Grinsen und senkte seine Stimme, obwohl niemand sie hören konnte: „Durch eine Million Dollar, bar auf die Hand."

Piper verschlug es den Atem. Kein Mensch außer ihm und seinem Team, Charles Boyd und dem Stiftungsrat der Uni, über den alle Studienprojekte abzuwickeln waren, dazu noch einige sorgfältig ausgewählte indische Fachkollegen, durfte bis dato davon Kenntnis haben, dass Piper et alii im Begriffe waren, eine neue, weitaus breiter angelegte Studie vorzulegen, deren Ziel es war, die Schwermetallbelastung von ayurvedischen Produkten auf indischem Boden selbst zu überprüfen. Womit man weit über jene knapp zweihundert Samples aus dem Internetverkauf solcher Produkte in den USA hinausgehen wollte, die Gegenstand der ersten beiden Untersuchungen gewesen waren. Quantitativ wie qualitativ wies die neue Untersuchung also eine ganz andere Dimension auf, weshalb Piper sich auch um größtmögliche Geheimhaltung bemüht hatte. Schließlich wusste er, welche wirtschaftlichen, um nicht zu sagen politischen Implikationen ähnliche Ergebnisse wie bei den Vorgängerstudien haben würden. Nairs Andeutungen bewiesen, dass trotz aller Vorsichtsmaßnahmen etwas nach außen durchgesickert war. Für Piper gab es keinen Zweifel, dass sich das Leck in Indien befand. Aber diese Frage war im Moment zweitrangig. Vorerst galt es, sich mit einer als Bestechung getarnten Erpressung kreativ auseinanderzusetzen. Sich nicht ins Bockshorn jagen zu lassen und Zeit zu gewinnen. Zeit, um sich neu zu sortieren und diesen Albtraum nicht ausarten zu lassen.

„Verstehe ich Sie richtig: Sie bieten mir dafür, dass ich die Arbeit an der Studie einstelle, eine Belohnung von einer Million?"

„Absolut richtig, Sir. Aber wenn Sie darauf bestehen, können Sie Ihre Arbeit auch gerne fertigstellen. Nur sollte dabei nicht wieder ein Ergebnis wie bei der letzten herauskommen. Mit all diesen unerquicklichen Auswirkungen. Sehen Sie, Sir, es ist ein Geschäftsprinzip meines Chefs, sich Ärger möglichst zu ersparen. Ärger bringt Magenprobleme, pflegt er zu sagen, und wenn man so einen sensiblen Magen hat wie er ... Natürlich ließe sich die genannte Summe auch auf die herkömmliche Art investieren, indische Politiker sind Spendengeldern gegenüber ja nie abgeneigt. Und eine Million Dollar, umgerechnet in Rupien, reicht in meinem Land für eine ganze Menge Leute mehr als bei Ihnen im Westen. Es genügt, ein Benamikonto einzurichten, zum Beispiel für eine wohltätige Organisation, und schon werden die Geldscheine wieder sauber, dazu benötigen wir keine Schweizer Banken. Wissen Sie, dass mittlerweile sogar einige prominente Gurus in der indischen Politik mitmischen? Die brauchen für ihre Aschrams und wohltätigen Werke ja ebenso Kapital wie ihre weltlichen Mitbewerber. Umgekehrt werden die heiligen Herren von den hinduistischen Fundamentalisten gerne für ihre Zwecke benutzt. Wenn sich ein Kandidat gemeinsam mit einem Erleuchteten den Massen zeigt, steigt die Wahrscheinlichkeit, gewählt zu werden, um das Zigfache. Religion und Politik befruchten einander nirgends so wie bei uns. Aber wozu den Korb mit der Kobra überhaupt öffnen? Wenn der Inhaber des Korbs dafür sorgt, dass der Deckel verschlossen bleibt, gestaltet sich der Geldfluss doch viel übersichtlicher. Sie verstehen, Sir?"

Piper verstand, das Bild mit der Kobra erschloss sich ihm mühelos. „Gut", erklärte er, „ich werde mir Ihren Vorschlag überlegen. Wo kann ich Sie finden, wenn ich einen Entschluss gefällt habe?"

„Ich werde mich zeitgerecht wieder bei Ihnen melden, Sir. Und, bitte: Halten Sie mich nicht für naiv. Naivität ist das Letzte, was wir uns leisten können, pflegt mein Herr zu sagen. Auch bei unserem nächsten Treffen werden keine Zeugen zugegen sein oder irgendwelche putzigen Mikrofone, die sich unter dem Hemd verstecken lassen. Verschwenden Sie keine Gedanken darauf. Nutzen Sie besser die Zeit und überlegen Sie, was Ihnen langfristig betrachtet wirklich wichtig ist: abstrakte Prinzipien oder Ihre praktische Arbeit, Einsamkeit oder eine gesunde Familie samt einem hübschen Häuschen im Grünen. Ihre Villa ist ja nun wirklich nicht zu verachten. Die hübschen Gärten, der gepflasterte Weg hoch zur Terrasse ... Man blickt hinaus auf die Welt, doch die Welt sieht einen nicht. Die hohe Mauer, alle Türen geschützt mit Sicherheitsschlössern, jene vom Wohnzimmer zur Terrasse sogar mit zwei. Und dazu eine auf dem neuesten Stand befindliche Alarmanlage. Ich bin selbst ein Fachmann in Sachen Sicherheit, Sir, und ich kann nur sagen: perfekt. Nun ja, sofern es so etwas wie den perfekten Schutz überhaupt geben kann."

Er legte eine kleine Pause ein.

„Also bis dann, Sir. Und vergessen Sie nicht das Buch, das ich Ihnen mitgebracht habe."

„Das mir so viel über die Mentalität indischer Geschäftsleute verraten soll?"

„Ja, Sir, und noch viel mehr. Es ist eine wunderbare, humorige Geschichte über die Humorlosigkeit des Lebens. Über die Dunkelheit in jenen Breiten, aus denen ich stamme. Eine Dunkelheit, die zu überwinden manchmal Härte erfordert. Gegen sich selbst wie gegen andere. Außenstehende, nicht Eingeweihte verwechseln das gerne mit Grausamkeit. Aber ich will Ihnen nicht zu viel verraten, Sir. Lesen Sie selbst!"

Mit der Andeutung eines Winkens verabschiedete er sich und stieg ohne Hast die Stufen hinab. Piper zog den leichten Sommermantel enger um sich. Er wartete, bis der Inder nicht mehr zu sehen war, dann setzte auch er sich in Bewegung.

Wenigstens hatte der Mann genug Anstand gehabt, ihm nicht noch einmal die Hand zu drücken.

9

John Mancini hob das Glas zu einem Toast auf die Gastgeberin. Das Essen war ganz und gar nach seinem Geschmack gewesen, und der kalifornische Cabernet Sauvignon, den Piper aufgetischt hatte, schmeckte um Klassen besser als alles, was in letzter Zeit durch seine Kehle geronnen war. Kein Wunder, verdiente ein aktiver und renommierter Universitätsprofessor wie Richard doch unter Garantie das Fünffache eines pensionierten FBI-Agenten. Jedenfalls war er froh, der spontanen Einladung seines alten Freundes zum Dinner gefolgt zu sein. Wenn er auch zu spüren vermeinte, dass diese Einladung nicht ganz so uneigennützig erfolgte, wie es bei ihrem Telefonat geklungen hatte.

„Wie von der Mama gekocht“, schwärmte er, „Gott hab sie selig. Mary Rose, wo hast du bloß gelernt, eine solch fantastische Pasta auf den Tisch zu zaubern? Du hast doch keine italienischen Vorfahren, oder?“

Mary Rose lächelte scheu, schien sich aber über das Kompliment zu freuen.

„Nein“, antwortete Piper statt seiner Frau, „Mary Rose ist wie ich halb irischer, halb englischer Herkunft. Eine schreckliche Mischung laut George Bernard Shaw. Und der musste es ja wissen – war schließlich vom selben Schlag.“

Alle drei lachten hell auf und ließen die Gläser klingen.

„Hast du eigentlich noch viel Kontakt zu deinen alten Kollegen?“, fragte Piper, während er nachschenkte. Eine ganz harmlose Frage, zweifelsohne, Mancini gab es dennoch einen Stich in der Brust. Machte es ihm doch wieder einmal schmerzlich klar, dass er unwiderruflich auf dem Abstellgleis stand in einer Gesellschaft, in der nur als vollwertig galt, wer aktiv war, beruflich aktiv. Pensionisten wie er, das konnten die Politiker in ihren Sonntagsansprachen beschönigen wie sie wollten, wurden als lästiger Ballast für den

Staat betrachtet. Dementsprechend war es um ihr Image bestellt. Nun ja, wenigstens konnte sich sein BMI im Gegensatz zu dem der meisten Jahrgänger noch sehen lassen. Denn ein John Mancini, das durfte er mit Fug und Recht von sich behaupten, war fitter als manch aktiver Kollege. Dank seiner guten italienischen Gene und wohl auch dank des Sports, dem er mehr denn je huldigte. Welcher fünfundsechzigjährige Amerikaner joggte schon regelmäßig zwanzig Meilen und kam ganz ohne Donuts und Hamburger aus?

„Es geht“, sagte er bedächtig, „mein ehemaliges Team hat natürlich nicht mehr viel Zeit für mich, aber den einen oder anderen treffe ich schon mal am Schießstand.“

„Am Schießstand?“, wunderte sich Rose. „Willst du damit sagen, dass du immer noch deine Dienstwaffe trägst?“

„Natürlich nicht. Aber man kann auch mit anderen Kanonen auf Pappfiguren schießen als mit einer Glock 22. Und ich halte auf meine alten Tage noch immer ganz gut mit, wenn es darum geht.“

Dass er beim letzten Freundschaftsschießen, bei dem die Aktiven aus der Truppe gegen die Ruheständler angetreten waren, die höchste Ringzahl von allen erzielt hatte, verschwieg er. Bescheidenheit war schon immer eine seiner größten Tugenden gewesen. Oder, im Nachhinein betrachtet, sein größter Fehler. Wie sonst hätte man ihn gleich zweimal übergehen können, als es darum ging, wer aus der Mannschaft bei der Beförderung zum Team Leader zum Zug kam. Letztlich setzten sich doch die mit den spitzeren Ellenbogen durch gegenüber jenen, die ihre Leistungen nicht ständig an die große Glocke hängten. Ein trauriges Gesetz, ohne Zweifel. Aber deswegen konnte man sich charakterlich nicht einfach umstülpen …

Richard Piper stellte das Glas ab und erhob sich vom Tisch. „Wenn es dir recht ist, John, würde ich dir vor dem Nachtisch gerne etwas zeigen und, äh, deine fachkundige Meinung dazu einholen.“

Aha, dachte Mancini, jetzt geht es ans Bezahlen.

„Klar“, sagte er schnell, wischte sich mit der Serviette über den Mund und nickte Mary Rose zu. „Kommst du mit?“

Wieder erntete er ein scheues Lächeln. Sie wirkte noch eine Nuance nervöser als zuvor. „Geht ihr zwei schon mal voraus. Ich habe noch in der Küche zu tun."

Mancini folgte Piper ins Wohnzimmer. Im Gegensatz zum sterilen Esszimmer wirkte der Raum überladen, was in erster Linie an den Bergen von Büchern lag. Sie füllten die Regale an drei Wänden vom Boden bis zur Decke, lagen auf dem Tisch und der ledernen Eckbank, sogar auf dem Fensterbrett stapelten sich dicke Bände. Wie kann man bloß so viel Papier auf so wenigen Quadratmetern unterbringen, fragte sich Mancini, und wer um alle Welt vermag sich in so einem Wohnzimmer wohlzufühlen? Einzig die gläserne Tür, die zur Terrasse führte, war unverstellt. Mancini schauderte. Er selbst hatte seit seiner Schulzeit in keine drei Bücher mehr geguckt, kriminalistische Fachliteratur einmal ausgenommen.

Richard war bei der Terrassentür stehen geblieben. „Was hältst du von diesem Schloss, John?"

Mancini trat näher und begutachtete es. „Tadellos, würde ich sagen. Ein Sicherheitsschloss vom neuesten Typus." Er bemerkte die kleine Box über der Tür. „Und zusätzlich hast du eine Alarmanlage installiert. Sicher nicht unklug in diesen Zeiten."

„Tja", sagte Piper, „aber offenbar nicht klug genug. Jedenfalls nicht ausreichend, um ungebetene Gäste fernzuhalten. Und das ist nur der geringste Teil meines Problems."

Dann erzählte er Mancini, was passiert war. Dass ein Mann ohne Spuren zu hinterlassen in diesen Raum eingedrungen war und in aller Seelenruhe seine Bibliothek inspiziert hatte. Ohne etwas zu stehlen, wohlgemerkt, sondern ausschließlich, um zu demonstrieren, *dass* er es konnte. Und es jederzeit wieder schaffen würde. Sicherheitsschloss hin, Alarmanlage her.

„Und woher willst du wissen, dass er über die Terrasse und nicht durch den Flur gekommen ist?", fragte Mancini.

„Weil er es mir selbst gesagt hat", sagte Piper. „Er hat mir den Weg durch den Garten beschrieben und die Aussicht von meiner Terrasse gelobt."

„Erzähl", sagte Mancini, räumte einen Stapel Bücher von der Couch und ließ sich darauf nieder. „Erzähl von Anfang an."

„Okay", sagte Piper. Dann berichtete er von seinem Treffen mit dem Inder und dessen erpresserischem Angebot. Seine Worte klangen nüchtern, aber Mancini spürte, wie aufgewühlt er war.

„Üble Sache", meinte Mancini schließlich, „verdammt üble Sache. Wenn man davon absieht, dass eine Million Dollar natürlich ein hübsches Sümmchen ist."

Piper ging zum Wandschrank und entnahm ihm eine Flasche Whisky und zwei dicke Gläser. „Mit oder ohne Eis?", fragte er.

„Nicht für mich", sagte Mancini.

Einen Glenfiddich hatte er noch nie ausgeschlagen, seit sie ihn in den Ruhestand versetzt hatten. Aber irgendwie war man ja jetzt wieder im Dienst.

*

Wie Mancini vorausgesagt hatte, nahm der Inder über eine neue Nummer Kontakt zu Piper auf.

„Haben Sie sich entschieden, Sir?"

Ja, Piper hatte sich entschieden. Entschieden, nicht klein beizugeben oder sich korrumpieren zu lassen. Mit John Mancini an seiner Seite fühlte er sich gewappnet. Manchmal brauchte es nicht viel, um sich von einem nüchternen Wissenschaftler zu einem Kämpfer zu mausern.

Es wäre natürlich sinnlos gewesen, den Anruf zurückverfolgen zu wollen – das Handy war mit Sicherheit längst in einem Müllcontainer gelandet. Mancini hatte Piper eingeschärft, das Treffen wenn irgend möglich hinauszuzögern. Dahinter stand die Absicht, den vereinbarten Ort vorher sondieren und das eine oder andere hübsche Gerät installieren zu können. Aber der Inder ließ sich darauf gar nicht erst ein, was bewies, dass er auch diesbezüglich kein Anfänger war.

„Heute um Punkt 18 Uhr", hatte seine kurze Anweisung gelautet, „direkt beim Shaw-Denkmal, Beacon Street."

Das war in gerade einmal zwei Stunden. Der Mann schien eine

ausgesprochene Vorliebe für geschichtsträchtige Plätze zu haben. Wie Mancini noch aus seiner Schulzeit wusste, war Robert Gould Shaw ein Bostoner Offizier der Unionsarmee im Bürgerkrieg gewesen und hatte ein ausschließlich aus ehemaligen Sklaven bestehendes Regiment angeführt. Nicht sonderlich erfolgreich allerdings, die Konföderierten hatten ihn 1863 samt den meisten Infanteristen des 54. Regiments in einem Massengrab verscharrt und gehöhnt: *We have buried him with his niggers*. Benjamin Brawley, ein patriotischer Poet, hatte Robert Gould Shaw in seinem Gedicht *The Hero* gar mit Sir Galahad, dem makellosen Ritter der Tafelrunde, verglichen.

Doch vermutlich wusste der Inder, der Piper zum bronzenen Reliefdenkmal bestellt hatte, nichts von alledem. Vermutlich ging es ihm nur darum, dass der Ort ihres Zusammentreffens ein öffentlicher Platz war, luftig und von allen Seiten schön einzusehen. Ein Ort, wo sich keine Regimenter verstecken ließen. Weder schwarze noch weiße mit einem Polizeiabzeichen.

All das traf auf das Shaw Memorial zu. Es befand sich an der Nordecke des Boston Common, der sich brüsten durfte, der älteste Stadtpark der Vereinigten Staaten zu sein. Gleich gegenüber dem Massachusetts State House auf der anderen Seite der belebten Beacon Street.

„Ob der Bursche seine Treffpunkte nach einem gewissen Muster aussucht? Muster sind immer gut für einen Ermittler. Aus ihnen lässt sich schon mal ein anständiges Fangnetz knüpfen“, meinte John Mancini. Obwohl er davon ausging, dass dieses Treffen das letzte seiner Art sein würde. Dass sich ein weiteres Fangnetz danach erledigt hätte.

Mancini hatte sich verpflichtet gefühlt, seinem Freund zu empfehlen, das Ganze über die offiziellen polizeilichen Kanäle abzuwickeln. Schließlich verfügte die Behörde über Mittel und Wege, zu denen er, der pensionierte Agent, keinen Zugang mehr hatte. Vielleicht fände sich über diesen Nair ja sogar etwas Brauchbares in den Datenbanken des US Department of Homeland Security. Was sie dort erhoben und sammelten, stellte alle staatliche Schnüffelei vor 9/11 weit in den Schatten. Dass man damit ein Mehr an Sicherheit erreichte, bezweifelte allerdings auch Mancini. Statistische Koinzidenzen pflegten sich in scheinbare Kausalitäten zu verwandeln, messerscharfe Fehlschlüsse und massenweise Festnahmen, vor allem von Muslimen, waren an der Tagesordnung. Kein Wunder, wo sich doch die Zahl potenziell Terrorverdächtiger exponentiell zu vermehren schien und keiner mehr den Überblick über den Wust an Material behielt. Ein lächerlicher Rechtschreibfehler konnte schon ausreichen, um einen Terrorverdächtigen aus den Augen zu verlieren. Oder um einen harmlosen Bürger monate- oder jahrelang einzubuchten. Aber noch gab es ja genügend Platz in Guantanamo.

Richard hatte wenig Lust gezeigt, sich mit seinem Problem an Polizei oder FBI zu wenden. Seine Befürchtung war, dass man ihn dort nicht einmal ernst nehmen würde. Was hatte er schon vorzulegen? Ein erpresserisches Angebot, das nicht zu beweisen, und einen Einbruch, bei dem nichts verschwunden war. Ob sich deshalb jemand die Mühe machen würde, konkrete Vorkehrungen zu treffen, um den ominösen Erpresser im Fall einer neuerlichen Kontaktaufnahme dingfest zu machen? Und was, wenn der Mann sich überhaupt nicht mehr rührte, wenn die Truppe umsonst aufgestellt worden wäre? Würde man dann nicht ihn, den Herrn Professor, für einen dieser Paranoiden halten, wie sie ohnehin zuhauf herumliefen? Nein danke, hatte Piper gemeint. Er wolle nicht, dass man sich am Ende des Tages über ihn lustig machte. Ein einziger missgünstiger Kollege, der davon Wind bekäme – und schon stünde die mühsam erworbene Reputation eines ganzen Forscherlebens auf dem Spiel.

Soweit Pipers Bedenken. Mancini hatte andere gehabt und einen Tag lang Für und Wider bedacht. Schließlich überwog aber auch bei ihm der Eindruck, dass es noch zu früh sei, um gleich mit der ganzen Kavallerie aufzufahren. Das effektive Bedrohungsszenario war überschaubar, und solange man niemanden gefährdete, tat man vielleicht gut daran, die Flamme niedrig zu halten. Natürlich, ein Restrisiko gab es immer, und sollte etwas schiefgehen, würden ihn die alten Kollegen nicht schonen, im Gegenteil. Man würde ihm die alleinige Schuld dafür geben. Andererseits: Ein bisschen Risiko und Action war doch das reinste Lebenselixier für einen alten Polizisten.

Danach hatten sie an ihrem Plan herumgetüftelt. An der Falle, die sie dem Erpresser zu stellen gedachten und die bei jedem möglichen Treffpunkt zuschnappen konnte.

Dass Piper nun ausgerechnet zum Shaw-Denkmal bestellt worden war, betrachtete Mancini als ein gutes Omen. Hier, im Herzen von Boston, kannte er sich aus wie in seiner Westentasche. Und selbst in der kurzen Zeit, die ihnen blieb, würde er es noch hinkriegen, einen guten Standort auszukundschaften, um mit seinem 400er-Teleobjektiv scharfe Fotos zu schießen. Ohne dabei von der Zielperson gesehen zu werden, verstand sich.

Er glaubte auch schon zu wissen, wo in etwa sich dieser Standort befinden würde: in unmittelbarer Nähe der bronzenen Tafel, aber einige Meter über dem Boden. Immerhin waren die Bäume im Boston Common dicht belaubt zu dieser Jahreszeit.

*

Er saß auf der steinernen Bank neben dem Denkmal und massierte sein rechtes Bein. Ein Krampf im Oberschenkel, das war eine neue Erfahrung. Aber irgendwie passte es ja zu dieser verrückten Situation.

Dr. Richard Piper war nicht der Mann für dramatische Inszenierungen. Er war Wissenschaftler, nüchtern und geradlinig gestrickt. Ohne Ambitionen, sich außerhalb akademischer Diskurse mit jemandem anzulegen. Nie hatte er verstanden, wie Menschen sich an Autoverfolgungsjagden à la Hollywood ergötzen konnten, zumal diese so vorhersehbar waren wie die Tanzeinlagen in einem pathetischen Bollywoodfilm. Wohl nicht zufällig waren die beiden cineastischen Scheinwelten nur durch einen Buchstaben voneinander getrennt. Und nun saß er da, um den Protagonisten in einem ebensolchen Spektakel zu geben. In einem verschwörerischen

Komplott mit dem FBI, wenn auch die Bundesbehörde nur durch einen Pensionisten repräsentiert wurde. Lächerlich, fürwahr. Aber deswegen nicht weniger nervenaufreibend.

Der Backsteinbau des Massachusetts State House mit seiner vergoldeten Kuppel hob sich scharf vor dem blauen Firmament ab. Das schmiedeeiserne Gittertor zum Regierungsgebäude war bereits geschlossen. Einige Skateboarder tollten auf der rot gepflasterten, halbkreisförmigen Fläche zwischen Straße und Mauer herum und nutzten die Stufenkanten für ihre Künste. Der ständige Krach wirkte nicht eben beruhigend auf Pipers Nervenkostüm. Zum wiederholten Mal blickte er auf seine Armbanduhr. Aber es war erst fünf vor sechs, kein Grund also, sich Gedanken zu machen.

Und überhaupt, weswegen sollte er sich sorgen? Mancini hatte ihm ein winziges Mikrofon in den Revers seiner Jacke eingebaut. Woher er das Ding hatte? „Das willst du gar nicht wissen", hatte John gemeint. Eins sei jedenfalls sicher: Nicht einmal Sherlock Holmes mit seiner Lupe könnte es entdecken. Aber hatte der Inder nicht ausdrücklich davor gewarnt, mit einem versteckten Mikro aufzutauchen, gab Piper zu bedenken. Das sei ja gerade der Witz an der Sache, hatte Mancini gelacht. Aufgrund seiner Warnung würde Nair diese Möglichkeit unbewusst nicht mehr so ernst nehmen. Ein psychologisches Gesetz, das sicher auch in Indien gelte. Außerdem konnte er Piper ja wohl kaum in aller Öffentlichkeit filzen.

Der Exagent selbst hockte seit einer guten halben Stunde in einer Astgabel des Spitzahorns rechts vom Memorial, mit der Kamera im Anschlag. Er war sich sicher, dass ihn niemand dabei beobachtet hatte, als er den Baum enterte wie der junge Tarzan.

Ein antiker Doppeldecker mit der Aufschrift *Boston Sightseeing Tours* bremste an der Kreuzung, und eine Gruppe Touristen verließ lärmend den Bus. Piper registrierte, dass deren Hautfarbe ebenso dunkel war wie jene des Mannes, auf den er wartete. Seine Augen scannten die Gesichter, Nair war nicht darunter. Wie auch! *Und bitte: Halten Sie mich nicht für naiv.* Die Worte hallten in Pipers Ohren wider. Nein, für naiv hielt er ihn gewiss nicht. Wer sich Zutritt zu seinem Allerheiligsten verschaffen konnte, ohne Spuren zu hinterlassen, wusste vermutlich auch Vorkehrungen für eine derartige Verabredung zu treffen.

Die Idee war gewesen, den Mann in flagranti zu ertappen. Sie hatten vorgehabt, seine Stimme aufzunehmen, wenn er das Angebot wiederholte. Das Mikro war drahtlos mit einem digitalen Aufnahmegerät in Miniaturausgabe verbunden, in der Größe einer Zündholzschachtel und als eine ebensolche getarnt. Zudem wollte Mancini von seiner luftigen Position aus ein paar brauchbare Porträts schießen, sodass eine Identifikation keine große Sache wäre. Mit dem Material in Händen sollte es ein Leichtes sein, Nair ihrerseits unter Druck zu setzen. Ihn und seinen feinen Auftraggeber.

So weit die Theorie. So weit der Plan.

Aber Piper fühlte sich scheußlich. Er war drauf und dran, das Ganze abzublasen, Mancini vom Baum herunterzuholen und *that's it* zu sagen.

Als Letzter stieg der Guide aus dem Doppeldecker. Unmittelbar neben Piper versammelte er seine Leute um sich. Er verteilte Zettel und erklärte mit lauter Stimme, wie der Stadtteil Beacon Hill am effektivsten zu durchkämmen sei, um die Checklisten abzuarbeiten. Das große Bostoner Geschichtepuzzle. Am Ende wäre derjenige der Sieger, der es schaffte, die meisten Punkte einzufahren. Die Belohnung: ein Gratisdinner im Restaurant ihres Hotels, des *Taj Boston*.

Eine verdammte Schnitzeljagd, dachte Piper, die neue Art des Städtetourismus. Die Inder, allesamt piekfein gekleidet, machten sich aufgekratzt auf den Weg. Die erlesenen Seidensaris der Frauen glänzten im Abendlicht. Wer im *Taj Boston* logierte, kam nicht aus ärmlichen Verhältnissen. Genauso sah vielleicht auch Nairs Auftraggeber aus. Ein beunruhigender Gedanke schoss Piper durch den Kopf: Was, wenn der finanzkräftige Boss sich unter die noblen Schnitzeljäger gemischt hatte und ihn in dieser Tarnung beobachtete? Wenn er zusammen mit Nair ein Team bildete, so wie er selber mit Mancini? Komm, mach dich nicht verrückt, sagte sich Piper. Das ergibt doch keinen Sinn. So viel Aufwand betreibt keiner, der eine Million Dollar zu verschenken hat.

Mittlerweile war es zehn Minuten über der Zeit. Die Inder waren in Richtung Athenæum verschwunden. Piper erhob sich und begann vor dem Relief auf und ab zu spazieren. Bewegung hatte ihm schon immer gutgetan, wenn es darum ging, seine Nervosität in den Griff zu bekommen. Einige geschichtsbeflissene Touristen übten sich fleißig im Entziffern der Inschrift auf der Rückseite des Reliefs, andere fotografierten jede Figur darauf einzeln ab. Was sie wohl mit all den Bildern zu Hause machten? Fotografieren, speichern, formatieren – der moderne dialektische Dreischritt. Denn irgendwann waren auch die größten Datenträger voll und mussten geleert werden, um neue Informationen aufnehmen zu können. Falls sie nicht ohnehin von selbst unbrauchbar wurden, wie Pipers CDs und DVDs, die schneller den Geist aufgaben als die guten alten Tonbänder. Im Grunde war das Verhalten der fotografierenden Touristen nur die Wiederauflage des barocken Vanitas-Gedankens: *Mensch, bedenke, wie vergänglich du bist.* Aus Staub sind wir geboren, zu Staub kehren wir zurück. Wobei gelöschte digitale Bilder nicht einmal ein Staubkorn zurückließen …

Piper lehnte sich an den Stamm des Spitzahorns. Mancini droben im Geäst musste schon eingeschlafene Füße haben, so still, wie er dort seit einer Stunde hockte. Wie lange sollten sie noch warten? Und was zum Teufel hatte es zu bedeuten, wenn Nair nicht auftauchte?

Er stellte fest, dass er das Meisterwerk des Bildhauers Augustus Saint-Gaudens in all den Jahren, die er bereits in dieser Stadt lebte, noch nie genau betrachtet hatte. Die langen, vorsintflutlichen Gewehre über den Schultern der schwarzen Fußsoldaten wirkten wie ein Meer aus Lanzen, und während die Infanteristen leicht gebeugt marschierten, saß der weiße Offizier kerzengerade im Sattel, wie mit einem Lot ausgerichtet. *OMNIA RELINQVIT SERVARE REM PVBLICAM* lautete die Inschrift auf der rechten Seite. Er ließ alles zurück, um die Republik zu retten. Über der Szene schwebte eine Frauengestalt mit wallenden Kleidern. Ob sie symbolisieren sollte, dass die Truppe dem Tod geweiht war?

Schluss, aus, dachte Piper. Um achtzehn Uhr fünfundzwanzig war definitiv klar, dass sie umsonst gewartet hatten. Er zog das Handy aus der Tasche, um zu überprüfen, ob er einen Anruf übersehen hatte. Nein, der letzte stammte von Mancini von heute Vormittag. Aber ein neues SMS wurde angezeigt, er musste den Signalton im Straßenverkehr überhört haben. Die Nachricht stammte von Punkt achtzehn Uhr, der Absender war anonym. Und dann doch auch wieder nicht.

Sie haben mich sehr enttäuscht, Sir! Dennoch ein weiteres Geschenk für Sie: Suchen Sie unter dem Müllkübel.

„Du kannst runterkommen", rief Piper so laut, dass Mancini oben in seinem Hochstand ihn hören konnte. „Unser Mann hat sich gemeldet!"

Er wartete nicht auf den Freund, um den Abfalleimer zu untersuchen, der sich unmittelbar neben der steinernen Bank befand, auf der er die längste Zeit gesessen war. Mit den Fingern ertastete er das Paket, das mit einem Kartonklebeband so befestigt war, dass man es nur sehen konnte, wenn man sich auf den Boden legte.

„Sieh mal! Ein Präsent von Nair."

„Verdammt, Richard, wie kannst du das angreifen!"

In Mancinis Stimme steckte Panik. Piper begriff, dass er eine Riesendummheit begangen hatte. Wenn das ein Sprengsatz war, der ähnlich wie eine Handgranate funktionierte, gab es nicht mehr viel zu erforschen in dieser Welt für Richard Piper. Weder beruflich noch privat.

Aber irgendetwas sagte ihm, dass dies noch nicht seine letzten Gedanken waren. Nicht, dass er gewusst hätte, wie eine Bombe sich anfühlte. Aber durch seine Hände waren schon zu viele ähnlich geformte, ähnlich schwere Pakete gegangen, als dass er nicht gespürt hätte, wenn es sich um ein Buch handelte.

Mancini schrie entsetzt auf, als sein Freund das Papier wegriss. Tatsächlich: Das zweite Geschenk Nairs, und wieder ein Buch. Es sah exakt so aus wie jenes, das Piper beim ersten Treffen von ihm erhalten hatte. Mit der dringenden Empfehlung, es zu lesen. Wozu er sich allerdings bis zum heutigen Tag nicht aufgerafft hatte. Auf dem Cover der stilisierte weiße Tiger neben einem Hahn. Piper begann hektisch in dem Band zu blättern. Auf Seite 66 fand er, was er suchte: die Botschaft des Inders.

Es war nur ein einziger Satz, genau genommen nur ein Gliedsatz. Der leuchtend rote, kräftige Strich darunter, gezogen mithilfe eines Lineals, sprang einem sofort ins Auge.

… who got kidnapped by the Naxals and then tortured and killed.

Entführt, gefoltert, umgebracht.

Piper ließ das Buch fallen. Keine Frage, welche Lektüre er nun dringend anzugehen hatte.

10

„Und was wünschst du dir als Hauptspeise – Schweinsbraten oder Steak?“, hatte sie gefragt.

„Ein ordentliches Schweinernes natürlich“, hatte er geschmunzelt. „Schließlich hab ich ja auch ordentlich Schwein gehabt, dass ich dich kennengelernt hab!“

Mit dem dreigängigen Menü gedachte Frieda, den dritten Jahrestag ihrer ersten Begegnung zu feiern. Alleine, dass sie überhaupt für ihn kochte, musste angesichts ihrer Abscheu vor jeglicher hausfraulicher Tätigkeit bereits als Liebesbeweis betrachtet werden. Und dann auch noch Schweinsbraten, mit Fettrand und Schwarte und jeder Menge Bratensaft! Okay, einmal ist keinmal, dachte sie. Einmal im Jahr war das schon drin.

„Wenn schon, denn schon“, hatte Leo gemeint und sich mit der Rechten völlig entspannt über die Kugel gestrichen, die sich unter seinem weiten Hemd spannte. Was so viel bedeutete wie: Mit einem trockenen Karreestück oder einer fettfreien Soße auf Pflanzenbasis brauchst mir nicht zu kommen! Diesbezüglich war er ebenso wenig einsichtig wie sie beim Rauchen. Sein schlagendes Argument: Die halb rohen Erdäpfelknödel bräuchten nun einmal eine gehörige Schmiere, um hinunterzurutschen. Und eine Waldviertlerin wie sie – und mochte sie sich noch so kochfeindlich geben – habe das Knödelmachen schließlich in den Genen. *Ewig schade, dass du dein Talent nicht öfter nutzt.* Den Spruch kannte sie zur Genüge. Aber öfter als zu seinem Geburtstag oder ihrem gemeinsamen Jahrestag würde sie ihn auch künftig nicht bekochen. *No way!*

Das größte Problem hatte sie dadurch gelöst, dass sie das Fleisch gleich im Laden zerlegen ließ. Während der Fleischhauer den Schopfbraten gekonnt in eineinhalb Zentimeter dicke Streifen teilte und die Schwarte einschnitt, damit sie noch knuspriger würde, hatte sie weggeschaut. In eine Ecke gestarrt, als gäbe es dort weiß Gott was zu bewundern.

Zu sehr ähnelte das Fleischermesser Mutters Schnitzelmesser.

Über eine Stunde hatte sie nun schon in der vom Bratenduft gesättigten Küche verbracht. Die Waldviertler Knödel drehten sich brav im köchelnden Wasser, der Krautsalat war mit kleinen gerösteten Speckquadern bedeckt. Es fehlte nur noch der Gast. Sie öffnete das Backrohr und goss den Saft ein letztes Mal mit der traditionellen Mischung aus Salzwasser und Bier auf. Fühlte, wie ihr die heiße Luft aus dem Ofen Stirn und Wangen rötete, und einen Augenblick lang glaubte sie auch in ihrem Inneren eine Wärme zu verspüren, die etwas mit längst vergangenen Tagen zu tun hatte. Aber sie wollte sich gar nicht erst auf diese Sentimentalität einlassen, nicht der Illusion nachhängen, es könnte alles wieder gut werden …

Es verlangte sie heftig nach einer Zigarette, aber sie verkniff sich den Griff nach der Schachtel. Wenn Leo sie in wenigen Minuten in den Arm nehmen würde, um sie zu küssen, würde er sich vor dem Geruch aus ihrem Mund ekeln, das wusste sie nur zu gut. Nicht, dass sie das normalerweise davon abhielt, sich eine anzustecken. Aber zumindest an ihrem Jubiläumstag wollte sie versuchen, ihren Selbstzerstörungstrieb ein wenig hintanzuhalten. Denn dass es sich bei ihren Lungenzügen um eine *autodestruktive Tendenz* handelte, wie Charly, ihr Seelenklempner, angedeutet hatte, akzeptierte sie ja mittlerweile als Tatsache. Stoisch, fatalistisch geradezu. *Wer begeht ihn nicht sein Leben lang, den Selbstmord auf Raten?* Keine Ahnung, woher sie diese Sentenz hatte, aber sie begleitete sie schon eine ganze Weile. Die Ausrede vom Dienst. Immerhin: Wenn du so richtig mit dem Rücken zur Wand stehst, kann dir wenigstens niemand mehr in den Rücken fallen. Eine Einsicht, die ganz eindeutig auf ihrem Mist gewachsen war. Sie hatte gelernt, damit zu leben. Wie mit so vielem. Sogar mit Leo.

Leo und Frieda, du meine Güte …

Es grenzte an ein Wunder, dass sie auch nach drei Jahren noch zusammen ihre Kreise zogen. Ein kosmologisches Phänomen! Er würde wohl eher von angewandter Mengenlehre sprechen. Ihre gemeinsame Schnittmenge beschränkte sich auf ein äußerst schmales Feld. Das musste frau sich am dritten Jahrestag ihrer Beziehung zu Diplomingenieur Leopold Lauber eingestehen.

Im Fernsehen äußerte sich soeben ein Wirtschaftsexperte zur Finanzkrise in Griechenland. Es war Leo gewesen, der sie darauf aufmerksam gemacht hatte, dass im Wort Wirtschaftsexperte nicht nur Wirtschaft und Experte, sondern auch Sex steckt. „Weil diese Leute so sexy Lösungen für alle Probleme auf der Welt haben", lautete Leos These. Wie auch immer. Der Experte nannte es einen finanzalchemistischen Ansatz, den Griechen zur Lösung ihrer wirtschaftlichen Malaise eine Sechstagewoche aufzwingen zu wollen. Frieda war dem Interview nur oberflächlich gefolgt, beim Begriff *finanzalchemistisch* aber spitzte sie die Ohren. War es nicht Kessler gewesen, der ebenfalls von Alchemie gesprochen hatte im Zusammenhang mit Quecksilber und Quacksalbern? Das Telefonat mit dem Chemiker lag schon zwei Wochen zurück, aber was der Mann ihr über Lussnigs Vorhaben angedeutet hatte, hatte seither in ihr gearbeitet. Wenn sich Bernd Teströhrchen nach Indien schicken ließ, musste er die Absicht gehabt haben, sie auch einzusetzen. Aber wofür? Welchen Beweis wollte er erbringen? Hatte er tatsächlich vorgehabt, einen gefährlichen Selbstversuch zu starten, wie Kessler angedeutet hatte? Oder ging es um jemand anderen? Vielleicht um diesen *chap* auf der Kinokarte? Oder um den ominösen *kk* in Auroville?

Der Gedanke an die südindische ökologische Musterstadt Auroville rief eine unangenehme Verspannung in ihrem Nacken hervor. Eine Verspannung, deren Grund ihr durchaus bewusst war. Wie hatte sie den Artikel übertitelt, den sie anlässlich des vierzigsten Jahrestags der Gründung Aurovilles verfasst hatte? *Abschied vom Paradies*. Der Text fußte auf wenig Datenmaterial, vielmehr auf Vorurteilen und Spekulationen. Okay, sie hatte nicht eben abgeschrieben, was Kritiker des Multikultiprojekts bereits an anderer Stelle von sich gegeben hatten, aber stolz war sie von Anfang an nicht auf ihre polemischen Ergüsse gewesen.

Nach Erscheinen des Artikels hatte ihr Bernd Lussnig auf seine Art unter die Nase gerieben, was er davon hielt: „Da hast du ja sicher ewig dafür recherchieren müssen."

Wenigstens war niemand sonst bei diesem Gespräch dabei gewesen – diesem Verhör! Sie hatte sich damit gerechtfertigt, einen lang gedienten Insider interviewt zu haben, der Auroville im Streit verlassen hatte. Bernd wollte wissen, wie dieser Aussteiger tatsächlich hieß, der Name war ja im *opinion*-Artikel anonymisiert worden. Sie nannte Bernd den Namen und musste sich stante pede sagen lassen, dass der angebliche Aussteiger internationale Spendengelder veruntreut hatte und deshalb vom Bürgerrat Aurovilles verstoßen worden war. Eine vergleichsweise milde Strafe, wie Bernd anmerkte. Von all dem hatte sie keine Ahnung gehabt. Aber woher wusste *er* davon?

„Weil ich zu der Zeit zufällig vor Ort war."

Eh klar, Bernd Lussnig war immer und überall *vor Ort* gewesen. Was aber wenig mit Zufall zu tun hatte. Eher mit seinem journalistischen Riecher, gepaart mit einer fast krankhaften Hyperaktivität. Ihr Kopf musste damals ebenso rot geworden sein wie soeben, als sie ihn ins Backrohr steckte. Damals allerdings aus purer Scham. Aus dem Gefühl heraus, das eigene Berufsethos durch Schlamperei sabotiert zu haben. Es war ja nun wirklich einigermaßen peinlich, einen Informanten nicht von einem Denunzianten unterscheiden zu können. Das kam halt davon, wenn man vom Schreibtisch aus versuchte, die Welt in Gut und Böse zu unterteilen. Doch überraschenderweise hatte ihr ausgerechnet Kampfgockel Lussnig, der sonst nicht mit Spott und Häme geizte, die Hand auf die Schulter gelegt und sie getröstet. Das könne jedem einmal passieren, hatte er gemeint, er sei auch schon auf falsche Fuffziger hereingefallen. Sie war sich dennoch unendlich blöde vorgekommen. Und sie hatte sich geschworen, dass ihr so ein Schnitzer nie, nie wieder unterlaufen würde. Ein Schwur, der jetzt, nach Bernds Tod, nicht an Bedeutung verloren hatte.

Es läutete, und sie brauchte nicht auf die Uhr zu sehen, um zu wissen, dass es Leo war, wie immer auf die Sekunde pünktlich.

Das war keine Übertreibung. Es bereitete ihm ein tierisches Vergnügen, zu demonstrieren, dass man es in der Stadt nur mit dem Fahrrad fertigbrachte, einen Termin so präzise einzuhalten wie er. Im Sommer wie im Winter. Wenn er einmal zu früh dran war, wartete er lieber draußen in der Kälte, ehe er auf den Glockenknopf drückte. Sie legte die Schürze ab und öffnete die Tür. Der knallig bunte Strauß in seinen Händen verdeckte die Hälfte seiner breiten Figur und sah taufrisch aus. Wo man um diese Zeit eine solche Auswahl an Blumen zu kaufen bekam?

„Du bist verrückt", rief sie, „ich habe nicht einmal eine Vase dafür!"

„No problem", sagte er und öffnete das längliche Paket, das aus seinem Rucksack hervorlugte. Die Vase war aus dunkelblauem Muranoglas, das erkannte sie auf einen Blick. Sicher teurer als alles, was sie jemals in der Wohnung aufgestellt hatte.

Leo hatte ein sonderbares Verhältnis zum Geld, lockerer als er ging keiner damit um. Zweifellos verdiente er nicht schlecht als EDV-Berater potenter Kunden, aber manchmal fragte sie sich doch, wie er sich all diese Reisen in exotische Länder leisten konnte. Schon die Betriebskosten für seine Hietzinger Villa mussten ein Heidengeld ausmachen. Dennoch hatte sie nie den Eindruck, dass er mit seinem Reichtum protzte. Er war keiner von diesen Neureichen, die nur deswegen bei jeder Gelegenheit die Rechnung an sich rissen und für alle am Tisch bezahlten, um damit ihre Position als Platzhirsch demonstrieren zu können. Leo redete weniger als sonst ein Mann über Geschäftliches oder darüber, wie er es schaffte, so viel in so kurzer Zeit zu verdienen. Und obwohl er sich locker einen Ferrari hätte leisten können, verzichtete er auf jeglichen motorisierten Untersatz. Wobei Verzicht nicht der richtige Ausdruck sei, hatte er ihr einmal erklärt. Es gehe ihm ja nichts ab, und mit dem Bike sei er in Wien allemal der King. Poldi, der *Bikerking*! Schade, dass er trotz all der Strampelei nicht abnahm.

„Das hast du jetzt aber nicht alles auf dem Fahrrad transportiert?", fragte sie.

„Nein", sagte er, „das war mir dann doch zu riskant. Außerdem hätte der scharfe Fahrtwind den Blumen nicht gutgetan. Du weißt ja, ich kann nicht langsam fahren. Aber was muss ich denn da riechen?“

Er schnüffelte demonstrativ, und so wie er dabei seine Oberlippe verzog, erinnerte er Frieda an eine bekannte Cartoonfigur. Sie schob den laute Ahs und Ohs Stöhnenden lachend ins Wohnzimmer, hin zum gedeckten Tisch.

„Keine Trüffeln, mein Schweinchen. Nur ein Schweinchen für meinen Obelix, mit geriebenen Knödeln auf Waldviertler Art.“

Hoppala! Hatte sie gerade *für meinen* gesagt? Ob ihr diese zärtliche Floskel, so normal sie für andere tönte, schon jemals über die Lippen gekommen war? Nun ja, der Hinweis auf den wildschweinversessenen Fettwanst sorgte immerhin dafür, dass es nicht mehr ganz so süßlich klang …

Irgendwie hatte er es geschafft, auch noch einen jungen Loibner Riesling in seinem Rucksack unterzubringen, gehüllt in eine kühlende Manschette. Während Leo die Flasche entkorkte, fiel Frieda wieder auf, wie klein seine Hände und wie zart seine Finger waren. Als hätten sie noch vor der Pubertät beschlossen, nicht mehr weiterzuwachsen, während der restliche Körper sich ordentlich weiterentwickelte – vor allem in die Breite.

Sie prosteten einander zu. Ehe sie am Riesling nippten, schaffte er es, ihr mit gespitzten Lippen ein Küsschen abzuluchsen. Lächelte, weil er spürte, dass sie ihm zuliebe auf das Rauchen verzichtet hatte. Ergriff ihre Hand.

Sie entzog sie ihm. „Mahlzeit“, sagte sie, herber als beabsichtigt, „lass es dir schmecken.“

Er nickte und bohrte seine Gabel in einen der dampfenden Knödel. Obwohl er Begeisterung für das Essen simulierte, spürte sie deutlich, wie zurückgestoßen und verletzt er sich fühlte. Aber was sonst konnte sie tun, als ihrem Antrieb zu folgen? Heilige Scheiße, dachte sie, ich bin schon wieder im Begriffe, alles kaputt zu machen. War es denn nicht auch ihre tiefste Sehnsucht, an jemanden zu glauben, mit vollster Hingabe? Dazu bräuchte es keinen Gott, dafür genügte ein Menschlein, vielleicht sogar ein Tier. Aber etwas hielt sie davon ab, ließ sie zurückzucken. Weil sie auch an sich nicht glaubte? Weil ihr der Zweifel eingeschrieben war wie … wie ein Dornenkranz? Welch ein seltsames Bild für eine Agnostikerin! Aber schöpfen wir nicht alle auf ewig aus den Bilderbüchern unserer Kindheit, dachte sie, egal, wie zerfleddert diese mittlerweile sein mögen?

Leo bemühte sich redlich, seine Frustration wegzuwischen, indem er ihr eine Geschichte erzählte. „Eine Anekdote aus meiner Kindheit", so kündigte er sie an. Dabei putzte er sich mit der Papierserviette das Bratlfett von den Lippen.

„Weißt du, dass ich gerade einmal acht war, als ich meine erste Sau umgebracht habe?"

Frieda runzelte die Augenbrauen. „Glaubst du wirklich, dass das ein passendes Thema ist, mitten beim Essen?"

„Doch, sehr passend! Wirst schon sehen." Er nahm einen Schluck Wein, nickte genießerisch und stellte das Glas wieder ab.

„Wobei, genau genommen habe ich sie gar nicht umgebracht, nur betäubt. Stell dir vor: Es war unser Hausschwein, Hutsch hat es geheißen. Das Schwein war die lebende Draufgabe, als wir die Greißlerei meiner Großtante übernommen haben. Die Tante meines Vaters hat die Hutsch zu einem Riesentrumm aufgepäppelt, und sie war ihr so ans Herz gewachsen, dass sie sie wie ein Haustier behandelte. Wenn es nach der Großtante gegangen wäre, hätte die Hutsch bis zu ihrem natürlichen Tod weiter Gemüsereste fressen und unseren Garten durchpflügen dürfen. Aber meine Eltern wollten einen Laden übernehmen und nicht ein Altersheim für Schweine, außerdem haben wir den Stall als Garage gebraucht. Also hat Vater unseren Nachbarn, einen Fleischergesellen, gebeten, die Hutsch zu schlachten. An einem schönen Sommertag stehen wir alle im Kreis, die große Blechwanne ist schon mit siedend heißem Wasser gefüllt, mit dem das tote Tier übergossen werden soll, um es von den Borsten zu befreien, und warten gespannt darauf, dass der Nachbar die Sache erledigt. Da drückt er mir plötzlich den Schlachtschussapparat in die Hand, tippt der Sau zwischen die Augen und sagt: ‚Genau dahin, schieß!' ‚Bist deppert', sagt mein

Vater und geht auf mich zu, um mir das Gerät wegzunehmen. Aber da hab ich schon abgedrückt, und die Sau fällt um ohne einen Mucks. ‚Bravo', sagt der Fleischergeselle, ‚tadelloser Schuss!' Ein paar in der Runde klatschen, und jetzt lacht auch mein Vater. Mein Gott, war ich stolz! Musste ja glauben, ich, der kleine Leo, hätte das große Tier umgebracht. Dabei ist so ein Schlachtschussapparat nur zum Betäuben da, und es war der Nachbar, der das Geschäft mit einem Stich zu Ende gebracht hat, hinter meinem Rücken. ‚Jaja, wer nie ein Vieh getötet hat, sollte auch kein Fleisch nicht essen', sagt der Vater und klopft mir auf die Schulter. ‚Falsch!', sagt Mutter darauf, laut und deutlich. ‚Was soll daran falsch sein?', fragt Vater, ziemlich angefressen. Er hat es gar nicht mögen, wenn sie ihm vor anderen Leuten widersprochen hat. ‚Kein Fleisch nicht essen ist grundfalsch', sagt sie. ‚Fressen und gefressen werden, so schaut's nun einmal aus auf dieser Welt!', ruft der Vater zornig. Wenn er sich aufgeregt hat, ist ihm der Schädel immer rot angelaufen und seine Glatze hat gefährlich gefunkelt. Da haben wir immer Angst gehabt, dass er womöglich wieder einen Infarkt kriegt. Den zweiten, den finalen. ‚Kein Fleisch *nicht* essen ist trotzdem falsch', sagt meine Mutter, ‚weil doppelte Verneinung, haha.' ‚Dorfschullehrerin!', pfaucht der Vater, aber dann lacht er auch und alle anderen mit ihm. Na, was meinst, Frieda: Passt meine kleine Geschichte jetzt zum Bratl oder nicht?"

„Ich weiß nicht. Jedenfalls hat sie eine interessante Moral von der Geschicht'."

„Gelt! Mit einer Pointe, wie sie das Leben so spielt: dass die doppelte Verneinung schlecht ist, nicht aber die einfache Zustimmung zum Töten."

Leo steckte sich einen großen Bissen Bratl in den Mund und zermalmte lustvoll die knusprige Schwarte.

„Ich verstehe trotzdem nicht, wie du das während des Essens erzählen kannst."

„Gerade dann, Frieda, gerade dann! Man muss die Notwendigkeit des Tötens von Tieren als unbedingte Prämisse für den Verzehr von Fleisch akzeptieren, ohne Wenn und Aber oder zeitliche

Einschränkung. Wahrheit gilt doch nicht nur außerhalb der Essenszeiten! Erst wenn man in dieser Frage Klarheit erlangt hat, ist wirkliches Genießen beim Genuss von Fleisch überhaupt möglich. Ein schlechtes Gewissen ist jedenfalls weder dem Genuss noch der Gesundheit zuträglich, das wirst du zugeben müssen …"

Leos Logik! Manchmal bizarr, aber immer konsistent. Vielleicht mochte sie ja gerade das an ihm? Er wusste wie kein anderer scheinheilige Rechtfertigungsstrategien als solche zu entlarven. Kühl und klar, auch in der Selbstkritik. Während sie sich lieber vor unangenehmen Konfrontationen drückte und verdrängte, was etwa Nikotin und Alkohol in ihrem Körper anrichteten.

Wäu so a Gift, a guats Gift, losst di juchazn voa Freid / jo des Gift rinnt leicht owe und mocht den Hümmel füa di weid …

Diese Wienerliedlogik galt nicht nur in puncto Wein, sie galt für praktisch alle *guten Gifte,* über die man schleichend die Kontrolle verlor. Immer noch im Glauben, dass der Himmel sich für einen weiten würde, während sich die Gefäße längst verengten. Beim Rauchen hatte es besonders schleichend begonnen: mit der gelegentlichen Selbstgedrehten. Solange sie noch Zigaretten schnorrte und nicht selbst kaufte, wähnte sie sich sicher, glaubte darüberzustehen. Welch blöde Ironie der Geschichte, dass sie am Ende ausgerechnet jener amerikanischen Marke verfallen musste, über deren perfide Werbestrategien sie sich schon mehrfach ausgelassen hatte. Angesichts dessen halfen einem flotte Sprüche wie *Ist die Gesundheit erst ruiniert, lebt es sich ganz ungeniert* nur bedingt. Sehr bedingt.

Es brauchte keine Bronchoskopie, um den angerichteten Schaden zu orten. Dafür genügten schon die Hustenkrämpfe jeden Morgen. Die größte Selbstbetrügerin konnte, musste im wahrsten Sinn des Wortes riechen, was sich in ihrem Inneren abspielte, wenn sie von der nach kaltem Rauch stinkenden Bluse auf den Zustand ihrer Lunge schloss. Aber zwischen Erkenntnis und Handeln lag eben der Suchtriegel als unüberwindbares Bollwerk, lag das Bedürfnis, sich in Rauch und Rausch aufzulösen und selbst zu einer Manifestation von Rauch und Rausch zu werden. Zu schweben, sich nicht länger festmachen zu lassen, alles Berechenbare zu verweigern. Fuck Brustkrebs, fuck Lungenkrebs, fuck Leberzirrhose. In dieser Hinsicht war sie, das spürte Frieda, allerdings um nichts besser als all die esoterischen Wundergläubigen, die der Wirkkraft von Sternen und Kristallen oder exotischen Pülverchen voll mit Blei und Quecksilber mehr vertrauten als jahrelang getesteten Medikamenten.

Vielleicht war das ja der Grund dafür, dass sie die Esoteriker so vehement ablehnte: Weil sie sie hasste wie sich selbst?

*

Nach der obligaten Tasse Espresso schlug Leo einen Verdauungsspaziergang vor. Sie nahmen die U4 bis zur Kennedybrücke und stiegen in den 156B um. Die paar Höhenmeter von der Tiroler Gasse hinauf zum Maxingpark brachten Leo bereits zum Schwitzen. Es war sein Vorschlag gewesen, hierherzukommen, an dem kleinen Weiher auf dem buckeligen Gelände zwischen Hietzinger Friedhof und Schönbrunn hatte er schon als Kind gespielt. Sie standen am Wasser, in dem ein Entenpaar gemächlich seine Runden zog. Ein schönes Pärchen, sinnierte Frieda, wie viele Junge es wohl schon in die Welt gesetzt hat? Sie musste über sich selbst schmunzeln. Leo bemerkte es und warf ihr einen fragenden Blick zu. Aber sie dachte gar nicht daran, ihm ihre Phantasien zu verraten.

„Hast du immer noch vor, im Februar diese Kur in Kerala zu machen?“, fragte sie stattdessen.

„Ja, wieso?“

„Na, weil ich wissen wollte, ob dein Angebot immer noch steht.“

Er nahm die Brille ab, um sie ungläubig zu betrachten. So, als vertraue er seiner Kurzsichtigkeit eher als dem teuren Glas vor seinen Augen.

„Na klar, selbstverständlich! Heißt das etwa, du willst … mitkommen?“

Sie wusste, dass sie im Begriff war, ihm wieder einmal etwas vorzumachen. Wo es doch nicht darum ging, ihm eine Freude zu bereiten. Und auch nicht um ihre schon ziemlich eingeschlafene Beziehung. Jedenfalls nicht in erster Linie. Nein, dieser Bremer Chemiker hatte es schon richtig analysiert: Es war ihr wiedererwachter Aufdeckergeist, der sie dazu brachte, ihrem LAP vorzugaukeln, sie hätte plötzlich die Liebe zu Ayurveda entdeckt.

„Ja, ich will", sagte sie. Beide begannen sie schallend zu lachen, wenn auch aus unterschiedlichen Gründen.

„Du weißt aber schon, dass dir das einiges abverlangen wird", sagte er, während er sie in die Arme nahm. „Drei Wochen keine Zigaretten, kein Alkohol, kein Fleisch …"

„Ich weiß", sagte sie schnell, um nur ja keine Zweifel aufkommen zu lassen, „nur Meer und Massagen und heiße Liebe."

Scheiße, dachte sie, was rede ich daher. Heiße Liebe! Das kannte sie doch längst nur mehr als Eisbecher.

Aber er grinste breit und vorbehaltlos. Wie ein Schulbub, der das erste Mal einen römischen Einser nach Hause bringt.

„Wir fahren nach Kerala!", rief er, und seine tiefe Stimme überschlug sich vor Glück. „Wir fahren nach Kerala. Du weißt nicht, welche Freude du mir damit machst, Frieda!"

Er küsste sie lange und innig, und sie war froh, auf die Zigarette vorhin verzichtet zu haben. War es ihr Unterbewusstes, das sie dazu gebracht hatte, sich bereits vor ihrer Entscheidung auf die Kur vorzubereiten? Auf eine Kur, mit der sie sich mindestens zweierlei beweisen wollte. Sich und einem toten Kollegen. Dafür brauchte sie keinen Auftrag von Glenk oder von *God himself*.

Und wenn es ihr und Leo danach tatsächlich besser gehen sollte, wäre das ja auch kein unangenehmer Nebeneffekt, oder?

TEIL II

„Manche Dinge sind ihre eigene Strafe.“
Arundhati Roy, *Der Gott der kleinen Dinge*

11

Reena's Resort, 15./16. 2. 2013

Indien boomt, in jeglicher Hinsicht: Babyboom, IT-Boom, Armutsboom, Ayurvedaboom …

Zu Letzterem tragen auch Leo und ich ab sofort ein bisschen bei.

Es gibt Millionen und Abermillionen von Kokospalmen in Kerala, dem Bundesstaat im Südwesten Indiens. Kerala bedeutet auf Malayalam schließlich *Land der Kokospalme*, und in ihrem Schatten sitzen bleichgesichtige Menschen und ruhen sich aus, machen Yoga oder lesen ein Buch. Bisweilen wirft der eine oder die andere einen besorgten Blick nach oben. Aber keine Angst: Eine Kokosnuss fällt dir nie auf den Kopf. Kann sie gar nicht, denn Mutter Indien sorgt schließlich für ihre Kinder. So lautet der Mythos, den man uns bereits zum Einstandsessen gratis mitserviert.

„Ja, genauso, wie es keine Erdrutsche gibt, die vorzugsweise Slums mit sich reißen, oder wie die Abholzung des Regenwalds und die Erosion ganzer Landstriche nie etwas Schlimmes angerichtet haben in diesem Land", grummelt Leo.

Mein guter Poldi! Macht auf ironisch, ein ganz neuer Zug an ihm. Will er *mir* damit etwas beweisen oder der vorwiegend deutschen Kolonie um uns herum?

Wir sitzen beim ersten Abendessen in *Reena's Resort*, unserer Bleibe für die nächsten drei Wochen. Ich bin immer noch nicht ganz angekommen, auch wenn uns das resorteigene Taxi schon vor ein paar Stunden vom Flughafen abgeholt und nach einer Höllenfahrt hierher verfrachtet hat.

Wann genau beginnt eigentlich eine Ayurvedakur?

Sobald du dich dafür entscheidest und dich darauf einzustellen beginnst? Oder erst beim Einchecken im jeweiligen Resort?

Für mich hat sie bei der Beschaffung des Visums begonnen.

Vermutlich, weil mir das bereits einiges von der indischen Mentalität geoffenbart hat. Um einige Potenzen verdünnt zwar im Vergleich zum *real thing*, aber doch ein erster Eindruck.

Verabreicht mit einem Stempel, der dich zu Boden zwingt.

Jedem Touristen ein Visum abzuverlangen, zeugt von der Weitsicht und Weisheit der indischen Regierung. So wird gewährleistet, dass der bislang nur mit dem westlichen Amtsschimmel vertraute Tourist rechtzeitig in Kontakt mit dem asiatischen kommt. Indem die indische Botschaft in Wien die Visaangelegenheiten ausgelagert hat an das *Indian Visa Application Centre* in der Hegelgasse, wurde dieser erste Kontakt mit der indischen Beamtenmentalität sichergestellt. Und eine wesentliche Entlastung gewährleistet – allerdings nur für die Botschaftsangestellten.

Zuerst wirst du auf der Homepage des *Application Centre* aufgefordert, drei Seiten eines Onlineformulars auszufüllen, in dem sich so spannende Fragen finden wie jene, ob deine Großeltern pakistanischer Herkunft sind. Unter dem Punkt Religionsbekenntnis sind zwar einige exotische Religionen wie die der Jains angeführt, eine Rubrik für Menschen ohne Religionsbekenntnis ist hingegen nicht vorgesehen. Nach einigen Fehlversuchen und dem Einsatz einer Menge Fantasie – man kommt nur weiter im Formular, wenn jede Frage vollständig beantwortet wird – nimmt der Computer immerhin *other* an. Ich, die Agnostikerin, bin also *other*, bin zur Mitgliedschaft bei einer nicht gelisteten Religion verurteilt. Das Formular wäre, hätte man nicht wie Leo und ich mehrere, durch die spezielle Konstruktion der Homepage verursachte Abstürze zu verkraften, schätzungsweise in zwei Stunden ausgefüllt. Die Frage, wann genau meine früheren Indienreisen stattfanden und wie die damaligen Visumnummern lauteten, bringt mich nicht zum Schwitzen, ist dies doch meine erste Indienreise. Sehr wohl aber Leo: Er hat seinen alten Pass mit den Stempeln darin längst entsorgt. Also setzt er Fantasiedaten ein und kommt damit tatsächlich durch. Pech nur, dass das fertig ausgefüllte Onlineformular nicht online von der Visastelle bearbeitet wird, sondern erst recht ausgedruckt mitgebracht werden muss. Die zwei ebenfalls benötigten Passfotos im Format fünf mal fünf Zentimeter sollte man am besten selbst anfertigen, nicht alle Fotografen sind an das Format gewöhnt, das, wie ich von meinen USA-Reisen weiß, die Amis eingeführt haben. Ob die amerikanische Außenministerin bei ihrem letzten Indienbesuch verlangt hat, dass das quadratische Format auch von den Indern übernommen wird, weil das die Übermittlung der personenbezogenen Dateien an die US-Behörden vereinfacht?

Ich habe Leo angeboten, die Sache für ihn mitzuerledigen. Es laufe ja auf eins hinaus und sei sicher in zehn Minuten zu erledigen, hauche ich. Die ausgefüllten Formulare, die vier Passfotos, das Geld … Alles befände sich säuberlich geordnet in meiner Tasche und bräuchte nur abgegeben zu werden.

In der Hegelgasse wird auf mein Klingeln nicht reagiert. Als ein Bewohner das Gebäude verlässt, schlüpfe ich durch das Tor hinein und renne hoch in den zweiten Stock. Ich öffne die Tür zum *Application Centre,* wo es bereits lebhaft zugeht. Im schmalen Gang stauen sich an die fünfzig Menschen, die, mit kleinen Zetteln in der Hand, darauf warten, dass sie an die Reihe kommen. Die Zettel mit den Nummern stammen von einer Rolle an der Wand. Sobald du das Verfahren gecheckt hast, reißt du dir einen ab davon. Niemand, der dich darüber aufklären würde. Niemand, der dich davon abhalten würde. Es ist ein freies Land, in dem du lebst!

Zwei der Angestellten bearbeiten die Anträge, eine weitere kassiert im Kämmerchen daneben die zweiundsechzig Euro fünfzig Bearbeitungsgebühr. Versteht sich, dass man sich bei ihr auch wieder anstellen muss.

Ein Mittelschullehrer, der vor mir an der Reihe ist, wird von der mädchenhaften, durchaus attraktiven Sachbearbeiterin gefragt, welche Fächer er unterrichte. Er fragt zurück, warum sie das wissen wolle. Schließlich wolle er als Tourist nach Indien reisen. Sie lächelt ihn nur an, gibt keine Antwort. Erst nachdem er seine Fächer nennt, wird er darüber aufgeklärt, dass Religionslehrer eine eigene Prozedur durchlaufen müssten.

„*A little bit more intensive*", meint die dunkelhäutige Schönheit mit einem adretten Augenaufschlag.

„Fürchten Sie, wieder missioniert zu werden?“, fragt der Lehrer grinsend, aber leise genug, damit seine flapsige Bemerkung nicht von jedermann vernommen wird.

Zwei Tage später darf ich unsere Pässe abholen.

Das Zeitfenster dafür beträgt genau eine Stunde, von fünfzehn bis sechzehn Uhr nachmittags. Ich komme um fünf vor drei hin. Auf dem Korridor warten bereits um die vierzig Leute. Innerhalb einer Dreiviertelstunde sind die Dokumente den rechtmäßigen Besitzern auszuhändigen. Eine vorherige alphabetische Ordnung der Dokumente würde das Ganze vermutlich beschleunigen – aber dann könnte der künftige Indienreisende ja nicht die wichtige Erfahrung machen, welch unterschiedliche Einstellung Europäer und Asiaten dem Phänomen Zeit gegenüber haben.

*

Meine Hauptsorge war, dass Leo bald merken würde, warum ich wirklich mitgekommen bin, und dass dann erst recht alles den Bach runtergehen würde. Weil ich gelogen habe, als ich sagte, dass ich mich nur unserer Beziehung zuliebe auf die Kur einlassen würde. Weil ich verschwiegen habe, dass ich eigentlich ein Journalistenvisum hätte beantragen müssen.

„Wozu nimmst du das da mit?“, hat er mich gefragt, als er sah, dass ich mein Ultrabook einpackte. „Elektrosmog, Frieda! Sei doch froh, wenn du ein paar Wochen ohne das Zeug auskommen darfst. Es ist eine Gnade, weißt du das?“

„Sorry“, sagte ich, „aber Gnadenakte sind meine Sache nicht, das solltest du langsam wissen. Für einen Informatiker ist deine Aversion gegen Elektrosmog schon ein bisschen übertrieben.“

„Eben, weil ich mich auskenne damit! Komm, probier’s doch einfach mal aus!“

Aber ich ließ mich nicht beirren und gab vor, auf Mails und Neuigkeiten nicht verzichten zu wollen. Es müsse genügen, wenn ich bereit sei, meinen sonstigen Giftkonsum einzuschränken. Das habe ich Leo nämlich tatsächlich in einer meiner seltenen heroischen Anwandlungen versprochen: keine Zigaretten und kein Alk, drei lange Wochen lang. Einundsechzigtausendsiebenhundertvierzig Sekunden. Wenn man jene im Schlafzustand wegzählt, bleibt immer noch eine halbe Ewigkeit, die es irgendwie zu übertauchen gilt. Dazu noch die fleisch- und fischlose Ernährung, denn alle diese Ayurvedaresorts funktionieren auf rein vegetarischer Basis. Okay, habe ich mir gesagt, betrachte es als Test. Wo, wenn nicht in einer solchen Gesundheitsenklave, wo die Absenz der täglichen Versuchung das Projekt Entgiftung erleichtern sollte, kann ich feststellen, ob ich das überhaupt noch zusammenbringe: nüchtern zu sein und mit den über viele Jahre hin verinnerlichten Mustern zu brechen. Vorübergehend zu brechen, wie ich mich gleich von vornherein getröstet habe, nur vorübergehend! Man will ja am Ende nicht als Pumperlgesunde sterben, wie es im Wienerlied heißt.

Und da sitze ich nun, inmitten einer ayurvedaerprobten Community von Deutschen und Österreichern, und lausche den internationalen Erfahrungsberichten. Gerade werden die Kurorte Südindiens mit den Ayurvedahochburgen in Sri Lanka verglichen.

„Seit sich das mit den Aufständischen erledigt hat, kann man auch wieder gut nach Ceylon gehen", meint der weißhaarige Herr zu meiner Linken. „Meine Frau und ich waren ja drei Jahre hintereinander in – wie hieß doch gleich unser Resort, Ute? – ach ja, in *Barberyn Reef* auf der Südseite der Insel. Bis es zu diesen grässlichen Unruhen kam und unser Außenministerium eine Reisewarnung herausgab. Aber jetzt soll da ja alles wieder zum Besten sein."

Ceylon! Nicht nur deshalb stellen sich mir die Haare auf. Aber ich sage nichts und schlürfe weiter meine mit Tamarindensaft verfeinerte Tomatensuppe. Offensichtlich bezieht sich der Weißhaarige bei *diesen grässlichen Unruhen* auf den Genozid an den Tamilen, durchgeführt durch die singhalesischen Militärs mit direkter Order aus dem Präsidentenpalast. Die zivilen Opfer in Sri Lanka gingen laut UNO in die Tausende, wenn nicht gar Zehntausende, Kollateralschaden beim Kampf gegen die *Tamil Tigers* nannte das die Regierung. *opinion* hat Anfang 2009 in zwei Ausgaben hintereinander darüber berichtet, und natürlich zeichnete ein gewisser

Bernd Lussnig dafür verantwortlich. Bernd war damals wochenlang in Lagern der Liberation Tigers of Tamil Eelam und im Kampfgebiet unterwegs, lieferte die gesamte Hintergrundberichterstattung und wollte noch weitere Artikel verfassen; aber die nächste humanitäre Katastrophe, keine Ahnung wo, stand schon an, damit war die Geschichte ebenso abgehakt wie die tamilischen Opfer. Und Mahinda Rajapaksa, der Verantwortliche für die Massaker, ist nach wie vor als Präsident in Amt und Würden.

Ich spüre, was Leos Blick besagt. Dass er nur darauf wartet, dass ich mich einmische. Er weiß, dass ich solch dumme Kommentare normalerweise nicht hinnehme. Aber den Teufel werde ich tun und gleich am ersten Abend die Journalistin heraushängen lassen. Ich habe Leo sogar gebeten, niemandem gegenüber meinen Beruf zu erwähnen. Wir wollen uns doch nicht den Urlaub mit Politisieren ruinieren, habe ich scheinheilig gemeint, du weißt ja, wie schnell die Leute einen in Diskussionen hineinziehen, wenn sie mitkriegen, welchen Job du ausübst. Er hat es geschluckt, sich allem Anschein nach sogar darüber gefreut. Der wahre Grund ist natürlich, dass ich als Journalistin nie dieselben Antworten auf meine Fragen kriegen würde wie als schlichter Wellnessgast, der nur genießen will und brav konsumiert. Der Auftrag, den mir nicht Fillinger, sondern ich selbst mir erteilt habe, ist mit geschlossenem Visier leichter zu erfüllen als mit offenem. Davon bin ich fest überzeugt.

Wir brauchen gegenüber der Tischrunde nicht vorzugeben, müde zu sein und uns deshalb gleich zu Bett begeben zu wollen – man sieht es uns an. Der Abflug von München hatte sich schon um zwei Stunden verspätet, weil der Flieger wegen Schneeregens zuerst enteist werden musste, in Dubai kamen weitere drei Stunden dazu. In dem winzigen Bereich des monströsen Airports, der den auf ihren Anschlussflug Wartenden zugestanden wird – neunundneunzig Prozent der Flughafenfläche scheint für die hypermoderne Shoppingmall reserviert zu sein –, betrug die Temperatur dank der äußerst effizienten Klimaanlage geschätzte zehn Grad. Wir hatten natürlich alle warmen Sachen im Fluggepäck untergebracht, das durchgecheckt worden war, und froren erbärmlich, während es draußen mindestens fünfundzwanzig Grad mehr hatte. Ein bisschen pervers, das Ganze.

Aber wenn sie sich in dieser Gegend sogar eine Halle zum Skifahren leisten können …

Um halb neun beziehen wir unser niedliches Cottage, duschen und hauen uns schnurstracks in die Falle. Ich höre gerade noch Leos Initialschnarcher, dann bin auch ich hinüber.

Dass in der Nacht der heftigste Sturm seit Monaten tobt, bekommen wir ebenso wenig mit wie den Stromausfall, bedingt durch umstürzende Strommasten, und das darauf folgende Chaos im gesamten Resort. Erst beim Frühstück werden wir darüber aufgeklärt und sehen die Verwüstung mit eigenen Augen: umgeknickte Palmen, abgedeckte Hütten und Müll, verteilt über die ganze Anlage. Frühaufsteher, die bereits ihren ersten Strandspaziergang hinter sich gebracht haben, erzählen, dass etliche Fischerboote morgens nicht zurückgekehrt seien. Die Zahl der vermissten Fischer liegt, je nach Berichterstatter, zwischen achtzehn und zweiundvierzig. Vielleicht sind die Unterschiede darauf zurückzuführen, dass die einen nur die Boote berücksichtigen, die von unserem Strand ausgelaufen sind, andere aber auch jene mitzählen, die ihren Heimathafen im sieben Kilometer entfernten Kovalam haben.

„Jaja, Mutter Indien sorgt ja für ihre Kinder“, brummt Leo, während er sich den Kräutertee einschenkt.

Ich muss zu meinem Entsetzen feststellen, dass sich zu den von mir bereits einkalkulierten verpönten Produkten ein weiteres gesellt hat: Kaffee! In *Reena's Resort* herrscht auch Koffeinverbot. Nein, natürlich kein Verbot. Es gibt nur keinen Kaffee und auch keinen Schwarztee, so einfach ist das. Nicht einmal einen verdammten Nescafé.

„Das überlebe ich nicht“, stöhne ich.

„Hab ich das wirklich nicht erwähnt?“

Für seine Unschuldsmiene würde Leo ein Oscar zustehen, von mir erntet er nur einen bösen Blick. Einem anderen hätte ich zur Strafe vierzehn Tage Sexentzug verordnet. Bei Leo ergibt so eine Drohung keinen Sinn.

Während er sich einen großen Teller schnappt und ihn voll mit Idlis, Vadai, Dosai und diversen Masalas lädt – er macht aus einem einfachen Frühstück ein mehrgängiges Menü, indem er sich zweimal vom Buffet nachholt und zudem beim Koch noch ein fettes Omelett bestellt –, begnüge ich mich mit Früchten und ein bisschen Hafergrütze.

„Wie willst du abnehmen, wenn du in aller Früh schon so zulangst?", frage ich.

Das war nämlich *sein* Versprechen an mich: fünf Kilo weniger nach diesen drei Kurwochen. Was natürlich völlig absurd ist. Als ob eine Achtzigjährige mit künstlichen Hüften verspräche, in drei Wochen den Spagat hinzukriegen.

Er lacht mich fröhlich an. „Noch haben wir ja vom Herrn Doktor nicht erfahren, was uns guttut. Und solange nicht feststeht, was für ein Typ ich diesmal bin, gönne ich mir aus allen Töpfen was."

Zwei Minuten später ist es aus mit der Herrlichkeit, wir werden zum Einstandsgespräch beim Doktor bestellt.

„Okay, let's go", sagt Leo und wischt sich die fettigen Finger ab. Obwohl Besteck auf dem Tisch liegt, hat er es vorgezogen, all die Krapfen, Klöße und Sößchen mit der rechten Hand in seinen Schlund zu befördern.

Was für ein Typ ich diesmal bin … Das mag eigenartig klingen, aber nicht aus dem Mund eines alten Ayurvedahasen wie Leo. Drei Panchakarma-Kuren hat er in den letzten Jahren schon mitgemacht, jedes Mal diagnostiziert als ein anderer Dosha-Typ.

„Bin gespannt, was du bist", sagt er, als wir hinauf zur Hütte stapfen, wo der Arzt sein Domizil hat.

*

Es sind dann gleich zwei Ärzte, die auf uns warten: Dr. Praveen und seine Assistentin Dr. Reshmi. Er redet und lächelt, sie hört zu und lächelt. Allerdings scheu, beinahe schüchtern. Ihr sonnenblumengelber Sari strahlt im Morgenlicht. Brav und hübsch, denke ich mir, hübsch brav. Die klassische Rollenverteilung, eh klar, wird wohl nicht ausgerechnet in Südindien anders sein als zu Hause. Mir fällt auf, dass es keine Tür gibt, die sich hinter uns schließen ließe; so könnte ein jeder, der draußen steht, das Gespräch mit anhören.

„Bedeutet Reshmi nicht Sonnenaufgang?“, fragt Leo die Assistentin, als Praveen sie uns vorstellt. Mein Privatgelehrter muss natürlich gleich wieder den G'scheitl heraushängen lassen und zeigen, dass er sich auch auf diese Reise eins a vorbereitet hat. Sie nickt, und ihr Lächeln wird noch eine Spur unsicherer.

Dr. Praveen beginnt mit einem kleinen Referat über die Grundprinzipien von Ayurveda. Als Erstes werden wir instruiert, dass Ayurveda auf Sanskrit so viel wie das Wissen bzw. die Wissenschaft vom Leben bedeutet. Schöne Wissenschaft, denke ich mir insgeheim, die sich der wissenschaftlichen Überprüfbarkeit entzieht, sobald irgendwo Kritik laut wird. Aber ich lächle den Arzt nur freundlich an, als gehörte ich zu seinen größten Fans. Und Dr. Praveen erzählt, mit leicht nasaler Stimme, was Leo und ich längst wissen: Erde, Wasser, Feuer, Luft und Raum – die fünf primären Elemente – stünden in einer Relation zu den drei Doshas, den materiellen Substanzen: *Vata*, die Mischung aus Luft und Raum, sei für alle Arten von Bewegungen verantwortlich, auch für Atmen und Sprechen; *Pitta* für die Körpertemperatur und die metabolischen Funktionen; *Kapha* schließlich gebe Körper und Geist Stabilität. Gemäß der Lehre des Ayurveda werden die Doshas durch alle möglichen Einflüsse beeinflusst und verändert – nur wenn sie sich im Gleichgewicht befinden, sei der Mensch gesund. Ein Überhang eines Doshas bewirke hingegen Krankheit und Toxine im Körper – weshalb durch diverse Reinigungsmethoden wie Erbrechen, Abführen, Einläufe, Nasenreinigung und Blutabnahme sowie durch Veränderungen beim Essen und Trinken und – zweifellos am angenehmsten, wie Dr. Praveen anmerkt – durch Massagen dieses Ungleichgewicht wieder beseitigt werden solle. In *Reena's Resort* verzichte man allerdings auf Erbrechen und Blutegelbehandlungen.

Wenigstens das, denke ich erleichtert. Ich habe zwar noch nie leibhaftige Blutegel gesehen, aber allein die Vorstellung, mit diesen lebenden Saugnäpfen traktiert zu werden, löst schon einen Brechreiz bei mir aus – zwei Reinigungsmethoden also, die einander zu bedingen scheinen.

Er muss mir meine Erleichterung ansehen, denn Praveen fügt, direkt an mich gewandt, hinzu: „Ich persönlich bedaure es ja sehr, dass wir hier keine Blutegel für die Behandlungen zur Verfügung haben, denn die Therapie mit ihnen ist meiner Erfahrung nach sehr effektiv und mit keinerlei Gefahren verbunden. Und als Hinweis für Sie, Sir“, sagt er und wendet sich Leo zu, „der Name Praveen bedeutet *erfahren*.“

Sein Lächeln wirkt erstmals ein bisschen süffisant, als er hinzufügt: „Aber leider, leider schätzen unsere Kurgäste aus dem Westen diese Methode nicht wirklich.“

Das kannst du laut sagen, denke ich. Ich gehe in meiner Ablehnung ja in erster Linie von meinem Bauchgefühl aus. Die Schulmediziner allerdings kritisieren systematisches Erbrechen und Abführen, wie ich aus meinen Recherchen weiß, aus dem Grund, dass beides massiv in den Stoffwechsel eingreift und so den Körper eher schwächt als stärkt.

Dr. Praveen hat, wie er uns erzählt, selbst drei Jahre im Westen gearbeitet, in einer Ayurvedaklinik in Zürich. Er scheint es zu genießen, während seiner Ausführungen oft mitten im Satz vom Englischen ins Deutsche zu wechseln. Wobei beides aufgrund seines nasalen Singsangs recht ähnlich klingt.

Als er zum wiederholten Mal auf die Schädlichkeit dominanter Doshas hinweist, wage ich doch eine Zwischenfrage. Mein linker Zeigefinger geht in die Höhe wie bei einem Schulmädchen.

„Yes, Mam?“

„Was ich nicht verstehe, Herr Doktor: Wieso lässt man den verschiedenen Typen nicht ihre jeweilige Dosha-Dominanz? Was soll daran schlecht sein, wenn ich etwa das Essen schneller verbrenne als Leopold?“

Praveen braucht keine Sekunde für die Antwort.

„Die Dominanz eines Doshas ist ebenso schlecht wie ihre Abwesenheit. Nur im ausgewogenen Zustand geht es uns gut, werden wir nicht von Krankheiten und Unruhezuständen geplagt."

Bilde ich es mir nur ein oder ist der letzte Satz speziell auf mich gemünzt? Aber er setzt bereits mit Beispielen fort.

„Eine vatadominante Person hat häufig Verstopfung, weil ihr Feuer schwach ist – und das ist nun einmal nicht gut für den Körper, nicht wahr? Umgekehrt kann eine pittadominante Person nicht mit dem Essen zuwarten, wenn sie Appetit hat, sonst wäre sie ständig schlecht aufgelegt. Ist so eine Haltung gesund? Nein, denn sie bewirkt innere Unruhe und Stress. Außerdem führt die Überbeanspruchung oder Unterversorgung der Organe und des Gewebes zu Unwohlsein und Krankheiten aller Art, bis hin zu Krebs. Darum ist es unser Ziel, eine Balance der individuellen Doshas herzustellen. So wie sie sich im jeweiligen Zustand zeigen. Denn, wohlgemerkt: Die eigentliche Konstitution eines Menschen können wir aufgrund einer solch kurzen Diagnose nicht feststellen. Dazu müssten wir Sie über sehr lange Zeit beobachten. Was wir bestimmen können, ist die Dosha-Dominanz hier und jetzt, und danach richten sich unsere Empfehlungen. Diese berücksichtigen aber auch, woher jemand kommt, aus welcher Gegend, aus welcher Kultur – wir können doch einem Inder oder Nichtinder nicht dieselben scharfen Gewürze verschreiben, oder?"

Wir lachen, alle vier.

Praveens Relativierung macht seine ayurvedische Denkweise für mich ein klein wenig erträglicher; dennoch wüsste ich noch einiges an kritischen Anmerkungen nachzulegen. Zum Beispiel, ob man die angeblich so genaue Analyse der momentanen Dosha-Dominanz nicht dadurch überprüfen könnte, indem man die Anamnese durch verschiedene Ayurvedaärzte hintereinander durchführen ließe. Die kämen dann unter Umständen zu recht unterschiedlichen Befunden.

So wie bei Leo. Nicht zufällig hat er sich vorhin ironisch gefragt, was für ein Typ er diesmal wohl sein würde. Auf Sri Lanka war er einmal Pitta-Vata, dann Kapha-Vata und schließlich Kapha in Reinkultur. Was nach der Logik von Ayurveda große Unterschiede bei den verordneten Anwendungen und Diäten zur Folge hatte.

Aber ich spreche meine Bedenken und Einwände nicht aus. Wenn ich schon beim Erstgespräch als Kritikasterin auffalle, werde ich hier nicht weit kommen. Außerdem bleibt ja noch viel Zeit. Ganze drei Wochen, um in die Tiefe zu gehen und dort ein bisschen umzurühren.

„Wer möchte mit der Konsultation beginnen?“ Dr. Praveen sieht uns fragend an. „Und ist es in Ordnung, wenn wir dieses Gespräch zusammen machen?“

Leo und ich nicken. Einen Augenblick später ärgere ich mich schon, nicht mit *Nein* geantwortet zu haben. Wie kann frau so blöd sein! Jetzt sollen Leo und ich also nebeneinander hockend über unser Leben und unsere Angewohnheiten befragt werden.

„Mein Partner hat schon Erfahrung mit Ayurveda“, lächle ich scheinheilig, „ich lasse ihm den Vortritt.“

So kann ich mich auf das, was da auf mich zukommt, innerlich noch ein bisschen vorbereiten. Und vielleicht ein bisschen vom Ausmaß der Leopold’schen Offenheit ableiten, wie weit ich selbst mich öffnen will.

„Very well“, sagt Praveen, „let’s begin with your husband.“

Ich versuche erst gar nicht, den *husband* zu korrigieren.

Leo ist wie üblich vollkommen relaxed und beantwortet alle Fragen des Arztes, auch die intimsten, mit größter Gelassenheit. Nein, Hämorrhoiden habe er keine und auch keine Potenzprobleme. „Oder?“, grinst er und wendet mir das Gesicht zu. Ich reagiere nicht darauf und tue so, als sei ich in die Betrachtung von Dr. Reshmis wunderschönen Sari vertieft. Nach der Überprüfung seiner Augen, der Zunge und des Pulses wird Leo eine knappe halbe Stunde später beschieden, eine reine Ausformung von Kapha zu sein. „Also doch“, meint er grinsend dazu.

Mein Kaphatier! Dabei hätte ich so gerne einmal ein Alphatier neben mir. Verdammt anstrengend, es immer selbst sein zu müssen.

„Und sonst, abgesehen von Ihrem Hüftproblem: Haben Sie sonst noch ein spezielles Thema?“

Die einzige Frage, die Leo nicht ehrlich beantwortet. Wohl denkt er eine Weile nach und sucht kurz den Blickkontakt mit mir, schüttelt dann aber lächelnd den Kopf. Nein, außer seiner Hüfte gäbe es nichts zu reparieren, scherzt er.

„Gut“, sagt der Arzt und nickt, langsam und gewichtig.

Dann bin ich an der Reihe.

Es beginnt mit so harmlosen Fragen wie nach meinen Vorlieben beim Essen. Süß oder scharf, heiß oder kalt? Wie viel Fleisch pro Woche ich konsumiere und ob ich den Kaffee mit Milch und Zucker einnehme.

„Exakt: Wie viele Tassen Kaffee pro Tag?“, will der Arzt wissen.

„Zu viele“, lautet meine Antwort.

Je länger die Anamnese dauert, umso ärgerlicher werde ich. Wieso muss Leo alle meine Sünden mitkriegen, als säße er mit mir und dem Priester in einem Beichtstuhl! Ich merke, wie ich anfange auszuweichen, zu beschönigen. Als die Rede auf Nikotin und Alkohol kommt, wende ich mich meinem Gespons zu.

„Tut mir leid, Leo, dass ich erst jetzt damit komme, aber ich hätte doch lieber, dass du draußen wartest. Ich hoffe, es macht dir nichts aus, aber ich …“

„Gerne“, unterbricht er mich. „Mir ist ohnehin so heiß.“

Er wuchtet sich aus dem Bambussessel hoch und nickt den beiden Ärzten beim Hinausgehen zu, die antworten mit einem Lächeln. Nicht ganz so undurchschaubar wie Chinesen, aber asiatisch genug. Und als hätte sie verstanden, dass ich noch etwas mehr an Raum benötige, erhebt sich auch die Assistenzärztin und begleitet meinen LAP hinaus auf die Terrasse.

Dr. Praveen setzt ungerührt die Anamnese mit mir fort, trotz meiner für einen Vegetarier, Nichtraucher und Antialkoholiker vermutlich schockierenden Antworten. Ich versuche, wahrheitsgemäß zu antworten, was gar nicht immer so leicht ist. Sind es jetzt dreißig oder eher vierzig Zigaretten am Tag, die ich verschlinge? Und wann war wohl der letzte Tag, an dem ich keinen Alkohol konsumiert habe? Ob sich ein Hindu überhaupt etwas unter einem halben Liter Rum vorstellen kann, meiner allabendlichen Mindestration? Nachdem Praveen meinen Blutdruck gemessen und festgestellt hat, dass dieser mit 90 zu 60 zwar ein bisschen niedrig, aber angesichts der großen klimatischen Umstellung auch nicht ungewöhnlich sei, richtet er seine abschließende Frage an mich. Sie klingt ähnlich wie die zuvor an Leo gerichtete, aber ich fühle, dass der feine Unterschied kein Zufall ist.

„Und sonst? Möchten Sie mir sonst noch etwas sagen?"

Ich schlucke. Räuspere mich, was sonst gar nicht meine Art ist. Und dann erzähle ich doch tatsächlich einem wildfremden, schmächtigen, höchstens gleichaltrigen Inder, woran es zwischen Leo und mir krankt. Von der Auswirkung unserer höchst unterschiedlichen Dosha-Dominanz im Bett …

Der Arzt hört gelassen zu. Dann kritzelt er mit dem Stummel seines Bleistifts auf den Bogen, der meine halbe Lebensgeschichte und mein volles Sündenregister enthält, einige zusätzliche Notizen. Den PC hat er nicht einmal eingeschaltet. Dieser steht, halb verhüllt mit einem Baumwolltuch, am Fuß des Schreibtischs, und der Monitor ist zu verstaubt, als dass anzunehmen wäre, jemand könnte ihn in letzter Zeit benutzt haben. Irgendwie sympathisch, denke ich, dass er das alles handschriftlich notiert; noch dazu, weil dieses Gekritzel außer ihm selbst kaum jemand lesen kann.

„We will take care of this", sagt er mit Bestimmtheit und punktiert mit seinem Schreibwerkzeug den Schreibtisch, „don't worry, Madam. Es gibt viel gute Medizin im Ayurveda, damit die Säfte wieder fließen."

Versehen mit dem Etikett *Vata-Pitta* verlasse ich die ärztliche Praxis. Ich bin keineswegs überrascht, diesem Konstitutionstyp zugerechnet zu werden. Das habe ich mir zu Hause längst ausgerechnet, anhand der praktischen Konstitutionstabelle in Dr. Frawleys Buch *Vom Geist des Ayurveda*. Je nachdem, wie weit links du in der Tabelle deine Kreuzchen machst, bist du eher ein Lufttyp; in der Mitte befinden sich die Merkmale für Pitta, rechts ist der Wassertyp daheim. Wenn ich mir auch ein paar Mal schwertat, die passende Zuordnung vorzunehmen – bin ich vom Krankheitstyp nun eher unter Nerven (Vata), Blut und Leber (Pitta) oder Schleim und

Lungen (Kapha) anzusiedeln?! –, kam in Summe doch klar heraus, dass ich eine Vata-Pitta-Dominanz aufweise, mit einem deutlichen Überhang von Vata. Kein Wunder, dachte ich: je primitiver die Kategorisierung, desto klarer die Typisierung.

Verwunderlich war für mich eigentlich nur, dass Leos Konstitution dennoch dreimal anders gesehen werden konnte.

*

„Wie war's?", fragt er mich, als ich auf der schattigen Terrasse zu ihm stoße.

„Okay", sage ich, „eh ein netter Typ, der Praveen."

„Nicht wahr", meint Leo. „In die Hände eines solchen Menschen kann man getrost sein Schicksal legen. Zumindest für die nächsten drei Wochen."

Ich sage nichts darauf, und mich plagt auch kein schlechtes Gewissen. Schließlich darf ich mir als Vata-Pitta-Typ erlauben, ein bisschen verschlagen zu sein. Schon deshalb, weil mein Temperament nach Dr. Frawleys Liste *nervös* und *veränderlich* ist und mein Glaube *unterschiedlich* und *unstet*. Unter positive Gefühle findet sich bei Vata *Anpassungsfähigkeit*, bei Pitta *Mut*. *Liebe* ist hingegen Kapha vorbehalten. Tja, was will man da machen …

*

Hinter dem türlosen Büro des Arztes befindet sich die winzige ayurvedische Apotheke des Resorts. Wir stecken unsere Nase hinein und werden sogleich von der Apothekerin begrüßt. Prema Sudhi heißt sie, das verrät uns das Namensschild auf ihrer Brust. Ein charmantes Lächeln umspielt ihre Lippen.

„Dürfen wir uns ein wenig umschauen?"

„Aber bitte sehr!"

Leo entdeckt einige Medikamente, die er schon bei früheren Kuren bekommen hat, und fragt, ob er die auch käuflich erwerben könnte, um sie mit nach Hause zu nehmen.

„Natürlich, Sir. Aber nur auf Verschreibung von Dr. Praveen."

„Natürlich", sagt Leo und beginnt ein kleines Fachgespräch über die Wirkung diverser Kräuter mit Prema Sudhi. Er hat sie sofort für sich eingenommen, weil er weiß, dass ihr Name *liebende Tochter* bedeutet. Der alte Charmeur hat sich vor dieser Reise offensichtlich intensiv mit der Bedeutung weiblicher indischer Namen beschäftigt.

Endlich ist er mit der Schäkerei fertig. Ich warte, bis er den Raum verlassen hat. Dann frage ich Prema Sudhi ganz unschuldig: „Woher beziehen Sie eigentlich Ihre Medizin?"

„Die meisten unserer Medikamente stammen von einer *Production Unit* in Pollachi."

„Und *Rasa-shastra*-Produkte führen Sie auch?"

Sie runzelt die Stirn, dass sich ihr rotes Bindi in Falten legt. Es passt überhaupt nicht zu ihrer sonst so fröhlichen Miene.

„Sorry, aber ich weiß nicht, was Sie damit meinen, Mam. Diesen Ausdruck kenne ich nicht."

„Ach, nicht so wichtig", sage ich schnell, mit wegwerfender Geste. Verabschiede mich und folge Leo ins Freie.

Er muss ja nicht unbedingt mitbekommen, dass ich soeben mit meinen Ermittlungen begonnen habe.

*

Ein alter Mann in Uniform steht vor uns stramm, als wir durch das Tor auf die Straße treten. Er ist einer von etlichen Security-Leuten, die sich *Reena's Resort* leistet. Sogar eine Frau zählt dazu, überdurchschnittlich groß gewachsen und mit einem ernsten Gesichtsausdruck, was hier eine absolute Ausnahme darstellt. Ich finde es toll, dass sie beim allgemeinen Dauerlächelwettbewerb nicht mitspielt. Und dass sie wie alle weiblichen Angestellten einen Sari trägt, während sie Wache hält, gefällt mir ebenfalls.

Leo sieht das anders.

„Die schaut deshalb so griesgrämig drein, weil sie unter all den Männern sicher einen schweren Stand hat. Schau sie dir doch an, die alten Dackel! Security zu spielen ist das klassische Ausgedinge für Expolizisten und Militärs. Wenn da jetzt auf einmal Frauen mitmischen ..."

Vielleicht hat er ja recht. Vielleicht ist auch das langsame, aber beständige Hineindrängen der indischen Frau in männliche Berufe mit ein Grund, warum es zu immer mehr und immer brutaleren Vergewaltigungen kommt. Jeden Tag ist etwas davon in der Zeitung zu lesen. In *The Hindu, Kerala Edition*, wird seit Tagen von einer Massenvergewaltigung berichtet, an der sogar ein prominenter keralischer Politiker beteiligt gewesen sein soll.

Wir schlendern in Richtung Strand, vorbei an einem hinduistischen Tempel, aus dem Glockengeläut und Musik über eine scheppernde Verstärkeranlage ertönt. Morgens von halb sechs bis acht und nachmittags nochmals von siebzehn bis neunzehn Uhr gehe das so zu hier, sonntags sogar noch um Etliches länger. Darauf müsse man sich halt einstellen, hat mir eine ältere Dame fröhlich beim Frühstück erklärt, nach ein paar Tagen sei das alles gar nicht mehr so schlimm. Mittlerweile habe sie sogar Gefallen an den Klängen gefunden, sie verstärkten die exotische Atmosphäre. Ich bin skeptisch, ob dieser Einstellungswandel auch bei mir eintreten wird, vorläufig nervt der Sound nur. Ausnahmsweise scheinen Leo und ich gleich zu empfinden. Wir bemühen uns, möglichst schnell vom Tempel weg- und zum Strand hinunterzukommen.

„Hast gesehen, was auf der Tafel vor dem Tempeltor steht?", fragt mich Leo. Ich verneine.

„Kein Eintritt für menstruierende Frauen", grinst er.

„Interessant", entgegne ich, „wie die Tempelwächter das wohl überprüfen wollen?"

„Brauchen sie ja gar nicht. Jedenfalls nicht bei gläubigen Hindus."

„Mit oder ohne Periode – mich bringen da ohnehin keine zehn Pferde hinein", sage ich und hüpfe beschwingt den Hang hinunter.

Langsam übertönt das Brechen der Wogen den Glockenklang. Bevor wir uns von ihm verabschiedet haben, hat Dr. Praveen uns noch ermahnt, während der Kur nicht zu viel zu unternehmen.

Entspannung und Ruhe seien wichtig, größere Ausflüge und Baden im Meer möglichst zu unterlassen. Aber wie will einer in diesem Meer überhaupt baden! Die Brandung ist stärker als alles, was ich bisher gesehen habe, dabei hat der Monsun mit seinen Stürmen noch nicht einmal begonnen. Wozu braucht es da noch die rote Fahne, die vom Wind wie verrückt hin- und hergerissen wird? Kein Mensch würde bei einem solchen Wellengang ins Meer gehen.

„Verdammt", ruft Leo, „schau mal!"

Er hat zu mir aufgeschlossen, zeigt hinaus in die Fluten. Etwas Buschiges, Schwarzes ist dort für für einen Moment zu erkennen. Im nächsten Augenblick schon ist es wieder hinter der meterhoch aufschäumenden Gischt verschwunden.

„Ist das ein Mensch, womöglich ein Kind?"

Vornübergebeugt fixieren wir die Stelle, bis das schwarze Knäuel wieder auftaucht. Keine zehn Schritte von uns entfernt flackert ein Feuer, in das ein halb nackter, dürrer Mann Plastikflaschen und Dosen wirft. Einer von den Aufsehern, die auf dem zu unserem Resort gehörenden Strandstück auch für die Müllentsorgung zuständig sind.

„You see?", brüllt Leo ihm zu: „Somebody is out there!"

Der Mann blickt aufs Meer hinaus und grinst. Die wenigen Zähne in seinem Mund funkeln im Abendlicht. Fangzähne, denke ich unwillkürlich. Der Kerl hat tatsächlich das reinste Wolfsgebiss.

„Dog", ruft der Mann zurück. „Don't worry. Many dog dead now." Er wendet sich wieder seiner Arbeit zu, schaufelt weiterhin Müll in die Flammen. Eine dunkle Rauchfahne breitet sich über uns aus, der Gestank ist unerträglich.

Don't worry, be happy. Es ist tatsächlich nur ein toter Hund, der da in den Wellen treibt.

Wir atmen tief durch und wandern weiter den Strand entlang, schweigend und ein wenig benommen von den jüngsten Eindrücken. Nach ein paar Hundert Metern finden sich keine Plastikliegen mehr, auf denen die Gäste der verschiedenen Resorts die milde Abendsonne genießen; statt ihrer säumen aufgebockte Holzboote das Ufer. Vereinzelt sind Fischer bereits damit beschäftigt, sie mit

Netzen und uralten Außenbordmotoren zu beladen. Die Nachtschicht steht an. Die Nachtschicht, von der manch einer vielleicht nicht zurückkehren wird.

Ja, die Idylle hier ist scharf umzirkelt. Sie endet an der Mauer des jeweiligen Ayurvedaresorts.

12

Ajith wusste, dass sein Herr und Meister gewohnt war, in anderen Dimensionen zu denken als er. Strategischer vor allem, weniger unter dem Einfluss emotionaler Wallungen. „Du hast nur einen Fehler, Ajith“, pflegte der ältere Bruder zu sagen, „du bist zu heißblütig.“ Aber das war nicht die ganze Wahrheit. Es gab keinen Zweifel daran, dass Ajith geradezu kaltblütig zu agieren verstand, wenn er gewisse Dinge zu erledigen hatte. Dinge, die sich buchhalterisch nirgendwo niederschlugen. Eher konnte man in einschlägigen Zeitungsrubriken davon lesen. Ohne dass Ajiths Name oder der seines Bosses jemals dabei genannt worden wären.

Obwohl er die strategischen Fähigkeiten des älteren Bruders hoch einschätzte, konnte Ajith ihm im aktuellen Fall nicht folgen. Wieso entledigte man sich nicht einfach nach bewährtem Muster dieses Idioten, der weder die ausgestreckte, mit einer Million Dollar prall gefüllte Hand ergriffen noch die offensichtlichen Drohungen begriffen hatte? Und der es außerdem gewagt hatte, ihn, den Profi, hereinlegen zu wollen! Alleine das verlangte eine strenge Bestrafung. Wäre Ajith dank der Wanze, die er von Murugan erhalten und bei seinem nächtlichen Besuch in Pipers Wohnzimmer installiert hatte, nicht darüber informiert gewesen, dass der Wissenschaftler das FBI einschaltete, die Sache hätte dumm für ihn ausgehen können. So hatte er noch rechtzeitig die USA verlassen können.

Doch er war in seinem Stolz gekränkt.

Der Gipfel an Unverschämtheit aber war, dass Piper die Einladung zum Kongress nach Chennai angenommen hatte.

Natürlich konnte der Amerikaner nicht wissen, dass der, von dem das großzügige Geldangebot stammte, ausgerechnet hier seine Zentrale hatte. Ajith hatte bei ihrem Gespräch darauf geachtet, keine Namen oder Örtlichkeiten zu nennen. Dennoch empfand er es als Provokation, dass Piper nun höchstpersönlich in Indien auftauchen wollte. Nach all dem, was Ajith ihm in Boston erzählt und sogar schriftlich gegeben hatte! Nahm der Mensch ihn nicht ernst? Glaubte er tatsächlich, das FBI könnte ihn auch im Ausland beschützen? Wenn Piper in Chennai auftauchte, betrat er damit am helllichten Tag die Höhle des Löwen.

Eines Löwen, der schon lange nichts mehr gefressen hatte.

Nachdem die Mission in Boston gescheitert war, hatte der ältere Bruder über seine Verbindungen zu Pipers Kontaktpersonen in Indien herauszufinden versucht, wie es um die neue Studie bestellt war. Ob der Wissenschaftler immer noch daran arbeitete, allen Warnungen zum Trotz. Oder ob er im Bewusstsein, dass er sich und seine Familie nicht für alle Zeiten durch die Polizei abschirmen lassen konnte, letztlich doch Vernunft gezeigt hatte. Die Kontaktpersonen hatten schon lange nichts Neues mehr über das Projekt gehört; dennoch, eindeutige Schlussfolgerungen ließ das keine zu. Vielleicht hatte Piper ja einfach herausgefunden, wo die undichte Stelle war, und dafür gesorgt, dass seine indischen Kollegen keine Informationen mehr erhielten?

Die Ungewissheit dauerte an, bis der ältere Bruder in Erfahrung brachte, dass Pipers Name auf der Liste jener ausländischen Wissenschaftler stand, die ihre Teilnahme beim IDMCC, dem Interdisziplinären Medizinerkongress in Chennai, zugesagt hatten. Was nur eines bedeuten konnte: Piper wollte die Publizität des Kongresses nutzen, um seine neuesten Forschungsergebnisse publik zu machen. Ausgerechnet in Chennai. In der Höhle des Löwen. Ein ungeheuerlicher Affront!

„Mal sehen, ob er es wagt zu kommen, wenn wir ihn wissen lassen, dass wir hier auf ihn warten“, hatte Ajith gemeint. „Soll ich ihm ein entsprechendes SMS schicken?“

„Nein“, sagte der ältere Bruder, „du hast ihm schon zwei Mal gedroht, und was hat es gebracht? Er soll nur kommen. Wir werden uns *in angemessener Weise* um ihn kümmern.“

Formulierungen wie diese waren typisch für den älteren Bruder, sie zeugten von Weitblick und Stil. Ajith brachten sie dennoch eher in Rage. Zumal er mit dem Amerikaner mittlerweile eine persönliche Rechnung zu begleichen hatte.

Fast wie damals, als er das erste Mal Babus Buschmesser in die Hand genommen hatte, um etwas anderes als Gras und Büsche damit zu schneiden.

13

Reena's Resort, 17. 2. 2013

Die zweistündige Behandlung beginnt mit einer *General Massage*. Manju heißt die Therapeutin, der ich vom Doktor zugewiesen wurde und die mir, die ich wahrlich keine Riesin bin, gerade mal bis zur Brust reicht. Die erste Überraschung, noch ehe es losgeht: Manju bedeutet mir durch eine Geste, mich auf den schlichten hölzernen Schemel mitten im Raum zu setzen. Naiverweise hatte ich angenommen, Massagen würden sich grundsätzlich im Liegen abspielen. Meine Kleidung ist mir bereits abgenommen und draußen abgelegt worden, um sie nicht mit Öl zu bekleckern. Splitternackt hocke ich vor der Frau mit der grünen Schürze über der weißen Arbeitskluft und versuche mich zu entspannen.

Manju faltet ihre Hände über der Brust, lächelt, schließt die Augen. Es ist ihre Art, sich auf die Arbeit einzustimmen. Für die Arbeit an einer von zig Touristinnen, die sie pro Saison behandelt, von acht Uhr morgens bis abends um sieben oder acht, je nach Bedarf, und das sieben Tage die Woche und zehn Monate am Stück. Das hat sie mir selbst erzählt, ohne dabei unglücklich zu wirken. Nur im Juni und Juli, während der stärksten Monsunzeit, sei wenig los hier, sagt sie. Dann hat Manju vier Wochen am Stück frei und darf sich länger als ein paar Nachtstunden ihrer Familie widmen.

Sie formt ihre Handflächen zu einer Kelle, mit der sie aus dem stählernen Töpfchen Öl schöpft. Die gesamte Portion wandert auf meinen Scheitel, wird ins Haar eingerieben, einmassiert von diesen wundersam kleinen Händen, Kinderhände nach westlichen Begriffen, aber stark, viel stärker als meine.

Manju rubbelt so fest, dass es anfangs fast unangenehm ist. Ihre Finger sind ständig im Fluss, verteilen das Öl in kreisenden Bewegungen, sodass kaum etwas davon auf meine Schultern tropft. Einmal werden die Haare zu einem Schopf nach oben gedrückt, im nächsten Moment schon wieder zerzaust. Erst als ihre Finger von der Stirnmitte ausgehend über meine Schläfen zu streichen beginnen, fange ich an, mich zu entspannen. Meine öltriefenden Haare werden nach hinten gestrichen, immer und immer wieder, wie von einer Mutter, die nicht aufhören wird, ihr Kind zu streicheln, bis es eingeschlafen ist. Aber ich schlafe nicht ein, bin vielmehr aufs Äußerste gespannt, gespannt und entspannt zugleich, ja, auch das ist möglich, lerne ich soeben, und die schnalzenden, Kastagnetten ähnlichen Geräusche spüre ich gleichzeitig als das Trommeln gefalteter Hände gegen meinen Schädel, während Manjus kleine Gestalt mich umkreist. Milde Handkantenschläge, kräftig und belebend, prasseln in der nächsten Minute auf Hals und Schulter hernieder, ein muskellockerndes Stakkato, das, wenn es nach mir ginge, endlos so weitergehen könnte.

Doch unvermittelt verstummen die Kastagnetten, tritt eine kurze Stille ein. Langsam öffne ich die Augen. Manju nimmt soeben das metallene Töpfchen vom Gasbrenner und beginnt, das warme Öl auf meinem Rücken und meinen Brüsten zu verteilen. Während meine Nackenmuskulatur geknetet wird, beginne ich erstmals abzuheben. Im Sitzen schweben, auch das weiß ich jetzt, ist möglich, ist keine Erfindung irgendwelcher yogischer Flieger.

Als sie sich an meinen Armen zu schaffen macht, ist der Bann fürs Erste gebrochen, und wir blicken einander lächelnd an. Eine Weile beobachte ich sie bei der Arbeit und staune, wie stabil ihre nackten Füße auf dem Ziegelboden ruhen, gerade so, als wären sie angeklebt, während ihre Hände ausgehend von den Spitzen meiner Finger über Unter- und Oberarm zu Rücken und Po hinuntergleiten, ohne Unterlass, in einem steten Fluss, als bewegten sie sich auf einem Instrument. Es ist ein Wechselspiel von geradlinigen und kreisenden Mustern, das ihre weichen Handballen auf Arme, Bauch und Rücken zaubern. Mit dem Kneten meiner Hände und Finger geht die Session auf dem Schemel zu Ende. Nun werde ich wortlos aufgefordert, auf eine Matratze, die sich auf einem gedrechselten, dunkelbraunen Holzgestell befindet, zu wechseln.

„Bauch liegen", sagt Manju lächelnd.

In den nächsten Minuten verliere ich zunehmend die Kontrolle. Nicht nur der Jetlag und die beiden schlaflosen Nächte sind dafür verantwortlich; es ist die Summe aus Müdigkeit und Wärme, aus exotischen Geräuschen und Düften, aus weichen Fingerkuppen, die meinen Körper, diese dünne Außengrenze des Ichs, aufzulösen scheinen, was mich ein ums andere Mal hinübergleiten lässt in ein diffuses, wohliges Reich, in dem die Krähen einander nicht mehr die Augen aushacken, sondern sich freundlich mit ihresgleichen unterhalten, in dem die trockenen Palmblätter leise im Wind knacken und das Meer unablässig seine Grüße durch den Palmenhain heraufschickt, ein rollendes Rauschen, das kaum merklich anschwillt, um plötzlich in ein saugendes, berstendes Tosen zu münden: die auf breiter Front heranrollenden Brecher des Arabischen Meers, welche, wie man mir schon bei der Ankunft erzählt hat, seit Tagen das Schwimmen im Meer verunmöglichen.

Vielleicht bin ich tatsächlich ein paarmal eingenickt. Vielleicht sind meine Gedanken aber auch nur so weit abgedriftet, in solch ferne, recherchefreie Regionen, dass ich ein klein wenig erschrecke, als der nächste Befehl mit heller Stimme ertönt:

„Rücken liegen."

Handwarmes Öl sammelt sich in meinem Nabel wie in einem Zwischenlager, von wo es über Bauch und Brust, über Arme und Beine verteilt wird. So schamhaft sie in diesem Teil der Welt sonst mit allem Körperlichen umgehen – bei der Massage lassen sie nichts aus und kennen keine Berührungsängste. Manju knetet meine Brüste ohne Scheu, und immer wieder streifen ihre Hände über meinen Venushügel. Natürlich dürfen nur Masseusen Frauen behandeln, und seitdem auch immer mehr Männer sich in die Ayurvedaresorts wagen – vor wenigen Jahren noch eine neunundneunzigprozentige Domäne der Frauen –, wurden für das starke Geschlecht mittlerweile fast gleich viele männliche Therapeuten angestellt. Das hab ich natürlich von Leo. Wie überhaupt so ziemlich mein ganzes bescheidenes Wissen über die Abläufe in so einem Kurzentrum. Immerhin ist er einer der wenigen Männer, die von sich behaupten können, schon drei Ayurvedakuren in drei verschiedenen Resorts durchgemacht zu haben.

14

Neun Jahre war es jetzt her.

Amma hatte ihm einen Brief geschrieben. Beziehungsweise schreiben lassen, denn sie selbst verstand sich nicht auf diese Kunst. Welche Frau ihrer Generation und Herkunft hatte schon eine ordentliche Schule besucht. In dem Brief stand wenig Konkretes, aber es war unschwer herauszulesen, dass Mutter große Sorgen hatte. Ajith fragte sich, was der Grund dafür war. Seit er Amma und seine Schwester von Chennai aus regelmäßig mit Geld versorgte, hatten sich die größten finanziellen Probleme der beiden Frauen erledigt. Natürlich ließ sich damit kein Leben in Luxus führen, aber für ihren täglichen Bedarf war gesorgt.

Das hatte Amma ihm auch immer wieder versichert: „Du musst dir keine Sorgen um uns machen, Sohn. Danke für all deine Wohltaten, Krishna möge dich segnen."

So endeten normalerweise die Telefongespräche auf ihrer Seite, wenn sie ihn einmal im Monat auf Chandras Handy anrief, Ajiths Geschenk an seine Schwester zu ihrem siebzehnten Geburtstag. Wie hatte Chandra sich darüber gefreut! Sie, die Schüchterne, die Zurückhaltende, hatte ihn an diesem Tag umarmt, dass ihm ganz warm ums Herz geworden war. Seine kleine Schwester, die so klein nun auch nicht mehr war. Ihr Name bedeutete Mond, und schön wie der Vollmond leuchtete ihr Gesicht. Dass sie mit achtzehn noch immer nicht verheiratet war, war ausschließlich die Schuld des toten Vaters. Denn über die Familie eines Selbstmörders kam nach der Trauer und wirtschaftlichen Misere noch weiteres, größeres Leid: Man mied den Kontakt mit ihr.

Er schrieb zwei Briefe an Amma und einen an Chandra, sie antworteten nicht. Er versuchte sie anzurufen, ohne Erfolg. Vielleicht war Chandra das Handy gestohlen worden und sie wagte es nicht, ihm davon zu berichten – aus dem Schuldgefühl heraus, nicht besser auf das teure Geschenk aufgepasst zu haben? War das der simple Grund, warum die beiden sich nicht meldeten? Er rang mit sich, ob er den älteren Bruder bitten sollte, ihm Urlaub zu geben, konnte sich aber nicht dazu entschließen. Urlaub, das war für ihn etwas, das er sich nicht einmal vorstellen konnte. Es wäre ihm wie Verrat vorgekommen, seinen Herrn darum zu bitten. Aber die Ungewissheit, was zu Hause passiert war, nagte an ihm und machte ihn traurig und schweigsam. Das fiel auch dem älteren Bruder auf.

„Was ist los mit dir, Ajith?“, fragte er ihn eines Tages. „Hast du Sorgen?“

„Es ist nichts, alles in Ordnung.“

„Liebeskummer?“

„Nein, Sir. Ganz gewiss nicht.“

„Ich brauche einen Ajith, der fröhlich ist und tatkräftig, nicht ein Häufchen Elend. Ich befehle dir zu sagen, was dich quält!“

Einem Befehl seines Herrn konnte man nicht widersprechen. So erzählte er ihm von seiner Sorge.

„Dummer Junge“, sagte der ältere Bruder. „Wieso vertraust du mir nicht? Du fährst jetzt sofort nach Kerala und siehst nach, was los ist. Und du kommst nicht eher zurück, bis alles geklärt ist. Versprochen?“

Ajith hatte sich mehrmals verneigt und noch am selben Tag den Zug nach Kerala genommen, wo er zwölf Stunden später ankam. Der ältere Bruder hatte es sich nicht nehmen lassen, das teure Ticket für die zweite Klasse zu bezahlen. In Trivandrum stieg er in ein Tuk-Tuk, das ihn in sein Dorf brachte. Den steilen Pfad hinauf zur Hütte seiner Mutter legte er zu Fuß zurück. Er grüßte jeden, der ihm über den Weg lief, schließlich kannte er sie alle. Doch niemand erwiderte seinen Gruß. Was war passiert? Warum ächtete man ihn? Die wildesten Fantasien gingen ihm durch den Kopf. Dann betrat er nach mehr als einem Jahr erstmals wieder sein Elternhaus.

Amma zuckte zusammen, als sie ihn sah. Wie üblich hockte sie barfuß auf dem gestampften Lehmboden, aber da waren keine Linsen und kein Reis, die sie gerne in gebeugter Haltung auszuklauben pflegte. Sie saß verloren in der Mitte des halbdunklen, leeren Raums, ohne zu arbeiten. Ajith konnte sich nicht entsinnen, sie jemals so gesehen zu haben. Sie, die Unermüdliche, die keine Sekunde des Tages verschenkte.

„Amma“, rief er, „ich bin es, Ajith, dein Sohn! Willst du mich nicht begrüßen?“

Doch anstatt aufzustehen und ihn zu umarmen, beugte sich die Mutter vornüber, sodass ihre Stirn den Boden berührte. Trotz ihres Alters ist sie noch gelenkig, dachte Ajith. Aber sie richtete sich nicht mehr auf. Nur ein kleines Wimmern entrang sich ihrer Brust.

Ajith trat näher und berührte sanft ihren halb entblößten Rücken. Ihr billiger Sari war schmutzig und roch. Wann hatte sie ihn zuletzt gewaschen? Sie, die Reinliche, die ihn nie mit einem ungebügelten Hemd in die Schule gehen ließ? Als sie seine Hand auf ihrer Haut spürte, schnellte sie hoch wie eine Viper. Ihre sonst so gutmütigen Augen funkelten, während der Blick ins Leere ging. Eine Irre, dachte Ajith, bei Ganesh, meine Mutter ist verrückt geworden!

„Geh, geh sofort! Du darfst dieses Haus nicht mehr betreten, hörst du! Niemand darf es, kein Lebender …“

Ein unkontrolliertes Heulen brach aus ihrem hageren Leib, das Ajith mehr erschreckte als damals der Anblick des toten Vaters. Es klang tierisch, so, als wären alle Bestien der Nacht verschmolzen zu einem grauenhaften Wesen, dessen Laute kein menschliches Ohr ertrug.

„Die Götter haben uns verflucht“, schrie die Mutter, „lauf, lauf weg und komm nie wieder!“

Er wollte ihren Kopf in seine Hände nehmen, aber sie wehrte ihn ab. Schlug um sich und verkrampfte sich dabei, als wäre sie eine Epileptikerin.

Nach endlosen Minuten schaffte er es doch, sie ein wenig zu beruhigen.

„Was ist nur passiert, Amma?“, flüsterte er. „Ich habe ein Anrecht darauf, es zu erfahren.“

Immer noch hielt er ihr knochiges Gesicht in seinen Händen. Sein Körper erinnerte sich daran, dass sie das immer mit dem kleinen Ajith gemacht hatte, wenn es ihm schlecht ging. Wenn er Fieber hatte oder aus irgendeinem Grund untröstlich war.

„Unser Mond leuchtet nicht mehr“, wimmerte sie. „Ajith, unser Mond hat aufgehört zu scheinen!“

Ajith merkte, wie auf seiner Stirn eine Ader anzuschwellen begann. Gleichzeitig breitete sich in seinem Kopf ein Gefühl der Leere aus.

„Ich verstehe“, sagte er tonlos, „Chandra ist tot.“

Die Stimme der Mutter war jetzt nicht mehr als ein Röcheln.

„Ich wünschte, es wäre so. Aber es ist schlimmer, viel schlimmer, Sohn! Flieh, solange noch Zeit ist.“

Dann brach sie in seinem Schoß zusammen.

*

Es dauerte lange, bis er so viel aus ihr herausgeholt hatte, dass er sich ein ungefähres Bild machen konnte. Nicht einmal wann das Unaussprechliche passiert war, konnte sie sagen. Immer wieder beschwor sie ihn, doch zu gehen und sie allein zu lassen.

In der Nacht irrte er durch das Dorf, in dem es auffällig still war. Nicht einmal das übliche Gekläffe der Köter war zu hören. Am nächsten Morgen, sie hatten beide keine Sekunde geschlafen, beschwor er sie erneut.

„Ich gehe nicht, bevor ich einen Namen von dir höre, Amma!“

Er brauchte einen Namen, nur einen, alles Weitere würde er von demjenigen erfahren. Angeblich waren es sieben oder mehr gewesen. So viel hatte Chandra noch sagen können, ehe man sie auf die Intensivstation im *General Hospital* in Trivandrum brachte, wo sie jetzt bereits seit über einem Monat lag. Kurze Zeit hatte es danach ausgesehen, als ob sich ihr Zustand bessern würde, aber nach zwei Tagen auf der allgemeinen Station hatte sie Erstickungsanfälle bekommen und musste nochmals operiert werden. Diesmal an der Lunge, die schwere Quetschungen aufwies. Reden konnte sie nicht, und selbst wenn sie es gekonnt hätte – was gab es zu sagen? Ein gutes Hindumädchen ist nicht nach Sonnenuntergang alleine unterwegs. Auch nicht, wenn die Arbeitgeber sie zwingen, länger als vorgeschrieben zu bleiben. Von der Wäscherei nach Hause waren es gerade einmal zwei Kilometer. Chandra hatte sich glücklich geschätzt, so nahe einen Job gefunden zu haben, auch wenn die Arbeit hart und schlecht bezahlt war.

Der Weg, den sie jeden Tag zu gehen hatte, führte durch einen Palmenhain, entlang einer verfallenen Ziegelmauer. An manchen Stellen war die Mauer kaum noch drei Fuß hoch. Dahinter befand sich ein allein stehendes Magazin der Stromgesellschaft, mit rostigen Wellblechwänden und einem Dach aus Palmblättern. Dort wurden Kabel gelagert und Fässer mit gebrauchtem Öl, das aus dem nahe gelegenen Ayurvedaresort stammte. Man hielt es für eine Verschwendung, das Öl wegzuleeren, nachdem die Luxuskörper der Touristen ein einziges Mal damit eingerieben wurden. Das wiederverwertete Öl diente dazu, die hölzernen Strommasten damit zu bestreichen, um sie gegen Ungeziefer zu schützen. Das Türschloss, so erzählte man sich im Dorf, sei unversehrt gewesen, als die Polizei den Tatort untersuchte. Einer der sieben musste also einen Schlüssel dafür gehabt haben. Dass der nächste, ständig besetzte Rikschastand nur dreihundert Meter entfernt war, ließ den Schluss zu, dass man das Opfer geknebelt hatte. Oder dass die Rikschafahrer samt und sonders taub waren, weil keiner gehört haben wollte, was an jenem Abend in dem Magazin vor sich ging.

Dort, wo der Mond aufgehört hatte zu leuchten.

Ajith hatte die Informationen Stück für Stück zusammengetragen und war das Gelände mehrmals abgelaufen. Er hatte das Schloss des Magazins mit einer Brechstange aufgebrochen und jeden Millimeter des Inneren abgesucht. Das Einzige, was er neben den Kabelrollen und den Fässern gefunden hatte, war eine Sandale mit abgerissenem Riemen gewesen. Er hatte sie mitgenommen. Eine kaputte Sandale, unbrauchbar und löchrig. Sonst gab es nichts, das darauf hingedeutet hätte, dass sich jemals Menschen in diesem Verschlag aufgehalten hatten. Nein, keine Menschen: Tiere, Bestien! Die eine junge Frau so oft vergewaltigten und schlugen, bis von ihr nichts mehr übrig war als ein blutiger Klumpen.

Er besuchte sie zweimal im Krankenhaus. Die Ärzte konnten oder wollten nicht sagen, welche Chancen sie ihr gaben. Bei seinem zweiten Besuch war Chandra wach, aber sie schien ihn nicht zu kennen. Ihre Mandelaugen: schön wie allezeit, auch ohne das Kajal, das sie sonst umrandete. Aber sie starrten an ihm vorbei in ein Nichts, in eine Zone jenseits der gekalkten Betondecke. Er streichelte die Schwester an der rechten Wange, eine der wenigen Stellen, an denen ihre Haut freilag. Der Rest war in weiße Tücher verpackt, wie bei einer Leiche, die zur Verbrennung bestimmt war.

Danach veranlasste er, dass man sie zur weiteren Behandlung ins KIMS brachte, das *Kerala Institute of Medical Science* in der Vinod Nagar Road. Ob er sicher sei, dass er sich das auch leisten könne, wurde er gefragt. Er gab ihnen die Adresse seines Arbeitgebers, dort könne man sich ja über seine Einkünfte erkundigen. Das KIMS verfügte nicht nur über die modernste Apparatediagnostik im ganzen Land, es war auch eine angesagte Adresse für Patienten aus Übersee. Normalerweise ließen sich hier reiche Heimkehrer neue Hüftgelenke einbauen oder afrikanische Potentaten einen Hirntumor entfernen, und in den Suiten der obersten Stockwerke konnten sich gestresste Europäer mit ayurvedischen Stirngüssen verwöhnen lassen. Das KIMS bot alles, was gut und teuer war. Chandra war vermutlich die erste Patientin, die man wegen den Folgen einer Massenvergewaltigung einlieferte. Sie wurde in jener schlichten Abteilung untergebracht, die den Einheimischen vorbehalten war. Direktor Sahadulla wurde nicht müde zu betonen, dass sein Haus auch einfachen Menschen offenstehe. Sofern die Angehörigen in der Lage waren, die nicht unbeträchtlichen Kosten dafür aufzubringen. Schließlich wusste man sich auch den Shareholdern des Instituts gegenüber verpflichtet …

*

Einen Namen hatte Ajith noch immer nicht, als er am vierten Tag nach seiner Heimkehr die Polizeistation aufsuchte. Er verlangte den Chef des *Special Police Departments* zu sprechen.

„Keine Chance", sagte der fette Head Constable, ohne von dem Thali aufzublicken, das ihm gerade serviert worden war. „Superintendent Rangjangar ist die nächsten vierzehn Tage in wichtiger Angelegenheit unterwegs."

Ajith ging zur Bank und kehrte mit zweitausend Rupien, aufgeteilt in zwei Kuverts, zurück. Auf dem Revier schob er eines der Kuverts wortlos dem Head Constable hinüber. Ungläubig hob sich das feiste Kinn über dem mit Dal, Reis und verschiedenen Pickles gefüllten Stahlteller. Ein Lächeln, dann wischte sich der Mann schnell die Hände an einem Tuch ab und begann unter dem Schreibtisch zu zählen.

„Vielleicht ist er ja doch morgen schon wieder zurück."

Er schickte sich an weiterzuessen. Ajith zog das zweite Kuvert aus der Tasche und wedelte damit vor der Nase des Dicken herum.

„Vielleicht sogar schon heute?"

„Hm."

Grunzend erhob sich der Head Constable und wies Ajith an, sich zu setzen. Als er nach ein paar Minuten zurückkehrte, war er in Begleitung eines hochgewachsenen Offiziers, dessen bürstenartiger Haarschnitt ihm trotz der leicht angegrauten Schläfen ein rassiges Aussehen verlieh. Mit seiner gekrümmten Nase ähnelte er Tinu Yohannan, der als erster Cricketspieler aus Kerala im Indian Cricket Team gestanden war.

„Special Police Officer Superintendent Rakesh Rangjangar", stellte der Head Constable seinen Chef vor. Dabei strich er so nahe an Ajith vorbei, dass dieser ihm das zweite Kuvert unbemerkt zustecken konnte.

„Ja?", sagte der Superintendent nur. Es klang unwirsch. Offenbar hatte man ihn ebenfalls vom Mittagessen weggeholt. Und Ajith hatte kein weiteres Kuvert dabei, um ihn wohlgesonnener zu stimmen.

„Ich bin Ajith Nair, der Bruder von Chandra", sagte er. „Man hat mir gesagt, dass Sie den Fall bearbeiten."

„Wer sagt das?"

„Wer sagt was?"

„Dass ich den Fall bearbeite. Wer behauptet so etwas?"

Ajith war verwirrt. Hatte man ihn falsch informiert?

„Aber Sie sind doch der Chef des *Kerala Special Police Departments*, das sich um Vergewaltigungsfälle kümmert. Stimmt das etwa nicht, Sir?"

Der Hauch eines Lächelns huschte über das Gesicht des Polizisten.

„Allerdings", sagte er. „Aber was hat das mit dieser Chandra zu tun?"

„Nun, meine Schwester wurde brutal vergewaltigt, Sir, von mehreren Männern. Ihr Zustand ist noch immer äußerst kritisch, wie Sie sicher wissen. Deshalb möchte ich mich bei Ihnen erkundigen, wie weit die Ermittlungen in der Zwischenzeit gediehen sind."

„Ermittlungen? Welche Ermittlungen?"

Der Superintendent nestelte an seiner Brusttasche herum, ließ die Zigarettenschachtel dann aber doch stecken.

„Soviel ich weiß, ist die Frau bis jetzt nicht einmal einvernahmefähig. Oder hat sich an ihrem Zustand etwas geändert? Ich habe sie letzte Woche persönlich auf der Intensivstation im *General Hospital* besucht."

„Mittlerweile liegt sie im KIMS."

„Aha, interessant."

Der Polizist drehte sich abrupt um und spazierte gemächlich zum Fenster hinüber.

„Interessant? Was ist daran interessant, Sir?"

Rangjangars Silhouette hob sich vor dem vergitterten Rechteck ab wie ein überdimensionaler Scherenschnitt, während seine Finger nachdenklich über den mächtigen Schnurrbart strichen. Seine ganze Gestalt wirkte ruhig und entspannt, wenn auch im scharfen Gegenlicht vom Gesichtsausdruck des Offiziers nicht viel zu erkennen war. Umso größer war Ajiths Schock, als er die Antwort vernahm.

„Nun, es ist doch interessant, dass sich eine kleine Hure ein so nobles Krankenhaus leisten kann."

Es war unmöglich, er musste sich verhört haben! Ich habe

kaum geschlafen die letzten Tage, dachte Ajith, man weiß ja, welche Folgen das haben kann. Nicht umsonst zählt Schlafentzug zu den grausamsten Foltermethoden.

„Was haben Sie gerade gesagt, Sir?"

Rangjangar kam langsam auf ihn zu. Keinen Meter von Ajith entfernt blieb er stehen und blickte auf den Sitzenden herab. Mitleidig beinahe. Oder war es Verachtung?

„Ich habe gesagt, dass eine Hure nicht in die beste Klinik des Landes gehört. Egal, wie viel ihr Bruder in Chennai als Laufbursche für einen reichen Geschäftsmann verdienen mag. Ich weiß alles über dich, Ajith Nair. Alles!"

In Ajiths Kopf begann es sich zu drehen, sein Magen schien sich umzustülpen. Er wollte sich auf den anderen stürzen, wollte ihn würgen, aber seine Glieder gehorchten ihm nicht. Rangjangars Hand lag jetzt auf seiner Schulter, weich und schwer. Wie die Pranke eines Löwen, der sein Opfer fast zärtlich berührt, ehe er sich daranmacht, es mit einem Schlag zu zerfetzen.

„Wenn ich dir einen guten Rat geben darf, Nair: Verschwinde so schnell wie möglich wieder aus Kerala. Deine Schwester hat bekommen, was sie verdient. Es ist allgemein bekannt, wie sie ihren achtzehnten Geburtstag gefeiert hat. Wenn eine Hindufrau in aller Öffentlichkeit Bier trinkt, muss sie sich nicht wundern, wenn ein jeder sie für ehrlos hält. Dann hat sie sich auch selbst die Konsequenzen zuzuschreiben. Siehst du, das hättest du deiner kleinen Schwester nun wirklich beibringen können! Aber kein Wunder, dass unsere Weiber Anstand und Moral verlieren, wenn die verdammten Touristinnen es ihnen laufend vormachen. Die mit entblößten Brüsten am Strand liegen und sich noch darüber beschweren, wenn unsere Jungs sie begaffen. Irgendwann einmal müssen die ja die Kontrolle verlieren. Und darum, Nair, darum gibt es in diesem Fall nichts zu ermitteln! Weil dies kein kriminalistischer Fall ist, sondern ein Fall von Karma. Von verdammt schlechtem Karma, wenn du mich fragst. Aber damit hat ja nun das *Special Police Department* nichts zu schaffen, absolut nichts."

Seine Stimme war während der Suada, die er ins Gesicht des

starr Sitzenden schleuderte, immer greller, immer geifernder geworden. Mit einem Schlag war es damit vorbei. Es war nur ein Flüstern, das an Ajiths Ohr drang, als Rangjangar sich zu ihm herabbeugte, so nahe, dass sein Schnurrbart beinahe Ajiths Wange berührte. Ein Flüstern, das das Trommelfell verätzte.

„Darum geh, solange noch Zeit ist. Verpiss dich, Nair! Und vergiss nicht: Hier bin ich das Gesetz."

Er nahm seine Hand von Ajiths Schulter und bugsierte ihn zur Tür hinaus.

Draußen glaubte Ajith, jemand lachen zu hören.

War es nur der Head Constable, der seine Scheine zählte? Oder lachte ganz Kerala über ihn?

15

Reena's Resort, 20./21. 2. 2013

Die Raben sind die Elstern von Kerala. Ein Rabe hat sich heute früh meinen USB-Stick geholt, ich hatte ihn über Nacht draußen liegen lassen. Ich bekam den Diebstahl gerade noch mit: Ein gewaltiger Vogel hob von unserer Terrasse ab, in seinem Schnabel eine weiße Bandschleife. Die hatte ich an dem Stick befestigt, um ihn mir sicherheitshalber umhängen zu können. Vielleicht hat das Biest das Band ja für Papier gehalten. Papier würden Raben nämlich furchtbar gerne fressen, hat Manju mir erklärt. Tatsächlich sieht man immer wieder Vögel mit Papierstreifen im Schnabel herumfliegen.

Jetzt sind also meine Daten und Notizen, die ich für die Recherchen vor der Abreise nur schnell auf den Stick und nicht gleich aufs Ultrabook kopiert habe, eine Beute dieser impertinenten Diebe geworden. Wie soll ich jetzt an die Materialien herankommen? Pipers Studienergebnisse ließen sich zur Not noch einmal aus dem Internet herunterladen, aber auf meine Mails an Piper und seine Antworten kann ich vor meiner Heimkehr nicht zugreifen. Nicht zu reden von dem Wust an Anmerkungen, Mitschriften und Transkripten der Gespräche mit Weinzierl, Laborleitern, Ärzten und Chemikern.

Elender Mist!

Oder doch eher eine einzigartige Chance, wie Leo sagen würde?

Nach dem Frühstück machen wir erstmals einen ausgedehnten Spaziergang, denn unsere Behandlungen sollen erst nach dem Mittagessen beginnen. Wir laufen den Strand entlang in Richtung Südkap, weit über das Fischerdorf hinaus. Der Anblick der Männer, die am Strand hockend ihre Notdurft verrichten, ist mir peinlich. Leo nicht.

„Wasserklosett für die Armen", meint er, „die Verquickung des

Angenehmen mit dem Nützlichen. Beim Kacken einen solchen Ausblick genießen – wer kann das schon?"

Erneut stoßen wir auf einen toten Hund, diesmal im seichten, stehenden Gewässer, das zwischen dem sandigen Uferstreifen und dem leicht ansteigenden Gelände liegt, wo sich zwei weitere Ayurvedaresorts befinden. Entdecken weiters eine verendete Katze, zwei halb verweste Ratten und einen Haufen Federn, die vermutlich einmal einem Huhn gehörten. Ob sie allesamt Opfer desselben Sturms wurden wie die Besatzungen jener Boote, die in unserer ersten Nacht hier nicht vom nächtlichen Fischfang zurückkehrten? Jedenfalls gibt es niemanden, der die Kadaver wegräumen oder auch nur verscharren würde. Die Raben holen sich die besten Brocken, ehe die Flut die Reste fortschwemmt.

Im Salzwasser zu baden sei gut gegen so manche Leiden, behauptet Manju. Meine liebe Manju: keralische Tageszeitung und panindische Enzyklopädie in einer Person. Aber selbst wenn sie die grüne Fahne hissten – ich ginge auch dann nicht ins Wasser!

*

Heute haben wir sie das zweite Mal gesehen. Eine riesige Ratte, die von der Rezeption in Richtung Küche gelaufen ist, breit wie ein Biber und mit langem, buschigem Haar. Leo nannte sie *unsere Angoraratte*. Aber ich konnte nicht lachen darüber, denn mir wurde plötzlich ganz übel. Kotzübel.

So wie damals, als uns die Buben aus meiner Klasse in einem Hinterhof überfallen haben. Martha und ich waren Schwammerl suchen gewesen, als sich die drei mit Indianergeheul auf uns stürzten. Martha machte das einzig Richtige: Sie ließ den Weidenkorb mit den Herrenpilzen fallen und rannte, ohne sich umzusehen. Ich blieb wie angewurzelt stehen und dachte, dass die dummen Buben mir schon nichts tun würden. Dass man sie nur ein bisschen schreien und um einen herumtanzen lassen muss. „Buben sind halt so", sagte Mama immer, „die brauchen das. Wenn du dich nicht wehrst, geschieht dir nichts." Und was sollten einem Buben aus der eigenen Volksschulklasse schon groß antun? Eben.

Ferdl und Pepi hielten mir die Hände hinter dem Rücken zusammen, während Otto, der rotköpfige, dicke Otto mit dem Bürstenhaarschnitt, einen Plastiksack hervorzog und vor meinem Gesicht schwenkte.

„Willst sehn?", fragte er mich mit einem spitzen Quieken und ließ den Sack, in dem sich etwas Großes, Schweres befand, mehrmals gegen meinen Bauch prellen. Es tat nicht wirklich weh, aber ich spürte, dass das nur das Vorspiel war, und biss die Zähne aufeinander, dass es knirschte.

„Willst sehn?"

Nein, ich wollte nichts sehen, ich wollte nur heim zu Mama. Aber Ferdl und Pepi waren stark, zweifellos die Stärksten in der Klasse, und ihr Griff war eisern. Sicher hatten sie schon vor mir Mädchen so fixiert, es brauchte keine Handschellen, wenn man so viel Schmalz in den Muckis hatte. Und so wenig im Hirn.

„Willst sehn?", fragte Otto zum dritten Mal und hielt mir den Plastiksack unter die Nase, der komisch roch und in dem sich etwas rührte. Ich wollte den Kopf zur Seite drehen, aber Ferdl riss an meinen Haaren, sodass meine Nase ganz schnell wieder nach vorne zeigte. Ich schrie vor Schmerz und bekam dafür einen Schlag mit der flachen Hand auf die Lippen. Jetzt, obwohl es viel weher tat als zuvor, blieb ich stumm.

„Wennst nicht spurst, dann ..."

Mehr musste er nicht sagen.

„Braves Mädel", lachte Ferdl, „braves Mädel."

Ich war ein braves Mädchen und versuchte die Tränen zu unterdrücken. Das war auch so etwas, das sie uns beigebracht hatten: Tränen ist gleich Heulsuse ist gleich Untermensch. Damals sagte ein jeder Untermensch, ohne sich was dabei zu denken. Die Buben übernahmen es von ihren Vätern und die von den alten Herren, die zumindest an den Wirtshaustischen immer noch die Kapos waren. Dabei war kein Einziger in Penzdorf je *bei der Partei* gewesen, wie sie immer beteuerten. *Wir Bauern haben's nicht so mit dem Hitler gehabt, wir waren für den Dollfuß und den Schuschnigg, weil die für die Kirche waren, verstehst?* So haben sie uns das erklärt. Und vielleicht hat es sogar gestimmt, dass sie nie Mitglieder der NSDAP waren. Aber sprachlich waren sie SSler der ersten Stunde, und die Sprache lässt sich nicht so schnell ablegen wie eine Uniform oder wegwerfen wie ein Parteibuch. *Was liegt, das pickt*, wie man beim Kartenspielen sagt.

Wenn ich in der zweiten Volksschulklasse auch noch nicht wusste, woher das mit den Untermenschen stammte, wusste ich doch sehr gut, was es bedeutete und welche Folgen es hatte, wenn man zu ihnen gezählt wurde. Also versuchte ich die Tränen zu unterdrücken. Aber als Ottos Augen zu glänzen begannen und er den Plastiksack dicht unter meiner Nase öffnete, fiel ich in Ohnmacht. Buchstäblich.

Ich hatte von Ratten bis zu diesem Zeitpunkt immer nur Teile gesehen, meistens den Schwanz, der in irgendeinem Kanalrohr verschwand. Aber diese Ratte, die in Todesangst hochschnellte und nach meiner Nase zu schnappen versuchte, war eine echte Bisam. Eine von denen, die der alte Bachner, ein eigens vom Bürgermeister beauftragter Pensionist, zu erschlagen hatte und wofür er eine kleine Prämie bekam, pro Rattenschwanz ein paar Schillinge.

„An Ratten muss man sich in Indien gewöhnen“, hat Leo gemeint, während er sich genussvoll die Kartoffeln mit Kokosmasala in den Mund schaufelte. Aber ich werde mich mein Lebtag nicht an sie gewöhnen. Da kann der Elefantengott Ganesh zehnmal auf einer Ratte daherkommen, so wie Krishna ein Pferd oder Vishnu eine Schildkröte hat als mobilen Untersatz. Jedem Gott sein eigenes Vehikel. Schnell vorwärtszukommen war den Indern schon immer wichtig, egal womit.

Ja, wenn du mich foltern willst, dann zeig mir eine Ratte. Oder eine Schlange. Und sei es nur eine Blindschleiche oder eine Ringelnatter.

Wie ich herausgefunden habe, dass Ringelnattern schwimmen können, ist eine eigene Geschichte.

16

Es dauerte zwei Tage, bis Ajith imstande war, das Haus zu verlassen. Er verstand Amma jetzt besser. Die unendliche Scham, die nicht aufhört, einen zu verzehren – sie hatte auch ihn niedergestreckt wie eine Keule. Achtundvierzig Stunden lang hatte er sich auf dem Boden gewälzt, während Amma stumm und mit hohlen Augen in der Ecke saß. Achtundvierzig Stunden, in denen Krämpfe ihn schüttelten, als hätte das Denguefieber ihn in seinen Klauen. Er sah Mädchen und Frauen vor sich, deren Gesichter mit Säure verätzt waren oder deren Saris in Flammen standen. Dumme Weiber, sagte eine Gestalt, die Rangjangar zum Verwechseln ähnlich sah, können einfach nicht mit dem Feuer umgehen! Es waren Frauen, die es gewagt hatten, ihre Peiniger anzuzeigen. Gezeichnet fürs Leben, angezündet bei lebendigem Leibe. Jeden Tag konnte man es in der Zeitung lesen.

Als er sich von seiner Matte erhob, hatte die Scham sich nicht verflüchtigt. Sie hatte sich nur in etwas anderes verwandelt, etwas, das vollständig Besitz von ihm ergriff. Es gab keine Sekunde mehr, in der er nicht an das eine gedacht hätte: *Du kommst nicht eher zurück, bis alles geklärt ist.* Wie prophetisch die Worte des älteren Bruders doch gewesen waren, wie hellsichtig! Ja, er würde alles klären. Ein für alle Mal. Das Jüngste Gericht, an das die Christen glaubten: Er würde es einläuten.

Er wusste: Das Sinnen auf Rache war ebenso giftig wie Scham. Zersetzte das Blut, zerfraß das Hirn. Es würde aus einem lebenslustigen jungen Mann eine Maschine machen. Eine Kampfmaschine, ein Monster. Eben das, was er nie hatte werden wollen und wofür er nicht so strebsam gelernt hatte in der Schule. All die weisen Bücher, die sie gelesen hatten, sie wiesen einen anderen Weg. Wie hatte es im *Thirukkural*, den der Lehrer ewige Perlen der Inspiration nannte, so weise geheißen: *Das Böse zeugt Böses wiederum.* Sie hatten die alten Verse auswendig lernen müssen, doch was waren sie jetzt wert? Das Einzige, das ihn wieder auf die Beine brachte, war dieses eine Wort: Rache! Rache für Chandra. Sie würde das Leid nicht ungeschehen machen, sondern vermehren. Und er würde ein furchtbares Karma auf sich laden. Aber es war notwendig.

Immerhin war seine Kraft zurückgekehrt, immerhin konnte er jetzt wieder etwas tun. Mit eigenen Händen. Es gab kein Gesetz mehr außer dem Gesetz des Handelns. Und es gab niemanden, der ihm das abnehmen würde.

Ein letztes Mal besuchte er Chandra im KIMS. Nach dem, was er vorhatte, würde er dieses rote, voll klimatisierte Hochhaus nie wieder betreten können. Entweder weil er im Gefängnis saß oder weil er tot war. Abzuhauen war keine Option für ihn. Vielleicht gerade deshalb, weil es ihm zwei Mal nahegelegt worden war, von der Mutter wie auch von Rangjangar. *Flieh, solange Zeit ist!* Die Worte konnte Amma nur von dieser als Polizist verkleideten Ratte übernommen haben. Sie gab es Ajith gegenüber nicht zu, aber irgendwie musste Rakesh Rangjangar sie und auch Chandra unter Druck gesetzt haben. Der Superintendent hatte nach eigenen Worten die Schwester auf der Intensivstation besucht. Seither hatte sie kein Wort mehr gesprochen.

Chandra sagte auch diesmal keine Silbe. Mittlerweile hatten sie die meisten Bandagen von ihrem gemarterten Körper entfernt. Ihre einst seidenweiche, makellose Haut war übersät von kaum verheilten Rissen, Quetschwunden und Flecken in allen möglichen Farben. Was man nicht sah, musste noch viel schrecklicher sein. Lange saß er an ihrem Bett, zum Abschied drückte er nur wortlos ihre kalte Hand.

Sie schloss kurz ihre Mandelaugen, die einzige Reaktion, die erkennen ließ, dass sie nicht im Wachkoma lag.

Im Dorf ging man ihm weiterhin aus dem Weg. Nur Dipan, ein Jahr älter als Ajith und wie viele Fischer in Kerala ein Christ, erwiderte seinen Gruß. Sein Rat an Ajith war allerdings alles andere als christlich.

„Du musst diese Hunde töten! Du musst sie finden und ihnen die Eingeweide herausreißen."

„Ja", nickte Ajith, „das werde ich, keine Sorge. Aber ich brauche Hilfe. Die Mauer des Schweigens ist zu groß. Wirst du mich unterstützen?"

Dipan schluckte schwer, doch dann nickte er. Obwohl er wusste, in welche Gefahr er sich damit begab. Vielleicht war es der Gedanke an seine eigene Schwester, der ihn nicken ließ. Vielleicht war er auch in Chandra verliebt gewesen, wer konnte es wissen. Jedenfalls war er Gast bei ihrer letzten Geburtstagsparty gewesen. Ajith fragte ihn, was dort geschehen war. Ob es stimmte, was Rangjangar berichtet hatte.

„Sie hat genau *ein* Bier getrunken, Ajith", sagte Dipan. „Ein kleines Glas Bier an einem ganzen Abend! Von Rausch keine Rede. Die Polizei hat bei ihrer Razzia auch nicht mehr gefunden als ein paar Bierflaschen."

„Ich weiß", sagte Ajith tröstend, weil er merkte, dass der andere sich schuldig fühlte. „Chandra mochte keinen Alkohol. Aber für diese Hunde macht es keinen Unterschied, ob du ein Säufer bist oder mit einem Glas deine Volljährigkeit feierst. Sie brauchen einfach einen Grund, um sich über dich erheben zu können, um dich ihre Überlegenheit spüren zu lassen."

Dann zeigte er Dipan die kaputte Sandale, die er am Tatort gefunden hatte.

„Wie könnte man herausfinden, wer die getragen hat?"

Dipan untersuchte sie, dann gab er sie Ajith angeekelt zurück.

„Könnte sein, dass unser Dorfschuster sie angefertigt hat. Aber selbst wenn – sie sieht aus wie tausend andere Sandalen. Ich glaube nicht, dass du damit weiterkommst."

Ajith ging dennoch zum Schuster. Der Mann stammte aus Kaschmir und sah aus wie ein ausgedörrter Kaktus, seit Ajith denken konnte. Einmal hatte Ajith einen Traum gehabt, in dem ihm ein riesiger Ohrenkaktus den Eingang zu seiner Hütte versperrte. Er nahm ein Messer und fügte dem Kaktus einen Stich zu. Dieser zuckte zusammen, zitterte und verschwand. Doch seither konnte

Ajith an keinem Kaktus mehr vorbeigehen, ohne dass die Furcht ihn befallen hätte, der Kaktus könnte seine Nadeln auf ihn abschießen. Es gibt nicht nur ein Karma, das die Folge realen Handelns oder Nicht-Handelns ist, davon war Ajith seither überzeugt. Auch was du im Traum tust oder lässt, hat Folgen.

Der Schuster war schon immer sehr schweigsam gewesen. Täglich saß er im Staub vor seiner Hütte und fertigte Sandalen an oder reparierte welche. Anderes Schuhwerk fand sich kaum in seinem Angebot. Wozu auch? Seine Kundschaft war arm und kam nicht in Versuchung, in den Norden zu reisen, wo die Leute festes Zeug an den Füßen benötigten. In die schneebedeckten Berge, wo pakistanische und indische Soldaten seit Jahrzehnten aufeinander schossen in diesem vergessenen, nie enden wollenden Krieg.

„Kennst du diese Sandale?", fragte Ajith ihn. „Hast du sie angefertigt?"

Ein Wackeln mit dem Kopf war die Antwort. Der Kopf saß auf einem solch dürren Hals, dass man fürchten musste, er könnte bei der geringsten Bewegung herunterfallen wie eine überreife Kokosnuss. Aber Ajith verstand auch ohne Worte: Der Kaschmiri wagte nicht zu sprechen. Er hatte Angst. Angst vor dem, der diese Sandale getragen hatte.

„Ich werde dich töten, wenn du mir nicht seinen Namen sagst."

„Dann wirst du mich eben töten", antwortete der Schuster und arbeitete weiter.

*

Dipan hatte sich umgehört. Irgendjemand sah immer etwas, wenn es darum ging, zu beobachten, was einer besaß, das man selbst nicht hatte. Neid war ein Garant dafür, dass die Aufmerksamkeit auch bei tropischen Temperaturen nicht erlahmte. Dipan hatte in Erfahrung gebracht, dass ein gewisser Mukesh im Nachbardorf bei den E-Werken angestellt war, denen das Magazin hinter der eingefallenen Mauer gehörte. Er war der Einzige in der nächsten Umgebung, der für sie arbeitete.

Ajith lauerte Mukesh auf, als er nach Einbruch der Dunkelheit von der Arbeit nach Hause kam. Es war kein Zufall, dass er ein altes Stromkabel dabeihatte. Nichts war Zufall, alles hatte eine höhere Bedeutung. Das Kabel um Mukeshs Hals zog sich enger und enger zusammen, während Ajith immer wieder dieselbe Frage stellte: „Wo ist der Schlüssel? Wo ist der Schlüssel zum Magazin?"

Sobald die Schlinge um seinen Hals sich ein wenig löste und er wieder japsen konnte, beteuerte Mukesh, den Schlüssel verloren zu haben. Ajith zog erneut zu. Es war zu dunkel, um festzustellen, welche Farbe Mukeshs Schädel hatte, als er endlich einen Namen hervorstieß. Es klang, als käme der Name als saure Spucke aus dem Schlund des Gewürgten. Mukesh schwor unter Todesangst, das Mädchen nicht berührt zu haben, er sei nur Wache gestanden. Es waren die anderen, die sich an ihr vergingen. Sieben Männer in teurer Kleidung, er habe nur einen von ihnen gekannt. Den, dem er verpflichtet war. Der ihn genötigt hatte, aufzusperren. Nie würde er sich an einer fremden Frau vergreifen. Er sei doch verheiratet und habe vier Kinder.

Ajith glaubte ihm sogar. Dann zog er die Schlinge zu, bis das Zappeln ein Ende hatte.

*

Kirin stand auf der Spucke, M. S. Kirin. Ein wohlhabender Tuchhändler, der die vielen kleinen Schneidereien im Bezirk mit jenem Stoff versorgte, aus dem sie ihre *Lunghis* und *Kurtas* nähten. Sein Gesicht kannte Ajith aus der Zeitung. Kirin hatte bei den letzten Wahlen auf Seiten der Kongresspartei für den *Niyamasabha* kandidiert und nur knapp einen Sitz im Parlament verfehlt.

Ajith fand schnell heraus, wo der Geschäftsmann wohnte. Einen Tag lang beobachtete er die blau gestrichene Villa in Kovalam, sie lag nahe am Strand und war von einem hohen Gitter umgeben. Ein alter Mann bewachte den Eingang. Leute kamen und gingen, aber Kirin tauchte nicht auf. Als es Abend wurde und die tief stehende Sonne das Meer in gleißendes Gold verwandelte, nur hie und da durchpflügt vom Propeller eines Fischerbootes, verließ Ajith sein Versteck und schlenderte auf das Tor zu. Wie einer, der sich nach Feierabend am Strand ein wenig die Füße vertritt.

„Schönes Haus!“, sagte er zu dem Mann in der braunen Uniform und bot ihm eine Zigarette an. Ajith selbst rauchte nicht. Aber ein Päckchen hatte er immer dabei. Das leistete bei den einfachen Leuten auf der Straße oft dieselben Dienste wie bei den Behörden ein gefülltes Kuvert.

„Ja“, sagte der Wachmann, „sehr schön. Und sehr groß.“ Er zog zwei Stängel aus der hingehaltenen Packung. Den einen steckte er in die Brusttasche seiner Jacke, den anderen in den Mundwinkel. Zu danken kam ihm nicht in den Sinn. Ajith gab ihm Feuer.

„Arbeitest du schon lange hier?“

Der andere blinzelte im Abendlicht. „Zwei Jahre“, knurrte er.

„Und dein Herr – ist er ein guter Herr?“

„Suchst du Arbeit?“, lautete die Gegenfrage. „Er könnte gerade einen Chauffeur brauchen, soviel ich weiß.“

„Vielleicht“, sagte Ajith, „aber ich arbeite nicht für jeden.“

„Oh, er ist ein guter Herr, ein sehr guter sogar. Zahlt achttausend Rupien im Monat. Ein verdammt anständiger Lohn dafür, dass ich nichts anderes zu tun habe, als hier herumzustehen und auf das Haus aufzupassen. Ein wenig langweilig vielleicht, aber einen besseren Job habe ich noch nicht gehabt in meinem Leben. Wenn du eine Lizenz hast, kann ich dich ja vorstellen.“

Ja, Ajith besaß einen Führerschein. Das Geld dafür hatte der ältere Bruder vorgestreckt, die erste Zeit in Chennai hatte Ajith als Fahrer für ihn gearbeitet. Wer in Chennai den Führerschein machte, war geeicht für die Metropolen dieser Welt.

„Komm morgen wieder“, sagte der Wachmann. „Um zehn Uhr. Dann ist Mr Kirin zu Hause. Und vergiss nicht, mir ein kleines Geschenk mitzubringen.“

Ajith nickte und ging. Auch er bedankte sich nicht. Sie beide wussten, dass letztlich alles auf ein Nullsummenspiel hinauslief. Jedenfalls für die kleinen Leute. Und selbst bei denen, die immer auf der Butterseite landeten, sah es nur oberflächlich anders aus. Das große Karmagesetz, es galt für jeden. Glück und Unglück waren keine Kategorien, wenn man alle Erscheinungsformen zusammenzählte, in denen man jemals das Licht dieser Welt erblickte. Es kam nur darauf an, die Dinge langfristig genug zu betrachten. Den langen Atem zu haben. Das große Vertrauen. Was einen ja nicht davon abhalten musste, gegebenenfalls das zu tun, was unumgänglich war. Was das Blut einem befahl.

*

Am nächsten Tag drückte er dem Wachmann ein Päckchen in die Hand und wurde in die Vorhalle geführt. Nach einer halben Stunde kam ein Diener, der Ajith in den ersten Stock geleitete. Das Stiegengeländer war aus edlem dunklem Holz und mit geschnitzten Gottheiten verziert, der Boden mit dicken Teppichen belegt. Der Diener klopfte an eine Tür und bedeutete ihm einzutreten, als von innen ein Brummen zu vernehmen war.

M. S. Kirin saß hinter seinem Schreibtisch und hielt einen funkelnden Telefonhörer in der Hand. Mit einem Wink gab er Ajith zu verstehen, dass er sich setzen solle, während er weitertelefonierte. Das vertraute Ritual. Ein jeder sollte sofort vor Bewunderung erstarren, wenn er sah, wie schwer beschäftigt man als Reicher war.

Aber Ajith erstarrte nicht. Er beobachtete die kleinste Regung, jedes Detail. Das Telefon bestand zum Gutteil aus Silber, so wie das meiste, das sich auf dem Schreibtisch und in den Regalen des riesigen Wandschranks befand. Auf dem Kaminsims, der jenem der alten englischen Herrenhäuser nachempfunden war, standen silbergerahmte Fotos, vermutlich von Kirins Familie, und geöffnete Glückwunschbilletts, die signalisierten, wie bedeutsam man für andere war. Sicher stammten nicht wenige davon von wichtigen Politikern und Geschäftsleuten, denen der Empfänger einmal einen Gefallen getan hatte. Nicht die aktuelle Größe des Bankkontos, sondern die Fähigkeit, Türen öffnen und Kontakte herstellen zu können, das war nun einmal das Wichtigste im Geschäftsleben.

Diese Lektion hatte Ajith in der kurzen Zeit, die er in der Nähe des älteren Bruders verbracht hatte, bereits verinnerlicht.

Als Kirin den Hörer endlich auf die Gabel legte, hatte Ajith bereits ein klares Bild von seinem Gegenüber. Der Mann war großspurig, eitel und selbstverliebt. Eigenschaften, die nicht nur Wohlhabenden zu eigen sind, die aber gerade ihnen gefährlich werden können. Lebensgefährlich sogar.

Vor allem dann, wenn einer nicht ahnte, mit wem er es zu tun hatte. Denn das, wusste Ajith, war sein großer Vorteil: Der andere kannte ihn nicht. Weder sein Gesicht noch seinen familiären Hintergrund. Ein Vorteil, den kleine Leute Prominenten immer voraushaben. Kein Geheimdienst auf Erden konnte diesen Vorsprung aufheben. Nicht, wenn für die nötigen Recherchen wenig Zeit zur Verfügung stand.

Sollte er recht haben mit seinem Verdacht, dass die Vergewaltiger von der Polizei gedeckt wurden, war es zwar theoretisch möglich, dass Kirin bereits informiert worden war, dass Chandras Bruder sich wieder im Lande aufhielt. Aber so wie Ajith den Superintendenten einschätzte, ging dieser davon aus, dass er, der Gedemütigte, längst das Feld geräumt hatte. Welcher Offizier des *Special Police Department* würde einen Burschen fürchten, der aus einem kleinen Küstendorf stammte, keinerlei politische oder ökonomische Verbindungen hatte und alleine schon aufgrund der Tatsache, dass sein Vater ein Selbstmörder und seine Schwester eine malträtierte Hure war, in seinem Umfeld nichts mehr galt? Vor so einem musste man niemanden warnen.

Dennoch achtete Ajith genau darauf, ob er in den Augen Kirins einen Hinweis fand, dass der Mann sein Gesicht, etwa auf einem Foto, schon einmal gesehen hatte. Doch Kirin lud ihn nur jovial ein, seinen Stuhl doch näher an den Schreibtisch zu rücken.

„Man hat mir gesagt, dass du gerne für mich arbeiten würdest, mein Junge. Ist das richtig?"

„Ja, Sir."

„Was ich brauche, ist ein Fahrer. Mein letzter hatte die unglückliche Neigung zu trinken, deshalb musste ich ihn rauswerfen. Trinkst du, mein Junge?"

„Nein, Sir. Keinen Tropfen."

„Guter Junge. Fang auch niemals damit an, hörst du! Du weißt nicht, wie schnell aus einem Tropfen eine Flasche wird, ein ganzes Fass!"

Es war ihm anzusehen, dass er wusste, wovon er sprach. Sein Gesicht war aufgeschwemmt, und Ajith hätte seinen Kopf darauf verwettet, dass sich in der Bar im Wandschrank nicht nur Cola und Limonade befanden.

Kirin wollte wissen, mit welchen Autos er schon gefahren sei und wie lange. Ajith beantwortete alle Fragen wahrheitsgemäß. Auch dass er seine einschlägigen Erfahrungen in der Großstadt gewonnen hatte, stimmte ja. Allerdings sprach er von Bangalore und nicht von Chennai. Dass er ein Waisenkind sei, stimmte immerhin noch zur Hälfte. Gleichzeitig verhinderte dieser Hinweis, dass Kirin weitere Fragen zu seiner Herkunft stellte.

„Nachmittags machen wir eine Probefahrt", sagte Kirin. „Für die nächsten zwei Tage ist wieder einmal ein Generalstreik von den verdammten Gewerkschaften ausgerufen worden, da kann man sich mit dem Auto nicht mehr auf die Straße wagen. Die Idioten werfen einem ja glatt Steine aufs Dach. Und ich habe noch einiges zu erledigen. Du kannst doch mit einem Mercedes Benz umgehen, oder?"

*

Um Punkt vierzehn Uhr hielt Ajith Kirin die linke hintere Tür des weißen Mercedes auf, dessen Scheiben dunkel getönt waren. Kirin stieg unbeholfen ein und ließ sich in den weichen Ledersitz plumpsen. Auch innen war alles in Weiß gehalten, sogar das Lenkrad.

„Zuerst bringst du mich zur Polizeistation nach Trivandrum und wartest dort auf mich. Du kennst doch den Weg?"

Ajith nickte und schluckte.

„Ich habe nicht lange zu tun. Danach erledigen wir noch einige Einkäufe. Also vorwärts. Ach ja, und eines noch ..."

Er schnellte nach vorne, um ja gut verstanden zu werden, und Ajith konnte seinen stinkenden Atem riechen.

„Ich verwende ein spezielles Punktesystem bei der Beurteilung meiner Fahrer. Anfahren ohne Ruckeln bringt zum Beispiel einen Punkt, zu schnelles Bremsen kostet zwei. Meine Checkliste ist lang, aber ich verrate dir nur so viel: Ich will nicht gefahren werden, ich will schweben. Welchen Sinn hätte es sonst, sich ein so großes Auto anzuschaffen? Also sieh zu, dass du deine Sache gut machst, mein Junge! Von dieser Probefahrt kann dein künftiges Leben abhängen."

Womit er nicht unrecht hatte. Ganz und gar nicht.

Ajith hatte die Mittagspause dazu genutzt, die paar Kilometer von Kovalam nach Hause zu laufen und in den Schuppen zu gehen. In jenen Verschlag, der tabu gewesen war, seit Vater dort das weiße Zeug geschluckt hatte. Er fand schnell, was er suchte, und steckte die beiden Gegenstände in seine Umhängetasche.

Ehe er den Wagen startete, warf er einen Blick auf den Beifahrersitz. Auf die Kunststofftasche mit dem Nikezeichen, eindeutig ein billiges Imitat. Aber das war unwesentlich. Für seine Zwecke diente die zerschlissene Tasche ebenso gut wie der teuerste Modeartikel.

Der Verkehr auf der Küstenstraße war hektisch wie üblich und verlangte seine volle Aufmerksamkeit. Dennoch warf Ajith immer wieder einen Blick in den Rückspiegel. Kirin war damit beschäftigt, irgendwelche Papiere zu ordnen, offenbar vertraute er den Fahrkünsten des neuen Fahrers bereits nach wenigen Minuten. Nach dessen Namen hatte er sich nicht erkundigt, *mein Junge* schien ihm zu genügen. Die Strecke nach Trivandrum war in einer knappen halben Stunde zu bewältigen, Ajith hatte also wenig Zeit. Er hatte nicht vorgehabt, so schnell loszuschlagen, aber er konnte nicht riskieren, ausgerechnet bei jener Polizeistation vorzufahren, wo er vor wenigen Tagen die größte Demütigung seines Lebens erfahren hatte. Deshalb musste er jetzt improvisieren. Nicht, weil er sich vor Rangjangar und seinen Schergen fürchtete. Es war ihm egal, ob sie ihn später zusammenschlagen und foltern würden, ob sie seinen Körper den Haien überließen oder aufhängten wie einen räudigen Hund.

Aber niemand und nichts durfte ihn davon abhalten, seine Mission zu erfüllen.

17

Reena's Resort, 22. 2. 2013

Der siebte Tag. Um halb sieben Uhr morgens ist es so weit. Nachdem wir gestern Abend das Ghee geschluckt haben, eine Art Butterschmalz, das den Darm auskleiden und geschmeidig machen soll, legen wir zeremoniell die winzige grauschwarze Abführtablette auf die Zunge. Prosten einander mit dem warmen Wasser zu, als hielten wir Champagnergläser in den Händen. Dann legen wir uns wieder aufs Bett. Mit verstärkter Bauchatmung, wie bei gewissen Yogaübungen.

Die ersten Sonnenstrahlen beginnen die Palmenblätter rosa zu färben. Die Brandung rollt, ein Vogel trällert sein *Ziwitt*, mein Magen gluckert.

Krämpfe seien normal, hat der Doktor gemeint. „Nehmen Sie jede halbe Stunde ein Glas Wasser und entspannen Sie sich. Keine Aktivitäten. Zu Mittag wird Ihnen eine Reisschleimsuppe serviert. Sollten sich Probleme ergeben, ich stehe auf Abruf bereit."

Eine halbe Stunde später wird es ungemütlich im Bauch. Während ich ein erstes Zwicken wie bei starken Blähungen bemerke, spürt Leo nur Wärme.

„Ungerecht", sage ich.

„Normal", sagt er, „bei dir gibt es ja auch viel mehr aufzuräumen."

Er grinst sein Eh-schon-wissen-Lächeln und dreht sich auf die andere Seite.

Natürlich hat er auf mein R-&-R-Problem angespielt, *R & R* wie Rauchen und Rum. Von beidem habe ich mich nun immerhin schon eine Woche ferngehalten. Aber das Zwicken in meinem Bauch löst etwas aus, was nicht auf der Kloschüssel zu entsorgen ist, so lange ich auch darauf hocke.

Vielleicht, weil mich die Schmerzen ohne Umwege in meine alte Studentenwohnung zurückführen?

*

Gerade mal einundzwanzig bin ich soeben geworden. Ich empfinde ein Ziehen und Reißen da unten, in einer ekeligen Kombination mit einer Übelkeit, die über den Rachen hochsteigt und sich in der Mundhöhle ausbreitet, nein, im ganzen verdammten Schädel. In Friedas schlauem Köpfchen, wie Edi immer gesagt hatte, in den paar Monaten, in denen es ihn gab, für Mama und für mich. In denen er mir mit der Hand durchs struppige Haar fuhr, was ich liebte, was ich genoss, doch viel, viel zu selten, viel zu kurz. Edi, den ich sogar Papa nannte, ein Ersatzpapa ist besser als kein Papa, da war ich mir sicher. Ich und mein schlaues Köpfchen. Das es zehn Jahre später nicht einmal hinkriegte, beim ersten Fick mit André in unserer Ottakringer Vierer-WG die fundamentalsten Vorkehrungen zu treffen!

Come on, use the condome, lautete der fetzige Slogan, den sich die institutsinterne Frauengruppe damals auf die Fahnen geschrieben hatte. Aber weder André noch ich, beide der Naturwissenschaft verpflichtet und nicht dem kautschukfeindlichen katholischen Polen in Rom, hatten einen Gummi dabei. Und das, obwohl mein schlaues Köpfchen ein paar Wochen zuvor beschlossen hatte, die Pille abzusetzen. Weil doch eine junge Chemiestudentin, drittes Semester, in einer medizinischen Zeitschrift im Wartezimmer ihrer Hausärztin gelesen hatte, dass Pille und Zigaretten schlecht zusammenpassen.

Aber passen Kind und Studium zusammen?

André hatte über seine ältere Schwester diese Adresse im Zwölften aufgegabelt: *Institut Schweiger*, Meidlinger Hauptstraße, dazu eine Telefonnummer. Mehr stand nicht auf dem Zettel. Nur für den Fall, sagte er. Wir saßen im *Hawelka* und überlegten, wie es weitergehen sollte. In meinem Kopf spürte ich den existenzialistischen Stachel und die existenzialistische Wunde zugleich, ein seltener

Fall von Koinzidenz, Camus und Sartre hätten ihre Freude an mir gehabt. Aber ich sagte nichts, überhaupt nichts. Ich glaube, ich bin in meinem ganzen Leben nicht mehr so still einem Mann gegenübergesessen, noch dazu in einem der belebtesten Kaffeehäuser der Stadt. Mit Krämpfen im Bauch und einem flauen Gefühl, das nicht allein auf die siebte Woche zurückzuführen war.

Zwischen André und mir lagen Lautréamonts *Gesänge des Maldoror*. Ich hatte das Buch, das aus irgendeinem Grund gerade als kultig galt und lange nach seiner Entdeckung durch die französischen Surrealisten an der Uni Wien seine zweite Wiedergeburt feierte, schon gelesen und es mitgebracht, weil André es sich ausleihen wollte. Ich blickte auf das Cover des zerfledderten Taschenbuchs, das schon durch etliche Studentenhände gegangen war, und plötzlich fielen mir jene Zeilen aus dem ersten Gesang ein, die mich beim Lesen weniger erschüttert hatten als jetzt in der Erinnerung: *O! ist es süß, ein Kind, dem noch nichts auf der Oberlippe wächst, brutal aus dem Bett zu reißen …*

Ich wischte den Band angeekelt auf den Boden und sprang auf, der Kellner registrierte es mit stoischer Miene. Es hatte schon gröbere Exzesse gegeben im Hawelka.

„Nie, niemals werde ich das machen, hörst du!“, zischte ich André ins Gesicht. Er hob hilflos beide Hände in die Höhe, als ich hinausstürmte.

Mit Mama, das wusste ich, brauchte ich darüber nicht zu reden. Als sie in meiner Situation steckte, war mein Erzeuger bereits über alle Berge. Im wahrsten Sinn des Wortes, wie sich herausstellen sollte, denn sehr viel später fand sie heraus, dass er nach Australien abgehauen war. Wann immer ich im Ausland gefragt wurde, woher ich stammte, und mit Austria antwortete, was mindestens die Hälfte der Leute als Australia verstanden, kam es mir wieder in den Sinn: *No kangaroos in Austria, but a bloody father in Australia.* Trotzdem brachte sie mich auf die Welt. Den vaterlosen Balg, für den es nicht einmal Alimente gab. Der einfach da war, um den man sich einfach kümmerte. Einundzwanzig Jahre lang.

Nein, Mamas Rat brauchte ich nicht einzuholen.

Vierzehn Tage später ging ich in die Meidlinger Hauptstraße. „War auch schon höchste Zeit, junge Dame“, sagte die adipöse Endvierzigerin mit mahnender Stimme, während ich mich auszog. Sonst sagte sie nicht viel, aber sie verstand etwas von ihrem Handwerk, André hatte nicht zu viel versprochen: kaum Schmerzen, keine Komplikationen, keine Narben.

Jedenfalls nicht im Unterleib.

„Es gibt zwei Zonen, die Sie meiden wie der Teufel das Weihwasser, Frau Prohaska. Aber es gehört nun einmal zum Leben, auch die eigenen Todeszonen zu betreten.“

O-Ton Charly, der Seelenklempner. Derselbe, der meinen Giftkonsum als *autodestruktive Tendenz* bezeichnet hatte.

*

Bei mir hat er es zunächst mit transgenerationaler Therapie versucht. Dr. Karl Sperr, ein Mann, der auf vielen Hochzeiten tanzt. Mit Psychoanalyse hatte er begonnen, dann die Ausbildung zum Gestalttherapeuten, in den letzten Jahren spezialisiert auf Transgenerative Therapie, EMDR und Brainspotting. Aber wie willst du dich mit solch uralten Verstrickungen beschäftigen, wenn dir die Hälfte deiner Ahnen unbekannt ist und du über die Traumata, die deine Mutter an dich weitergegeben haben soll, so wenig weißt – weil du dich immer von ihr ferngehalten hast? Er teilte zwar nicht diese Meinung, aber irgendwann sah Charly ein, dass seine Lieblingsmethode bei mir nicht verfing.

„Haben Sie schon einmal von EMDR gehört?“

„Drogen?“, fragte ich. Das klang ja direkt verheißungsvoll.

„Nein“, lachte er, *„Eye Movement Desensitization and Reprocessing*. Eine konfrontative Form von Traumatherapie, die vor allem bei einmaligen schlimmen Erfahrungen große Erfolge zeitigt.“

Einmalig?, dachte ich. Ob ich dann die ideale Testperson für dich bin? Interessant: Im Geiste war ich mit ihm von Anfang an per Du, was mir während der Sitzungen nie über die Lippen gekommen wäre.

Aber warum nicht, es konnte ja nur besser werden. Ich nickte zustimmend.

„Dann schlage ich vor, dass wir es gleich mit Brainspotting versuchen, einer Weiterentwicklung der EMDR-Methode. Der Kern ist derselbe: sich dem Trauma nochmals zu stellen und es so umzuwandeln – von negativen Kognitionen in positive Selbstaussagen. Auf gut Deutsch: sich selber wieder mehr zu mögen."

Auch eine Art Alchemie, dachte ich.

„Es wird eine anstrengende Zugfahrt", sagte Charly, „auf harten Bänken. Eine Fahrt in die Vergangenheit. Aber keine Angst, ich werde Sie immer und überallhin begleiten. Und Sie können den Zug jederzeit anhalten."

Es begann mit der Stabilisierungsphase, in der ich erst einmal meinen *sicheren inneren Ort* finden sollte.

„Wo fühlen Sie sich am wohlsten, am geborgensten? Beschreiben Sie mir diesen Ort auf allen Sinnesebenen."

In mir tauchte sofort ein vertrautes Bild auf: Omas Plumpsklo. Ein winziges Kämmerchen zwischen Stall und Heuboden, in dem bis auf den Boden alles aus Holz war. Oma besaß keinen großen Dreiseithof oder Vierkanter, eher so etwas wie eine bessere Lehmhütte in der Waldviertler Einschicht. Mit Granitbrocken in der Außenmauer, um dieser ein wenig mehr Stabilität zu verleihen. Gleichzeitig schaffte man damit die Steine aus den Feldern und Wiesen, die beim Ackern oder Mähen so leicht das Gerät kaputt machten.

Das Plumpsklo war ein Ort der totalen Geborgenheit. Da Oma sich kein feines Toilettenpapier leisten konnte, lagerte sie auf dem Thron, wie wir das hölzerne Sitzbrett mit dem kreisrunden Loch nannten, alte Zeitungen und Zeitschriften, die ich in aller Ruhe durchblättern konnte, während ich mein Geschäft verrichtete. Am Ende jeder Sitzung riss ich einen Bogen heraus, zerknüllte ihn und strich ihn wieder glatt, um ihn zur Reinigung zu verwenden. Über diese Magazine bekam ich schon in meiner Kindheit mit, was andere Frauen erst erfuhren, wenn sie sich eine Dauerwelle legen ließen: das sogenannte Trockenhaubenwissen. Wie heißt die neueste

Freundin des Hollywoodstars mit der ewigen Zigarette im Mundwinkel? Wen vögelt Cher gerade? Welcher BH-Typ ist imstande, deine Oberweite auf eine wettbewerbsfähige Körbchengröße anzuheben? Et cetera, et cetera … Von dieser schier unerschöpflichen Quelle an Information waren Männer naturgemäß ausgeschlossen. Jedenfalls solange es sich nicht um jene neureichen Schönlinge handelte, die sich wie ihre weiblichen Pendants schon mal Dauerwellen legen ließen, um so ebenfalls Stunden mit einer Illustrierten unter der Trockenhaube zu verbringen oder um sich das Gesülze der Dauerwelle auf dem Nachbarstuhl anhören zu dürfen, die schon alle trendigen Magazine auswendig konnte und die Neuigkeiten schneller hinausposaunte als Twitter oder Facebook heutzutage.

Seitdem ich das Haar kurz trage, hat mein Trockenhaubenwissen schlagartig abgenommen, und mittlerweile sind ja auch die Trockenhauben weitgehend aus den Friseurläden verschwunden. Ich vermisse beides nicht. Was ich vermisse, ist, dass man beim Friseur auch jede Menge über die wahren Bedürfnisse der Menschen erfahren hat, über ihre geheimsten Triebkräfte, ihre abscheulichsten Motive. Im Grunde sollte es für jeden Kriminalisten verpflichtend sein, ein paar Stunden pro Woche im Friseursalon zu verbringen.

Aber all das wollte Charly nicht wissen. Er ließ mich stattdessen darüber reden, wie es an meinem sicheren Ort roch, ob es warm oder kalt war, sogar die Textur des Throns sollte ich beschreiben. Was ich auch machte.

In einem Plumpsklo gibt es natürlich nicht wie in einem Wasserklosett die Möglichkeit, irgendwelche Duftspender in der Klomuschel zu fixieren. Dementsprechend hing die Duftnote ausschließlich von der Person ab, die den kleinen Verschlag gerade besetzt hielt. Die Temperatur wiederum war von der Jahreszeit abhängig. Im Winter konnte es schon mal Minusgrade haben, im Sommer kochte dafür die Luft und die Schmeißfliegen sorgten für unappetitliche Minuten. Dann las ich nur kurze Witze, keine epischen Geschichten über Lady Di oder sonst eine Prinzessin, die sich aus Frust und Langeweile zu Tode hungerte. Die Beschaffenheit der hölzernen Sitzplatte war bestenfalls als grob zu bezeichnen, ich weiß nicht, wie viele Schiefer ich mir in diesen Jahren nach einer Sitzung aus dem Po ziehen musste. Dagegen ist dieses WC, auf dem ich hier im tiefsten Indien gerade meine Bauchschmerzen durch Tagebuchschreiben zu verdrängen suche, der reinste Luxus. Aber meinen *sicheren inneren Ort* hätte es nie und nimmer abgegeben …

Charly hat es mir nur kurz erklärt, aber später habe ich ausführlich nachgelesen, wozu diese Vorbereitungs- und Stabilisierungsphase eigentlich dient. Damit versucht der Therapeut sicherzustellen, dass die Patienten, wenn ihnen in der Konfrontationsphase alles Mögliche aus ihrer Vergangenheit um die Ohren fliegt, nicht durchdrehen oder womöglich suizidal werden. Dass sie Selbsttröstungs- und Distanzierungstechniken entwickeln, dank derer sie die Konfrontation mit dem alten Trauma überstehen und am Ende Entlastung erfahren. Durch den Abbau des negativen Selbstbildes. Durch das Evozieren positiver Gedanken und Ressourcen. Und wie die gescheiten Begriffe sonst noch alle lauten. So soll das Trauma aufgelöst werden, soll die Amygdala heruntergeregelt werden, dass sie nicht mehr ständig feuert wie verrückt.

Vorausgesetzt natürlich, das eine bearbeitete Trauma hat nicht einen Rattenschwanz an anderen zur Folge. Wie bei mir.

Ich will nicht behaupten, dass das Brainspotting bei mir überhaupt nicht angeschlagen hat. Während Charly mir auf einer Skala von null bis zehn eine Bewertung meiner belastenden Gefühle abverlangte, ging es mir natürlich beschissen. Wer hält sich schon gerne in der Todeszone auf?

In der Todeszone des ungeborenen Kindes.

„Holen Sie sich die Szene mit der schmerzlichsten Erinnerung her: Welches Gefühl gehört zu dieser Erfahrung? Wo im Körper ist es am stärksten zu spüren?"

Seine Fragen rissen Wunden auf, die ich jahrelang in Rum ertränkt und in Rauchwolken versteckt hatte. Traumawirbel nannte er es, und mir wirbelte tatsächlich alles Mögliche im Kopf herum, während ich einen Meter entfernt von Charly saß und die Spitze seines Zeigestabs fixierte. Es soll irgendetwas mit der Rechts-links-Stimulierung des Hirns zu tun haben, was den heilsamen Prozess bewirkt, ähnlich wie in der REM-Phase beim Schlafen. Die Stimulierung erfolgte mittels Musik, wobei die Töne abwechselnd aus dem linken und rechten Kopfhörerknopf kamen.

Am Ende der ersten Sitzung ging es mir tatsächlich etwas besser.

„Spüren Sie in Ihren Körper hinein und versuchen Sie, einen Punkt aufleuchten zu lassen", sagte Charly.

Ich versuchte es. Ein stecknadelgroßer Bereich in meiner linken Brust wurde ein paar Lux heller. Ausgerechnet dort, wo meine Finger regelmäßig überprüften, ob sich eh noch kein Knoten gebildet hatte. Der längst fällige Brustkrebs.

Bei der abschließenden Bewertung meiner momentanen Belastung hatte ich mich von neun auf sechs heruntergearbeitet.

„Nicht schlecht für den Anfang", versuchte Charly mich aufzumuntern. „Und vergessen Sie nicht Ihre heutigen Erfahrungen: welches Schutztier Sie für sich gefunden haben, wie die Vorstellung einer schönen Landschaft Sie beflügelt hat. Und wenn Sie wieder von einem Albtraum gequält werden oder sich aufgewühlt fühlen, rufen Sie einfach Ihren inneren sicheren Ort ab."

„Okay", versprach ich, „ich werde beim geringsten Anzeichen einer Depression Omas altes Plumpsklo aufsuchen und stundenlang in alten Zeitschriften wühlen."

Wir lachten beide.

Im Grunde halte ich ja nichts von all diesen Therapien, all diesen Schulen und Methoden, die miteinander ständig im Clinch liegen; so wie an der Uni noch in den späten Achtzigerjahren die kommunistischen Studentenvertreter trotzkistischer Prägung am heftigsten gegen die kommunistischen Studentenvertreter leninistischer Prägung gekämpft haben – und nicht etwa gegen die Rechten! Selbstgerecht und besserwisserisch, wie sie allesamt waren und sind, die früheren Studentenvertreter und heutigen Psychotherapeuten. Im Grunde glaube ich, dass, wenn überhaupt, einzig

Lachen heilen kann. Im Großen ist es das Lachen des Buddhas, im Kleinen das erlösende Lächeln, das urplötzlich zwischen zwei Menschen aufblitzt, die sich zuvor heftig bekämpft haben. Wie zwischen Therapeut und Klientin. Wie zwischen Vater und Tochter. Wenn es denn einen Vater gibt.

Charlys Lächeln war tatsächlich nicht von schlechten Eltern. Ich werfe ihm auch nicht vor, was beim zweiten Mal passierte. Hätte ich ihm früher von Mutters Selbstmord und meiner Verstrickung darin erzählt, wäre es vielleicht anders gelaufen. Vielleicht wären meine Schuldgefühle dann auf Omas Plumpsklo wirklich einmal hinuntergeplumpst, auf Nimmerwiedersehen, Nimmerwiederspüren. Vielleicht hätte das Reprocessing auf Dauer angeschlagen und ich mich anderen Tröstungstechniken verschrieben als dem elenden Rum.

Aber irgendwie ging bei der zweiten Brainspottingsitzung alles in die Binsen. Um es in Charlys Skala auszudrücken: Ich hatte die Zehn erreicht. Den Plafond des selbst gestrickten Terrors. Obwohl sich ja diese Skalen im Bedarfsfall bekanntlich einfach erweitern lassen. Wenn es plötzlich zu einem noch größeren als dem größten anzunehmenden Unfall kommt, zu einem noch stärkeren Tornado oder Erdbeben, als der schwache menschliche Geist sich bis dahin hat ausmalen können …

Ich riss Charly, dem immer Freundlichen, immer Bemühten, urplötzlich den Zeigestab aus der Hand, auf den ich meinen Blick fixiert halten sollte. Es war pures Glück, dass er die Spitze des Pointers nicht ins Auge bekam, sondern nur an die Nasenwurzel. Keine Ahnung, was er gesagt hatte – ich drehte einfach durch. Anschließend musste ich mich übergeben, mitten in der Praxis kotzte ich auf den schönen Teppich.

Er hatte wohl einen Punkt in meinem Hirn berührt, der zu empfindlich war für diese Methode.

18

Nach einem kleinen Tempel auf halber Strecke nach Trivandrum teilte sich die Straße. Links ging es weiter in Richtung Stadt, rechts hinein ins Landesinnere. Kirin bemerkte nicht, dass sie die Hauptstraße verlassen hatten. Das endlose Gehupe bildete trotz der geschlossenen Fenster eine diffuse Lärmkulisse, und die auf Höchsttouren laufende Klimaanlage bewirkte, dass die Temperatur im Auto angenehm kühl blieb. Ideal, um einige Texte durchzugehen. Der Geschäftsmann blätterte immer noch eifrig in seinen Unterlagen. Von der Qualität des Straßenbelags her stand die Nebenstraße der anderen in nichts nach: Beide waren gleich schlecht. Aber die Federung des Mercedes war gut, ebenso wie die Fahrkünste des Fahrers, der den gröbsten Bodenunebenheiten geschickt auszuweichen wusste.

Ajith war mit der Gegend bestens vertraut. Falls er gefragt werden sollte, warum er nicht den üblichen Weg genommen habe, würde er sagen, dass diese Strecke zwar länger, aber weniger befahren sei und man so schneller das Ziel erreichen werde. So hatte er es sich zurechtgelegt. Vielleicht würde ihm der Boss für seine Umsicht sogar einen Pluspunkt auf seiner berühmten Checkliste geben. Doch Kirin war zu sehr in seine Unterlagen vertieft, um einen Blick nach draußen zu werfen.

Allzu gerne hätte Ajith gefragt, was Kirin eigentlich auf der Polizeistation wollte, aber das war natürlich für einen Chauffeur, noch dazu für einen auf Probe, undenkbar. Ob Kirin Kontakt zum Superintendenten hatte? Oder war er unterwegs, um den Chief zu schmieren? Immerhin war morgen Generalstreik. Da war es sicher nützlich, wenn ein paar Polizisten woanders abgezogen wurden, um eine gewisse Villa am Strand von Kovalam zu sichern. Man wusste ja nie, was diesen Kommunisten so alles einfiel. Und die Polizei konnte unmöglich alle Gebäude gleichzeitig gegen den Mob schützen. Insofern war eine finanzielle Spritze schon angezeigt. Am besten in den Arsch des Obersten in der Rangordnung. Das kostete allemal weniger, als eingeschlagene Fenster und demolierte Türen später wieder instand setzen zu lassen.

Sie streikten wegen der üblichen Themen: zu hohe Benzinkosten, keine Inflationsanpassung der Löhne, dafür eine ständige Teuerung von Reis und anderen Grundnahrungsmitteln. Der Preis pro Liter Benzin betrug mittlerweile die Hälfte des im Westen üblichen – und das bei einem Lohnniveau, das eben einmal ein Zehntel ausmachte. Falls man zu jener elitären Schicht gehörte, die über ein geregeltes Einkommen verfügte. Und die seit zehn Jahren versprochenen neuen Arbeitsplätze wollten und wollten einfach nicht kommen, egal, ob gerade die Kommunisten an der Regierung waren oder die Konservativen. Es gab Pläne für einen neuen Superhafen nahe Kovalam, aber den verhinderten jene Betriebe, die vom Tourismus profitierten, allen voran die Ayurvedaresorts. Und natürlich Leute wie Kirin, deren Villen sich in der Nähe befanden. Wer wollte schon ständig auf öde Containerschiffe und Ölflecken hinausschauen müssen, wenn er abends auf der Veranda saß, um den Sonnenuntergang über dem Arabischen Meer zu genießen?

Wir sollten wegen ganz anderer Dinge streiken, dachte Ajith. Zum Beispiel dagegen, dass die Polizei unschuldige Frauen Huren nennen darf und dass im ganzen Land keine Partei wirklich Partei ergreift für die Geschlagenen und Geschundenen, die Dalits und die Ureinwohner, die der Staat von ihrem Land vertrieben hat.

In der Tasche auf dem Beifahrersitz befanden sich zwei Dinge, die selbst ein einfacher Bauer wie sein Vater zu seinen Besitztümern zählen durfte. Ajith blickte noch einmal in den Rückspiegel, ehe er die kurze, an ihrem Ende abgeflachte Stange herauszog. Der Vater hatte sie immer statt eines Hammers verwendet, wenn es galt, Pflöcke in den Boden zu rammen.

Babu! Mein Vater!

Sie waren an einer Stelle nahe des trockenen Flussbetts angekommen, wo außer ein paar mageren Büffeln kein lebendes Wesen zu sehen war. Ajith bremste so scharf, dass Kirins Kopf nach vorne geschleudert wurde.

„Was zum Teufel …“, schrie er.

Vermutlich hätte der Fluch vollständig lauten sollen: *Was zum Teufel fällt dir ein? Kannst du nicht aufpassen? Das gibt zwei Punkte Abzug, mein Junge!*

Aber Kirin kam nicht mehr dazu, irgendwelche Punkte abzuziehen.

Die eiserne Stange traf seinen Schädel, dass die Glatze aufplatzte wie ein überreifer Granatapfel. Das Blut spritzte auf das weiche, weiße Leder und floss in kleinen Bächen die Rückenlehne der beiden Vordersitze hinab. Ein bizarres Muster, das sich da formte, wie abstrakte Kunst. Und andererseits auch wieder sehr realistisch.

Scheiße, dachte Ajith, das Schwein wird doch nicht tot sein! Wie soll ich dann herausfinden, wer die anderen sechs waren?

Aber Kirin lebte noch. Röchelte, als hätte er eine ganze Zwirnrolle geschluckt, aber er war noch da. Das eine Auge vom Blut völlig verklebt, das andere weit aufgerissen, als verfolge er gerade live das Finale der indischen Cricketmeisterschaft. Mochten andere diesen Sport für langweilig halten, den Indern war er heilig. Heiliger als alle heiligen Kühe, heiliger als die Million Götter, die jeden Winkel bevölkerten. Vielleicht war Kirin sogar Anhänger derselben Mannschaft wie Ajith? *Chennai Super Kings* oder *Kolkata Knight Riders*? Es war keine Frage der Herkunft, es war eine Frage der Überzeugung.

Aber selbst wenn Kirin ein Fan desselben Teams gewesen wäre, er hätte keine zweite Chance bekommen. Cricket ist Cricket, und Schändung ist Schändung. Da konnte einer der beste Herr für seine Angestellten sein und die großzügigsten Löhne zahlen.

Gnade? Erbarmen? Keine Kategorien.

Der Mercedes war im Schatten eines riesigen Banyanbaums zum Stehen gekommen. Die Luftwurzeln, die die Äste dieses endlosen Gewächses austreiben, finden auf wundersame Weise wieder ihren Weg zurück in die Erde und bilden so neue Stämme aus, nicht selten stärker und langlebiger als der Mutterstamm. Die Blätter des Baums dienten schon Lord Krishna als Rastplatz, besagt die Mythologie.

M. S. Kirin würde keine Zeit mehr haben, sich zu erholen.

Ajith packte ihn an den Knöcheln und zerrte ihn auf der Fahrerseite aus dem Auto. Der Kopf krachte schutzlos auf den Boden, direkt neben dem rechten Kotflügel. Ajith holte das zweite wichtige Werkzeug des Vaters aus der Tasche: das Buschmesser. Ein krummes Ding, mit dem Vater immer das Gras geschnitten hatte. Der Rasenmäher des kleinen Mannes, hatte er gelacht. Solange er noch lachen konnte. Er hatte es sich nicht nehmen lassen, regelmäßig das Gras vor der Hütte zu trimmen, als wäre es ein verdammter Golfrasen.

Die Spitze des Buschmessers hing keine Handbreit über Kirins offenem Auge.

„Du kannst es dir aussuchen: Entweder du nennst mir die Namen der sechs anderen, die zusammen mit dir meine Schwester geschändet haben, und kommst mit einem schnellen, glatten Schnitt davon. Oder du schweigst. In diesem Fall mache ich *Mixed Pickles* aus dir."

Kirin war als alter Geschäftsmann erfahren genug, um zu wissen, wann sich weitere Verhandlungen erübrigten. Er nannte Namen und Adressen. Alle sechs.

Ajith saugte sie in sich auf. Aber er wusste, dass ihm nicht genug Zeit bleiben würde, um alle sechs zu töten. Dass er eine Auswahl zu treffen hatte. Sie fiel ihm nicht schwer.

Denn der letzte Name, den ihm Kirin vor seinem schnellen Tod verriet, lautete Rakesh Rangjangar.

19

Reena's Resort, 23./24. 2. 2013

Tarpanam, Augenreinigung.

Dieser Anwendung habe ich von vorneherein die größte Skepsis entgegengebracht. Nach der belebenden *Rejuvenation Massage* und der Ohrenreinigung ist es so weit: Eine Teigmaske wird um meine Augen angebracht, dann wird Ghee in die Form geleert.

„Open your eyes", flüstert Manjus Stimme.

Ich folge, so gut ich kann. Sofort beginnen die Augen zu brennen, und es kostet mich äußerste Überwindung, auf Manjus freundlichen Befehl hin noch ein paar Mal zu probieren, die Lider zu heben. Mehr als ein Blinzeln wird nicht daraus. Dennoch fühlt es sich an, als befänden sich winzige Splitter im geschmolzenen Butterschmalz. Was daran reinigend sein soll, will nicht in meinen gemarterten Schädel! Und von Entspannung kann natürlich erst recht nicht die Rede sein. Das Zeug kommt mir jedenfalls nicht mehr in die Augen, schwöre ich mir, ganz egal, was der Doktor auf die himmelblaue *Treatment Procedure Card* geschrieben hat ...

Manju lächelt noch immer, als ich vom Massagetisch herunterklettere, ohne die Augen richtig aufzubringen, und erstmals ärgere ich mich über ihr Lächeln. Wieso kann sie meine Schmerzen nicht ernst nehmen? Vielleicht ärgert mich noch zusätzlich, dass ich nicht auf meine innere Stimme gehört und die Augenbehandlung schlichtweg abgelehnt habe.

„This is not fine, you know", sage ich in ungewohnt scharfem Ton, „it is like sand in the eye!"

Ihr honigsüßer Blick wird ernst. „I know, but no dirt in the ghee – dirt from your eye!"

Ach ja, da ist sie wieder, die alte, unbezwingbare Logik, von der auch Lotte Prinz ein Lied zu singen wusste: Wenn dich während der Ayurvedabehandlung etwas schmerzt, ist es gut, weil ein Zeichen dafür, dass der Reinigungsprozess in Gang gekommen ist. Aber was, wenn das Butterschmalz schlicht und einfach verdreckt war? Oder gar mit Pestizidrückständen und Schwermetallen garniert?

Als sie mir in den Bademantel hilft, hat sie schon wieder ihr unerschütterliches Lächeln auf den Lippen.

„Soon better", versucht sie mich zu trösten.

Ich schüttle zweifelnd den Kopf und verabschiede mich im Gegensatz zum üblichen Ritual äußerst kurz angebunden.

Nach dem Frühstück versuche ich, den Arzt zu sprechen, doch der ist gerade mit der Anamnese eines Neuankömmlings beschäftigt. In Zeichensprache gebe ich ihm durch die offene Tür zu verstehen, dass es um meine Augen geht.

„Mit warmem Wasser auswaschen", ruft er mir zu.

Aber das Kratzen verschwindet auch nicht nach einer ausführlichen Augendusche. Frustriert lege ich mich auf den Liegestuhl.

Arr, machen die Krähen, Malayalam für *kra*.

Idididi, pfeifen die Streifenhörnchen schrill in den Palmen.

Dahinter, darüber das Rauschen des Meeres, das sich seinen Weg in mein Mittelohr bahnt; aber die brechende Brandung scheint milder geworden zu sein, zahmer. Die ersten Kurgäste wagen sich schon ins Wasser, obwohl Schwimmen bei einer Ayurvedakur eigentlich nicht empfohlen wird. Doch wer hält sich schon an die Regeln, wenn sie den mitteleuropäischen Wellnessbedürfnissen zuwiderlaufen? Ayurveda *light*, so lautet die unausgesprochene Devise. Hat nicht sogar Dr. Praveen achselzuckend zugegeben, dass das, was in *Reena's Resort* oder in sonst einem Kurzentrum an der Südwestküste geboten wird, nicht viel mit dem gemein hat, was auf indische Patienten in einem ayurvedischen Krankenhaus wartet?

„Also wenn sie das Resort an den schönsten Strand bauen, können sie uns doch nicht verbieten, schwimmen zu gehen."

Leo hat ausgesprochen, was sich viele hier denken. Und wonach so gut wie alle handeln. Die Zigarette nach dem Nachmittagskaffee, das Bierchen vor dem Schlafengehen … Es verträgt sich tadellos mit Purgation und Panchakarma, wenn dafür immerhin an die dreitausend Euro hingelegt werden. Aber ich bin noch immer clean und ein bisschen stolz darauf.

Akkurat jetzt läutet das Telefon, Dr. Praveen ist am Apparat. Wie es denn meinen Augen gehe?

„Mäßig“, sage ich und bemühe mich, leidend zu klingen.

„Ich werde Ihnen Augentropfen schicken“, sagt er.

Ich bedanke mich und lege auf.

Es ist Manju, die mir die *Fine Eye Drops* bringt und auf die Hornhaut träufelt. Sofort tritt eine deutliche Linderung ein. Ihre mit Kajal umrandeten Augen leuchten mich an. Verlegen lächle ich zurück.

Wieso musste ich ausgerechnet an ihr, der wandelnden Sonne, meinen Zorn auslassen?

*

Beim Abendessen sitzen wir neben einem Pärchen aus Stuttgart. Bodo Kohl und Helga Kopf heißen sie, beide ausgesprochen nette Leute. Und echte Veganer, wie sich herausstellt. Keineswegs verbiesterte Ideologen, sondern mit viel Sinn für Selbstironie. Es sei einem ja geradezu bestimmt, vegetarisch zu leben, wenn die Familiennamen zusammen Kohlkopf ergeben, meint Bodo. Wir diskutieren über Ernährungsgewohnheiten und wie schwierig es zu Hause sei, an wirklich qualitativ hochwertige Lebensmittel heranzukommen.

„Seit wir nach Stuttgart gezogen sind, ist das kein Problem mehr. Zwölf Jahre leben wir jetzt schon rein vegan, und entgegen der weitverbreiteten Meinung fahren wir ausgezeichnet damit. Es fehlt uns an nichts – nicht einmal an dem da“, grinst Bodo und tätschelt sein kugelförmiges Bäuchlein.

Helga scheint schwer Luft zu bekommen. Ob sie an Asthma leide, frage ich sie.

„Ja“, bestätigt sie, „aber in letzter Zeit hatte ich nur selten Anfälle. Erst seit wir hier sind, ist es wieder schlimmer geworden. Und jetzt ist auch noch dieser Husten dazugekommen."

„Wie bitte? Ausgerechnet hier, in der frischen Meeresluft?"

Sie wirft zornig den Kopf zurück.

„Ha, von wegen frische Meeresluft! Haben Sie es noch nicht gerochen?"

„Was denn?"

„Na, den Gestank aus der Biogasanlage!", ereifert sie sich. „In dieser sogenannten Biogasanlage verbrennen sie jede Menge Plastikmüll. Und unser Cottage ist leider so gelegen, dass uns der Wind den Rauch frei Haus liefert. Ich habe den Arzt schon darauf angesprochen. Und wissen Sie, wie er darauf reagiert hat? Er hat mir Hustensaft verschrieben!"

„Unglaublich!", sagen Leo und ich wie aus einem Mund.

Ich bin schon des Öfteren an dem Tor vorbeigegangen, auf dem *Biogasanlage* geschrieben steht – auf Deutsch! Darunter steht – auf Englisch –, dass der Eintritt verboten sei. Die Anlage diene vor allem der Entsorgung der vielen Gemüseabfälle aus der Resortküche, hat mir der Manager erklärt, als ich meine Verwunderung darüber ausdrückte, dass sich das Resort so etwas ökologisch Fortschrittliches leistet. Und, nein, das massenweise anfallende Massageöl werde hier nicht entsorgt, sondern von der ansässigen Bevölkerung abgeholt und wiederverwertet. Wofür, wollte oder konnte er mir nicht sagen.

Direkt neben der Biogasanlage befinden sich die Garderoben und Aufenthaltsräume des Personals sowie eine eigene Küche. Hier essen – streng nach Geschlechtern getrennt – die Therapeuten und Therapeutinnen, die Zimmermädchen und Wachleute oder wechseln die Kleidung, ehe es weitergeht. Zur nächsten Therapie, zum Servieren des Frühstücks, des Mittag- oder Abendessens. Wenn ein Kurgast vorbeispaziert, stehen alle sofort auf, auch wenn sie gerade auf den Stufen sitzend in einen Schwatz vertieft waren, stellen das Gespräch ein und lächeln scheu. Wie auf Kommando. Offenbar haben sie klare Verhaltensregeln erhalten, wie den Gästen zu begegnen ist.

Mit Dr. Praveen habe ich schon vor einigen Tagen ein Gespräch vereinbart.

„Ich würde gerne mit Ihnen etwas ausführlicher über Ayurveda reden", hatte ich gesagt, „würden Sie mir einen Termin geben?"

Der Termin ist für morgen um zehn Uhr vormittags anberaumt. Ich verspreche Helga, bei dieser Gelegenheit auch *ihr Thema* aufs Tapet zu bringen.

„Eigentlich sollte es wohl unser aller Thema sein", sagt sie. „Aber ja, ich wäre Ihnen tatsächlich sehr dankbar, wenn Sie in der Sache nachbohren würden."

*

Ehe ich mich mit Dr. Praveen treffe, mache ich einen Umweg über die Biogasanlage. Das Tor ist wie immer versperrt. Ich stehle mich der Mauer entlang und finde eine Stelle, an der ein Ziegel herausgebrochen ist und die so eine kleine Trittfläche für den Fuß bietet. Niemand ist zu sehen. Schnell ziehe ich mich hoch und werfe einen Blick über die Mauerkrone. Im Hof ist eine Frau damit beschäftigt, mit einem Reisigbesen Kokosschalen und Küchenabfälle auf einen Haufen zu kehren. Daneben befindet sich ein zweiter, niedrigerer Haufen, der aussieht, als hätte er bis vor Kurzem noch gebrannt. Reste vergloster Plastikflaschen, Dosen und anderes, nicht mehr identifizierbares Gerümpel bedecken die schwarze Fläche. Kein Zweifel, hier wird Müll verbrannt.

Restmüll, Kunststoffmüll. Ausgerechnet in einer *Biogasanlage*!

Praveen hat seine handschriftlichen Unterlagen vor sich liegen, als ich den Raum betrete. Wie es mir gehe, will er wissen, immerhin sei ich ja jetzt schon eine ganze Weile hier.

„Danke, gut", sage ich.

„Und wie … äh … läuft es mit Ihnen und Ihrem Partner?"

Ich lächle zweideutig.

„Okay", sagt er, „da müssen wir wohl noch etwas Geduld haben."

Interessant, denke ich: Wenn es um die Verwendung des *Wir*

geht, sind Ayurvedaärzte gleich gestrickt wie ihre schulmedizinischen Kollegen.

„Ist es in Ordnung, wenn ich unser Gespräch damit aufzeichne?“, frage ich und zeige ihm mein digitales Aufnahmegerät.

Er zögert einen Moment, blickt auf seine Unterlagen. Dann nickt er. Dort müsste stehen, dass ich Chemikerin bin. Ich lobe mich dafür, dass ich beim Anamnesegespräch nur die halbe Wahrheit gesagt habe. Einer Journalistin gegenüber wäre er wahrscheinlich eher auf der Hut.

Transkript: Gespräch mit Dr. Praveen, Reena's Resort, 24. 2. 2013

FP: Könnten wir damit beginnen, dass Sie ein bisschen von Ihrer Ausbildung zum Ayurvedaarzt erzählen, Doktor?
Dr. P.: Gerne. Sie müssen wissen: Ich stamme aus einer alten Dynastie von *Vaidyas*, schon mein Ururgroßvater war in Trivandrum als Arzt tätig. Sechs Jahre lang habe ich die Wissenschaft des Ayurveda in Bangalore studiert, danach zwei Jahre in einer Klinik in Chennai gearbeitet, ehe ich das Angebot einer Zürcher Klinik annahm und für drei Jahre in die Schweiz ging.
FP: Daher also Ihre hervorragenden Deutschkenntnisse!
Dr. P.: Ja. Aber ich muss sagen, es waren für mich dennoch weitgehend verlorene Jahre, von der Bezahlung einmal abgesehen.
FP: Wieso das? Kommt einem eine solche Auslandserfahrung beruflich nicht zugute?
Dr. P.: Mein Studium wurde in der Schweiz ja nicht anerkannt, und so konnte ich dort nur als Therapeut arbeiten. Okay, ich habe trotzdem mindestens zehn Mal so viel verdient wie an der Klinik in Chennai. Und ja, immerhin weiß ich jetzt aus erster Hand, was man in Europa so alles unter Ayurveda versteht.
FP: Nämlich?
Dr. P.: Nun, das meiste hat mit unseren Originalrezepturen und Methoden nicht viel zu tun. Ich habe Öle verwenden müssen, die es in Indien nicht einmal gibt, und die klassischen Anwendungen, wie sie in unseren Schriften angeführt sind, werden nach Belieben verändert. Oder sagen wir, nach den Erfordernissen des Marktes. Welche europäische Ayurvedaklinik kann es sich schon leisten, so wie wir zwei oder drei Masseure gleichzeitig für einen Patienten abzustellen?
FP: Sie sprechen den westlichen Kliniken also ab, die wahre Kunst des Ayurveda zu pflegen?
Dr. P.: Es steht mir nicht zu, meine ehemaligen Kollegen in der Schweiz zu kritisieren. Und vielleicht hat ja auch die – wie sagt man auf Deutsch so lustig? – abgespeckte Form von Ayurveda noch irgendwelche positiven Auswirkungen. Was ich allerdings kritisiere, ist das isolierte Herauspicken einzelner Techniken. Bei uns gibt es drei Diagnoseinstrumente, die alle gleich wichtig sind,

wenn es darum geht, die richtige Körperkonstitution herauszufinden: Darshana, Sparshana und Prashana, also der visuelle Befund, das Berühren und das Sprechen mit dem Patienten. Sich zum Beispiel, wie es mancherorts geschieht, auf die Pulsdiagnose alleine zu verlassen, ist eindeutig zu dürftig – und in den klassischen ayurvedischen Texten kommt diese Diagnoseform nicht einmal vor! Sie stammt aus späteren Zeiten, aus einer anderen Kultur.

FP: Vielleicht sind wir in Europa einfach mehr an gemütlicher Wellness interessiert als an tiefgehender Therapie? Aber darf ich Sie daran erinnern, dass das nach Ihren eigenen Worten auch für die Anwendungen in *Reena's Resort* gilt.

Dr. P.: Immerhin machen wir hier keine Kompromisse, was die Qualität der Öle und anderer Präparate angeht. Bei uns finden Sie nur erstklassige Substanzen!

FP: Welche anderen Präparate? Meinen Sie Rasa-shastra-Produkte? (Pause)

Dr. P.: Die verwenden wir hier nicht. Wir benutzen ausschließlich pflanzliche Präparate.

FP: Die alle auf ihre Unbedenklichkeit hin getestet sind?

Dr. P.: Selbstverständlich.

FP: Aber warum gibt es dann Studien, laut denen selbst ein Fünftel der rein pflanzlichen Präparate gesundheitlich bedenklich sein soll?

Dr. P.: Nun ja, in einem großen Land wie Indien, wo beinahe jeder Bundesstaat andere Normen hat, ist es natürlich schwierig, alle Standards einzuhalten. Aber auch die Länder in Übersee, wohin wir unsere Produkte liefern, halten sich nicht immer an die offiziellen Vorgaben ihrer eigenen Behörden, nicht wahr?

FP: Zurück zu den ayurvedischen Präparaten: Man müsste die Produktionsfirmen doch nur zwingen, die Normen einzuhalten, dann bekäme man das Problem mit der Standardisierung wohl schnell in den Griff.

Dr. P.: Nun, solche Analysen und Testungen kosten leider jede Menge Geld, wie Sie als Chemikerin wohl wissen. Kleinere Firmen können sich das kaum leisten.

FP: Und die großen finden ohnehin Mittel und Wege, sie sich zu *ersparen?*

Dr. P.: Manche vielleicht. Aber das lässt sich nicht verallgemei-

nern. Ich habe ja selbst schon erleben müssen, wie leicht man unschuldig zum Handkuss kommen kann.
FP: Probleme? Seitens der Behörden, oder wie darf ich das verstehen?
Dr. P.: Nicht ich persönlich, nein! Aber die Ayurvedaklinik in Singapur, wo ich nach meiner Zürcher Zeit arbeitete ... Eines Tages tauchten staatliche Kontrolleure auf und nahmen Proben von allen möglichen pflanzlichen Präparaten, die wir verwendeten. Deren Analyse ergab dramatische Schwermetallwerte, und die Klinik hatte hohe Strafen zu bezahlen. Eigentlich unglaublich: Jahrelang gab es keine Beanstandungen, und plötzlich ...
FP: Das Problem mit der Standardisierung, das Sie vorhin ansprachen?
Dr. P.: Genau. Es liegt ja gewissermaßen in der Natur der Sache. Pflanzen stammen nun einmal von unterschiedlichen Lieferanten, von unterschiedlichen Böden. Und nicht alle Produzenten überprüfen die fertige Ware so gewissenhaft wie jene Firma, von der wir hier beliefert werden.
FP: Für die Medizin in *Reena's Resort* legen Sie also Ihre Hand ins Feuer?
Dr. P.: Selbstverständlich. Ich habe noch von keinem einzigen unserer Klienten gehört, dass er gesundheitliche Probleme aufgrund unserer Verabreichungen bekommen hätte.
FP: Okay. Aber warum verschreiben Sie eigentlich keine Rasashastra-Präparate, wenn diese doch ebenfalls unbedenklich sind?
(Pause)
Dr. P.: Nun ja, wenn ein Patient, dessen Diagnose zum Beispiel auf Krebs lautet, es unbedingt möchte, kann er schon auch metallische Substanzen von mir erhalten. In so einem Fall würde ich allerdings wöchentlich Urinproben nehmen und diese untersuchen lassen. Und bei Patienten mit Nieren- oder Leberschäden wäre ich noch vorsichtiger.
FP: Lassen Sie uns das Thema wechseln. Können Sie mir erklären, warum forciertes Erbrechen in *Reena's Resort* nicht als Reinigungsmethode angewendet wird?
Dr. P.: Weil ich es im Rahmen einer Kuranstalt wie unserer für zu gefährlich halte. Vomiting ist sehr wirkungsvoll, schließlich greift es in die zentralen Kräfte des Körpers ein. Darum gelten für die Reinigung durch Erbrechen äußerst strikte Regeln, die unsere

Gäste aber erfahrungsgemäß nicht immer einhalten. Wir führen hier nun einmal kein Krankenhaus, sondern ein offenes Haus, wo jeder kommen und gehen kann, wie er will. Wie sollen wir da kontrollieren, ob nicht doch jemand heimlich eine Flasche Bier konsumiert? Deshalb nehmen wir lieber gleich Abstand von dieser Methode.
FP: So wie Sie auf das Blutlassen mit Blutegeln verzichten, weil es den Gästen davor graust?
Dr. P.: So ist es. Wir müssen nun mal ein Gesamtpaket schnüren. Ein Paket, das versucht, sowohl den Wünschen unserer Kunden als auch den medizinischen Erfordernissen Rechnung zu tragen – und das führt notgedrungen zu Kompromissen. Was übrigens auch für die Ernährung gilt: Salat zum Beispiel ist Menschen mit Vatakonstitution und Magenbeschwerden eigentlich nicht zu empfehlen – aber ihr Europäer schätzt Salat nun einmal viel zu sehr, als dass wir ihn euch verbieten könnten. After all: It's business, you know!"
FP: Apropos Business: Könnten Sie mir die Firma nennen, von der *Reena's Resort* all seine medizinischen Produkte bezieht?
Dr. P.: Warum nicht, wir haben nichts zu verbergen! APUP heißt sie, eine große Ayurveda Production Unit in Pollachi. Sie haben einwandfreie Zertifikate vorzuweisen und liefern auch nach Deutschland. Wir vertrauen ihnen unbedingt.
FP: Denken Sie, dass auch eine einfache Patientin wie ich diesem Betrieb einen Besuch abstatten könnte? Ich meine, das wäre doch eine interessante Abrundung meiner Kur hier.
Dr. P.: Nein, meines Wissens macht APUP keine Führungen für Privatpersonen. Aber ich habe gehört, dass unsere Konkurrenz drüben in Somatheeram so etwas anbietet. Vielleicht fragen Sie ja einfach dort nach, ob Sie bei einer Tour mitmachen können.
FP: Nun, dann bedanke ich mich ganz herzlich, dass Sie sich so lange für unser Gespräch Zeit genommen haben, Doktor Praveen.
Dr. P.: Keine Ursache, es war mir ein Vergnügen. Und ich hoffe sehr, Sie profitieren noch von Ihrem restlichen Aufenthalt bei uns!

Website von APUP

Keine Schwermetalle in ayurvedischer Medizin

von Ashraf Padanna

Führende Ayurveda-Produzenten beschweren sich über die Propaganda, wonach ayurvedische Präparate Schwermetalle enthalten sollen.

„Die Vorwürfe sind unbegründet und ein Produkt westlicher Vorurteile", bekräftigte Chief Executive P. R. Kamur von APUP als Sprecher des *Global Ayurveda Summit* und reagierte damit auf eine kürzlich im *Journal of the American Medical Association* (JAMA) publizierte Studie. Dieser Bericht veranlasste die indische Regierung zur Klarstellung, wonach seit dem 1. Jänner des Jahres garantiert sei, dass sämtliche pflanzlichen Heilprodukte im Handel frei von Schwermetallen seien.

Laut P. R. Kamur sei der JAMA-Bericht Teil einer Kampagne westlicher Pharmafirmen gegen die Alternativmedizin, insbesondere gegen Ayurveda. Bei den untersuchten Präparaten handle es sich zudem um Substanzen, die im Internet vertrieben wurden, und keineswegs um solche, wie seriöse indische Produktionsbetriebe und Kliniken sie anbieten. Nach der inkriminierenden Studie ließ APUP zweiundfünfzig seiner Produkte in einem führenden amerikanischen Labor testen. Nur in zwei Präparaten konnten Spuren von Schwermetall nachgewiesen werden – weit unter den jeweiligen Grenzwerten.

„Der Westen fokussiert ausschließlich auf die biochemische Zusammensetzung und ignoriert völlig den Gesamteffekt der zahlreichen Bestandteile eines Medikaments", kritisierte Kamur. „Selbst wenn Schwermetalle bei der Herstellung verwendet werden, sind die Medikamente in ihrer finalen Form absolut harmlos."

Natürlich sei es wichtig, die Standardisierung im ganzen Bundesstaat voranzutreiben bzw. zu einem universellen Protokoll zu kommen – schon deshalb, um den Skeptikern und Kritikern im Westen den Wind aus den Segeln zu nehmen. Als eine erste Maßnahme in dieser Richtung wurde von der keralischen Regierung ein auf dem neuesten Stand der Technik befindliches Testlabor bei Koratty eingerichtet, dessen Kosten alleine 320 Millionen Rupien betragen.

K. E. Krishnan, Chef der mit APUP kooperierenden *Shiva-Hotelgruppe,* sprach sich dafür aus, das Ayurvedaangebot in Tophotels auszubauen, da Wellness auf Basis von Ayurveda bei ausländischen Touristen vermehrt geschätzt und gesucht werde. Zahlreiche Fünfsternehotels auf der ganzen Welt hätten mittlerweile solche Angebote im Programm und seine eigene Hotelgruppe sei diesbezüglich Trendsetter.

Reena's Resort, 24. 2. 2013, Abend

Leo hat seine heutige Therapie gleich nach dem Mittagessen zu absolvieren. Vierfachmassage samt anschließender Ruhephase. Ursprünglich hatten wir uns darüber geärgert, dass wir unsere Anwendungen nicht immer zur selben Zeit haben. Jetzt empfinde ich es als Vorteil: eine gute Gelegenheit, dem Nachbarresort noch heute alleine einen Besuch abzustatten.

Während ich nach Somatheeram hinüberwandere, höre ich die Aufnahme meines Gesprächs mit Praveen nochmals an. Bei seinen Aussagen in Sachen *Rasa-shastra*-Produkte, die er angeblich nur auf Verlangen sterbenskranker Patienten verabreicht, drücke ich die Pausentaste.

Wie konnte mir das bloß entgehen?

Wenn die Kritik an den Quecksilber-, Blei- und Arsenrückständen in ayurvedischen Produkten angeblich ins Leere geht, weil diese durch Techniken wie Kalzinieren, Mörsern, Tunken in Betelsaft, unterirdische Lagerung und Versetzen mit Kuhpisse ohnehin in harmloses und gleichzeitig hoch potentes *Bhasma* verwandelt werden, wieso müssen dann Patienten, die unter einer eingeschränkten Nieren- oder Leberfunktion leiden, vor der ayurvedischen „Silbermedizin" geschützt werden? Ein Widerspruch, der nicht aufzulösen ist, jedenfalls nicht für mein Hirn. Die Inkompatibilität der verschiedenen Systeme, wie mein ehemaliger Studienkollege Thomas Mitterer es nennen würde. Ein westöstlicher Diwan, dessen Sitzplätze durch eine dicke gläserne Mauer voneinander getrennt sind. Hinüberschauen – ja. Einander begreifen – nein.

Und noch etwas gibt mir zu denken: Wieso hat Dr. Praveen mich zumindest in einem Punkt belogen? Als ich ihn, das Aufnahmegerät war schon abgeschaltet, wie beiläufig fragte, wieso ausgerechnet in der Biogasanlage eines Ayurvedaresorts Plastikmüll und anderer Plunder verbrannt werde, zeigte er sich total erstaunt und gab vor, davon noch nie gehört zu haben.

„Ich werde aber sicher mit dem Manager darüber sprechen",

beteuerte er. „Wenn es zutrifft, was Sie sagen, muss das natürlich sofort abgestellt werden."

Kein Wort davon, dass Helga Kopf ihn bereits zuvor darauf angesprochen hat! Und von ihm Hustentabletten verschrieben bekam.

Die Security-Leute beim Eingang zum *Somatheeram Resort* lassen mich problemlos durch, vermutlich weil ich hellhäutig genug bin und vorgebe, in einem der Läden etwas kaufen zu wollen. Hier scheinen hauptsächlich reiche Russen zu logieren, dementsprechend hoch sind die Preise in den kleinen Schmuck- und Teppichläden, die puren Kitsch neben hoch qualitativen Produkten anbieten.

An der Rezeption erkundige ich mich, wie die *Production Unit* heißt, die *Somatheeram* beliefert, und wann dort die nächste Führung stattfindet.

„Ihre Zimmernummer?", fragt der junge Mann.

„Sorry, aber ich komme aus *Reena's Resort*", sage ich.

„Dann tut es mir sehr leid, Madam. Führungen machen wir nur für Gäste unseres Hauses."

„Aber ich bezahle selbstverständlich dafür ..."

„Tut mir leid, Mam, das ist grundsätzlich nicht möglich."

Solch harte Grundsätze sollten doch mit Geld aufzuweichen sein, sage ich mir und lege fünfhundert Rupien auf den Tresen. Er bleibt dabei. Ich verlange den Manager zu sprechen. Er erklärt mir, dass der Manager irgendwo unterwegs sei.

„Dann rufen Sie ihn bitte an und lassen Sie mich mit ihm sprechen. Er wird doch sicher ein Handy haben."

Stirnrunzeln. Zögern. Dann greift er widerwillig nach seinem Smartphone, wählt eine Nummer. Mehrere Minuten lang wildes Gestikulieren und gluckerndes Malayalam. Wie sagt Leo immer: Diese Sprache klingt so, wie die Schrift aussieht.

Schließlich wendet er sich wieder mit einem Kopfschütteln an mich: „Leider, wie ich schon sagte, Madam."

„Wieso haben Sie mich nicht mit dem Manager sprechen lassen?"

Darauf erhalte ich keine Antwort. Aber der liebevolle Blick, mit dem der Bursche das Smartphone betrachtet, macht klar, dass er dieses Heiligtum nicht einmal seiner Herzallerliebsten anvertrauen würde. Auch nicht für ein paar Sekunden.

Ich resigniere und spaziere hinunter zum Restaurant. Der Großteil der Tische steht im Freien, beschattet von Palmen, auf denen die Streifenhörnchen pfeifend Verfolgungsjagden veranstalten. Ich rieche, dass dieses Resort etwas zu bieten hat, was es bei uns drüben nicht gibt: Kaffee, richtigen Bohnenkaffee. Nicht dieses sandige, graue Zeug, das sie in den Imbissbuden entlang der Küstenstraße ausschenken. Ich zögere einen Augenblick, dann bestelle ich einen Cappuccino. Mein erster Kaffee seit einer gefühlten Ewigkeit. Wie gut wäre jetzt eine Zigarette! Am Nachbartisch sitzt genüsslich rauchend eine ältere, fürchterlich überschminkte Russin, deren Ohren und Finger mit schwerem Gold bedeckt sind. Soll ich sie um eine Zigarette bitten? Nein, du musst nicht gleich doppelt sündigen, Frieda!

Schnell leere ich die Tasse, zahle und flüchte vor dem verführerischen Qualm. Der Weg schlängelt sich an runden Cottages vorbei die großräumige Anlage hinab. Durch den von einer Brise bewegten Blätterwald blinkt silbrig der Strand in dreihundert Metern Luftlinie. Links liegt ein überdachter Platz, wo ein gutes Dutzend Leute in Trainingsanzügen oder weißen, wallenden Gewändern Yoga betreibt. Ich trete näher. Die meisten sind unappetitlich dick und älter als sechzig. Viele haben rote Köpfe, obwohl alle Übungen im Schneckentempo ausgeführt werden. Yoga wird auch in *Reena's Resort* angeboten, sogar mehrmals am Tag, aber ich habe noch nie mitgemacht. Was vermutlich anders wäre, würden wir hier wohnen. Denn der junge Yogalehrer sieht verdammt gut aus.

Just, als mir dieser Gedanke durch den Kopf schießt, streift mich sein Blick.

Er trägt das dichte, schwarze Haar zurückgekämmt und hat ein markantes Gesicht, schmäler als üblich bei der hiesigen Bevölkerung. Seine dunklen Augen bringen etwas in mir zum Vibrieren. Ich höre seine sonore Stimme, als er den auf ihren Matten hockenden Leuten eine neue *Asana* erklärt. Er spricht ruhig und klar, sein Englisch ist gut zu verstehen. Während des Redens bemüht er sich, mit allen Augenkontakt zu haben, indem er den Kopf langsam hin- und herdreht, ohne dass sein Oberkörper sich bewegen würde. Je länger ich die Szene beobachte, umso öfter treffen sich unsere Augen.

Ehe ich weitergehe, schenke ich ihm ein Lächeln. Er erwidert es mit dem leichten, unnachahmlichen Kopfwackeln der Inder, das ausdrückt: Ich lege mich nicht fest, alles ist offen.

20

Ajith hatte keinen Grund, an den letzten Worten eines dem Tode Geweihten zu zweifeln. Warum hätte Kirin einen Falschen bezichtigen sollen? Dennoch konnte er kaum glauben, dass Rangjangar selbst mitgemacht hatte. Ajith war davon ausgegangen, dass der Polizist Chandra wegen ihres einmaligen Alkoholkonsums verachtet und deshalb nicht gegen die Vergewaltiger ermittelt hatte. Dass der Superintendent selbst *part of the game* war, daran hatte er keine Sekunde gedacht.

Aber wieso eigentlich? Weil der Mann Chef jener Einheit war, die als Anlaufstelle für geschändete Frauen gegründet worden war? Oder weil er gut aussah, topfit, kein fetter Pfropfen, der im Ehebett keinen mehr hochkriegte? War die Bereitschaft zu vergewaltigen jemals abhängig davon gewesen, welche Position einer innehatte oder wie attraktiv er war? Ajith erinnerte sich daran, was er erst vor Kurzem in der Zeitung gelesen hatte. In Dornapal, einem Kaff in Chhattisgarh, hatten sie die Statue eines Polizeioffiziers aufgestellt, mitten auf dem Dorfplatz. Was an und für sich nichts Besonderes gewesen wäre in einem Land, in dem jeder Dorftrottel ein Monument erhielt, sofern seine Familie nur genügend dafür zahlte. Das Auffällige in diesem Fall war, dass der Polizist in seiner Heimatgemeinde geehrt wurde, noch während er als Mitangeklagter wegen einer Massenvergewaltigung vor Gericht stand. Es war kein Zufall, dass Opfer wie auch Zeugen des Geschehens ihre ursprünglichen Aussagen im Verlauf des Prozesses allesamt widerriefen. Reporter des *Hindu* hatten herauszufinden versucht, wer imstande gewesen war, einen solchen Druck auszuüben, und waren auf einen hochrangigen Polizeioffizier gestoßen, der als Einziger dafür infrage kam. Er war es auch, der das Denkmal für seinen sauberen Kollegen finanziert hatte.

Wenn das in Chhattisgarh möglich war, warum nicht auch in Kerala?

Und genau deshalb gedachte Ajith dafür zu sorgen, dass für Special Police Officer Rakesh Rangjangar kein Denkmal aufgestellt würde. Jedenfalls nicht zu seinen Lebzeiten.

Wie er an den Superintendenten herankommen sollte, solange er selbst noch nicht zur Fahndung ausgeschrieben war, bereitete ihm allerdings Kopfzerbrechen. Über kurz oder lang würden die Ermittler ihm auf die Spur kommen, auch wenn er Mukeshs und Kirins Leichen gut versteckt hatte. Kirins Wachmann und sein Diener würden ihn leicht identifizieren können, sobald man ihnen ein Foto vorlegte. Und dass Rangjangar eins und eins zusammenzählen konnte, daran bestand nicht der geringste Zweifel.

Der achtundvierzigstündige Generalstreik kam Ajith sehr gelegen. Er bedeutete, dass die Polizei ab morgen früh vollauf damit beschäftigt sein würde, auf der Straße Präsenz zu zeigen, um Zwischenfälle möglichst zu verhindern. Wobei man seitens der Exekutive schon froh war, wenn nur ein paar Läden in Flammen aufgingen und es bei der üblichen Steinewerferei auf Autos blieb. Im Verlauf des letzten Generalstreiks war es zu gewaltigen Zerstörungen und Sabotageakten gekommen, Regierungsgebäude waren ebenso das Ziel des Volkszorns gewesen wie die Wasser- und Elektrizitätswerke. Sogar Tote hatte es gegeben, vor allem unter Streikbrechern, die der Lynchjustiz zum Opfer gefallen waren. Weshalb P. Suresh, der zuständige Minister, in allen Medien verkündete, man werde diesmal gegen Demonstranten, die Stöcke oder andere Waffen trugen, mit größter Härte vorgehen. Er habe alle Sicherheitskräfte mobilisiert und sie angewiesen, Unruhestifter sofort zu isolieren und in Beugehaft zu nehmen.

Es war das erste Mal, dass Ajith einer Anweisung dieses Politikers im Stillen applaudierte. Zwar würde jede Menge Polizei auf der Straße sein, aber nicht wegen ihm. Er hatte also noch zwei Tage Schonfrist. Zwei Tage, in denen er handeln musste.

Sein Plan war, herauszufinden, wo Rangjangar mit seinen Leuten postiert war. In der Masse an Menschen, die morgen die Stadt überschwemmen würden, konnte er vielleicht unerkannt an ihn herankommen, ihm im allgemeinen Tumult Vaters Buschmesser in den Leib rammen und in der Menge untertauchen. Der Plan war zwar tollkühn, aber nicht aussichtslos. Kein Löwe rechnet damit, inmitten seines eigenen Rudels angegriffen zu werden. Die Aufmerksamkeit der Polizisten würde auf die Anführer des Streiks gerichtet sein, auf die kommunistischen Gewerkschafter mit ihren roten Stirnbändern und auf rabiate Streikposten, die jeden, der es wagte, sein Geschäft aufzusperren oder mit dem Auto unterwegs zu sein, zu attackieren pflegten. Einen einzelnen jungen Mann, der keine martialischen Parolen brüllte, würden die gestressten Polizisten nicht beachten.

Er ging auf die Bank und hob noch einmal Geld ab. Diesmal eine viel größere Summe. Dann bat er Dipan, ihm noch einen Gefallen zu tun.

„Geht es wieder um Mukesh?“, fragte dieser. Offenbar war die Leiche des Elektrikers noch nicht gefunden worden.

„Nein, das hat sich erledigt. Aber du solltest noch heute die Polizeistation in Trivandrum besuchen und für mich etwas auskundschaften.“

Er sagte ihm, worum es ging, und drückte ihm ein gut gefülltes Kuvert in die Hand.

„Pass gut darauf auf. Du wirst es für den Head Constable brauchen.“

Er beschrieb ihm, wie der Mann aussah.

„Wenn er nicht Dienst hat, lässt du es sein. Dann muss ich mir etwas anderes ausdenken.“

Dipan war schlau genug, nicht zu fragen, was die Polizei mit der Sache zu tun hatte. Wer nichts wusste, konnte nichts ausplaudern, falls er geschnappt wurde. Sie umarmten einander, dann rief Dipan ein Taxi und fuhr nach Trivandrum.

Die Informationen, mit denen er am späten Abend zurückkehrte, brachten Ajiths Pläne völlig durcheinander. Der Head Constable hatte nach Überreichung des Kuverts bereitwillig ausgeplaudert, dass das *Special Police Department* beim Streik nicht zum Einsatz kommen würde. Wozu war man schließlich *Special*, habe er gegrinst. Nein, sie würden sich zwei feine Tage machen, sollten sich doch die Idioten auf der Straße gegenseitig die Köpfe einschlagen. *Special holiday for the Special Police Department!*

„Und der Superintendent", wollte Ajith wissen, „hast du herausgekriegt, was der morgen macht?"

„Einen Familienausflug in die Leela Backwaters."

„Einen Familienausflug! Aber wie will er da hinkommen?"

„Na, in seinem Jeep natürlich. Ein Polizeifahrzeug wird wohl kaum mit Steinen beworfen werden."

Die Leela Backwaters waren von Ajiths Dorf keine zwanzig Kilometer entfernt. Er umarmte Dipan.

„Danke, du hast deine Sache gut gemacht. Mehr als das! Ich stehe tief in deiner Schuld, mein Freund. Dennoch möchte ich dich noch um ein Letztes bitten: Leihst du mir morgen deine Hero?"

Dipan sah ihm tief in die Augen.

„Willst du dich womöglich einem Familienausflug anschließen?"

Ajith nickte.

„Du kannst sie haben", sagte Dipan. „Aber ich möchte nicht in der Zeitung lesen, dass man dich tot aus den Backwaters gefischt hat."

„Keine Sorge, ich bring dir die Hero wieder zurück", antwortete Ajith. „Ich bin ein ausgezeichneter Schwimmer, das weißt du doch."

Er dachte an die Zeit, als sie noch gemeinsam um die Wette im Meer gekrault waren, der christliche Fischersohn und er, der Hindu. Dabei war es in Kerala keineswegs selbstverständlich, dass Fischer schwimmen konnten.

Aber um Schwimmkünste ging es Dipan gar nicht bei seiner letzten Bemerkung, das war schon klar. Aus den Backwaters konnte man auch gefischt werden, weil man zum Beispiel eine Kugel im Kopf hatte.

Eine Kugel aus einer Polizeipistole.

21

Reena's Resort, 25./26. 2. 2013

Wie oft ich diesen Traum wohl schon geträumt habe? Etliche Male alleine in der letzten Nacht, so gerädert, wie ich mich fühle.

Ich hocke auf der Porzellanmuschel und starre durch das winzige Badezimmerfenster in den neuen Morgen. Was lässt mich immer wieder auf einer 1200er Kawasaki dahinbrausen und ums Verrecken nicht die Bremse finden? Wenn schon kein Pedal vorhanden ist, so müsste es doch zumindest einen Schalter oder Hebel geben, um das Geschoss zu stoppen!

Echt unnötig, dieser Traum!

Wobei Charly, mein Seelenklempner, das Wort *unnötig* in diesem Zusammenhang sicher nicht akzeptieren würde. Laut ihm gibt es nichts Unnötiges auf der Welt, schon gar nicht in der Welt der Träume. Träume seien eben keine Schäume, behauptet er. Sie seien die Bläue der Tiefsee, in die wir gelegentlich abtauchen. Abtauchen müssen. Wahrscheinlich, um im Alltag umso feiger im flachen Gewässer treiben zu können, dahinzudümpeln. Ins dümpelnde Dasein geworfen ...

Genauso hätte es auch Leo formulieren können, der alte Existenzialist. Mein ganz persönlicher Informatiker und Privatgelehrter. Ich wünschte, er wäre auch öfter mal mein Privatgeliebter.

Der Arzt hat Leo eine rote Dose gegeben und mich dabei verschwörerisch angelächelt. *Chyawanprash* nennt sich die schwarze, süße Paste, von der mein schlapper LAP täglich ein paar Löffel lutschen soll. *Immunity & Strength* steht in goldenen Lettern auf der Dose. Aber ich habe noch nicht gemerkt, dass es etwas bewirken würde. Leo ist noch müder als zu Hause, während ich aufgekratzt herumlaufe. Respektive herumliege. *Kapha* gegen *Pitta-Vata*, was für ein kurioser Kampf! Bereits um zehn schaltet er das Nachtkastenlämpchen aus und wünscht mir einen guten Schlaf. Erklärt die Lendengegend zur Sperrzone. Was bleibt mir anderes übrig, als mich dem Tagebuch anzuvertrauen, das immer mehr zum nächtlichen Partner wird? Irgendwelche Krimis zu lesen ist nicht meine Sache. Und der Dreifachentzug macht mich manchmal ganz zappelig.

Untertags ist es leichter auszuhalten. Die Routine der zwei Stunden Massage, die drei Mahlzeiten und die Spaziergänge am Meer nehmen ohnehin die meiste Zeit in Anspruch. Daneben soll man auch noch jede Menge ruhen, mit dem Massageöl auf jedem Fleck, in jeder Pore der Haut. Nicht zu schnell abwaschen, hat Dr. Praveen uns ermahnt, das Öl wirkt auch noch nach der Behandlung. Mag schon sein, aber wenn, dann hat es bei mir den gegenteiligen Effekt wie bei Leo.

Um meine Synapsen ein bisschen zu beschäftigen, lese ich Zeitung via Internet. Wenn man nahe genug bei der Rezeption hockt, ist der Zugriff kein Problem. Etliche Kurgäste belagern die wenigen Plätze hier und schreiben Mails auf ihren Smartphones. Grüßen Verwandte und Freunde zu Hause, schwärmen oder jammern ihnen etwas vor über die Qualität der Behandlungen, des Essens, der Betten. Ich habe keine Lust, irgendjemand mitzuteilen, dass unser Bett zwar okay ist, nicht aber das, was sich zwischen Leo und mir darin abspielt.

Aber vielleicht liegt es ja an mir, dass er so selten mit mir schlafen will. Das Natürlichste auf Erden – habe ich es vermasselt?

Was macht eigentlich ein Masseur, wenn er vom vielen Massieren verspannt ist?

Was macht eine Geliebte, wenn sie von der Liebe nichts mehr merkt?

*

Heute erstmals Stirnguss! Bis zum elften Tag musste ich darauf warten. Die orangen Turbane, die einem von den Therapeuten und Therapeutinnen nach dem *Shirodhara* gewickelt werden – manche sehen damit aus wie Irokesen, andere wie Seeräuber –, gelten unter den Kurgästen als Manifestation einer höheren Weihe. Immerhin handelt es sich beim Stirnguss um eine der angesagtesten ayurvedischen Applikationen. Er soll den Geist befreien, behaupten die Eingeweihten. Aber nicht alle scheinen die Anwendung zu genießen. Ein Salzburger Universitätsprofessor hat gestern beim Abendessen geklagt, ihn mache das endlose Ölgeriesel auf die Stirn halb verrückt. Mal sehen, was es mit mir macht.

Manju dreht Toilettenpapier zu einem kurzen Strick und legt es mir auf Höhe der Augenbrauen quer über die Stirn, fixiert es an den Ohren. Sie schiebt das galgenähnliche Holzgestell mit dem hängenden Kessel vom Fuß- zum Kopfende des Massagetischs und bereitet die Prozedur vor. Eine Kokosschale im Inneren des Kessels, von der ein Faden durch ein Loch im Kessel führt, dient als Ventil. Manju füllt erhitztes Öl ein, ich schließe die Augen. Deshalb weiß ich auch nicht, wie sie es anstellt, das Öl durch die kleine Öffnung zielgenau auf meiner Stirn zu verteilen. Anfangs irritiert mich die Wärme auf den Schläfen, aber bald kann ich mich entspannen. Dann beginnt es zu rauschen, und ich bin mir nicht sicher, ob das Arabische Meer nun unten am Strand oder drinnen in meinem Schädel anbrandet.

Ich bin Stein. Glatt wie ein Ei, glatt geschliffen vom ewigen Wasser. Still und stumm. Umspült von den Gezeiten.

Ich bin Kind. Mamas Hand kühlt das Fieber auf meiner Stirn. Danke, Mama! Oder wärmst du mir den eisigen Kopf?

Ich bin Mutter. Ich streichle Sara, mein nie geborenes Kind. Zusammen feiern wir Auferstehung. Jetzt, jetzt bin ich da für dich!

Sprich mir das Mantra nach, sagt eine Stimme. Welches Mantra? Gibt es denn so viele in deinem Leben? Nein, entschuldige die dumme Frage. Tief atme ich ein, atme ich aus. Bis das *Auuum* erklingt in mir.

Ich schlüpfe in den burgunderroten Mantel, den Manju mir mit ihrem feinen Lächeln hinhält, und trete hinaus in die milde Spätnachmittagssonne. Um mir den richtigen Saft bringen zu können, fragt Prema Sudhi, die neben der kleinen ayurvedischen Apotheke auch für die Erfrischungsgetränke zuständig ist, mich nach meinem Dosha. „Vitta-Pata", sage ich. Versuche es noch einmal, doch wieder kommt *Vitta-Pata* aus meinem Mund. Bin ich verrückt geworden, kann ich nicht mehr reden? Beim dritten Anlauf klappt es endlich: „Pitta-Vata." Ich lache, Prema Sudhi lacht, die anderen im Sitzkreis lachen. Mir wird ein Glas mit rotem Betesaft gereicht, das ich gierig leere.

„So ein Stirnguss ist schon etwas Wunderbares, nicht wahr?", sagt die geschwätzige Schweizerin mit der Krücke. Mehrere pflichten ihr bei.

Ich nicke und bin froh, wieder ausdrücken zu können, was ich denke. Aber die Bilder, die während des *Shirodhara* in mir hochkamen, halten mich noch immer gefangen. Gefangen? Sollte ich mich nicht befreit fühlen, jetzt, wo der Brückenschlag zu Mama und Sara gelungen ist? Ich weiß es nicht. Weiß nur, dass ich unendlich müde bin und mich ohne Worte zurückziehen muss.

Als Leo von seiner Anwendung zurückkehrt – auch er hat heute erstmals den Stirnguss erhalten –, ist er zum Reden aufgelegt.

„Stell dir vor, ich bin in ein Zeitloch gefallen", beginnt er aufgeräumt. „Vermutlich sind die Alphawellen dafür verantwortlich. Du weißt schon, beim normalen Schlaf produzieren wir Betawellen, aber in diesem Zustand ..."

Ich lege bittend den Zeigefinger auf den Mund, und er versteht und schweigt. Nur einen Meter voneinander getrennt liegen wir auf unseren hölzernen Liegen auf der im Abendlicht tieforange leuchtenden Terrasse. Aber ich komme mir vor, als läge ein Ozean zwischen uns.

*

Leo nimmt sich vom Okraeintopf, der eigentlich den Pitta-Typen vorbehalten ist.

„Ein bisschen Fremdessen hat noch niemandem geschadet", scherzt er.

Und ein bisschen Fremdgehen auch nicht, denke ich.

Mir geht der hübsche Yogalehrer aus dem Nachbarresort nicht mehr aus dem Sinn, seit ich ihm bei der Arbeit zugeschaut habe. Während Leo ein Mittagsschläfchen macht, spaziere ich ein zweites Mal hinüber nach Somatheeram.

Diesmal nehme ich den Weg den Strand entlang. Kurz vor dem Eingang zum Resort hockt im Schatten einer Palme eine zerlumpte, hagere Gestalt. Der Sari ist aus billigem Stoff und schmutzig, das eng anliegende Oberteil verschwitzt. Als die Frau mich wahrnimmt, rappelt sie sich hoch und stellt sich mir in den Weg. Ich rechne damit, angebettelt zu werden. Während ich überlege, ob ich ihr zehn oder zwanzig Rupien geben soll, greift sie wortlos nach meiner Hand und streicht mit ihren dürren Fingern darüber. Endlich kapiere ich, was sie ist: eine *gipsy*, eine Wahrsagerin. Das hat mir gerade noch gefehlt! Ich will die Hand zurückziehen, aber sie lässt es nicht zu.

„Big love", sagt sie ernst und bedeutungsschwer. „Big love soon. But also big danger. You see …"

Sie deutet auf eine meiner Handlinien.

„You careful, very careful! Snakes everywhere." Ihre Stimme tönt heiser und besorgt.

Liebe und Schlangen. Scheiße, denke ich, die uralte Geschichte! Gilt sie auch bei den Hindus? Die Vertreibung aus dem Paradies, natürlich nur wegen dem Weib, dem apfelgeilen Rippenwesen …

Ich reiße mich los und hätte große Lust, sie einfach stehen zu lassen. Aber Dienstleistung ist Dienstleistung, auch wenn diese gar nicht verlangt wurde. So viel hab ich von der hiesigen Mentalität nun doch schon verstanden. Die Alte würde mir nicht von den Fersen weichen, bevor sie ihren Lohn eingeheimst hätte. Also hole ich die Geldbörse aus meiner Handtasche, ziehe einen Schein heraus. Einen Augenblick lang funkeln mich ihre Augen an, dann schnappt sie nach dem Geld und versorgt es irgendwo unter ihrem Sari. Ich bin mir nicht sicher, ob sie mich nun verwünschen wird oder segnen. Doch sie dreht sich wortlos um und entfernt sich mit schnellen Schritten. „Danke schön", murmle ich und werfe nochmals einen Blick in meine Börse. Schlagartig wird mir klar, dass ich ins falsche Fach gegriffen haben muss – der einzige Tausendrupienschein ist weg! Kein Wunder, dass die Frau so schnell das Weite gesucht hat. Und wahrlich kein schlechter Lohn für eine Minute Blabla.

Dass ausgerechnet mir so etwas passieren muss!

Mein Fehler beschäftigt mich mehr als das, was die Wahrsagerin mir vorausgesagt hat.

*

Liebe und Schlangen. Oder liebende Schlangen?

Ich nähere mich dem kreisrunden Yogaplatz und kriege plötzlich eine Gänsehaut. Sei nicht kindisch, ermahne ich mich. Als ob man eine Gänsehaut wegreden könnte! Aber die ungewohnte Reaktion ist ohnehin so schnell wieder vorbei, wie sie gekommen ist, denn der Yogaplatz ist leer. Bis auf ein Hörnchen, das an irgendeiner Nuss knabbert, ist kein Lebewesen in der Nähe.

Vielleicht eh besser so, sage ich mir und beschließe, mir wieder einen Cappuccino zu gönnen. Einen Kapuziner anstatt …

Aber anstatt was eigentlich?

Ich nippe am Glas, in dem mir der Kaffee serviert wurde, und stelle mir vor, wie er mit ein bisschen Rum schmecken würde. Dummkopf! Alkohol bei dieser Hitze wäre wohl keine gute Idee, rüge ich mich. Und überhaupt: Bin ich nicht gerade auf dem besten Wege, clean zu werden?

„Hello“, sagt die sonore Stimme hinter mir, „darf ich mich zu Ihnen setzen?“

Ich setze das Glas hart auf der Untertasse ab.

Also doch kein Kapuziner anstatt … Dann setzt alles Denken aus und wird durch etwas ganz anderes ersetzt. Durch etwas Schwüles, Unbedingtes. Das im Grunde genommen doch total bedingt ist: durch unkontrollierbare chemische Reaktionen. In meinem Hirn.

Libido, so hat Freud es wohl genannt. Leo spricht gerne vom gefährlichsten aller Triebe. Aber eben: Er *spricht* nur davon.

22

Dipans rote Hero Super Splendor hatte nur 125 Kubik, aber mit ihr war man auf den Straßen Keralas schneller als die meisten Autos. Vor allem, wenn es viel Verkehr gab. Und obwohl an diesem Tag kaum zweispurige Fahrzeuge zu sehen waren, hatte Ajith nicht das Gefühl, dass weniger Menschen motorisiert unterwegs waren. Es war nicht logisch zu erklären, warum nur Autos oder Busse mit Steinen beworfen wurden. Beamte, die trotz des Generalstreiks genötigt waren, ins Büro zu kommen, stiegen einfach auf ein Motorrad um und wurden nicht belästigt, während selbst Krankenwagen Schwierigkeiten hatten, ungefährdet durchzukommen.

Aber was war schon logisch in diesem Land. Wo du wegen Mordes angeklagt wirst, wenn dir im Straßenverkehr eine Kuh vor die Kühlerhaube läuft.

Ajith fuhr langsam. Nicht wegen der heiligen Kühe, sondern weil er nicht riskieren wollte, von einer Polizeikontrolle wegen Schnellfahrens aufgehalten zu werden. Da musste man in jedem Fall die Papiere vorzeigen. Es wäre unverzeihlich gewesen, wenn ihm Rangjangar deshalb entkam.

Die Leela Backwaters waren nicht ganz so spektakulär wie die Backwaters oben in Cochin, aber auch hierher kamen an den Wochenenden genügend Leute, um auf einem der alten Boote ein paar geruhsame Stunden zu verbringen. Vor allem die Touristen aus den nahen Ayurvedaresorts schätzten die seltene Stille und knipsten jeden der blauen Kingfisher, der ihnen vor die Linse kam. Die mageren Männer mit den langen Stangen, die die Boote durch den Mangrovendschungel manövrierten, wussten von der Vorliebe ihrer Passagiere und machten sie auf jeden Vogel aufmerksam. Je mehr Kingfisher im Fotoapparat, umso mehr Trinkgeld auf die Hand. Es gab sogar Adler hier, die in den hohen Bäumen nisteten, wenn sie auch wegen des rapiden Schwunds an Fischen immer seltener wurden. Die Bootsfahrten begannen und endeten allesamt an einer der beiden Anlegestellen unterhalb der Brücke, die die mächtigste Wasserstraße der Backwaters überspannte. Nach einer Stunde erreichte man von hier aus die Sandbank, wo die Touristen angehalten wurden, das Boot zu verlassen, um beim Verzehr einer frisch gespaltenen Kokosnuss auf das Meer hinauszuschauen. Dieser Deal zwischen den Bootslenkern und jenen, die die Kokosstände betrieben, diente beiden Seiten: Die einen machten ein wenig Geschäft, während die anderen sich eine halbe Stunde ausrasten konnten vom mühseligen Staken.

Ajith stand auf der Brücke, von wo er beide Anlegestellen im Auge hatte. Auf ein Polizeifahrzeug zu warten war eine ganz neue Erfahrung für ihn. In seiner Umhängetasche befand sich eine Zweiliterflasche mit Mineralwasser, aus der er öfters einen Schluck nahm. Und das Buschmesser natürlich. Bevor er am Morgen auf das Motorrad gestiegen war, hatte er es noch einmal ordentlich geschliffen.

Der Jeep war von Weitem auszumachen, weil sonst nur einspurige Fahrzeuge des Wegs kamen. So ein Generalstreik war schon eine feine Sache. Zwar würde er an der Misere so wenig ändern wie alle anderen Streiks zuvor. Aber zumindest war er ein Ventil für die Wut der kleinen Leute. Und ein *Special Holiday* für das *Special Police Department*.

Das Auto bog links vor der Brücke ab und hielt beim Parkplatz nahe dem Bootssteg. Bäume, deren Äste ins Wasser zu greifen schienen, beschatteten die Anlegestelle. Von seinem Beobachtungsposten aus sah Ajith, wie der groß gewachsene Offizier seiner Frau und den Kindern in ein Boot half. Das Mädchen und der Junge, beide keine zehn Jahre alt, waren westlich gekleidet, die Frau trug einen goldtürkisen Sari. Rangjangar hatte keine Uniform an, sondern einen leichten Leinenanzug. Welch eine hübsche Familie, dachte Ajith. Wohlhabend, glücklich und zufrieden.

Mit einem Familienoberhaupt als Bestie!

*

Die Backwaters.

Gab es auf der Welt etwas Schöneres?

Seine früheste Erinnerung: Alle Erscheinungen des Lebens gespiegelt, gedoppelt. Menschen, Bäume, Häuser. Rote Ziegelmauern, die nach unten wuchsen. Äste, die sich im Spiegelbild selbst liebkosten. Und Geräusche und Gesänge. Es gab kein Märchen, das dieses Wunder wiedergeben konnte.

Als die Eltern das erste Mal mit ihm hierhergekommen waren, war er fünf Jahre alt gewesen und Chandra drei. Sie hatte immerzu gekräht. „Unser kleiner Rabe", hatte Amma gescherzt. Und Babu war so stolz darauf gewesen, ihm, dem aufgeweckten Jungen, an jeder Flussbiegung etwas Neues zeigen zu können. Sieh nur, ein Reiher! Und da, ein Adler! Eines Tages wirst du kreisen wie er.

Jetzt kreiste er. Über einer menschlichen Ratte.

Das Buschmesser in seiner Tasche hatte einen hölzernen Griff. Das Holz: abgegriffen, dürr. Die zwei Schrauben, die die beiden Teile zusammenpressten: billig, verrostet. Wie das Leben, dachte Ajith. Wie das gottverdammte Leben.

Und wieder saß er in einem Boot. Und wieder spuckte der Mann mit der langen Stange Betel durch die Gegend.

„Wohin soll es gehen, Sir?"

Sir!

Wozu hatte es einen Freiheitskampf gegen die Briten gegeben? Wozu die leidvolle Aufspaltung des Landes in drei Teile? Indien, Pakistan, Bangladesch. Der Sir war noch immer der gleiche.

„Folgen Sie dem da vorne."

Wie Rangjangar hatte er kein Motorboot genommen, sondern eines von den alten, die der Schiffer mit der Stange durch das seichte Wasser schob. Das aus Bast und Bambus geflochtene Sonnendach war in doppelter Hinsicht praktisch: Es half, einen kühlen Kopf zu bewahren. Gleichzeitig war man in seinem Schatten auf größere Entfernung nicht leicht zu erkennen. Auch von Rangjangar sah er nur die Silhouette, wie bei ihrer ersten Begegnung.

Beide Boote glitten langsam dahin, und die Natur schien sich dem gemächlichen Rhythmus der stakenden Schiffer anzupassen.

Wer immer die Technik der Zeitlupe erfunden hatte, er musste von den Backwaters inspiriert worden sein. Ajith glaubte körperlich zu spüren, dass die Zeit selbst langsamer verging. Man hätte träumen mögen in diesem Paradies, hinüberschlafen in eine Welt, in der bunte Vögel zwitscherten, Wasserbüffel träge badeten und die süßesten Früchte einem gratis in den Schoß fielen.

Wo es keine Vergewaltigung gab, keinen Mord.

Ajith schüttelte sich so heftig, dass der Schiffer erschrak.

„Alles in Ordnung, Sir?"

Ajith gab keine Antwort. Stierte nur hinüber zur Sandbank, die die Mündung des Poovar bei Ebbe zur Hälfte vom Meer abtrennte. Rangjangars Boot hatte soeben angelegt, und die Familie machte sich auf den Weg zu den Ständen. Sicher würden die Kinder jetzt irgendwelche Süßigkeiten erhalten. Sie liefen den Eltern voraus, ihr fröhliches Lachen war deutlich zu vernehmen. Bald würde dieses Lachen verstummen und blankem Entsetzen Platz machen. Aber so war das nun einmal mit dem Leben, mit dem Tod: *Das Böse zeugt Böses wiederum.* Vielleicht werden diese Kinder einmal mich jagen wie ich jetzt ihren Vater, dachte er. Schicksal oder Karma, man mochte es nennen, wie man wollte. Es gab kein Entkommen.

Schade nur, dass er den schönsten Flecken Erde damit besudeln würde. Aber man konnte sich nicht immer aussuchen, wo man tötete. Der Wille des Opfers war wichtiger bei der Wahl des Tatorts als der eigene, es galt sich anzupassen. Anpassung bis zum Tode, dachte Ajith.

Dann stieg auch er aus dem Boot und folgte den vieren in sicherem Abstand.

Er hatte keine Ahnung, wie er an Rangjangar unbemerkt herankommen sollte. Es war Donnerstag, und viel weniger Leute als sonst flanierten über die lange Sandbank. Die meisten waren ja in irgendeiner Weise vom Streik betroffen, sei es als Demonstranten oder als Geschäftsleute, die ihre Läden vor Vandalen schützen mussten. Und es fuhren keine öffentlichen Busse. Kein Wunder, dass Rangjangar diese Situation für einen idyllischen Familienausflug hatte nutzen wollen.

Die Kinder schleckten beide Zuckerwatte, deren grelles Rosarot in scharfem Kontrast zu ihren schwarzen Locken stand. Rangjangar fuhr dem Jungen zärtlich durchs Haar, der stolz zu seinem großen Papa aufblickte. Ajith stand zu weit entfernt, um hören zu können, worüber sie sprachen, aber ihre Körpersprache drückte Nähe und Vertrauen aus. Ajith runzelte die Stirn. Es wäre ihm lieber gewesen, der Mann hätte den Jungen geschlagen oder zumindest beschimpft.

Es war nicht leicht, einen liebenden Vater zu töten.

Er sah, wie Rangjangar seine Brusttasche aufknöpfte und eine Schachtel hervorholte. Mit einer Zigarette klopfte er auf die Box, wie es früher mit den Selbstgedrehten üblich gewesen war, und führte sie langsam zum Mund. Aber er zündete sie nicht an. Seine Hände durchforschten alle Taschen, offenbar hatte er das Feuerzeug verloren. Ajith sah, wie er sich zu seiner Frau hinabbeugte und ihr etwas ins Ohr flüsterte. Dann entfernte er sich von seiner Familie und visierte einen Stand an, der sich etwas abseits von den anderen im Schatten einiger Palmen befand. Das war die Gelegenheit, auf die Ajith gehofft hatte.

So schnell ihn seine Füße trugen, lief er im Schutz der Sandbank zu dem fahrbaren Stand hinüber. Schnaufend kam er dort an, noch ehe der gemütlich schlendernde Polizist ein Drittel der Strecke zurückgelegt hatte. Der Stamm einer Palme war dick genug, um Ajith Deckung zu geben. Er legte seine Wange an den rauen Stamm und versuchte seinen Atem zu beruhigen. Die Stunde, seine Stunde, war gekommen. Er wusste, dass es keine so einfache Sache werden würde wie bei Mukesh und Kirin. Sie hatten ihn nicht gekannt. Sobald Rangjangar sein Gesicht sah, würde er wissen, dass dieses Wiedersehen kein Zufall war. Vielleicht war er sogar bewaffnet, auch wenn er keine Uniform trug.

Ajith öffnete den Reißverschluss der Tasche und zog das Buschmesser heraus. Die frisch geschliffene Klinge funkelte in der Sonne.

23

Reena's Resort, 1. 3. 2013

Der Beginn unserer dritten Woche. Das heißt, sie würde heute beginnen. Denn ich habe beschlossen, dass es mein letzter Tag hier wird.

Leo muss gemerkt haben, dass etwas passiert ist!

Seit drei Tagen bin ich jeden Nachmittag alleine unterwegs, gestern habe ich sogar das Abendessen versäumt. Aber er stellt mich nicht zur Rede. Tut so, als wäre alles in bester Ordnung. Will er, dass ich mich austobe? Hofft er, dass sich mein Pittafeuer von selbst verzehrt? Ich wünschte, er würde um mich kämpfen.

Ein Lapp bleibt ein Lapp, auch wenn er auf liberal macht. Gerade dann!

Anand heißt er, mein schöner Yogalehrer. Der mir nach seinem Kurs mit den Kurgästen von Somatheeram nun schon zum dritten Mal eine private, sehr private Einführung in die Kunst des Yoga gegeben hat.

Wenn wir uns in seinem kleinen Cottage lieben, ist er voll konzentriert. Wie sein Namensvetter, der ehemalige indische Schachweltmeister, wenn er am Brett saß und den Gegner niederrang.

Er stammt nicht aus dieser Gegend, sondern aus Tamil Nadu. Kein Ton kam ihm über die Lippen, während wir, ineinander verschlungen, Asanas übten, die in keinem Yogalehrbuch stehen. Ich musste mir in die Knöchel beißen, um nicht laut zu schreien. Selbst aus der klassischen Missionarsstellung macht er etwas Besonderes. Kobra heißt eine Übung, die sich vorteilhaft auf die Durchblutung des ganzen Unterleibs auswirken soll. Was ich nur bestätigen kann. Wenn er auf mir die Kobra macht, formen sein Rücken und die Oberschenkel einen rechten Winkel. Nur ein wahrer Yogi schafft das, ohne sich das Kreuz zu brechen.

Anands Angebot und das Mail von Piper lagen nur einen Tag auseinander. Dass in beidem Chennai vorkam, sehe ich als einen Wink des Schicksals. Auch wenn ich an so etwas gar nicht glaube.

Ob ich mitkommen wolle, fragte Anand. Seine ehemalige Yogaschule in Chennai feiere ein Jubiläum, und alle Absolventen seien dazu eingeladen. Es gebe auch öffentliche Veranstaltungen, an denen ich als sein Ehrengast teilnehmen könnte.

Wir hatten gerade das zweite Mal miteinander geschlafen, lagen schwitzend nebeneinander auf der Matratze. Ich blickte mit halb geschlossenen Lidern auf den surrenden Rotor des Ventilators über uns und genoss den linden Luftzug. Anand sprach langsam und ruhig, er drängte nicht, schlug nur vor. Wie wenn der Partner im Restaurant auf einen unbekannten Eintrag auf der Speisekarte deutet: Wollen wir heute einfach einmal das da probieren?

Aber in Anands Angebot steckte natürlich jede Menge Zündstoff. Immerhin würde es meine Beziehung zu Leo sprengen. Endgültig.

Tags zuvor hatte Dr. Piper mir ein Mail geschrieben, dass er sich momentan wegen eines Kongresses in Chennai aufhielt. Er wollte wissen, ob der Artikel mit seinen Stellungnahmen mittlerweile publiziert worden sei. Ich schrieb zurück, dass sich die Sache verzögert habe und dass ich mich momentan ebenfalls in Südindien aufhalte. Ließ es so aussehen, als sei ich von *opinion* beauftragt worden, dort weiterzumachen, wo Bernd aufgehört hatte. „Wie wäre es, wenn wir uns in den nächsten Tagen für ein Interview in Chennai treffen?“, lautete meine abschließende Frage an ihn. Wenige Minuten später erhielt ich seine schriftliche Zustimmung. Kommenden Sonntag habe er den ganzen Nachmittag Zeit für mich, am liebsten würde er sich aber außerhalb der Stadt mit mir treffen. Irgendwo am Meer. Bis jetzt sei er dem Großstadtdschungel ja noch keine Stunde entkommen, habe noch nichts von der Schönheit Indiens gesehen.

Wir tauschten die Telefonnummern aus. Den konkreten Treffpunkt wollten wir vereinbaren, sobald ich vor Ort war.

Damit ist klar, dass ich jetzt gleich zwei gute Gründe habe, von der Südwest- an die Südostküste zu wechseln: Rausch und Kalkül.

Ein Rausch, der nichts, aber auch gar nichts mit Alkohol zu tun hat. Und ein Kalkül, das mich antreibt, seit ich den Entschluss zu dieser Reise gefasst habe. Das Pipers Mail nur verstärkt hat. Das Angenehme mit dem Nützlichen verbinden – warum sollte ich es nicht wahr werden lassen, hier und jetzt?

Leo habe ich von all dem natürlich nichts erzählt. Aber nachdem er heute Morgen zu seinen Anwendungen gegangen ist, habe ich ihm einen kurzen Brief geschrieben und ihn in unserem gemeinsamen Schließfach deponiert. Anstelle meines Passes und meiner Geldbörse.

„Wohin soll es gehen?“, fragt mich der Taxifahrer, den der Mann an der Rezeption für mich gerufen hat.

„Zuerst nach Somatheeram, und dann weiter zum Flughafen“, antworte ich.

„Ah, ich verstehe: Ihre Kur ist zu Ende!“, sagt der Mann und hält mir die Wagentür auf.

Wie wahr, denke ich und nehme hinter dem Fahrer Platz. Ein bisschen plagt es mich schon, das Gewissen. Andererseits: Ein schneller Schnitt schmerzt vielleicht weniger als elendslange Aussprachen und Diskussionen.

Und dafür hätte ich jetzt weder Zeit noch Lust.

24

Ashok, der fliegende Händler, freute sich auf den hochgewachsenen Mann im Leinenanzug, der auf seinen Karren zukam. Endlich ein Kunde, der wohlhabend aussah. Er überlegte, was man ihm alles andrehen könnte. Vielleicht eine lederne Geldtasche? Oder eine Uhr? Nein, wohl eher nicht. Wirklich vornehme Leute erkannten Imitate zumeist auf den ersten Blick. Auf jeden Fall würde der Mann ein Getränk aus seiner Kühlbox brauchen, so heiß, wie es heute war. Er drehte das Kofferradio lauter. Gute Musik fördert die Kauflaune, das wusste man selbst im hintersten Indien.

Wie bitte, nur Zündhölzer? Ashok lachte sein charmantestes Lächeln.

„Aber, Sir, ich habe die beste Kollektion an Feuerzeugen in ganz Kerala. Ein Gentleman wie Sie wird doch nicht mit billigen Zündhölzern vorliebnehmen! Sie brechen ab oder der Wind bläst sie aus, gerade hier am Strand. Dieses Feuerzeug hingegen …“, er zog ein silbriges aus seiner Schatulle und entzündete es, „dieses ist absolut sturmfest. Sehen Sie?“

Der Mann fuhr sich mit einer Hand durch das volle Haar. Er hatte einen strengen Blick und ließ sich von Ashoks Worten nicht beeindrucken.

„Zündhölzer“, wiederholte er und sah gelangweilt auf das Meer hinaus.

„Natürlich, Sir“, buckelte Ashok untertänig. „Und vielleicht ein kühles Glas Cola? Wenn Sie möchten, kann ich Ihnen auch eine Limette auspressen. Das erfrischt besonders.“

„Nur Zünder, Mann!“

Jetzt klang die Stimme deutlich gereizt. Ashok wusste, dass man es nicht übertreiben durfte. Produktbewerbung gut und schön, aber es gab unterschiedliche Wege zum selben Ziel.

„Ist es nicht furchtbar schwül heute?“, sagte er. „Ich denke, es wird bald ein Gewitter geben.“

Der andere gab keine Antwort.

„Sehr gute Qualität“, sagte Ashok und deutete auf die beige Leinenjacke. „Ich kenne mich aus bei Stoffen. Wäre doch jammerschade, wenn so ein Anzug nass würde.“

„Ich brauche keinen Schirm“, sagte der Mann. Offenbar konnte er Gedanken lesen.

Ashok bückte sich, um ein Exemplar aus der untersten Lade zu holen. Wo steckte nur das große blaue mit den weißen Sternen? Ein solides Fabrikat. Eigentlich war es ein Sonnenschirm. Aber auch der würde den feinen Herrn vor einem ordentlichen Guss schützen.

Als er sich wieder aufrichtete, stand da ein anderer. Kleiner, jünger als der Mann im Leinenanzug. In seiner Hand eine blutige Klinge.

Ashok erbleichte und kam hinter seinem fahrbaren Stand hervor. Erst jetzt erkannte er, dass der Gentleman sich nicht plötzlich in Luft aufgelöst hatte. Er lag vielmehr seltsam verrenkt im Sand, sein teurer Leinenanzug mehr rot als beige. Der Hals war fast vollständig durchtrennt, der Kopf hing nur noch an ein paar Fasern.

Nein, dieser Herr brauchte ganz sicher keinen Schirm mehr.

Die quengelnde Musik aus dem Radio lief noch immer mit voller Lautstärke, aber Ashoks Schrei übertönte sie deutlich. Der andere stand reglos da und starrte auf das Meer hinaus, wie keine Minute zuvor der Mann im Leinenanzug. Ashok zögerte einen Augenblick. Dann rannte er, so schnell ihn seine Füße trugen. Als er merkte, dass er nicht verfolgt wurde, hielt er an.

Was er sah, ließ ihm das Herz stillstehen.

Der junge Mann drehte die Leiche mit dem Fuß auf den Rücken. Riss ihr das weiße Hemd auf. Öffnete mit einem einzigen Hieb den Bauch des Toten der Länge nach und versenkte darin seine Waffe.

Ehe er sich in entgegengesetzter Richtung entfernte, warf er Ashok einen langen Blick zu, den Zeigefinger senkrecht an seinen Lippen.

Ashok nickte, ohne es zu wollen. Erst als der Mann hinter der Sanddüne verschwunden war, wagte Ashok sich wieder zu rühren.

In der Ferne sah er eine Frau in einem bunten Sari, an jeder Hand ein Kind. Langsam kam die kleine Gruppe näher.

Fast gleichzeitig mit dem ersten Donnerschlag begann der Regen auf den Strand niederzuprasseln.

The Times of India, Chennai-Ausgabe

Beschuldigter im Sankararaman-Mordfall zu Tode gehackt
Kathiravan von Fünferbande umgebracht, Mörder geständig

Chennai: Kathiravan, der Hauptbeschuldigte im Sankararaman-Mordfall, wurde nahe seinem Haus in K. K. Nagar von fünf Männern mit Buschmessern zu Tode gehackt. Alle fünf stellten sich noch am selben Abend der Polizei.

Kathiravan (40), ein früherer Volleyballspieler im Team von Tamil Nadu, war ein bekanntes Mitglied der Appu-Bande. Er verließ sein Haus am Donnerstag um 7.45 Uhr morgens und befahl seinem Chauffeur, ihn nach Sivalingapuram zu fahren. Doch kurz nach Fahrtbeginn wurde seinem Auto plötzlich von einem anderen Fahrzeug der Weg versperrt.
Fünf Männer sprangen aus dem Wagen. Kathiravan, der die Gefahr erkannte, flüchtete aus seinem Auto und versuchte zu Fuß zu entkommen. „Die Gang verfolgte ihn und holte ihn schnell ein", berichtete der Chauffeur unserem Reporter, „sie umringten ihn und hackten minutenlang auf ihn ein, es war schrecklich!"
Während die K.-K.-Nagar-Polizei noch damit beschäftigt war, den Tatort zu sichern und Ermittlungen aufzunehmen, erstatteten die fünf Gangmitglieder bereits Selbstanzeige beim Gericht von Tiruvottiyur. „Ich habe so etwas in meiner ganzen Karriere noch nicht erlebt", meinte Richter Viduthalai bei der Pressekonferenz. „Die Männer waren in jeder Hinsicht geständig und erklärten, ausschließlich aus eigenem Antrieb gehandelt zu haben. Sie hätten keine andere Möglichkeit gesehen, der Gerechtigkeit zum Sieg zu verhelfen, lautete ihre Begründung."
Wie berichtet war Kathiravan der Einzige gewesen, der jemals im Sankararaman-Prozess verhaftet und angeklagt worden war. Er hatte sich der Appu-Bande als Fahrer angeschlossen und war bald in eine wichtige Position als Vertrauter des Bandenbosses aufgestiegen. Im Prozess behauptete er, dass die Polizei ihn unter Androhung von Folter zu einem Geständnis gezwungen habe. Kathiravan wurde schließlich aufgrund des Mangels an Beweisen freigesprochen.

Seit der Selbstanzeige der fünf Attentäter wurden mittlerweile 189 Zeugen, unter ihnen auch Padma, die Witwe von Sankararaman, sowie dessen Sohn und Tochter einvernommen. Die meisten zeigten dabei keine Bereitschaft, mit den Ermittlern zu kooperieren. Diese Tat erinnert an jene Fälle von Selbstjustiz, welche in den letzten Jahren verübt wurden, nachdem angebliche Vergewaltiger vor Gericht freigesprochen wurden. Auslöser für die Mordserie war jener Fall, der sich 2004 in Kerala abspielte. Damals wurde ein Special Police Officer aus Trivandrum auf besonders grausame Weise ermordet. Die Tatwaffe, ein Buschmesser, ließ der Täter im aufgeschlitzten Bauch des Opfers zurück. Zur selben Zeit verschwanden zwei Männer aus Kovalam und Umgebung auf mysteriöse Weise, unter ihnen der angesehene Geschäftsmann M. S. Kirin. Anonymen Anzeigen zufolge sollen beide an der Mehrfachvergewaltigung einer jungen Frau beteiligt gewesen sein. Ein Vorwurf, von dem auch besagter Polizeioffizier als Chef der dafür zuständigen Einheit wissen musste, dem er aber nicht nachging. Deshalb wird seine Ermordung am Strand von Poovar mit dem Verschwinden der beiden Verdächtigen in Verbindung gebracht. Der Täter wurde bis heute nicht gefasst.

TEIL III

„Reine Schönheit kann nur durch eine große Reinigung erworben werden.“
Mirra Alfassa / The Mother, *Werke Vol. 15:250*

25

Die Straße: der Tod. Die Straße: das Leben. In dieser Reihenfolge!

Sie saßen in einem Prepaid-Taxi, das aussah, als wäre es auf dem Schrottplatz gestohlen worden. Die Fensterkurbel auf Friedas Seite war abgebrochen, es zog fürchterlich, und der Rauch unzähliger abgefackelter Müllhaufen zog ungefiltert ins Wageninnere. Die Federn der viel zu weichen Sitzbank hatten längst den Geist aufgegeben, falls es je welche gegeben hatte, und bei jedem Schlagloch wünschte Frieda sich die harte Matratze zurück, die sie im Resort gegen eine weichere hatte austauschen lassen. Sicherheitsgurte gab es selbstverständlich keine, und der Fahrer fuhr, als gälte es, einer Horde wild gewordener Elefanten zu entkommen. Wahrscheinlich war er sauer, dass sie sein Taxi über den Prepaid-Schalter gebucht hatten, so hatte er den Preis nicht hochtreiben können. Sie überlegte kurz, ob sie ihm sagen sollte, dass sie es keineswegs eilig hatten, beschloss aber, darauf zu verzichten. Jede Diskussion würde ihn höchstens ablenken und ohnehin nichts bringen, so viel hatte sie inzwischen vom Wesen des hiesigen Verkehrs mitgekriegt. Ging es ja keineswegs darum, schneller von A nach B zu gelangen; vielmehr vertrug es sich einfach nicht mit der Mentalität eines Inders, ein Fahrzeug, das langsamer war als das eigene, nicht zu überholen, egal, ob man es dabei von der Fahrbahn drängte. Hinter mir die Sintflut beziehungsweise der Staub, den der jeweils Langsamere, Schwächere zu schlucken hat. Vielleicht hing diese Einstellung ja mit Kastendenken und Götterglauben zusammen? Wer genug zu essen hat oder weiter vorne steht in der Schlange, hat seine bessere Position einerseits der höheren Kaste, andererseits der Gunst von Krishna und Co. zu verdanken. Warum dann auf diese Vergünstigung verzichten? Frieda erinnerte sich an die verständnislosen Blicke der Umstehenden, als sie am Check-in-Schalter in Trivandrum einer alten, gebrechlichen Frau geholfen hatte, den schweren Koffer auf das viel zu hoch angebrachte Förderband zu wuchten. Auch Anand hatte keinen Finger gerührt. Aber vielleicht konnte man sich ein solches Mitgefühl angesichts der Masse an Benachteiligten einfach nicht leisten, wenn man in diesem Land aufgewachsen war, hatte man doch genug damit zu tun, sich und seine Familie über die Runden zu bringen. Wer verfügte schon über die Selbstlosigkeit eines Mahatma Gandhi? Und war dessen große Seele nicht letztlich auch an der indischen Realität gescheitert?

Trotz des ständigen Gehupes glaubte Frieda eine beachtliche Unaufgeregtheit aller Verkehrsteilnehmer festzustellen. Nie hätte einer dem anderen den Vogel gezeigt, wie es zu Hause bei viel geringfügigeren Anlässen der Fall war, und tatsächlich gingen sich selbst jene Überholmanöver, die einem den Atem verschlugen, immer irgendwie aus. Der Fahrer wandte auch keine Sekunde den Blick von dem Geschehen vor ihm. Eine solche Konzentration durfte man nicht durch besserwisserisches westliches Argumentieren aufs Spiel setzen.

Sie kamen an ausgemergelten Kühen vorbei, die es sich auf der schmalen Lehmspur gemütlich gemacht hatten, die die Fahrbahnstreifen des Highways voneinander trennte, und dabei an Plastiktüten kauten. Wie Plastik wohl nach dem Wiederkäuen aussah? Anand schien ihre Gedanken lesen zu können.

„Habt ihr in Europa davon gehört, dass vor zwei Jahren halb Mumbai in einem Monsunregen untergegangen ist? Niemand kann sagen, wie viele dabei ertrunken sind, aber es waren wohl Hunderte. Die meisten natürlich in den Slums direkt an der großen Ausfallstraße, Dalits, die keinem abgingen. Jedenfalls nicht den Politikern. Dabei war es nicht einmal ein ungewöhnlich starker Regen. Bloß waren alle Abflusskanäle mit Plastikmüll verstopft."

Anand lachte leise und, wie es schien, frei von jeglicher Bitterkeit, jeglichem Zorn. Vermutlich waren es genau dieses sonnige Gemüt und seine unerschütterliche Ruhe, was Frieda neben seinen körperlichen Vorzügen so an ihm fesselte.

Nur im Flieger war kurzfristig etwas von einem anderen Anand durchgeschimmert. Hatte sich gezeigt, dass auch er Nerven besaß.

Um elf Uhr zweiundzwanzig waren sie vom Inlandsflughafen in Trivandrum abgeflogen, mit genau zwei Minuten Verspätung. Beim Security-Check wurde nicht einmal Friedas volle Wasserflasche beanstandet. Die Hysterie der Amerikaner, die hinter jedem Stamperl Flüssigkeit Nitroglyzerin oder Ähnliches witterten, hatte offenbar noch nicht auf die indischen Kontrolleure übergegriffen.

Anand saß still neben Frieda und hielt ihre Hand. Etwas verkrampft, wie ihr vorkam.

„I don't like flying", lautete seine Erklärung.

Kurz lächelte er sie an, dann drehte er den Kopf wieder nach vorne und schloss die Lider. Was ihr die Gelegenheit bot, sein Gesicht zu mustern. Die leicht gekrümmte, schmale Nase, seine fast faltenlose Stirn. Dabei war er nur zwei Jahre jünger als sie und verwendete mit Sicherheit keine Gesichtscreme. Seine Backenknochen waren ausgeprägt und verliehen seinen Zügen einen asketischen Touch. Die vollen, leicht aufgeworfenen Lippen aber waren es, die sie vom ersten Moment an in den Bann gezogen hatten. Wie konnte ein Mann nur einen so sinnlichen Mund haben!

„Du beobachtest mich", sagte er, ohne die Augen zu öffnen. „Ich spüre deinen Blick auf meiner Haut."

Sie drückte ihm als Bestätigung einen Kuss auf die Wange und musste sich beherrschen, ihre Hände nicht über seinen Körper wandern zu lassen. Für eine ältere Dame war bereits der eine Schmatz zu viel, indigniert wandte sie den Blick ab.

Was würde sie eigentlich in Chennai machen, wenn Anands Veranstaltung vorbei war? Längst habe das ehemalige Madras alles von seinem ursprünglichen Charme verloren, es sei ein Höllenkessel aus Lärm und Abgasen, wie so viele indische Großstädte, mit wenigen kulturellen oder architektonischen Highlights, die einen für den Stress entschädigen würden. Das hatten alle behauptet, mit denen sie über die Stadt geredet hatte. Anand war da anderer Meinung. Als Beweis zeigte er Frieda die Kulturseite aus *The Hindu, Chennai Edition*, auf der über das Gastspiel einer britischen Theatergruppe auf einer lokalen Bühne berichtet wurde. Sie hatten *Henry V.* von Shakespeare gegeben.

„Wollen wir hingehen?", fragte Anand. „Am Montag spielen sie es noch einmal. Das heißt, wenn du Shakespeare magst."

Frieda las die Rezension und staunte nicht schlecht. Sie war übertitelt mit *Executive Coaching from Shakespeare* und voll des Lobs darüber, dass die alten Königsdramen Fallstudien für Manager in höheren Positionen seien: *Die Dilemmata der alten Könige und Prinzen bieten dem CEO des 21. Jahrhunderts eine ganz neue Perspektive auf die modernen Herausforderungen.* Während *Julius Cäsar* ein Beispiel dafür sei, wie man ein Team *nicht* führen dürfe, könne man aus *Henry V.* lernen, wie man die Loyalität seiner Untergebenen gewinnt, diese zu Bestleistungen motiviert. Die Unterschiede seien marginal, die seinerzeitigen Muster aber durchaus übertragbar: Wenn König Heinrich seine Mannen davon zu überzeugen wusste, in der Schlacht von Agincourt ihr Leben zu riskieren, müssten heutige Manager der mittleren Ebene halt dazu gebracht werden, zum Wohl des Unternehmens notfalls ihren Job zu opfern. Sogar C. G. Jung bemühte der Autor des Artikels, um seinen Standpunkt zu untermauern: *Das kollektive Unterbewusste ist wie das Betriebssystem auf unseren Computern, und indem Führungskräfte die Archetypen in Shakespeares Dramen erforschen, können sie ihre analytischen Kernkompetenzen erweitern.*

Kein Wort darüber, wie es um die dramaturgische oder schauspielerische Leistung bei dieser Aufführung bestellt gewesen war; die vierspaltige Rezension erging sich nur darin, den Nutzen für moderne Führungskräfte herauszuarbeiten. Das Fazit lautete: Kein CEO könne es sich heutzutage leisten, auf die Wirkkraft von Shakespeares Geschichten zu verzichten, welche Herz und Hirn in die gewünschte Richtung zu lenken vermögen, effektiver als jede noch so professionelle PowerPoint-Präsentation.

Frieda sah sich schon umgeben von saturierten indischen Nadelstreifträgern in Chennais bestem Theatersaal sitzen.

„Nein, danke", flüsterte sie Anand ins Ohr, „aber so viel Kultur brauch ich dann doch nicht."

Gut und gerne eine halbe Stunde saßen sie nun bereits in der rostigen Karre, und nichts hatte sich geändert. Der Himmel war immer noch bedeckt, malte mit seinem dichten Grau mit am Bild der Trostlosigkeit, das die endlos sich hinziehenden Vororte boten. Über dem Asphalt ein Schleier aus Abgasen, in den Gesichtern der Menschen ein Schleier aus Hoffnungslosigkeit. In knalligen Farben alleine die allgegenwärtigen Konterfeis grinsender Politiker auf riesigen Plakatwänden, offenbar standen gerade irgendwelche Lokalwahlen an.

Im Flughafenkiosk von Trivandrum hatte Frieda sich die neueste Ausgabe von *Frontline* gekauft, jenem englischsprachigen Magazin aus Delhi, das sie kannte, weil ihr Dr. Piper daraus Artikel über die neuesten Gesetze zur Kontrolle ayurvedischer Produkte geschickt hatte. Um sich vom Verkehr abzulenken, blätterte sie ein wenig in der Zeitschrift und stieß auf einen Artikel über den indischen Soziologen Ashis Nandy, der in einer vom Fernsehen übertragenen Debatte die niedrigen Kasten und die von ihren Ländereien vertriebenen Ureinwohner für die zunehmende Korruption im Land verantwortlich gemacht hatte. Laut Gesetz, erläuterte der Verfasser des Artikels, werde solch eine öffentliche Herabwürdigung der *scheduled castes* und der *scheduled tribes* mit einer Haftstrafe zwischen sechs Monaten und fünf Jahren geahndet. Dass Ashis Nandy wegen seiner Äußerungen tatsächlich strafrechtlich belangt werde, sei allerdings aufgrund seiner Prominenz eher unwahrscheinlich.

„Hast du davon gehört?“, fragte sie Anand empört. „Wie kann man überhaupt infrage stellen, ob das den Tatbestand der öffentlichen Herabwürdigung erfüllt? Etwas Gehässigeres, und noch dazu im Fernsehen verbreitet, gibt es doch gar nicht!“

Anand zuckte nur mit der Achsel. „Es gibt viele gute Gesetze gegen die Benachteiligung diverser Bevölkerungsgruppen in diesem Land, weißt du. Denk nur an die verbriefte Gleichstellung der Frauen oder an das Verbot der Mitgift und der Witwenverbrennung. Ist unser Alltag deshalb anders geworden? Das Kastensystem ist Tausende Jahre alt, das ändert sich nicht über Nacht wegen eines Gesetzes. Und falls Ashis Nandy wegen seiner dummen Sprüche wirklich ins Gefängnis geschickt wird, gehört die Hälfte unserer Intellektuellen dahin. Von den ungebildeten Massen gar nicht zu reden."

Sie schwiegen. Er, weil das ohnehin der Normalzustand für ihn war. Sie, weil sie gegen diesen Fatalismus nicht aufkam. Vielleicht sollte ich mich bis auf Weiteres jeder Meinung zu den hiesigen Verhältnissen enthalten, dachte sie, vielleicht werfe ich vorschnell mit Urteilen und Verurteilungen um mich? Was sprach dagegen, sich einfach dem hinzugeben, was auf sie einströmte? Einer Flut, die sich nicht durch Argumente aufhalten ließ. War es da nicht besser zu versuchen, ein wenig auf den Wellen zu reiten?

26

Leopold Lauber stapfte, in seinen öligen Bademantel gehüllt und mit einem orangen Turban auf dem Kopf, den Pfad hinunter, der die Behandlungsräume des Resorts mit Cottage Nummer acht verband. Er hatte die Anwendungen heute nicht recht genießen können, so gut sie auch gewesen waren. Frieda hatte sich die letzten Tage über gar zu sonderbar benommen.

Sie hatten nur einen Schlüssel für das Cottage erhalten und deshalb vereinbart, ihn unter der Matratze des rechten Liegebetts auf der Veranda zu verstecken, wann immer einer von ihnen unterwegs war. So ersparte man es sich, jedes Mal zur Rezeption hochzulaufen, um dort den Schlüssel vom Nagelbrett zu holen. Da der Rezeptionist auch nicht immer vor Ort war, erschien ihnen das heimlich vereinbarte Versteck sogar sicherer. Abgesehen davon, dass sie in ihrem kleinen Häuschen keine Wertgegenstände aufbewahrten. Die lagen wohlverwahrt im Schließfach, für das man zwei Schlüssel benötigte: den eigenen und jenen des Rezeptionisten.

Leo hob die Matratze an, zog den Schlüssel hervor und sperrte auf. Seine Augen benötigten einige Sekunden, um sich nach dem gleißenden Licht draußen an die Dunkelheit des Raums zu gewöhnen. Wie üblich um diese Zeit war das Cottage bereits gereinigt, und auf den kunstvoll gefalteten Leintüchern des Doppelbetts hatten die Zimmermädchen einem Ritual folgend zwei prächtige, lilienartige Blüten hinterlassen – eine Aufmerksamkeit, die besonders Frieda schätzte.

Er kam nicht gleich drauf, was anders war. Dann bemerkte er es: Ihre Sachen fehlten.

Keine Bluse, die zum Trocknen über der Stuhllehne hing, kein Buch auf dem Nachtkästchen, kein Notebook auf dem Schreibtisch. Er sah im Bad nach: Selbst ihre Zahnbürste war verschwunden.

Und dort, wo Friedas roter Koffer gestanden war, klebte regungslos ein Gecko an der Wand.

Leo kam sich vor wie ein begossener Pudel. Der Schweiß brach ihm aus allen Poren, und sein erster Gedanke war, entgegen den ayurvedischen Regeln möglichst kalt und lange zu duschen. Doch dann überlegte er es sich anders, holte den Schlüssel zum Schließfach aus der Schreibtischschublade und stapfte, ohne sich umzuziehen, hinauf zur Rezeption. *Re-zep-tion*, dachte er. Heilige Empfängnis! Welche Nachricht da wohl auf mich wartet?

Jaswinder, der Verwalter, stand selbst hinter dem Pult. Seit Frieda sich beim Doktor über die Müllverbrennung in der Biogasanlage beschwert hatte, war sein Lächeln doppelt so breit, aber halb so ehrlich wie zuvor. Er hatte sich geradezu untertänig bei ihnen entschuldigt und erklärt, ungelernte, erst vor Kurzem angestellte Arbeiter hätten das verbockt. Mehrmals versprach er, dass dergleichen nicht mehr vorkommen werde. Der Müll käme selbstverständlich und wie vorgesehen auf eine Deponie. Wo sich diese befinde, hatten sie nachgefragt, aber nur verschwommene Antworten bekommen. Was sie in ihrem Verdacht bestärkte, dass es überhaupt keine geregelte Müllentsorgung gab und das Verbrennen von Kunststoff und Co. auch in *Reena's Resort* weitergehen würde, sobald die Kritiker weg wären. In der Zwischenzeit kippte man den ganzen Dreck vermutlich in Nachbars Garten.

„Hat sich Frau Prohaska bei Ihnen gemeldet?"

„Sie ist abgereist, Sir. Hat sie Sie nicht darüber informiert?"

Obwohl Jaswinder immer noch sein serviles Lächeln auf den Lippen hatte, glaubte Leo aus der Antwort des Managers einen gewissen Hohn herauszuhören. Er ging auf die Frage nicht ein.

„Hat sie eine Nachricht für mich hinterlassen?"

„Nein, Sir. Aber sie hat das Schließfach geöffnet, vielleicht findet sich ja dort …"

„Dann sperren Sie es bitte auf!", unterbrach ihn Leo.

„Selbstverständlich, Sir!"

Sie steckten nacheinander die Schlüssel in die Schlösser und Jaswinder öffnete das schmale Fach. Das Kuvert stach Leo sofort ins Auge. Er zog es mit spitzen Fingern heraus, sperrte wieder ab und setzte sich an einen der leeren Restauranttische, die das Personal gerade für das Mittagessen deckte.

„Ich hätte gerne einen Kaffee“, sagte er zu einem der jungen, weiß gekleideten Burschen. „Einen möglichst starken. Lässt sich das machen?“

„Natürlich, Sir.“

Die Kellner waren es gewohnt, dass die Kurgäste sich bisweilen Dinge gönnten, die mit dem ayurvedischen Entgiftungsprogramm nicht zu vereinbaren waren. Kaffee gehörte noch zu den harmlosesten Extrawünschen, die man gerne erfüllte, strich man dafür doch meist üppiges Trinkgeld ein. Dass aber ein Gast gleich nach seiner Anwendung, noch gehüllt in den öligen Bademantel und samt Turban, solch eine Bestellung aufgab, war eher ungewöhnlich.

Das unbeschriftete Kuvert lag vor Leo auf dem Tisch, und er starrte darauf, ohne es zu öffnen. Lächerlich, dachte er, als könnte ich damit verhindern, mich der Wahrheit stellen zu müssen. Dennoch blieb er reglos sitzen, bis der Junge mit einer dampfenden Kanne zurückkehrte und ihm den Kaffee einschenkte.

„Entschuldigung“, stammelte Leo. „Ich habe kein Geld dabei. Kann ich später bezahlen?“

„Natürlich, Sir.“

„Danke. Und hätten Sie vielleicht ein Messer für mich?“

Als der Kellner es ihm überreichte, schoss ihm durch den Kopf, welche Hemmungen Frieda immer dabei hatte, selbst ein harmloses Tischmesser in die Hand zu nehmen. Sie hatte ihm nie verraten, was es damit für eine Bewandtnis hatte. Aber so wie die Dinge lagen, hatte sie ihm ja wohl noch einiges mehr vorenthalten.

Er verwendete das Messer als Brieföffner und zog das gefaltete Blatt aus dem Kuvert. Dann las er wieder und immer wieder, was sie ihm im Schließfach hinterlassen hatte.

Lieber Leo,

verzeih, aber ich bin weg, ich muss weg. Ich weiß nicht, für wie lange, akzeptiere es wenn möglich und versuche nicht, mich zu finden. Du wirst schon geahnt haben, dass ich in den letzten Tagen jemand kennengelernt habe, mit ihm bin ich auch unterwegs. Aber nicht nur seinetwegen …

Wegen meines Rückflugtickets mach dir keine Sorgen, es sind schon wichtigere Dinge verfallen. Natürlich hältst du mich jetzt für verrückt, und vielleicht bin ich es auch. Vielleicht ist es aber auch nur eine Auswirkung der Reinigung, zu der du mich gebracht hast, wofür ich dir danke. Sei mir bitte nicht böse, dass du den Rest der Kur ohne mich verbringen musst und ich nicht mit dir heimreise. Aber womöglich ist das, was ich jetzt mache, ja auch nur ein Bestandteil der Reinigung, durch die ich jetzt einfach durchmuss. Ganz und gar, mit Haut und Haar. Wenn du mich liebst, so wie ich bin, dann lässt du mich gehen.

Der Wind wird es weisen, ob wir uns wiedersehen …

Frieda

Wenn ich jetzt heulen könnte, dachte er, mit echten Tränen und so, wäre es viel leichter zu ertragen. Nicht, dass Tränen ihre Worte hätten auflösen und vor seinen Augen verschwimmen lassen können, wie in alten Filmen, als noch echte Tinte im Spiel war. Die wasserfeste Füllung eines modernen Kugelschreibers verhinderte a priori solche Sentimentalität. Und Sentimentalität hatte Frieda immer auf die Palme gebracht. Dabei war sie im Grunde nicht weniger sentimental als andere, davon war er überzeugt. Nur dass sie es nicht zuzugeben wagte und hinter Rationalität versteckte.

Oder in Alkohol ersäufte.

Was sollte er jetzt machen? Die Kur alleine fortsetzen, so, wie sie geschrieben hatte? Oder zusammenpacken und sich ins nächste Flugzeug nach Hause setzen? Aber es gab natürlich noch eine andere Alternative. Eine, mit der sie nicht rechnete, weil sie ihn für einen Schlappschwanz hielt, einen, der schnell aufgab, der sich abfand mit dem, was andere festlegten, für einen entschieden.

Der Wind wird es weisen … Welch ein Unsinn! Wer wie er daran glaubte, dass es letztlich eine Freiheit des Willens gab, trotz anderslautender Thesen der neueren Hirnforschung, glaubt auch daran, dass es keine schicksalshafte Fügung gibt, keine Winde, die einen hierhin oder dorthin blasen. „Nein", sagte er so laut, dass der Kellner kurz herüberschaute, nein, er gedachte sich nicht in diese Fügung zu fügen. Er wollte kämpfen. Um sie, die er liebte, und um ihre Beziehung. Der Lapp, als den sie ihn manchmal ironisch bezeichnet hatte, er würde sich nicht mit einem Briefchen abspeisen lassen, mit vagen Andeutungen und Vorschreibungen, wie er sich zu verhalten hätte. *Wenn du mich liebst, lässt du mich gehen* – klang das nicht furchtbar abgedroschen? So, als wolle man jemand mit kitschigen Sprüchen weichklopfen und gleichzeitig damit kaschieren, worum es einem wirklich ging? War sie es nicht, die sich das gute alte *Wer sich nicht wehrt, lebt verkehrt* zum Motto genommen hatte? Gut, jetzt würde auch er sich danach richten!

Er schüttete den Kaffee mit einem einzigen Schluck hinunter, dann nahm er den Turban ab und ging mit großen Schritten zum Cottage.

27

Anand hatte das *Turquoise* als Bleibe gewählt und bereits vom Prepaid-Schalter des *Chennai Airport* aus telefonisch ein Zimmer reserviert. Er kannte das Dreisternehotel noch aus seiner Zeit an der Yogaschule, und da das Hotel vom Veranstaltungsort nur fünf Gehminuten entfernt war, hatte Frieda, ohne groß zu überlegen, seinem Vorschlag zugestimmt. Sie war froh gewesen zu hören, dass sie zentral wohnen und nicht auf Taxis angewiesen sein würden, um in den nächsten beiden Tagen zu den Jubiläumsveranstaltungen der Yogaschule zu kommen.

Bereits als sie das Hotel betraten, sah Frieda sich angesichts der winzigen, aber umso schmutzigeren Lobby gezwungen, dem *Hotel Turquoise* einen Stern abzuerkennen. Der nächste Stern wurde gestrichen, als sie im Zimmer auf eine riesige Kakerlake trat. Das Krachen des berstenden Panzers ging ihr durch Mark und Bein. Anand machte sich auf die Jagd und erschlug ein paar der ekeligen Schaben, ehe sie sich müde aufs Bett warfen. Wenigstens war das Laken halbwegs sauber, soweit sich das beurteilen ließ. Es gab kein Fenster im Zimmer, nur eine Oberlichte, durch die der Straßenlärm ungefiltert eindrang. Trotz des rumpelnden Ventilators war es fürchterlich stickig, und ein strenger Geruch hing im Raum. Am liebsten wäre sie gleich wieder ausgezogen, aber sie wollte Anand gegenüber nicht die heikle Touristin heraushängen lassen. Und wer sagte, dass es im nächsten Hotel besser sein würde? Das hier war nun einmal Chennai, die sechstgrößte Stadt Indiens, und nicht ein keralisches Ayurvedaresort für verwöhnte Touristen.

Anand zündete ein Räucherstäbchen an, und langsam begannen ihre Nerven sich zu beruhigen. Sie versuchte den Straßenlärm auszublenden und kuschelte sich an Anand. Doch er setzte sich schnell wieder auf im Bett und fing an, einige Leute anzurufen. Auf Hindi, sodass sie kein Wort verstand. Organisatorisches für morgen, erklärte er ihr über die Schulter, und ob sie sich nicht inzwischen duschen wolle, das würde ihr sicher guttun. Sie befolgte seinen Rat, aber das dünne, warme Rinnsal aus dem Duschkopf nervte eher, als dass es erfrischte. Eine Nacht und nicht länger, schwor sie sich. Das würde sie ihm morgen schon schmackhaft machen.

Sie war erleichtert, als sie eine Stunde später wieder auf der Straße standen. Anand hatte vorgeschlagen, ihr vor dem Abendessen noch ein wenig die Stadt zu zeigen.

„Gehen wir zu Fuß?“, fragte sie.

Er lächelte nur und winkte nach einer Autorikscha. Es gab sogar einen Taxameter in dem kleinen gelben Gefährt, der aber, wie alle, die sie bisher gesehen hatte, außer Funktion war. Vielleicht sollte dieses Ding das Gefühl vermitteln, dass es sich um ein registriertes Taxi handelte, vielleicht hatte es auch nur historische Bedeutung. So ungern Frieda in Kerala anfangs Tuk-Tuks benutzt hatte, weil deren dünne Blechwände und die fehlenden Türen selbst bei einem kleinen Auffahrunfall zwangsläufig zu schweren Verletzungen führen mussten, so sehr genoss sie mittlerweile die Zugluft und die Wendigkeit der kleinen Zweitakter. Sie hatte gelernt, von der ständigen Gefahr zu abstrahieren. Wer das nicht zusammenbrachte, war gut beraten, gar nicht erst einen Fuß auf indischen Boden zu setzen.

Am Ende der Ellis Road bogen sie rechts in die Walaja Road ab, und Anand erklärte ihr, dass es sich bei dem riesigen, futuristischen Gebäude gegenüber um das neue Parlament handelte, das deutsche Architekten geplant hatten. So modern es wirke, basiere sein Grundriss doch auf einem traditionellen Mandala, und die runde Südseite öffne sich bewusst zur Straße hin – ein Symbol für die Transparenz der Legislative gegenüber den Bürgern. Aha, staunte Frieda. Die gläserne Kuppel über dem Plenarsaal erinnerte sie ein wenig an den Berliner Reichstag.

Am Ende der Walaja Road sahen sie kurz den Indischen Ozean, ehe sie über Napiers Bridge und North Beach Road zum Fort St. George gelangten. Die ehemalige Festungsanlage war zur Blütezeit der englischen Ostindienkompanie gebaut worden, hier hatte lange der britische Gouverneur von Madras residiert, und auch jetzt gab es noch etliche Regierungsgebäude in dem weitläufigen Areal. Die stilistisch höchst unterschiedlichen Bauten aus vier Jahrhunderten nahmen der ursprünglichen Festung viel von ihrem martialischen Charakter. Der metallene, mit Seilen fixierte Flaggenmast nahe der Außenmauer bohrte sich in den wolkenverhangenen Himmel, er sah aus wie der überdimensionale Mast eines Windjammers, nur dass die Segel fehlten. Als Frieda zur Flagge Tamil Nadus emporblickte, wurde ihr plötzlich schwindlig. Sie führte es auf die Hitze zurück und bat Anand, die Besichtigung abzubrechen.

„Entschuldige", murmelte er, „wie dumm von mir. Du hast ja noch keinen einzigen Schluck getrunken, seit wir angekommen sind."

Auf der Fahrt zurück nach Triplicane kamen sie an einem Chai-Stand vorbei, und Anand befahl dem Fahrer anzuhalten. Er bestellte für alle drei ein Glas. Offenbar war es üblich, den Taxifahrer auf ein Getränk einzuladen. Dafür gab es ja keinen Taxameter, der weiterlaufen konnte. Frieda hätte jetzt weiß Gott was für ein kaltes Bier gegeben, musste aber zu ihrem Erstaunen feststellen, dass der warme, süße Milchtee angenehm schmeckte und ihren Durst löschte. Aber ob das auf der Straße gebraute Getränk auch hygienisch unbedenklich war?

„Keine Angst", lachte Anand, „wenn etwas ungefährlich ist in diesem Land, dann ist es der *Masala chai*. Meine Mutter bereitet ihn übrigens mit Honig statt mit Zucker zu, das macht ihn noch bekömmlicher."

Mit einem Schlag wurde ihr bewusst, dass dies die erste winzige Information war, die sie soeben über den familiären Hintergrund ihres Liebhabers erhalten hatte. Im Grunde wusste sie nichts, absolut nichts über ihn, kannte nur seinen Körper. Den allerdings umso genauer.

Sie hakte sich bei ihm unter, merkte aber an seiner steifen Haltung, dass ihm das nicht behagte. Schnell ließ sie ihn wieder los. Kein Wunder, dachte sie, kein einziges Pärchen in dieser Sechsmillionenstadt lief so herum. Häufig waren Männer zu sehen, die sich an den Händen hielten, ohne deswegen schwul zu sein. Aber sie hatte noch keinen Mann gesehen, der in der Öffentlichkeit so zärtlich vertraut mit seiner Frau gewesen wäre.

„Wo lebt eigentlich deine Familie?", fragte sie, während sie versuchten, eine der Straßen zu überqueren. „Deine Eltern", korrigierte sie sich.

„Im Süden", sagte er, „ganz im Süden."

Mehr verriet er nicht. Deutete stattdessen auf das Schild eines Lokals, dessen Name vielversprechend klang: *Blue Paradise.* Sie warf einen Blick auf die neben der Tür angebrachte Speisekarte. Aber es war alles auf Tamilisch angeschrieben.

„Was gibt es hier zu essen?"

„Das Übliche", sagte er, „einfache vegetarische Küche, aber in guter Qualität. Ich habe hier schon einmal diniert."

Sie musste lachen. Diniert, das war wieder eines dieser Wörter, die er im Repertoire hatte. Wie sich *einfache Küche* und *dinieren* verquicken ließen, zeigte bereits die kulturellen Unterschiede zwischen seiner und ihrer Welt auf.

Er interpretierte ihr Lachen falsch.

„Wir können gerne auch etwas … Gehobeneres suchen."

„Nein, nein, mir ist alles recht, was du auswählst. Gehen wir doch rein."

Er runzelte die Stirn. Das erste Mal, dass sie Falten sah auf seinem Antlitz.

„Ich möchte, dass du das Restaurant aussuchst", sagte er. „Du bist der Gast. Komm, ich zeige dir ein anderes."

Sie war hungrig, und das *Blue Paradise* sah richtig gemütlich aus. Es hatte sogar einen Gartenbetrieb im Hinterhof zu bieten. Nur wenige Tische waren besetzt, denn um sechs war es eigentlich noch zu früh, um zu Abend zu essen.

„Lass uns dieses hier nehmen", lächelte sie. „Deine Wahl ist meine Wahl."

Er ergriff ihre Hand und zog sie vom Eingang weg.

„Nein", sagte er, „wir finden etwas Besseres. Ich weiß einige

Restaurants, wo nur Ausländer verkehren. Dort wirst du dich wohlfühlen."

Einen Moment lang wollte sie sich losreißen von ihm, wollte ihm sagen, dass sie keinen Schritt weitergehen würde. Dass das *Blue Paradise* genau das Lokal war, wo sie sich wohlfühlte, wo sie verdammt noch einmal jetzt essen und trinken wollte, ein Glas Wein womöglich oder auch ein Lassi, es kam nicht darauf an. Doch dann begriff sie, dass er einen Entschluss gefasst hatte, dem zu widersprechen einer Verletzung seines Stolzes gleichgekommen wäre.

„Okay", sagte sie versöhnlich, „zeig mir, was du mir zeigen willst."

Sie gingen die breite Triplicane High Road in Richtung Süden, entlang endloser Häuserfronten und viel zu schnell, wie sie fand, die Temperatur betrug noch immer über dreißig Grad. Außerdem ärgerte es sie, dass er ständig einige Schritte vor ihr lief. Was sicher nicht am dichten Gedränge auf dem Gehsteig lag, eher hatte es System: das alte chauvinistische Prinzip, es schlug wieder zu.

Und wenn ich jetzt einfach stehen bleibe und ihm nicht weiter hinterherhechle? Würde er es überhaupt registrieren, würde er auf mich warten? Plötzlich fühlte sie sich verloren, vollkommen einsam inmitten der Masse an Menschen, des ständigen Hupens, des Geschreis der Straßenhändler, des Kläffens der Köter.

Sie merkte, wie die verschlungenen tamilischen Schriftzeichen der Werbebanner sich langsam in ihre Haut einzubrennen begannen als neonfarbene Tätowierung, wie die überlebensgroßen, ewig grinsenden Politikerfratzen auf den gemalten Transparenten sie klein und hilflos machten. Und keiner, der sie vor diesen pathetischen Posen beschützt hätte. Anand lief immer noch vor ihr her, als ob er vor etwas auf der Flucht wäre, und während sich vor ihm die Menschenmassen wie von selbst zu teilen schienen, war sie ständig damit beschäftigt, den rücksichtslos ausschwingenden Ellbogen der Entgegenkommenden auszuweichen. Er stapfte mit großen Schritten dahin, ohne sich umzublicken. Wie ein Großbauer in Penzdorf, dachte sie, wenn er zur Sonntagsmesse unterwegs ist. Der Vater, das unumschränkte Familienoberhaupt, immer zwei, drei Meter vor der Frau und den Kindern. Den zu überholen sie nie wagen würden, dessen Gesicht ihnen fremd bleibt für immer.

CHAP

Die roten Lettern auf weißem Hintergrund sprangen sie an wie eine Meute von Bluthunden. Das Gebäude, auf dem die meterhohen Buchstaben im Abendlicht prangten, war ein mehrstöckiger Backsteinbau ohne jedes Flair. Am ehesten hob es sich noch durch seine Schlichtheit von den angrenzenden Fassaden ab.

Bernd Lussnigs Notizen auf der Kinokarte! Sein Testament!

flug umbuchen! → *chap* → *kk, auroville*

Sollte das des Rätsels Lösung sein? Nie hatte sie daran gedacht, dass *chap* auch groß geschrieben einen Sinn ergeben könnte. Dass es womöglich eine Abkürzung war und nicht der englische Ausdruck für Bursche. Sonst hätte sie doch längst danach gegoogelt.

Sie schloss zu Anand auf und riss ihn herum.

„Was heißt das? Was bedeutet *CHAP*?"

Er musterte sie erstaunt, als würde er nicht verstehen, wie jemand das nicht wissen konnte.

„CHAP steht für *Chennai Ayurvedic Productions*. Ein in Chennai ansässiger Konzern, der weltweit Geschäfte macht. Das hier ist nur die Verwaltungszentrale, die Produktionsstätten befinden sich über das ganze Land verstreut. Vielleicht hast du bei deiner Kur ja auch schon Tabletten oder Säfte geschluckt, die von CHAP hergestellt wurden."

Frieda schnaufte. Nicht nur weil sie jetzt, da Anand endlich stehen geblieben war, Luft holen konnte, sondern auch weil damit klar war, was Bernd Lussnig nach Chennai geführt hatte. Offenbar hatte er diese Firma besucht oder es zumindest beabsichtigt. Blieb nur noch die Frage offen, was *kk* und *Auroville* damit zu tun hatten. Aber übermorgen konnte sie ja Dr. Piper danach fragen, vielleicht sah er eine mögliche Verbindung.

Und was am Montag auf dem Programm stand, war auch schon

klar: ein Besuch in dem schmucklosen Backsteingebäude in der Triplicane High Road.

Natürlich unangemeldet, wie es sich für eine gute Reporterin gehörte.

*

Sie hatte Anand noch nichts davon erzählt, dass sie am Sonntag beruflich ein Date mit dem Amerikaner hatte. Als sie endlich ein Restaurant gefunden hatten, von dem er glaubte, dass es ihren Ansprüchen gerecht werde, eröffnete sie es ihm. Er zeigte sich wenig begeistert darüber.

„Aber die Jubiläumsveranstaltung geht doch von morgen früh bis Sonntagabend. Du wirst das Beste versäumen."

„Ist doch nur für ein paar Stunden am Nachmittag", sagte sie. „Diese Gelegenheit bietet sich so schnell nicht wieder."

Sie versuchte, ihm zu erklären, wozu sie das Interview benötigte, aber er schien nicht wirklich daran interessiert zu sein. Als sie dann auch noch erwähnte, am Montag *Chennai Ayurvedic Productions* aufsuchen zu wollen, war er vollends eingeschnappt.

„Du bist gar nicht wegen mir mitgekommen", brummte er, „das war nur ein Vorwand."

Sie bestritt es und wies ihn darauf hin, dass sie wohl kaum so fluchtartig mit ihm *Reena's Resort* verlassen hätte, wenn es ihr nur um das Berufliche gegangen wäre, aber er blieb verstimmt. Während sie Barsch aßen – der erste Fisch seit zwei Wochen, und dennoch schmeckte er ihr nicht angesichts der gedrückten Stimmung –, sprach er kein Wort. Ein maues Gefühl machte sich in ihr breit.

„Ab Dienstag wirst allein du bestimmen, was wir machen", sagte sie. „Wir könnten zum Beispiel deine Familie besuchen, wenn du möchtest ..."

„Seltsam", unterbrach er sie, „*ich* soll bestimmen, sagst du, und gleichzeitig bestimmst *du* schon wieder das Ziel!"

„Aber das ist doch nur ein Vorschlag, ein Angebot!", rief sie. „Ist es dir unangenehm, wenn ich deine Leute kennenlernen möchte?"

Er schwieg, trotzig wie ein kleiner Junge.

Die Klimaanlage im Restaurant lief auf vollen Touren, und Frieda fröstelte es. Warum zum Teufel konnten sie in diesem Land kein Mittelmaß finden! Warum musste man entweder vor Hitze vergehen oder sich in irgendwelchen Eiskästen verkühlen? Aber vielleicht war das ja eine Metapher für das Leben insgesamt auf dem Subkontinent: Alles spielte sich in Extremen ab. Während sie hier speisten wie die Lords und für ein Essen mehr als den Wochenlohn eines Arbeiters ausgaben, lebten draußen Tausende auf der Straße, zwanzigtausend allein in dieser Stadt. Ohne Wasser, ohne das primitivste Dach über dem Kopf. Und obwohl der Oberste Gerichtshof von Indien angeordnet hatte, dass Chennai fünfundsechzig Heime für Obdachlose zur Verfügung stellen müsse, gab es gerade einmal fünfzehn solcher Häuser, von denen wiederum nur acht auch tatsächlich in Betrieb waren. Das hatte sie in der aktuellen Chennai-Ausgabe der *Times of India* gelesen, während sie auf das Essen warteten.

Sie hätte zum Fisch gerne ein Gläschen Weißwein getrunken, aber der Kellner hatte auf ihre Frage hin nur den Mund verzogen und „Sorry, no license" gesagt. So nippte sie an ihrem gesüßten Mango-Lassi und wartete darauf, dass ihr Gegenüber wieder auftaute. Aber Anand winkte nur und verlangte die Rechnung.

„Lass mich bezahlen", sagte sie und merkte im selben Augenblick, dass sie in das nächste Fettnäpfchen getreten war. Sein Blick wurde düster.

„Willst du mich beleidigen?", zischte er. „In Indien bezahlt der Mann! Selbst wenn die Frau doppelt oder dreimal so viel verdient."

Sie zuckte resigniert mit der Schulter.

„Wie du willst."

Sie wäre gerne zu Fuß zurück in die Ellis Road gegangen, aber er hatte bereits, ohne sie zu fragen, über den Kellner ein Taxi vor das Restaurant bestellt, und so verkniff sie sich den Vorschlag. Anand machte auch im Taxi keine Anstalten, seine Bockigkeit abzulegen. Im Gegensatz zur Fahrt ins Fort St. George, wo er noch auf alle Attraktionen der Stadt hingewiesen hatte, starrte er still zum rechten Fenster hinaus, während sie dasselbe auf der linken Seite machte. Sie war unendlich traurig. Wie schnell man doch einander fremd werden konnte. Oder wie, präziser, das exotisch Fremde umschlagen konnte in das allzu vertraute Fremdsein. Welch schreckliches Paradoxon! Und das alles wegen eines lächerlichen Missverständnisses.

Aber vielleicht hatte sie sich ja in ihrem Rauschzustand, im erotischen Taumel, nur etwas vorgemacht, das mit der rauen Wirklichkeit ganz und gar nichts zu tun hatte? War sie einer naiven Illusion verfallen in ihrer erregten Suche nach körperlicher Nähe?

Und sie hatte nicht einmal verhütet!

Wie damals mit André. Mit dem Unterschied, dass sie es diesmal bewusst in Kauf genommen hatte, schwanger zu werden. Auf Facebook wurden bereits indische Babys zum Kauf angeboten. Warum nicht selbst eines aus Indien mitbringen? Noch war ja ein bisschen Zeit, auf natürlichem Wege eines zu kriegen. Gerade noch.

Wieder lief ihr ein Schauder über den Rücken. Dabei war die Temperatur im Taxi alles andere als niedrig.

28

Er hatte ihr den traurigen Rekord erspart, innerhalb von achtundvierzig Stunden gleich zwei Männern den Laufpass geben zu müssen. Als sie aufwachte, war er schon weg. Keine Nachricht, nicht einmal ein Kuvert im Hotelsafe. Sie ließ die wenigen Tropfen, die die Dusche ausspuckte, über ihre Haut rinnen. Putzte sich die Zähne und packte. Im Grunde war sie erleichtert, dass es vorbei war.

Bevor sie auscheckte, versuchte sie, Piper telefonisch zu erreichen, aber er war wohl schon bei der Konferenz und hatte das Handy ausgemacht. Sie erinnerte sich an die alte Weltkarte, die sie zu Hause an der Toilettentür hängen hatte und auf der große Teile weiß eingezeichnet waren. *Terra incognita, Mare incognitum.* So bunt es draußen auf der Straße auch zuging, so laut der Lärm in die Lobby drang – im Moment lag über allem derselbe weiße Film wie über den im sechzehnten Jahrhundert unerforschten Territorien. *Wohin soll ich mich wenden, wenn Gram und Schmerz mich drücken* … Das alte Kirchenlied fiel ihr ein, Schuberts Deutsche Messe. Der kahlköpfige Mann an der Rezeption wusste, wohin gestrandete Ausländer sich flüchten konnten: an den Strand von Mamallapuram.

„Ein hübsches kleines Städtchen, fünfzig Kilometer südlich von Chennai", sagte er. „Wir Tamilen nennen es Mahabalipuram. Mit Sandstrand und frischem Fisch und alledem. Trotzdem zahlen Sie für ein Zimmer nur ein Drittel der Preise hier. Und Alkohol gibt es dort auch."

Warum der Mann den letzten Satz gesagt hatte, war ihr schleierhaft. Sie hatte seit über zwei Wochen keinen Drink mehr angerührt. Sah man ihr die Alkoholikerin etwa immer noch an?

Ein Taxi würde tausendfünfhundert Rupien kosten, der Bus fünfzig. Aber der Busbahnhof sei weit weg, der Weg dorthin kompliziert. Sie entschied sich für das Taxi. Der Fahrer wollte wissen, wie lange die *beautiful woman* zu bleiben beabsichtige. Er könne sie jederzeit wieder abholen. Wenn sie genug habe von den dummen Fischern und der Kuhscheiße am Strand. Außerdem sei er billiger als jeder andere Taxler in Tamil Nadu. A/C inklusive. Was Klimaanlage bedeutete.

„Ungewiss", sagte sie. Sie wusste es wirklich nicht.

„Eher Tempelbesuche oder Badeurlaub?", fragte er.

„Tempelurlaub", antwortete sie.

Was den Taxler zum Lachen brachte. Dabei meinte sie es durchaus ernst: Schon vor langer Zeit hatte sie beschlossen, Urlaub von jeder Art von Tempel zu nehmen.

Am Ortseingang von Mamallapuram wurden sie an einer Rampe angehalten.

„Hundert Rupien Straßenzoll, Madam", sagte der Taxler und hielt ihr fordernd die Hand hin.

Sie zahlte, ohne zu murren, obwohl sie doch *all inclusive* vereinbart hatten, und er setzte sie vor einem Guest House ab, auf dem der hübsche Name *Lakshmi Lodge* prangte. Das war auch schon das einzig Hübsche an der Herberge. Kaum zehn Quadratmeter große Zimmer ohne Fenster, dafür jede Menge Moskitos. Sie machte auf der Stelle kehrt und zog ihren Koffer durch die verkehrsbefreite Straße hinunter Richtung Meer. Das *Santana* direkt am Strand machte auf sie einen solideren Eindruck. Als der Besitzer ihr das einzig freie Zimmer zeigen wollte, mussten sie an einem bärtigen Kerl vorbei, der aussah wie Che Guevara auf dem Foto, nachdem ihn das Militär in Bolivien erschossen hatte. Neben seinem Schaukelstuhl stand ein mit Wasser gefüllter Kübel, darin vier Bierflaschen, die darauf warteten, ebenso geleert zu werden wie jene, die bereits auf der Terrasse herumlagen.

„Hellooo", flötete Che mit versoffener Stimme, „bekomme ich eine neue Nachbarin?"

„Ganz sicher nicht", sagte sie. Sie warf nicht einmal einen Blick in das Zimmer.

Sugu, der Manager, erklärte ihr, dass er noch über ein anderes Haus verfüge, keine hundert Meter entfernt, mitten in der Fisherman Colony. Vom Apartment auf der Dachterrasse aus habe man den perfekten Panoramablick über Dorf und Meer.

Er hatte nicht zu viel versprochen. Sie einigten sich auf neunhundert Rupien pro Nacht, wobei sie versprechen musste, die Klimaanlage nicht zu benutzen, weil der Strom dafür sehr teuer käme. Sie testete die beiden Ventilatoren, beide funktionierten tadellos. Momentan jedenfalls. Aber von den regelmäßigen Stromausfällen seien Klimaanlage wie Ventilator ohnehin gleichermaßen betroffen, scherzte Sugu. Von acht bis neun, von dreizehn bis vierzehn Uhr dreißig und von achtzehn bis neunzehn Uhr gebe es fix keinen Strom, die weiteren Ausfälle hingen von den täglichen Kapazitätsschwankungen der Kraftwerke ab und seien nicht vorhersehbar.

„Unsere Gäste müssen schon ein bisschen flexibel sein, was Tagesplanung und Essenszeiten anlangt", meinte Sugu. „Wir sind es auch. Gezwungenermaßen."

Nachdem er gegangen war, streckte sie sich auf dem Bett aus. Ein grüner Gecko klebte mit dem Kopf nach unten an der Wand, keinen Meter über ihrem Kopf. Die schweren Vorhänge mit dem Paisleymuster sperrten das ärgste Mittagslicht aus. Gut, dachte sie, sehr gut.

Sie hatte eine Bleibe gefunden. Der Rest würde sich auch finden. Es war Samstag, der zweite März, elf Uhr dreißig. Noch würde es eineinhalb Stunden Strom geben für die Ventilatoren. Falls die Kraftwerke mitspielten.

Jetzt galt es erst einmal eine Runde zu schlafen. Alleine auf einem harten Doppelbett.

Wie Poldi drüben in Kerala.

Frontline, politische Wochenzeitschrift, Delhi

Für eine bessere Kontrolle

von R. Chandraman

Das Land braucht dringend effektivere gesetzliche Rahmenbedingungen und Kontrollen für die Produktion und den Verkauf von Medizin, wie sie von unseren einheimischen Ayurvedaärzten verschrieben wird.

Die jüngste Verletzung des Indian Drugs und Cosmetics Act (DCA) durch die Aranda Sai Pharmacy in Bangalore hat die Schwäche der gesetzlichen Rahmenbedingungen bezüglich ayurvedischer Rezepturen wieder einmal in den Fokus gerückt.
Die beanstandeten Medikamente enthielten zahlreiche nicht deklarierte Inhaltsstoffe, unter anderem menschliches und tierisches Gewebe. Laut M. S. Durgan, einem führenden Experten in Sachen ayurvedische Literatur, bedeute die Verwendung von Milch und Urin an sich noch keine Verletzung der gesetzlichen Bestimmungen, wenn auch die sogenannten pflanzlichen Präparate eigentlich nicht mehr als rein vegetarisch bezeichnet werden dürften. Laut der einschlägigen Literatur hätten tierische und menschliche Gewebe überhaupt nichts in ayurvedischer Medizin verloren. Dennoch enthielten nach Auskunft von AYUSH, des zuständigen Gesundheitsdepartments, ayurvedische Medikamente über 2500 pflanzliche, 150 mineralische und 75 tierische Inhaltsstoffe. Schlimmer wiegt, dass trotz des Vorliegens mehrerer ausländischer Studien, die schon seit Jahren einen überhöhten Schwermetallgehalt in ayurvedischen Präparaten nachweisen, und auch nach der Verschärfung einschlägiger indischer Gesetze Anfang 2006, wonach alle für den Export bestimmten pflanzlichen Produkte auf ihren Arsen-, Blei-, Quecksilber- und Kadmiumgehalt zu überprüfen seien, die Lage noch immer unbefriedigend ist. Nach wie vor finden sich auf vielen Produkten keine Angaben über deren Schwermetallgehalt. Dies mag einerseits damit zu tun haben, dass die neuen Gesetze zur Produktdeklaration nur bei jenen Medikamenten zur Anwendung kommen, die für den Export bestimmt sind. Andererseits wird von Kennern des Marktes behauptet, dass

gerade auch im Exportbereich Schmiergelder fließen würden, die manchen Beamten der untersuchenden Behörden dazu brächten, beide Augen zuzudrücken.
Wie auch immer: Durch den Verkauf schwermetallbelasteter Produkte wird unserer ayurvedischen Medizin insgesamt ein Bärendienst geleistet und ihre Reputation gefährdet. Es ist hoch an der Zeit, dass sich alle Produzenten pflanzlicher Produkte in diesem Land verpflichten, sämtliche Präparate – egal, ob diese nun für das In- oder Ausland bestimmt sind – rigorosen Tests und einer systematischen Standardisierung zuzuführen.
Vielleicht kann der zurzeit in Chennai stattfindende Interdisziplinäre Medizinerkongress (IDMCC) dazu beitragen, solche dringend erforderlichen Schritte endlich in die Tat umzusetzen. Mit Spannung wartet die interessierte Öffentlichkeit auf die Ergebnisse der Vorträge und Diskussionen, zu denen sich über tausend Wissenschaftler, allopathische und ayurvedische Ärzte sowie Pharmazeuten aus aller Welt im Chennai Trade Centre eine Woche lang zusammenfinden.

29

„Er wohnt im *Raintree Hotel* in der St. Mary's Road", sagte Ajith. „Am Montag soll er um elf sein Referat halten. Wir müssen losschlagen, bevor er es tut."

„Wie hat er reagiert, als du ihm den Zettel gezeigt hast?", fragte der Mann mit dem streng gebundenen Dastar, dem Turban der Sikh.

Er war in seinen Hausanzug gekleidet, ein wallendes weißes Gewand, das ihn aussehen ließ wie einen Guru. Und das war er ja auch für Ajith: Guru, Vater und älterer Bruder in einer Person. Den er liebte und verehrte. Dazu brauchte es keine Religiosität. Die hatten sie beide ohnehin schon lange hinter sich gelassen. Wenn der ältere Bruder auch manches Prinzip seiner Glaubensgemeinschaft durchaus noch hochhielt. Etwa jenes, wonach ein Sikh anderen gerade in materiellen Belangen immer vorangehen soll.

„Es hat voll eingeschlagen", antwortete Ajith. „Der gute Doktor stand da wie angenagelt. Totenbleich. Als hätte mein Anblick die Farbe aus seinem Gesicht gesaugt. Nach ein paar Sekunden die klassische Fluchtreaktion: ab in den nächstbesten Lift, zurück aufs Zimmer. Als ob er sich dort verstecken könnte! Aber natürlich kein Wunder, dass er schockiert war. Woher hätte er auch wissen sollen, dass der Löwe ausgerechnet da seine Höhle hat, wo der verdammte Kongress stattfindet? Ich habe ihm gegenüber nie etwas von meiner oder Ihrer Herkunft erwähnt. Und welcher Amerikaner denkt beim Stichwort Indien schon an Chennai? Die kennen bestenfalls Mumbai und Delhi und vielleicht noch Agra, der indische Süden ist für sie Niemandsland."

Das mit dem Zettel war seine eigene Idee gewesen. Ajith hatte einfach „10.000" auf ein Blatt Papier gekritzelt und gewartet, bis Piper in der Lobby des *Raintree Hotel* auftauchte. Es fiel kein Wort. Ajith hielt nur kurz den Zettel hoch, ehe er die Halle wieder durch die gläserne Drehtür verließ. Von draußen beobachtete er die Reaktion Pipers.

Zehntausend Rupien … Das waren gerade einmal einhundertsechzig amerikanische Dollar, mehr oder weniger. Je nach Tageskurs.

Der ältere Bruder schenkte sich ein Glas Whisky ein. Seinem treuesten Diener bot er keinen an, wusste er doch, dass Ajith seit der Sache mit seiner Schwester keinen Schluck Alkohol mehr anrührte. Er hatte ein Gelübde abgelegt, an das er sich noch immer hielt. Obwohl die Schwester längst nicht mehr lebte.

Während Singh in die goldene Flüssigkeit starrte, deren Preis ihm noch vor zehn Jahren astronomisch erschienen wäre – es handelte sich um einen vierzig Jahre alten Highland Park Single Malt, dessen süße Karamelnote ihn jedes Mal von Neuem zum Träumen brachte –, erinnerte er sich an die mühseligen Anfänge seiner Firma. Die er, der zugezogene Punjabi, gegen die Widerstände der tamilischen Platzhirsche beharrlich auf- und ausgebaut hatte, indem er auf einen Markt setzte, dem die meisten in der Branche anfangs kaum Bedeutung beimaßen: Internethandel. Er, der das Privileg gehabt hatte, in London IT und internationale Wirtschaft studieren zu dürfen, war von Anfang an vom Potenzial der modernen Informationstechnologie überzeugt gewesen. Sie stellte für ihn keinen Gegensatz zur jahrtausendealten Tradition des Ayurveda dar, sondern vielmehr ein wunderbares Vehikel, um die ayurvedische Hardware – Säfte, Tabletten, Präparate aller Art – per Mausklick der ganzen Welt zugänglich zu machen. Die Eroberung des amerikanischen Marktes via Internet hatte seinen Umsatz schlagartig vervielfacht. Aus einer bescheidenen, auf den südindischen Markt beschränkten Produktionsfirma wurde eine Holding, deren Tochtergesellschaften in den USA und Kanada bald mehr erwirtschafteten als die Muttergesellschaft in Chennai. Auch nach dem rasanten Aufstieg blieb er operativer Geschäftsführer, obwohl er sich längst zurückziehen und die Arbeit einem Jüngeren überlassen hätte können.

Als dann jene ayurvedakritische Studie auftauchte, hinter der ein gewisser Dr. Piper aus Boston stand, wurde die stetige Umsatzsteigerung scharf gebremst. Von einem Tag auf den anderen standen die Produkte seiner Firma auf dem internationalen Prüfstand. Plötzlich war, wenn es um ihre Produkte ging, mehr von der toxischen Wirkung von Blei, Quecksilber und Arsen die Rede als von Heilkraft. Negativer Höhepunkt war das offizielle Verbot des Handels mit ayurvedischen Präparaten in Kanada und eine Empfehlung der FDA, die in dieselbe Richtung ging. Der nordamerikanische Markt begann einzubrechen, und in Europa, wo Ayurveda gerade erst zu boomen begann, sah man sich nach anderen Lieferanten um oder baute überhaupt eigene Vertriebsnetze auf. Und dann war auch noch die dumme Geschichte in einer *Production Unit* dazugekommen, von der dieser Journalist letzten Dezember irgendwie Kenntnis erlangt hatte und die er aufbauschen wollte. Was man ja nun wenigstens hatte verhindern können.

Er steckte seine Nase tief ins Whiskyglas, ehe er den ersten Schluck nahm und den exklusiven Single Malt zwischen Zunge und Gaumen hin- und herschob, um nur ja keinen Aspekt seines rauchig-süßen Abgangs zu versäumen. Immer wieder betörend, dachte er. Wenn man das mit dem Zeug verglich, das sie einem hierzulande als Whisky andrehten! Aber man gehörte nun einmal einer kleinen Elite an, um die sich die heimischen Produzenten von Hochprozentigem nicht kümmerten. Die wenigen, die sich einen vierzig Jahre alten Whisky von den Orkney-Inseln leisten konnten, würden, so das Kalkül, ohnehin nie zur Klientel einer indischen Whiskyfirma zählen. Außerdem lehnte die Mehrheit in diesem Land ja jede Form von Alkohol rundweg ab. Wenn es nach den offiziellen Sprüchen sämtlicher Parteien in Tamil Nadu gegangen wäre, hätten sie die Prohibition hier bereits genauso durchgesetzt wie in Gujarat. Zum Glück machte der Anteil der Alkoholsteuer im Budget von Ministerpräsidentin Jayalalithaa einen zu großen Posten aus, als dass die vollmundigen Verbotsankündigungen jemals in die Tat umgesetzt werden würden. Hoffte er jedenfalls und nahm noch einen Schluck.

„Du glaubst also, dass Piper Wirkung gezeigt hat?“

„Schon“, sagte Ajith, „momentan wagt er sich nicht aus seinem

Loch. Aber wer garantiert uns, dass er deshalb am Montag auf sein Referat verzichtet? Ich habe schon bei unserem letzten Gespräch dazu geraten, ihn zu liquidieren, Sir. Sie sagten, dass wir uns in angemessener Weise um ihn kümmern wollten. Nun, Piper ist immer noch da, und wir wissen nicht, was er seinen Kollegen bereits alles erzählt hat. Im Grunde könnte er schon vor seinem Referat genug Unheil angerichtet haben. Deshalb möchte ich Ihnen dringend raten, nicht länger zuzuwarten."

„Und du würdest gleich vorgehen wie bei dem anderen?"

„Warum nicht? Die Methode ist einfach und verursacht am wenigsten Aufsehen."

Der Kopf des älteren Bruders wackelte nachdenklich hin und her. Es erinnerte Ajith an die dramatischen Kathakali-Aufführungen seiner Kindheit, wo jeder kleinen Geste der grell geschminkten Schauspieler eine besondere Bedeutung zukam.

„Das Problem liegt in der Wiederholung, mein Freund! Mit der Wiederholung steigt die Wahrscheinlichkeit, dass die Methode als solche erkannt wird. Und dass dich jemand dabei beobachtet. Außerdem ist Piper eine bekannte Persönlichkeit. Es genügt schon, wenn nur der Verdacht aufkommt, dass bei seinem Unfall ein wenig nachgeholfen wurde, und die gesamte Medienmeute stürzt sich auf den Fall."

„Mmh", machte Ajith. Er überlegte ein paar Sekunden, ehe er fortsetzte. „Man kann in dieser Stadt ja auch anders zu Tode kommen. Wie viele bekommen täglich wegen einiger lausiger Rupien ein Messer in den Bauch. Ich hätte da zum Beispiel ein paar Burschen aus Kannagi Nagar an der Hand ..."

Der ältere Bruder wusste, obwohl er noch nie dort gewesen war, wofür Kannagi Nagar stand. Es war ein *Slum Resettlement* und galt als das elendste aller Elendsviertel von Chennai. Am südlichen Stadtrand und weit weg von allen anständigen Schulen, Parks und Spielanlagen hatte man die ehemaligen Bewohner der innerstädtischen Slums neu angesiedelt und in riesigen Wohnblöcken zusammengepfercht. Damit war zwar das Zentrum von den Unberührbaren weitgehend gesäubert, aber in Kannagi Nagar herrschten solch üble Verhältnisse, dass sich kein Angehöriger einer höheren Kaste in das Gebiet hineinwagte, nicht einmal die Polizei. Ein ideales Rückzugsgebiet für Banden, die auch Grobes für einen erledigten.

Sogar das Gröbste, falls erforderlich. Und dazu brauchte es bei Weitem keine zehntausend Rupien.

Ajith wartete immer noch auf eine Antwort auf seinen Vorschlag, aber der ältere Bruder schien mit dem Kopf plötzlich ganz woanders zu sein. Er tippte auf seinem Smartphone herum, dann trat er auf den Balkon hinaus und wählte eine Nummer. Ajith konnte nicht verstehen, worum es in dem kurzen Gespräch ging. Aber als der ältere Bruder wieder das Büro betrat, hatte er ein entspanntes Lächeln auf den Lippen.

„Gehen wir uns umziehen", sagte er, „und sieh zu, dass du vorzeigbar bist. Wir gehen fein aus heute Abend."

„Wir gehen aus?"

„Ja, wir dinieren in der St. Mary's Road. Hast du gewusst, dass das *Raintree Hotel* ein wunderbares Restaurant auf der Dachterrasse hat?"

30

Als sie erwachte, standen beide Ventilatoren still.

Die Hitze trieb sie hinaus. Auf der Terrasse war es nicht weniger heiß, aber wenigstens wehte eine leichte Brise vom Meer her. Kinder planschten im seichten Wasser und einige Fischer waren damit beschäftigt, den Außenbordmotor ihres Bootes abzumontieren und diesen sowie Netze und andere Gerätschaften mitten am Strand zu deponieren. Dann schlenderten sie gemütlich von dannen. Offenbar hatten sie keine Sorge, dass jemand mit ihren Sachen verschwinden würde.

Die Wellen des Indischen Ozeans waren nicht halb so hoch wie die des Arabischen Meeres. Vielleicht komme ich wenigstens hier zum Baden, dachte sie. Doch zurzeit stand die Sonne noch hoch, und sie hatte keine Lust, sich über beide Ohren einzuölen. Lieber wollte sie im Internet recherchieren, was über die *Chennai Ayurvedic Productions* herauszufinden war. Sie drückte auf den Powerknopf, aber das Ultrabook fuhr nicht hoch. Augenscheinlich war der Akku leer, und Strom würde es erst um halb drei wieder geben. Warum also nicht ein wenig das Gelände erkunden? Sie zog sich die leichteste Bluse und die dünnste Hose an, die sie dabeihatte, drückte sich ihren großen Strohhut mit der lila Schärpe aufs rote Haar und sperrte ab. Das Handy steckte sie ein für den Fall, dass Dr. Piper anrufen würde. Sie sah, dass Leo mehrmals versucht hatte, sie zu erreichen, offenbar hatte sie tief geschlafen. Aber sie wäre auch sonst nicht drangegangen.

Sie spazierte die Othavadai Street hoch, in der trotz der Mittagshitze zahlreiche Steinmetze vor ihren Läden hockend damit beschäftigt waren, Götterstatuen, Kerzenständer und runde Lampen mit kunstvollen Elefantenmustern aus dem weichen Stein zu meißeln. Statuen von Shiva und Ganesh gab es in allen erdenklichen Posen und Größen. Immer wieder lächelte man ihr freundlich zu und bat sie, doch kurz in den Laden zu kommen. Vielleicht später, lautete ihre abschlägige Antwort, aber sie versuchte, das Lächeln nicht minder freundlich zu erwidern. Was für die Steinmetze zu passen schien. Sie nickten und wandten sich wieder ihrer Arbeit zu.

Apollo Books stand über der Tür, und *Tourist Information, Exchange & Library* war auf der Glasscheibe zu lesen. Der kleine Laden hatte also eine vierfache Funktion. Nein, sogar eine fünffache, wie sich herausstellte, denn das *Exchange* bezog sich nicht nur auf den hier möglichen Geldwechsel, auch gebrauchte Bücher konnte man bei *Apollo* eintauschen. Der Besitzer war mit verschränkten Armen draußen an der Mauer gelehnt und hatte meditiert. Jedenfalls erschien es ihr so. Sie betrat den Laden, ohne dass sie dazu aufgefordert worden wäre.

„Haben Sie Guides über Südindien?“, fragte sie. „Speziell Pondicherry und Umgebung würde mich interessieren.“

Er zeigt wortlos auf ein Regal, in dem sich – zum Teil zerfleddert, zum Teil druckfrisch – Reisehandbücher von DuMont, Baedeker und Lonely Planet in allen möglichen Sprachen aneinanderreihten. Sie zog einen deutschsprachigen Guide heraus, überprüfte kurz im Index, wie viel sich über Pondicherry und Auroville darin fand, dann legte sie ihn neben die Kassa.

„Alles?“, fragte Apollo.

„Eigentlich ja“, sagte sie.

„Ich liebe das Wort *eigentlich*“, sagte er. „Es ist die beste Voraussetzung dafür, ins Geschäft zu kommen.“

Was sie so charmant fand, dass sie sich tatsächlich noch ein bisschen im Laden umschaute. Aber sie kannte kaum einen Namen auf den Buchrücken.

„Wenn ich vorhätte, ein einziges Buch eines tamilischen Autors auf Englisch zu lesen – welches würden Sie mir empfehlen?“

Er drehte sich um und zeigte, ohne eine Sekunde nachzudenken, auf einen Band mit ockerfarbenem Schutzumschlag. *Thirukkural* stand in großen Lettern darauf.

„Wer ist dieser *Thirukkural*?“

„Oh, das ist nicht der Name des Autors, sondern der Titel unseres berühmtesten Epos", erklärte Apollo. „Es handelt sich um das Werk Thiruvalluvars, eines Schriftstellers und Philosophen, von dem man wenig weiß. Die Sprachforscher gehen davon aus, dass er irgendwann zwischen dem zweiten Jahrhundert vor und dem sechsten Jahrhundert nach Christus lebte und wirkte."

„Aber man weiß, dass das Buch von ihm stammt? Seltsam!"

„Nun ja", lächelte er, „mit dem Wissen und der Herkunft des Wissens ist es so eine Sache. Im *Thirukkural* heißt es dazu: *Die Wahrheit zu erkennen ist Weisheit – wer immer sie einem mitteilt.*"

„Kompliment", sagte Frieda anerkennend. Gleich ein passendes Zitat aus einem Werk parat zu haben, nötigte ihr Respekt ab.

„Jedes Kind in Tamil Nadu hört in der Schule diese Verse, das *Thirukkural* ist in ganz Indien bekannt. Auch Gandhi hat immer wieder ehrfürchtig darauf Bezug genommen. Es handelt sich um eine Art angewandter Ethik, die Rat in allen Phasen des Lebens weiß. Ja, ich kann Ihnen dieses Buch guten Gewissens ans Herz legen, Madam. Wenn Sie zum Südkap reisen, finden Sie dort eine riesige Thiruvalluvar-Statue. Fast ein jeder Tamile pilgert einmal nach Kanyakumari und bestaunt den dreißig Meter großen Thiruvalluvar. Aber ich finde es wichtiger, seine kurzen Zweizeiler zu lesen, zu verinnerlichen. Leider werden Sie deren Poesie nicht vollends genießen können, wenn Sie kein Tamilisch verstehen, aber immerhin werden Ihnen in diesem Band jeweils zwei Übersetzungsvarianten auf Englisch angeboten."

Sie bedankte sich für den Tipp und ließ sich die Bücher einpacken. Apollo schlug sie in altes Zeitungspapier ein.

„Etwas anderes haben wir hier nicht", sagte er entschuldigend.

Nachdem sie bezahlt hatte, verabschiedete er sich von ihr per Handschlag. Es war das erste Mal, dass ein Inder ihr die Hand reichte.

*

Die meisten Restaurants hatten noch oder schon wieder geschlossen, und so kaufte Frieda sich an einem Stand an der Hauptstraße ein paar kleine, aber umso schmackhaftere Bananen, um die Zeit bis zum Abendessen zu überstehen. Dann wanderte sie ziellos durch das hügelige Gelände, wo große Bäume und Felsen Schatten spendeten. Ohne es beabsichtigt zu haben, war sie im Tempelbezirk angekommen. Zwischen den aus dem Fels herausgehauenen Götterfiguren und Säulen spielten Affen mit weggeworfenen Wasserflaschen und ließen sich von den Touristen bereitwillig abfotografieren. Alte Frauen boten im Staub hockend Nüsse und Melonenschnitze feil, und Kinder wie Erwachsene bemühten sich vor *Krishna's Butterball*, einem kugelförmigen Felsbrocken, der wundersamerweise nicht von seiner schiefen Unterlage herunterrollte, so zu posieren, dass sie auf dem Foto die gigantische Kugel zu stemmen schienen, ganz wie der griechische Titan Atlas mit dem Himmelsgewölbe auf seinen Schultern. Eitelkeit, so viel war sicher, kannte weder zeitliche noch kulturelle Grenzen.

Entgegen ihrem ursprünglichen Vorsatz, sich nicht um die berühmten Tempel kümmern zu wollen, spazierte Frieda weiter durch das hügelige Areal. Die Herabkunft der Göttin Ganga, ein dreißig Meter langes und gut zehn Meter hohes Felsrelief, das Frieda bereits als Motiv zahlreicher Ansichtskarten kannte, lag momentan im Schatten. Dennoch konnte Frieda sich der starken Wirkung nicht entziehen, die von den mythischen Szenen ausging. Tanzende, betende und kämpfende Gestalten, schlangenähnliche Wesen, lebensgroße Elefanten und sogar eine Katze in Yogastellung fanden sich auf beiden Seiten des Ganges, der den riesigen Felsen zu teilen schien, zu einem Ensemble zusammen, vor dem man auch ohne Kenntnis des religiösen Hintergrunds nur staunend verharren konnte. Sie hatte keinen Fotoapparat dabei, hatte auch gar nicht das Bedürfnis, die großartige Kulisse auf einem mickrigen Bildchen festzuhalten. Aber eine hübsche, blonde Frau drückte ihr plötzlich ein Smartphone in die Hand und bat darum, vor dem Relief abgelichtet zu werden. Während Frieda auf das Gesicht der Blondine zoomte, fiel ihr auf, dass diese die Augen übertrieben weit aufriss, was ihr einen eigenartigen, fast ein wenig irren Ausdruck verlieh.

„Wissen Sie, warum König Bhagiratha den Ganges vom Himmel fließen ließ?“ Die Frau sprach fließend Englisch und hatte eine dunkle Stimme, die irgendwie nicht zu ihrer schlanken Figur passte. Beide studierten sie das Relief.

„Keine Ahnung.“

„Er tat es, um damit die Seelen der Menschen zu reinigen. Aber als der Ganges drohte, die ganze Welt zu überschwemmen, bat der König Gott Shiva um Hilfe. Dieser zähmte den Ganges, indem er ihn durch sein Haar fließen ließ. Ist das nicht eine wunderbare Geschichte?“

„Sie haben hinduistische Mythologie studiert?“, mutmaßte Frieda.

„Ach was, nur Wikipediawissen“, lächelte die andere. „Aber die Tempel von Mamallapuram kenne ich mittlerweile tatsächlich ganz gut. Ist ja auch schon mein vierter Besuch hier. Und Sie?“

Frieda erklärte, dass sie eher zufällig, nur aufgrund des Tipps eines Portiers, hier gelandet sei. Spontan schlug sie vor, gemeinsam etwas trinken zu gehen. Die Hitze hatte jetzt den absoluten Höhepunkt erreicht, sogar den Affen war es mittlerweile zu heiß geworden. Eines der kleinen pelzigen Wesen machte, an den Stamm eines Baumes gelehnt und ungeachtet des Lärms, ein Nickerchen, was ansteckend wirkte wie Gähnen.

„Warum nicht?“, sagte die Blonde. „Kommen Sie. Ich kenne eine kleine Bar in der Nähe, wo man frisch gepressten Fruchtsaft bekommt. Ach ja, ich heiße übrigens Åse.“

„Und ich Frieda. Klingt nordisch, dein Name.“

Åse erklärte, dass sie aus der Nähe von Malmö stamme und nördlich von Chennai zusammen mit anderen Schwedinnen einen dreiwöchigen Kurs an der *Oneness University* besucht habe. Nein, keinen Kurs im üblichen Sinn, sondern einen *Retreat*. Eine Art spiritueller Einkehr. Ihre Gurus hießen Amma und Bhagavan, Sri Amma Bhagavan nannten ihre Anhänger das Paar.

Sie ließen sich Limetten, Orangen und Tamarinden zu einem Juice mixen, auf Eiswürfel verzichteten sie vorsichtshalber. Nachdem sie angestoßen und getrunken hatten, fragte Frieda Åse, was konkret ihr dieser Retreat gebracht habe.

„Alles“, sagte sie mit glänzenden Augen, „einfach alles.“

Bereitwillig erzählte sie über ihre Erfahrung mit *Deeksha*, der göttlichen Energie, die in der *Oneness University* von Golden City durch bloßes Handauflegen weitergegeben werde. Sie schwärmte von den wundervollen Worten, mit denen das Gurupaar sie gesalbt habe, von Reinigung und *awakening*, dem Prozess spirituellen Erwachens. Und nächstes Jahr wolle sie selbst einen *Trainer's Course* absolvieren, eine Ausbildung zum Deeksha-Geber. Sie floss förmlich über vor Begeisterung.

Irgendwie kam Frieda das alles bekannt vor, obwohl sie von Amma und Bhagavan zuvor noch nichts gehört hatte. Sollte sie dieser, nach ihren eigenen Worten *transformierten* jungen Frau etwas entgegenhalten? Ein wenig an der Fassade kratzen, um zu sehen, was sich dahinter abspielte?

„The divine is constantly holding me, hugging me“, schwärmte die Schwedin.

Vom Göttlichen, das einen immerzu umarme und an das man sich schmiegen könne wie an eine Mutter. Wer einen solchen Glauben brauchte, hatte wohl keinerlei Interesse an kritischen Fragen.

Leos Worte fielen ihr ein, mit denen er einmal einen Freund, der gerade von einem Aschram zurückgekehrt war, ziemlich frustriert hatte: „Komm, hör mir auf mit den Gurus! Die haben alle nur ein Riesenego und genießen es, wenn man ihnen die Füße küsst.“

Nein, das würde sie nicht sagen. Wer war sie, dass sie den hart erarbeiteten Glückszustand der jungen Frau gefährden durfte? Aber eines wollte sie doch noch von Åse wissen: Wie viel Sri Amma Bhagavan für ihr *Love Healing Deeksha* kassierten.

Åse verstand die Frage zuerst gar nicht: „Deeksha selbst ist völlig gratis, nur für die Vorträge und für Unterkunft und Verpflegung bezahlt man natürlich etwas.“

„Wie viel?“, insistierte Frieda.

„Achtzig Dollar pro Tag.“

„Ist das nicht ein bisschen viel Geld für eine Matratze in einem Massenlager und zwei Teller Reis mit Bohnen?“

Åse fand den Preis völlig angemessen. Immerhin würde mit

dem Geld auch der Bau eines schönen neuen Tempels finanziert, würden Bildungsangebote gemacht, würde die *Oneness University* ausgebaut.

„Aber wozu braucht es überhaupt Tempel, wenn, wie du gesagt hast, eine Deeksha wirkt, ob man daran glaubt oder nicht, ob man spirituell ist oder nicht?“

Erste Falten zeigten sich auf Åses Stirn.

„Woran glaubst *du* eigentlich?“

„An nichts“, gestand Frieda. „Am ehesten noch an die Wissenschaft.“

„Okay“, sagte Åse, „alles klar.“ Ein Schatten huschte über ihr Gesicht. Vielleicht erinnerte sie sich gerade an etwas, das ihr an der *Oneness University* beigebracht worden war.

„Du glaubst also nur an die Wissenschaft. Wenn du mich fragst, ist das vielleicht die gefährlichste Form des Glaubens: Wenn man glaubt zu wissen! Wenn man nicht mehr erkennt, dass man sich in einem Käfig befindet. Schließt denn Wissenschaft nicht auch aus? Ist sie nicht das engste, das rigideste System von allen?“

„Was soll Wissenschaft denn ausschließen?“

„Erfahrungen, die nicht logisch zu erklären, die nicht zu messen sind. Ästhetischer Genuss zum Beispiel, wie die Freude beim Lesen eines Gedichts, beim Hören eines Liedes ...“

„Ich verstehe deine Beispiele nicht, Åse. Warum, bitte schön, sollten sich ästhetischer Genuss und Wissenschaft ausschließen? Natürlich erlebe ich dadurch selbst noch keine Glücks- oder Liebesgefühle, wenn ich weiß, welche Prozesse in meinem Hirn ablaufen, wenn ich Glück oder Liebe empfinde. Und ich möchte ja auch nicht durch das Wissen um diese chemischen Abläufe mein Glücks- oder Liebesgefühl mindern, im Gegenteil. Aber zu wissen, dass ein Gefühl wie jenes, mit Gott eins zu sein, nicht notwendigerweise einen Gott als Verursacher voraussetzt, sondern erst einmal ganz natürliche, biologische Ursachen hat, ist doch auch ein Ansatz, oder? Insofern kann einem die Wissenschaft genauso weiterhelfen wie die Religion, finde ich.“

„Weiterhelfen! Inwiefern *weiter*? Und wieso *helfen*?“ Åse zitterte plötzlich am ganzen Leib. „Weißt du, wie lange die Ärzte versucht haben, mir mit Medikamenten und Psychotherapie gegen meine Depression zu helfen? Amma und Bhagavan hingegen haben mich nur anschauen müssen, und alles war gut. Seither perlt das Leid von mir ab wie Wasser vom Gefieder einer Ente."

Ein hübsches Bild, das vermutlich auch aus dem Fundus der weisen Gurus stammte. Aber war sie bereit, Åse ihre Abgeklärtheit abzunehmen? Wie lange hält das Einfetten des Gefieders wohl vor? Wie oft wirst du wiederkommen und erneut bezahlen müssen für deine Erlösung?, dachte Frieda. Achtzig Dollar pro Tag für einen Platz auf dem Matratzenlager und ein bisschen Reis mit Gemüse, so wie tausend andere Depressive. Macht achtzigtausend Dollar täglich. Abzüglich Steuern und Spesen wahrlich kein schlechtes Einkommen für Amma und Bhagavan, oder wie immer sie gerade heißen mögen, die CEOs des Heilsbusiness.

Aber sie sprach es nicht aus.

Åse schien Friedas Skepsis auch so zu spüren. Ihre körperliche Anspannung zeigte, wie sie sich innerlich aufbäumte gegen den schnöden Materialismus, gegen die Ignoranz der Nichteingeweihten.

„Und ich verrate dir noch etwas: Egal, wie viel ich dafür zu bezahlen habe – es ist es mir wert! Tausendmal mehr ist es mir wert, was ich hier bekomme, als wenn ich mir weiß Gott was leisten würde in Schweden oder sonst wo auf der Welt. Denn letztlich ist völlig unbedeutend, wie viele Dollar du hinlegst für diese Erfahrung: Sie ist und bleibt ein Geschenk!"

Amen, dachte Frieda. Und genau deshalb wird das Geschäft mit dem Heil und dem Heilen auch immer funktionieren! Mit einem Schlag war ihr klar geworden, dass keine Aufklärung, keine Wissenschaft der Welt die Menschen je davor bewahren würde, auf Scharlatane und Quacksalber hereinzufallen. Und diese benötigen nicht einmal eine großartige Werbung, suchen die Suchenden sie doch von sich aus auf, um wieder heil zu werden, um von allem Übel erlöst zu werden. Planen Urlaube danach, buchen teure Tickets, fliegen über Ozeane und Kontinente und nehmen sonst noch alles Mögliche in Kauf, um sich, am besten in der Gemeinschaft möglichst vieler Gleichgesinnter, mit ihrem Meister vereinen zu können. Wenn die alltäglichen Beschränkungen und Minderwertigkeitsgefühle sich auflösen im großen Einheitserlebnis, hast du den Himmel auf Erden gewonnen.

Ja, Åse sah selig aus. Das Einzige, was vielleicht ihr Glücksgefühl ein wenig einschränkte, war die Anwesenheit einer Nichtgläubigen, einer Unbelehrbaren. Höchste Zeit, sich zu trennen.

Sie verabschiedeten sich und wünschten einander alles Gute für die Zukunft. Vielleicht haben wir ja wenigstens dies gemeinsam: dass wir das Heil außerhalb suchen, sodass wir nie zu uns selbst finden?

Frieda überkam ein ähnlich flaues Gefühl wie nach der Diskussion mit Emma in Litschau. Das Niemandsland zwischen Wissen und Glauben, es war weitläufig und voll vergrabener Minen. Wollte sie sich wirklich freiwillig da hineinbegeben? Am Ende schießen sie noch von den Wachtürmen auf dich, dachte sie – von beiden Seiten!

*

Kaum war Åse verschwunden, klingelte ihr Handy. Dr. Piper klang überaus hektisch und nervös.

„Ich werde, wenn es Ihnen recht ist, morgen mit dem Taxi zu Ihnen kommen, muss ohnehin dringend raus aus dieser Stadt. Wäre zwölf Uhr in Ordnung?"

„Absolut", sagte sie. Sie schlug das *Santana* als Treffpunkt vor. Ihm sei alles recht, sagte er, solange er nur einen Blick aufs Meer habe und ein paar Stunden lang keine Menschenmassen ertragen müsse.

„Ach, übrigens: Waren Sie schon einmal in einer ayurvedischen Produktionsstätte?", fragte er. Frieda verneinte.

„Ich hatte ursprünglich vor, nach meinem Referat eine zu besuchen. Ein Kongressteilnehmer hat mir eine Besuchserlaubnis besorgt. Nun reise ich doch schon früher ab als geplant. Wenn Sie wollen, überlasse ich Ihnen den Schein."

„Wunderbar!“, sagte Frieda. „Das wäre wirklich ganz toll.“

„Also, dann bis morgen“, murmelte er. „Ich … äh, wir … ich meine, unser Gespräch könnte sehr informativ werden. Für uns beide.“

„In der Tat“, bestätigte sie und überlegte, was wohl der Grund für seine Nervosität sein mochte. Hatte der Kongress ihn so gestresst? Oder war er einfach einer dieser trockenen, scheuen Wissenschaftler, die keine Emotion vertrugen? Die rot anliefen, sobald sie mit einer Frau ein paar persönliche Worte wechselten?

Eigentlich hatte sie ihn noch fragen wollen, ob er schon von CHAP gehört habe. Aber sie fand, dass sie das morgen ebenso gut erledigen konnte.

„Auf Wiederhören“, fügte sie noch hinzu. Aber die Leitung war bereits tot.

Sie kehrte zurück in die Othavadai Street, um zu Abend zu essen. Jedes zweite Haus hier war ein Restaurant, das *Le Yogi* sprach sie am meisten an. Es befand sich im ersten Stock und man konnte sich aussuchen, ob man auf einem Polster am Boden oder auf einem Stuhl sitzend speisen wollte. Der Besitzer, ein ausgesucht freundlicher Nepalese, empfahl ihr hausgemachte Pizza.

„Pizza?“, lachte sie. „Nepalese style?“

„Any style, Madam.“

Sie bestellte Pizza Madras, was eine gehörige Schärfe versprach. Irgendwie war ihr jetzt danach. Dazu wünschte sie sich ein kühles Bier.

„Schwierig“, lächelte er, „wir haben seit ein paar Tagen einen neuen Polizeichef, dessen Hobby es ist, abendliche Razzias in Lokalen anzuordnen. Kein Wirt in Mamallapuram kann sich die Lizenz für den Ausschank von Alkohol leisten, aber bis vor Kurzem wurde der Verkauf von Bier an Touristen geduldet. Das hat sich leider geändert. Wenn sie nur eine einzige Flasche bei mir finden, sind fünfzigtausend Rupien Strafe fällig. Aber wenn Sie versprechen, vorsichtig zu sein, werde ich sehen, was ich für Sie tun kann.“

Er kam mit einem Becher aus Keramik wieder. In ihm, warm

und ohne Schaum, der lange vermisste Gerstensaft. Sie nippte daran, und es ekelte sie. Hier konnte man sich Alkohol schneller abgewöhnen als in einer Trinkerheilanstalt.

Als sie im Finstern auf ihr Zimmer zurückkehrte, war das Ultrabook aufgeladen. Sie nahm das Gerät mit auf die Terrasse und checkte ihre E-Mails, dann googelte sie die Homepage von *Chennai Ayurvedic Productions*. Abgesehen von einigen hübschen Bildern und einer Darstellung der Produktpalette fand sich wenig Informatives. Nicht einmal die Besitzverhältnisse der Firma wurden ausgewiesen. Dafür wurde mehrfach hervorgehoben, dass die Reinigung der Rohmaterialien strikt nach der altehrwürdigen *Suddhi*-Methode erfolge und man Wert darauf lege, dass alle Produktionsschritte GMP-konform abliefen, also den internationalen Regeln des *Good Manufacturing Practice* folgend. Die unter Kontakte angegebene Telefonnummer speicherte Frieda vorsichtshalber in ihrem Handy.

Als die Mücken sie zu plagen begannen, löschte sie das Licht auf der Terrasse, brachte das Vorhängeschloss an der Tür an und ging zu Bett. Noch gab es Strom, und aus der nahe gelegenen Nachtbar waren Reggae und Hip-Hop zu hören. Schließlich wollten die vielen, extra aus Chennai angereisten jungen Leute die Samstagnacht so lange und intensiv wie möglich genießen. An ein baldiges Einschlafen war nicht zu denken. Frieda klemmte sich einen Polster zwischen Rücken und Wand, riss das Zeitungspapier von den gekauften Büchern und schlug den *Thirukkural* auf. Der erste Zweizeiler, der ihr ins Auge sprang, trug die Nummer 1288 und lautete in der englischen Übersetzung: *Liquor is loved by drunkards, though it brings disgrace to them. So is your bosom to her, O traitor!*

Dass der Alkohol von Trinkern geliebt wird, obwohl er Schande über sie bringt, und dass Ähnliches auf das sexuelle Verlangen zutrifft … Hatte der weise tamilische Philosoph den Zweizeiler extra für sie, die zweitausend Jahre später Lebende, verfasst?

*

Eine Stimme riss sie aus dem Tiefschlaf.

Der Schweiß hatte das Leintuch mit ihrer Haut verklebt. Sie verstand nicht, was der Mann rief, es war nicht einmal klar, ob es Tamilisch oder Englisch war, was er draußen auf der Terrasse von sich gab. Erst als eine Hand das Fenster aufschob und den Vorhang wegzog, drang die Stimme ungefiltert an ihr Ohr. Sofort war klar, was er wollte. Sonnenklar.

„You fuck with me, white woman! Good fuck!"

Als Sugu ihr das Zimmer gezeigt hatte, war sie über das schwere Gitter vor den Fenstern nicht erbaut gewesen, zersägte es doch das Panorama in viele kleine Rechtecke. Jetzt war sie froh über die massiven Eisenstäbe. Es musste Sturm aufgekommen sein, denn der Wind wehte Blätter durch das geöffnete Fenster, und das Meeresrauschen hörte sich dreimal so laut an wie tagsüber.

„Hau ab!", rief sie, so laut sie konnte.

Aber der Unbekannte machte keine Anstalten, das Feld zu räumen, im Gegenteil. Erneut streckte er seinen Arm durch die Öffnung und versuchte mit seinen Fingern den Türriegel zu erreichen. Er konnte nicht wissen, dass ein kleines, aber solides Vorhängeschloss den Riegel in Position hielt. Dieses kleine Extra hatte Frieda bei jeder Reise dabei – selbst wenn sie in Ländern unterwegs war, wo es ordentliche Schlösser an den Türen gab.

Der Mann wurde es nicht müde, seinen Spruch aufzusagen, während seine Finger an der Tür herumnestelten, vermutlich war es das Einzige, was er auf Englisch wusste. Frieda streifte das Leintuch vom Körper, glitt aus dem Bett und drückte sich durch die offene Tür ins Bad. Ohne Licht anzumachen, tastete sie nach ihrer Toilettentasche. In dem kleinen Seitenfach fand sie, was sie suchte.

„Verschwinde!", brüllte sie nochmals.

Sie hoffte, den Mann durch ihre Lautstärke zu erschrecken, erntete aber nur ein dünnes Lachen. Splitternackt wie sie war, hatte sie sich ans Fenster herangeschlichen, befand sich jetzt in Reichweite des schwarzen Arms. Sie begriff, dass der Sturm und das Toben der Meeresbrandung alle Hilferufe ersticken würden, dass keiner sie unten hören konnte. Zwei Stockwerke lagen zwischen der Terrasse und der kleinen, unbeleuchteten Nebenstraße. Und wer wäre um diese Stunde überhaupt noch unterwegs?

„Let me in, white woman! Let's fuck!"

„Fuck yourself!", schrie sie und stieß ihm die Spitze der Nagelschere tief in den Unterarm.

Er brüllte wie ein Tier. Wie ein Schwein, wenn es im Schlachthaus das Blut seiner Artgenossen riecht. Mit einem Schlag war die Silhouette vor dem Fenster verschwunden.

Sie lehnte noch eine ganze Weile mit dem nassen Rücken an der Tür, als müsse sie diese sichern. Ihre Brüste zitterten. Das Mondlicht färbte ihre Füße leichenblass. Vorsichtig lugte sie zwischen den Gitterstäben hinaus.

Die Terrasse war leer.

Auf dem Geländer hockten zwei Krähen, die die Köpfe stumm in ihre Richtung drehten, ehe sie sich hinaus in den Sturm warfen.

31

Piper war noch immer ganz aufgewühlt.

Seit einer Stunde lief er nun schon in seinem Zimmer herum, hatte zweimal die Hemden gewechselt und mehrere Cola getrunken. Nach seinen Anrufen bei der Airline und bei der Journalistin ging es ihm ein bisschen besser. Der kleine Ausflug morgen würde ihm sicher guttun und seine Nerven beruhigen. Zwei Tage galt es noch durchzuhalten. Nur zwei Tage.

Wenn Blicke töten könnten.

Normalerweise stellte man sich unter solchen Blicken jene vor, die Hass und Mordlust wie eine doppelläufige Flinte auf einen abschossen. Aber die Augen des Mannes, der ihm in der Lobby den Zettel mit der Zahl „10.000“ darauf hingehalten hatte, waren ganz entspannt gewesen, fast teilnahmslos. So, als hätte er einen simplen Job zu erledigen, für den keine Emotionen vonnöten wären.

Nachdem der erste Schock überwunden war, hatte Piper versucht, seine Situation zu analysieren. Fakt war, dass es auch diesmal bei der Androhung von Gewalt geblieben war. Hätte man ihn einfach eliminieren wollen, hätte man sich eine neuerliche Warnung ersparen können, wie schon zuvor das erpresserische Angebot mit der Million Dollar. Es war offensichtlich: Er sollte unter Druck gesetzt und vertrieben werden. Sie mussten befürchten, er wolle beim Kongress mit gefährlichen neuen Erkenntnissen auftrumpfen. Mit Ergebnissen, die eine weitere Verschärfung der Gesetze nach sich ziehen würden. Was ihnen das Geschäft erschweren, wenn nicht gar verderben würde.

Wer immer *sie* waren.

Grundsätzlich kamen einige dafür in Frage. Aber was den nordamerikanischen Markt anlangte, zogen nur zwei indische Konzerne die Fäden: AYMA und CHAP.

Wieso hatte er John nicht als seinen Bodyguard mitgenommen? Der fitte Pensionist hätte das Angebot sicher angenommen. Mancini hatte ihn dringend davor gewarnt, nach Indien zu reisen. Wenn es schon in Boston gefährlich gewesen war, wie viel bedrohlicher würde die Situation dort sein, wo seine Widersacher alle Trümpfe in der Hand hielten? Aber nachdem er von Nair und seinem Auftraggeber über all die Monate nichts mehr gehört hatte, war ihm das Risiko überschaubar erschienen. Und woher sollten die Erpresser wissen, dass er, Piper, nach Chennai kommen würde, um hier über seine neue Studie zu referieren? Er hatte seine ursprüngliche Zusage zur Teilnahme am Kongress ja zurückgenommen und erst im letzten Moment mit Rastogi, dem Programmverantwortlichen, telefonisch vereinbart, nun doch kommen zu wollen. Als Überraschungsgast, gewissermaßen. Nun, offenbar war die Überraschung nicht für alle so groß gewesen.

Zehntausend Rupien, wie gesagt. Das Einzelzimmer im *Raintree Hotel* kostete exakt so viel wie ein Auftragsmord.

Dass sie wussten, wo er wohnte, beunruhigte ihn am meisten. Ein Hotelwechsel, davon war er überzeugt, würde dennoch nichts bringen. Wenn sie herausfinden konnten, dass er im *Raintree* abgestiegen war, würden sie ebenso leicht das nächste Ziel in Erfahrung bringen. Und selbst wenn er, ganz gegen seine Gewohnheit, irgendwo ein billiges Privatzimmer nahm und es schaffte, dort anonym zu bleiben, so musste er doch am Montagmorgen ins *Chennai Trade Centre* kommen. Die Sicherheitsvorkehrungen im Kongressgebäude waren hoch, an jeder Ecke wurde man genötigt, seinen Ausweis zu zeigen. Aber wer sollte ihn auf der Straße beschützen, sobald er das Taxi verließ? Er konnte wohl davon ausgehen, dass er auf Schritt und Tritt beschattet wurde. Und bei den Verkehrsverhältnissen in dieser Stadt war es so gut wie unmöglich, einen Verfolger zu bemerken.

Zwei Tage … Die nächsten zwei Tage musste er irgendwie überstehen, gleich nach seinem Referat würde er ohnehin abreisen. Er war erstaunt und erfreut darüber gewesen, wie problemlos die Umbuchung des Flugs funktioniert hatte. Montagnachmittag, fünfzehn

Uhr dreißig. Von dieser Änderung seiner Reisepläne konnten sie nun doch nichts wissen.

Aber was war schon sicher, wenn man sich in diesem Land mächtige Feinde gemacht hatte? Wenn man jemandem in den goldenen Topf spuckte, der nicht als Spucknapf gedacht war, sondern als Schmuckschatulle. Als Arzt war er sich dessen bewusst, dass auch im Westen genügend dubioses Zeug auf den pseudo-medizinischen Markt geworfen wurde, wenn es darum ging, die Leute dort abzuholen, wo sie, zu Recht oder Unrecht, ihre größten Probleme orteten: bei Fettleibigkeit und Potenzschwäche. Damit ließ sich weltweit gutes Geld verdienen. Aber wenigstens handelte es sich bei den einschlägigen westlichen Kügelchen und Tröpfchen zumeist nur um Placebos – und nicht um schwermetallstrotzende Zeitbomben, die, als harmlose Nahrungsergänzungsmittel getarnt und damit der Kontrolle der Gesundheitsbehörde entzogen, aus dem Internet auf die Bevölkerung abgeworfen wurden.

Piper hatte beschlossen, keinen unnötigen Schritt mehr vor die Tür zu machen. Wozu gab es mit dem *Above Sealevel* ein exquisites Fischrestaurant auf der Dachterrasse seines Hotels, von der man zudem einen fantastischen Blick über die Stadt hatte? Bis hin zum St. Thomas Mount im Süden, wo der Apostel Thomas angeblich den Märtyrertod erlitten hatte. Eine gegrillte Goldbrasse, ein Gläschen Chardonnay und danach ein bisschen Fernsehen auf dem Zimmer – das war alles, was heute noch auf der Agenda stand. Und morgen würde er in aller Früh seine Rechnung verlangen und ein Taxi bestellen. Wäre doch gelacht, wenn er es nicht schaffte, das Hotel unbemerkt durch den Hintereingang zu verlassen und für die nächsten vierundzwanzig Stunden in dieses Kaff am Meer zu verschwinden. Am Montag dann eine Taxifahrt von Mamallapuram direkt zum *Chennai Trade Centre,* für ein Referat, bei dem alle den Atem anhalten würden. Danach ein letztes Taxi Richtung Flughafen.

Wäre doch gelacht, wiederholte Dr. Richard Piper innerlich. Wozu war man Wissenschaftler? Präzises Planen lag einem doch im Blut.

Er rief bei der Rezeption an und reservierte einen Tisch.

„Für Sie allein, Sir?“

„Natürlich.“

Er zog die verschwitzten Sachen aus und begab sich unter die Dusche. Den leichten Leinenanzug hatte er bereits herausgelegt. Genau die richtige Kleidung, um seine letzte Nacht in Chennai genießen zu können.

*

Pünktlich um neunzehn Uhr trat er aus dem Lift.

Eine frische Brise war aufgekommen – oder bildete er sich das nur ein? Lag es nur an der Höhe, in der man sich hier befand?

Piper lehnte an der Brüstung und zündete sich einen Zigarillo an. Er gönnte sich selten Tabak, aber der Ausblick von der Terrasse des *Raintree Hotel* war nichts weniger als fulminant und verdiente sich eine kleine Sünde. Im Osten schwelte der Indische Ozean im letzten Abendlicht, unter ihm lief der Abendverkehr auf einem grellrot strahlenden Spinnennetz. Und wenn er sich umdrehte, verdoppelte das Wasser des Swimmingpools den nächtlichen Himmel zu einem ungeheuren Dunkelblau. Die Sitarmusik, mit der sie das Restaurant beschallten, wirkte beruhigend und anregend zugleich. Piper spürte, wie der Appetit sich meldete, obwohl es noch früh war und erst wenige Gäste an den Tischen saßen. Er war eben im Begriff, sich von der Brüstung zu lösen und sich seinen Platz zuweisen zu lassen, als eine stattliche, weiß gekleidete Gestalt auf ihn zutrat.

„Dr. Piper, nicht wahr?“

Der Mann trug einen Turban und einen silbernen Vollbart. Seine ganze Erscheinung sollte seriös, vertrauenseinflößend wirken. Dennoch fühlte Piper sich bei dem Anblick unwohl.

„Guten Abend“, sagte er, anstatt auf die Frage einzugehen. „Mit wem habe ich die Ehre?“

„Mit einem Verehrer“, sagte der Turbanträger. „Wir sind uns bereits im Restaurant des *Trade Centre* begegnet, besser gesagt, wir saßen fast nebeneinander. Aber Sie hatten wohl zu viel mit Ihren Fachkollegen zu besprechen, als dass Sie mich bemerkt hätten. Apropos: Gedenken Sie auch hier zu speisen?“

„Weshalb fragen Sie?“

Es passte ihm überhaupt nicht, dass der andere ihn kannte, während er nichts von ihm wusste. Außerdem wollte er allein sein und kein Small Talk führen müssen. Nicht einmal mit einem Verehrer. Nicht an diesem Abend.

„Ich würde Sie gerne zu einem kleinen Aperitif an der Bar einladen, Sir. Und ich verspreche auch, Sie nicht lange aufzuhalten.“

„Na schön. Gerne.“

Es war eine glatte Lüge. Aber Piper wusste, wie hypersensibel die Menschen hier reagieren konnten, wenn man eine Einladung ausschlug. Das hatte er schon einmal erlebt, als er der Einladung eines Kollegen aus New Delhi, der in die neue Studie eingebunden war, nicht nachgekommen war.

„Dann darf ich Sie bitten, mir zu folgen, Sir.“

Sie überquerten die Terrasse, und Piper fiel auf, dass der Mann mit dem Turban keine Schuhe, sondern weiße Sandalen trug. Andere Farben als Weiß schien es für ihn nicht zu geben. Falls man Weiß überhaupt als Farbe akzeptierte.

„Etwas fruchtig Erfrischendes oder doch lieber einen guten alten Scotch, Sir?“

Der Zigarillo gloste noch immer zwischen Pipers Fingern. Warum nicht, dachte er. Sich ein wenig aufzupäppeln konnte nicht schaden.

„Haben Sie zufällig Talisker?“, fragte er den Barkeeper.

Den Single Malt aus der kleinen, aber feinen Brennerei von Skye. Er hatte ihn als einzigen in seinem Wohnzimmerschrank deponiert. Als Bücherständer gewissermaßen, der die aktuelle von der historischen medizinischen Fachliteratur trennte. Das letzte Mal war die Flasche anlässlich des Besuchs von John Mancini geöffnet worden.

„Sorry, Sir. Aber ich könnte Ihnen einen wunderbaren Glenmorangie anbieten. Satte achtzehn Jahre alt.“

„Den würde ich Ihnen auch empfehlen", mischte sich der Weiße ein, „die Oloroso-Sherryfässer verleihen diesem Whisky etwas ganz Besonderes."

Piper nickte. Dann fiel ihm ein, dass er bis dato nicht einmal den Namen seines Gastgebers kannte.

„Singh", sagte der Weiße. „So wie praktisch jeder männliche Sikh heißt. Wussten Sie, dass Singh Löwe bedeutet?"

Nein, das hatte Piper nicht gewusst. Das Eis in Singhs Glas klirrte leise, als sie anstießen. Piper hatte es vorgezogen, seinen Whisky pur zu trinken. Ohne Eis. Ohne Wasser.

„Auf die Wissenschaft!", sagte Singh.

„Auf die Wissenschaft!", sagte Piper. „Sie sind also auch Forscher?"

„Nun, das wäre wohl übertrieben", lächelte der andere. „Obwohl ich es mir zur Aufgabe gemacht habe, das Naturell der Menschen zu erforschen, mit denen ich zu tun habe. Mitunter auch jenes von Größen der Weltgeschichte, die gar nicht mehr unter uns weilen. Nietzsche zum Beispiel. Ich darf, denke ich, von mir behaupten, nicht nur die meisten seiner Werke zu besitzen, sondern sie auch gelesen zu haben. *Der Wille zur Macht*, *Jenseits von Gut und Böse* und so weiter. Man kann eine Menge von diesem deutschen Philosophen lernen. Privat wie beruflich."

„Okay", staunte Piper. Es gab sicher nicht viele Nietzsche-Anhänger in Indien. „Und in welcher Branche sind Sie tätig?"

„Export. Ayurvedische Präparate aller Art."

„Oh!"

Mehr sagte Piper nicht. Aber aus dem schlichten *Oh* sprudelte ein tiefer Quell der Erkenntnis. So wie aus der Silbe Om für Hindus und Buddhisten die Gegenwart des Absoluten tönt.

Diese Erkenntnis hätte ihn, den Wissenschaftler, eigentlich in helle Aufregung versetzen müssen. Stattdessen überkam ihn plötzlich eine unglaubliche Müdigkeit. Als hätte er Rohypnol geschluckt oder sonst ein Barbiturat. Seine Lider wurden schwerer und schwerer. *Maran*, schoss es ihm durch den Kopf, *maran* … Dieser höchst ambivalente Begriff aus dem Ayurveda. Wonach die giftigsten Schwermetalle umgewandelt würden in harmlose Silbermedizin. Andererseits hieß *maran* nichts anderes als töten.

Er sah gerade noch, wie Singh eine kleine Handbewegung machte. Sie war nicht für ihn bestimmt. Piper versuchte sich umzudrehen, aber seine Muskeln wollten ihm nicht gehorchen. Singh nahm ihm das Whiskyglas aus der Hand. Gerade noch rechtzeitig, ehe es aus den kraftlosen Fingern gleiten konnte.

„Ajith, bitte hilf doch Dr. Piper“, sagte Singh zu jemand, der jetzt in Pipers Blickfeld trat. „Es wird wohl der Kreislauf sein, der Abend ist ja auch gar zu schwül. Wir müssen den Doktor auf sein Zimmer bringen.“

Piper versuchte Einspruch zu erheben, aber er brachte kein Wort hervor. Seine Beine waren ganz leicht, ganz schwer. Er registrierte, dass sie ihn zum Lift schleppten, mit seinen Armen über ihren Schultern.

„Gute Nacht, Sir“, rief ihm der Barkeeper nach. „Und gute Besserung!“

Schlafmittel waren nicht unbedingt Pipers Fachgebiet. Aber so viel wusste er: Der Alkohol würde deren Wirkung potenzieren. Und Barbiturate besaßen eine sehr geringe therapeutische Breite. Was nichts anderes bedeutete, als dass es leicht zu einer Überdosierung kommen konnte, womit aus dem Schlafzwang eine veritable Atemlähmung würde.

Dann gute Nacht, in der Tat!

Dass sie im Lift abwärts fuhren, bekam er schon nicht mehr mit.

32

Sie zögerte einen Augenblick, dann riss sie die Tür zur Terrasse auf.

Die Luft war frisch, das Meer glitzerte, die Brandung rollte an den Strand, wo ein paar Fischer hockten und ihre Netze flickten. Keine einzige Wolke am Himmel. Ein friedlicher Sonntagmorgen.

Das Einzige, was an den nächtlichen Besuch erinnerte, waren die Blutstropfen auf dem Fensterbrett.

Frieda duschte so lange, bis das Wasser kalt wurde, auch für die Morgentoilette nahm sie sich mehr Zeit als sonst. Als sie endlich auf die Straße trat, herrschte bereits geschäftiges Treiben. Eine Kuh mit einem roten Punkt zwischen den Hörnern versperrte ihr den Weg, und sie zuckte heftig zusammen, als etwas sie an der Schulter traf. Erst als ein paar Kinder vor Vergnügen juchzten, begriff sie, dass sie einen Ball nach ihr geworfen hatten. Jeder Mann, der ihr begegnete, verstärkte das flaue Gefühl in ihrem Magen, und sie war richtig froh, als sie im *Nautilus*, einem Restaurant in einer Querstraße der Othavadai Street, einige ältere Touristen beim Brunch sitzen saß. Die Gegenwart weißer Gesichter wirkte alleine schon beruhigend.

Der Inhaber des Lokals war ein älterer Franzose, der sie, mit der Zigarette in der Hand, jovial begrüßte und sich als Pierre vorstellte.

„Gut geschlafen?“, fragte er auf Englisch mit schwerem französischem Akzent. „War ja wohl ein bisschen stürmisch, die letzte Nacht.“

Sie warf ihm einen misstrauischen Blick zu, aber Pierres Augen lächelten sie arglos an.

„Ja“, sagte sie und ließ bewusst offen, ob sie sich dabei auf ihren Schlaf oder den Sturm bezog. Sie bestellte Cappuccino und Toast mit Rührei. Das erste Mal seit knapp drei Wochen, dass sie dem südindischen Frühstück ein europäisches vorzog.

Während sie auf das Essen wartete, notierte sie auf dem Ultrabook einige Fragen, die sie Piper stellen wollte. Dann sah sie, dass Leo ihr zwei neue Mails geschickt hatte. Beide begannen mit derselben Frage: *Wo bist du?* Offenbar war er nicht nach Wien zurückgekehrt und auch nicht mehr im Resort, sondern hatte sich an ihre Fersen geheftet. *Ich lasse dich nicht so einfach gehen, dazu bist du mir zu wichtig.* Na, dann viel Glück, Poldi, dachte sie. In Indien jemanden finden zu wollen, der nicht gefunden werden wollte, setzte schon eine ganze Menge an investigativer Fähigkeit voraus. Oder Intuition. Mit beidem war Leopold Lauber ihrer Erfahrung nach nicht wirklich gesegnet.

Sie beschloss, auf seine Mails nicht zu reagieren. Stattdessen schrieb sie eine an Fillinger und teilte ihm mit, dass sie ihren Urlaub eine Woche verlängern werde. Erklärte kurz, dass sie vorhatte, in Pondicherry den Ort aufzusuchen, wo Bernd ums Leben gekommen war, und bat den Chefredakteur, im Polizeibericht nachzusehen und ihr zu schreiben, wo genau der Unfall passiert war. Abschließend teilte sie ihm mit, dass sie jetzt wieder an der Ayurvedageschichte dran sei, in einer Stunde ein Interview mit Dr. Richard Piper führen und morgen *Chennai Ayurvedic Productions* einen Besuch abstatten werde. Dass das Ganze mit einer Aufzeichnung Bernds zusammenhing, erwähnte sie nicht. Auch nicht, dass sie noch einer weiteren interessanten Notiz nachgehen wollte. Dafür schrieb sie launig als Postskriptum, Fillinger könne ihr die zusätzliche Urlaubswoche ja gerne wieder in Arbeitszeit umwandeln, sollte aus der Story doch noch etwas werden.

Nach einem zweiten Cappuccino spazierte sie hinüber ins *Santana*. Sugu telefonierte gerade, und sie gab ihm zu verstehen, dass sie etwas mit ihm besprechen wollte. Als er nach zehn Minuten endlich Zeit für sie hatte, erzählte sie ihm von ihrem nächtlichen Besuch. Er zeigte sich darüber wenig erstaunt.

„Diese *Chennai Boys*“, sagte er. „Kommen nur her, um sich anzusaufen und Mädchen aufzureißen. Es ist jedes Wochenende dasselbe. Aber ich verspreche Ihnen, dass Sie heute Nacht nicht mehr belästigt werden. Spätestens am Sonntagnachmittag fahren die nämlich alle wieder zurück in die Stadt.“

Und woher wolle er wissen, dass es nicht einer von hier war? Dass der Mann über zwei Stockwerke rauf zu ihr auf die Terrasse gefunden hatte, sprach doch dafür, dass er sich gut auskannte in der Fisherman Colony.

Sugu winkte heftig ab.

„Unmöglich“, rief er, „unsere Jungs würden so etwas nicht machen!“ Dafür lege er seine Hand ins Feuer. Aber wenn es sie beruhige, werde er mit dem Polizeichef darüber reden.

„Gute Idee“, sagte sie. „Der kann auch gerne jemanden vorbeischicken, der eine Blutprobe des Täters zur Analyse mitnimmt.“

„Täter?“ Sugus Stirn runzelte sich. „Das ist dann doch etwas übertrieben, Madam. Schließlich ist ja nichts passiert, einmal davon abgesehen, dass Sie auf jemanden eingestochen haben. Obwohl es vielleicht nur ein dummer Streich war.“

Ein dummer Streich! Sie wollte aufbrausen, verzichtete dann aber darauf. Wenn schon ein ihr wohlgesonnener Hotelbesitzer so reagierte, war unschwer auszurechnen, wie die Polizei damit umgehen würde. Im besten Fall würde man sie stundenlang befragen und ein Protokoll aufnehmen, um den Anschein zu erwecken, dass man die Belästigung einer Touristin ernst nahm; im schlimmsten Fall konnten sie ihr sogar Schwierigkeiten machen, weil sie einen Unbekannten verletzt hatte. Einen dummen Jungen, der sicher nur Spaß machen wollte …

„Okay, vergiss es“, sagte sie mehr zu sich als zu Sugu. Dann fragte sie ihn, wie es möglich war, dass der alte Säufer mit der Che-Visage, dem sie gestern über den Weg gelaufen war, gleich literweise Bier horten konnte, während es in den Restaurants und Geschäften unmöglich war, eines aufzutreiben.

„Ach, wissen Sie, Ben kommt schon seit Jahren auf Urlaub nach Mamallapuram“, grinste Sugu, „der kennt sich hier aus. Einer wie er riecht förmlich, wo es gerade Alk gibt. Momentan kriegt man Bier und Schnaps in dieser stinkenden Blechhütte an der EC Road zu kaufen, circa einen Kilometer nördlich der Ortstafel. Dient als Liquor Shop. Dort decken sich Typen wie er mit Stoff ein.“

Sie hörte die Verachtung in seiner Stimme und fragte sich, wie er wohl reagieren würde, wüsste er um ihren Alkoholkonsum.

„Legal?“, fragte sie.

Sugu zuckte vage mit der Schulter. Auch eine Antwort. Sich festzulegen war seine Sache nicht. Aber vielleicht war es ja die einzige Möglichkeit, hier als Geschäftsmann zu überleben. Warum sollte man mit seiner wahren Meinung nicht hinterm Berg halten, solange der saufende Dauergast imstande war, die geforderte Miete zu berappen?

Sie setzte sich an einen Tisch und bereitete ihren kleinen Digitalrekorder für die Aufnahmen vor. Es war zwölf Uhr. Ihr Interviewpartner musste jeden Augenblick eintreffen.

Die stinkende Wellblechhütte draußen an der East Coast Road ging ihr nicht aus dem Sinn.

33

Primum non nocere. Wenigstens schaden solle es nicht.

Eines der hehrsten Prinzipien seiner Profession, fand Piper. Und wohl nicht zufällig auch das Motto des heurigen interdisziplinären Medizinerkongresses in Chennai. Er selbst hatte einen Gutteil seiner Rede darauf aufgebaut. Aber was sollte ihm jegliche Rhetorik, jeglicher moralische Impetus jetzt groß helfen? Irgendwie war er in eine Lage geraten, in der der Schaden absolut absehbar war.

Wie immer man sich verhielt.

Der weiß gekleidete Bärtige, der behauptet hatte, Singh zu heißen, war verschwunden. Dafür hockte ein alter Bekannter aus Boston am Bettende. Mit einem dieser matt glänzenden Dinger in der Hand, die auch für einen noch halb Betäubten unschwer zu identifizieren sind. Die auf den Lauf geschraubte metallene Hülse hatte vermutlich die Funktion, den Schall höchst effektiv auf Zimmerlautstärke zu dämpfen. John Mancini hätte Marke und Kaliber der Pistole sicher auf den ersten Blick nennen können. Aber Mancini befand sich ziemlich genau auf der gegenüberliegenden Seite der Erdkugel.

„Nun, wieder fit?“, fragte Nair. „Entscheidungsfähig?“

Piper spürte, wie seine Sinnesorgane langsam wieder ansprangen. Offenbar ließ die Wirkung des Zeugs, das man ihm in den Whisky gemischt hatte, bereits nach. Präzise Dosierung, analysierte der Wissenschafter in ihm.

„Entscheidungsfähig?“, wiederholte der andere.

„Warum bringen Sie mich nicht einfach um und wir ersparen uns das Theater?“ Okay, das klang verdammt resignativ. Und warum auch nicht? Irgendwie war er des Ganzen überdrüssig.

„Das ist die *eine* Option, Sir.“

Ein kurzer Satz. Lakonisch, ohne Erläuterung. Was zweifelsohne seine Wirkung steigerte.

Dass er ihn noch immer *Sir* nannte, war, das spürte Piper, nicht ironisch gemeint. Der Mann schien durchaus Respekt vor ihm zu haben. Was nichts daran änderte, dass er keine Sekunde zögern würde, die Waffe zu gebrauchen, sollte er es für angezeigt halten. Auch davon war Piper überzeugt. Aber offenbar gab es ja noch eine Alternative.

Nair zog ein längliches Kuvert aus seiner Sakkotasche.

„Die andere Option", sagte er emotionslos. Er legte das Kuvert auf Pipers Brust, klopfte mit dem Zeigefinger darauf.

Piper ahnte, was sich darin befand.

„Das ist ein Ticket für die Maschine um dreiundzwanzig Uhr vierzig von Chennai nach New York. Die können Sie noch kriegen, ich würde Sie sogar persönlich zum Flughafen bringen. Es wäre allerdings das letzte Mal, dass ich etwas für Sie tue. Definitiv. Sollten wir uns noch einmal treffen müssen, können Sie davon ausgehen, dass es keine Optionen mehr für Sie geben wird. Kapiert?"

Piper nickte. Er fühlte sich unendlich müde, sein Kinn blieb unten. Wenigstens konnte er wieder beschwerdefrei atmen. Er spürte mehr, als er sah, dass Nair sich erhob.

„Nun zu Ihrer Gegenleistung: Diesbezüglich hat sich seit Juni nichts geändert. Sie verzichten einfach auf jede weitere Studie, die sich mit ayurvedischen Produkten beschäftigt, und natürlich werden Sie keine einschlägigen Referate mehr halten. Die seinerzeit angebotene Summe, das werden Sie verstehen, ist jetzt allerdings nicht mehr drin. Sie haben uns bereits zu viele Spesen und Nerven gekostet. Dass mein Herr Ihnen das Leben schenkt, ist, finde ich, ohnehin überaus großzügig. Meinen Sie nicht auch, Dr. Piper?"

Erneutes Nicken.

„Dann gehe ich davon aus, dass wir uns einig sind."

Nair zog Pipers Handy, das er an sich genommen hatte, aus seiner Hosentasche und checkte die Liste der Anrufe.

„Ist das die Nummer von Rastogi?" Er drehte Piper das Display hin.

Piper bestätigte, dass es sich um die Telefonnummer des Veranstalters handelte.

„Dann werden Sie ihm jetzt ein kurzes SMS schicken, in dem Sie ihm mitteilen, dass Sie aufgrund eines Todesfalls in Ihrer Familie vorzeitig abreisen mussten und deshalb morgen Ihr Referat leider nicht halten können."

Piper tippte die Botschaft ein, es gelang ihm nur mit Mühe. Er hatte seine Muskulatur immer noch nicht vollständig unter Kontrolle. Nair hockte neben ihm und las mit.

„Danke", sagte er, als Piper fertig war und die Sendebestätigung erschien. „Das Ding werden Sie ja nun nicht länger benötigen. Sorgen wir dafür, dass Ihr Reisegepäck leichter wird."

Nair öffnete einen Fensterflügel, dann ließ er das Smartphone in die Tiefe fallen.

„Besser das Telefon als Sie, nicht wahr?"

Wieder war seiner Miene keinerlei Emotion abzulesen.

„Und jetzt werde ich Ihnen beim Packen helfen, Dr. Piper, Ihr Flug geht ja bereits in dreieinhalb Stunden."

34

Er war nicht gekommen.

Sie hatte eine geschlagene Stunde im *Santana* gewartet, ehe sie ihn anrief. Schließlich konnte Piper irgendwo im Stau stecken, oder das Taxi hatte einen Platten oder an der Tankstelle war das Benzin ausgegangen – es gab Hunderte Möglichkeiten, warum man in Indien einen Termin nicht einhalten konnte, und sie wollte ihm keinen zusätzlichen Stress bereiten.

Als sie um dreizehn Uhr seine Nummer wählte, empfing sie kein Signal. Sie probierte es mehrere Male hintereinander, das Ergebnis war immer dasselbe.

Ihr fiel ein, wie nervös Piper bei seinem Anruf geklungen hatte. Ob er in Schwierigkeiten steckte? Aber wieso war er telefonisch nicht erreichbar und rief nicht an? Und sie wusste nicht einmal, wo in der Millionenstadt er sich aufhielt.

Sie googelte die Telefonnummern der besten Hotels von Chennai, dann rief sie eins nach dem anderen an. Bereits der vierte Versuch erwies sich als Volltreffer.

Ja, Dr. Richard Piper habe im *Hotel Raintree* gewohnt, hieß es, aber letzte Nacht überraschend ausgecheckt. Ob er nur das Hotel gewechselt habe oder überhaupt abgereist sei? Das könne man nicht sagen, Dr. Piper habe keinen Grund genannt. Sie dachte an die Besuchserlaubnis für die *Production Unit*, die Piper ihr versprochen hatte. Vielleicht hatte er ja etwas für sie abgegeben? Einen Zettel, ein Kuvert?

„Sorry, Madam, no messages, no letters whatsoever."

Frieda bedankte sich für die spärlichen Informationen und schrieb ein Mail an Piper, in dem sie ihre Hoffnung zum Ausdruck brachte, dass es ihm gut gehe und man das Treffen ein andermal nachholen könne. Dann brachte sie den Computer auf ihr Zimmer, zog sich ein leichtes Kleid an und nahm spontan eine Autorikscha zur *Tiger's Cave*. Der uralte Pallavatempel, fünf Kilometer nördlich von Mamallapuram gelegen und laut Führer eine Topattraktion, befand sich in absoluter Strandnähe, weshalb sie auch ihr Badezeug einpackte.

Vielleicht ließ sich mit diesem Sonntagnachmittag ja doch noch etwas anfangen.

*

Auf halber Strecke sah sie die Wellblechhütte. Sie wusste sofort, dass es jene war, von der Sugu gesprochen hatte.

Trotz der brütenden Hitze hatte sich eine lange Menschenschlange davor gebildet, allesamt Männer. Sie bat den Taxifahrer anzuhalten und beobachtete, wie durch die kleine, vergitterte Öffnung Geldscheine und Flaschen den Besitzer wechselten. Plötzlich spürte sie ein unbändiges Verlangen, ebenfalls etwas Hochprozentiges zu erwerben. Egal, wie das Zeug hieß, egal, wie es schmeckte. Hauptsache, die dämpfende Wirkung würde sich wieder einmal einstellen und ihre Nerven beruhigen. Vielleicht ließe sich damit sogar ihr schlechtes Gewissen Leo gegenüber ein wenig mildern. Doch als immer mehr Männer zu ihr herüberblickten, verließ sie der Mut.

„Let's go", sagte sie.

Der Fahrer gab Gas, und der blecherne Dreiradler setzte sich tuckernd in Bewegung. Von irgendwoher mussten die Tuk-Tuks ja ihren Namen haben.

Beim Eingang zum *Tiger's Cave* wurde sie von einem schwitzenden, dicken Tamilen mit rotem Kopftuch und einer Blumenkette um den Hals empfangen. Er tat, als wären sie alte Bekannte. Ohne zu sagen, was er dafür wollte, begann er sie durchs Gelände zu führen und auf sie einzureden. Mehrmals erklärte sie ihm, dass sie keinen Guide benötige, aber er ließ sich nicht abschütteln. Sie hörte nur halb zu, als er ihr die Funktion des großen Lingam erläuterte und wozu die Tempel vor vielen hundert Jahren aus dem Fels herausgeschnitten worden waren. Erst als er auf die zehn bis zwanzig Meter hohen Felsblöcke zwischen den Palmen verwies, wurde ihr Interesse geweckt. Was daran liegen konnte, dass die Steinbrocken jenen ähnelten, die seit der letzten Eiszeit in der Waldviertler Blockheide herumlagen.

„Wissen Sie, wozu die Einkerbungen hier dienten?“, fragte sie der Dicke.

Sie hatte keine Ahnung und schüttelte den Kopf. Mit ihrer Reaktion war der Vertrag mit ihm unterzeichnet, das entnahm sie seinem siegessicheren Blick. Und wenn schon. Sie hatte jetzt einfach keine Lust, mit dem Mann über die Bezahlung zu verhandeln.

„Als Kletterhilfe. Diese Felsen verwendete man nämlich früher als Ausguck, und auf diesem da …“, er wies auf einen besonders steil aufragenden, „auf diesem, den wir *Watchtower* nennen, hat man Warnfeuer für die Schiffe draußen auf See entzündet, wie auf Leuchttürmen. Ich selbst habe eine ganz besondere Beziehung zu diesem Felsen, Madam. Er hat mir nämlich das Leben gerettet.“

Sie verstand es metaphorisch. Aber ihr selbst ernannter Führer behauptete, das mit der Lebensrettung sei durchaus wörtlich zu verstehen. Als das große Seebeben von 2004 auch diesen Küstenabschnitt heimsuchte, habe er gerade noch rechtzeitig auf den Watchtower klettern können, erzählte er, alle anderen um ihn herum seien von der Flut weggerissen worden. Stundenlang habe er damals oben ausgeharrt, ehe er sich wieder herunterwagte. Darum opfere er seit diesem dramatischen Ereignis jede Woche eine Blumenkette vor dem Stein. Sprachs und zog die weiße Girlande über seinen Kopf, um sie am Fuß des Felsens zu platzieren.

Wenn sie nicht wahr sein sollte, ist die Anekdote jedenfalls gut erfunden, dachte Frieda. Sie zeigte, wie sehr das Trauma des Tsunami sich in die Hirne der Menschen hier eingebrannt hatte. Schließlich waren allein in Tamil Nadu über zweitausend durch die Flutwelle umgekommen.

Im selben Augenblick sah sie die Kobra und schrie entsetzt auf.

Sie hatte wirklich ein denkbar schlechtes Verhältnis zu Schlangen. Selbst wenn es sich dabei nur um harmlose Nattern handelte.

Sie war im Baggerloch geschwommen, wie sie den Grundwassersee nannten, der die alte Schottergrube geflutet hatte und der ihnen im Sommer zur Abkühlung diente. In die sechste Klasse war sie damals gegangen. Sie hatte die kleinsten Brüste von allen gehabt, ein fürchterliches Defizit in dem Alter. Aber schwimmen, schwimmen konnte sie wie keine andere. Die flinke Frieda, so lautete ihr Spitzname in der Oberstufe des Gymnasiums. Täglich zog sie im Baggerloch ihre Runden, schlug auch die Jungs bald um Längen. Bis zu dem Tag, als neben ihr plötzlich das kleine schuppige Dreieck auftauchte, mit den gelben Flecken am Hinterkopf. Das Reptil war vielleicht eineinhalb Meter lang, doch so, wie es parallel zu ihr und fast in Griffweite durchs dunkelgrüne Wasser glitt, erschien ihr das Tier viel länger. Sie bekam augenblicklich einen Krampf im Oberschenkel, der auf ihren ganzen Körper übergriff. Hätte nicht ein Mann auf einer Luftmatratze ihre Schreie gehört und sie ans Ufer geschleppt, sie wäre jämmerlich ertrunken. Ersoffen wegen einer verdammten Ringelnatter. Wer wollte so etwas auf dem Partezettel stehen haben!

Da war diese Kobra schon ein anderes Kaliber.

Der Dicke neben ihr lachte. Sie hatte sich unwillkürlich hinter ihm verschanzt.

„Keine Angst“, sagte er, „das ist nur Udu. Man hat ihr längst die Giftzähne gezogen. Udu ist nicht gefährlicher als ein Kaninchen. Sie ist so etwas wie das Maskottchen von *Tiger's Cave*.“

35

Nach der einstündigen Unterredung mit Singh war Ajith überaus zufrieden.

Ein weiterer Auftrag, den er erfolgreich zu Ende gebracht hatte. Der ältere Bruder hatte ihn gelobt und in Aussicht gestellt, dass er mit einer kräftigen Aufwertung seiner Position im Konzern rechnen dürfe. Anstatt fürs Grobe solle er künftig für Organisatorisches in Delhi zuständig sein. Ein Filialleiterjob, gewissermaßen. Damit wäre er natürlich auch von seiner ursprünglichen Heimat weiter weg als je zuvor. Aber warum nicht? Seit Chandras und Ammas Tod hatte er kein Verlangen mehr, irgendwann dorthin zurückzukehren. Ausgestattet mit einer neuen Identität konnte er in Delhi ein neues Leben aufbauen. Was freilich bedeutete, dass er sich neuerlich mit einem neuen Namen würde anfreunden müssen. Seine keralische Herkunft hatte der ältere Bruder ja bereits nach der blutigen Geschichte vor neun Jahren erfolgreich zu verschleiern gewusst. Die Polizei von Trivandrum hatte sich die Zähne daran ausgebissen.

Er durchmaß die Halle gemessenen Schrittes, wie es seine Angewohnheit war. Grüßte Aisha, die am Empfang saß, mit einem lässigen Kopfnicken, und wollte bereits die gläserne Drehtür betreten, als er die weiße Frau neben ihr sah. Ihr kurz geschnittenes rotes Haar leuchtete wie eine Fackel. Eine schöne Frau, schlank und hochgewachsen. Überaus attraktiv. Er hielt inne und lauschte dem Gespräch.

„Ich denke, dass es doch möglich sein sollte, einen Ihrer Chefs zu sprechen", sagte die Rothaarige und schob Aisha diskret ein paar Scheine hinüber.

„Ich werde sehen, was sich machen lässt."

„Vielleicht hilft es ja, wenn Sie erwähnen, dass ich eine Kollegin von Bernd Lussnig bin …"

Ein Ruck ging durch Ajith. Er erinnerte sich nur allzu gut an den Namen. Sollte die Sache doch noch nicht ausgestanden sein?

„Ich werde mein Möglichstes versuchen", sagte Aisha.

„Danke", sagte die andere.

Ajith hatte noch klar vor Augen, wie er Piper zum Einchecken begleitet hatte. Der Mann hatte ausgesehen wie ein lebender Toter. Fahl im Gesicht, physisch und psychisch gebrochen. Er würde es nie mehr wagen, ihnen nochmals in die Quere zu kommen. Das war seine feste Überzeugung gewesen, als der Amerikaner in Richtung Passkontrolle schlurfte. *Mission accomplished.* Und jetzt, aus heiterem Himmel, tauchte plötzlich ein neuer Faktor auf. Eine neue Gefahr.

Er drückte sich hinter eine Säule und rief den älteren Bruder an. Die Zeit für das Grobe war noch nicht vorbei. Das spürte er mit jeder Faser seines Körpers.

*

Singhs Auftrag war einfach gewesen: „Kläre ab, wie viel sie weiß. Und solltest du feststellen, dass sie im Bilde ist, hast du freie Hand."

Freie Hand … Das war der Code, den er schon des Öfteren gehört hatte. Mit dem er noch niemals Probleme gehabt hatte. Wie viele dieser Jobs hatte er schon erfolgreich erledigt, ohne eine Sekunde nachdenken zu müssen? Ohne Gewissensbisse. Ohne Hemmungen. Ohne Zögern.

Er saß im Auto und überlegte, was diesmal anders war. Was ihn veranlasste, erstmals, seitdem der ältere Bruder ihn unter seine Fittiche genommen hatte, einen seiner Befehle zu hinterfragen. Die Frau nahm ein Taxi, das in Richtung Süden fuhr. Er folgte ihm, bis es von der East Coast Road nach Mamallapuram abbog.

Ja, jetzt glaubte er zu wissen, was anders war: Es wäre die erste Frau, die er töten müsste!

36

Sie wartete nun schon seit einer knappen Stunde an der Haltestelle. Alle fünf Minuten würde ein Bus nach Pondicherry vorbeikommen, hatte Sugu ihr versichert. Dass die meisten davon nur Schüler mitnahmen oder Werkbusse waren, hatte er nicht gesagt. Neben ihr hockte eine ausgemergelte Frau im Staub. Sie hatte sie mit ihren Vogelaugen so lange angestarrt, bis Frieda ihr ein paar Münzen in die Hand drückte. Die Frau steckte das Geld ein, zeigte aber keinerlei Reaktion. Seither saßen sie schweigend nebeneinander und warteten, dass endlich ein Bus anhalten würde.

Frieda versuchte, den gestrigen Tag zu rekapitulieren. Weder hatte sie es geschafft, bei CHAP vorgelassen zu werden, geschweige denn, ein Interview zu machen, noch konnte sie nach Pipers Verschwinden die ayurvedische *Production Unit* besuchen. Sie hatte zwar deren Adresse herausgefunden und war mit einem Taxi vorgefahren, aber natürlich ließ man sie nicht rein. *Sorry, no permit, no entry,* hieß es. Da half der größte Geldschein nichts. Piper hatte ihr Mail ebenso wenig beantwortet wie ihre mehrfachen Anrufe, sein Handy schien überhaupt tot zu sein. Alles in allem der reinste Flop. Am späten Nachmittag war sie wieder nach Mamallapuram zurückgekehrt. Dann endlich eine gute Nachricht: Fillinger hatte ihr in seinem Antwortmail nicht nur mitgeteilt, wo in Pondicherry Bernd zu Tode gekommen war, sondern auch durchblicken lassen, dass er die Ayurvedageschichte nun vielleicht doch bringen würde. Alles hänge natürlich davon ab, wie ergiebig ihre momentanen Recherchen über die *internationale Dimension* ausfielen. Ihr Selbsterfahrungstrip im Ayurvedaresort sei schon mal eine gute Basis – und käme sie auch noch kriminellen Machenschaften auf die Spur, sei eventuell sogar eine Coverstory drin. Sie hatte das Ultrabook zusammengeklappt und sich zur Belohnung gleich ein Päckchen Marlboro gekauft, mit einer Gesundheitswarnung auf

Arabisch darauf. Die Zigarette schmeckte grauenhaft, nach wenigen Zügen warf sie den Glimmstängel weg und die Packung hinterdrein. Sich mit Gift belohnen zu wollen, war wohl ohnehin keine so gute Idee gewesen. Während des Abendessens im *Le Yogi* – nun gab es nicht einmal mehr das Bier im Teebecher –, hatte sie den Entschluss gefasst, am nächsten Morgen weiter in den Süden zu reisen. Was blieb ihr auch anderes übrig? Dort lag der letzte Anhaltspunkt, den sie noch hatte.

kk, auroville. Wie Bernd es auf der Kinokarte notiert hatte.

Auroville lag am nördlichen Stadtrand von Pondicherry, der ehemaligen Hauptstadt Französisch-Indiens, die jetzt ein eigenes Unionsterritorium war, eine Enklave inmitten Tamil Nadus mit diversen Sonderrechten. Nicht zuletzt was Alkohol betraf, hatte Frieda von Sugu gehört. Vielleicht würde es ja in Pondicherry möglich sein, ein Gläschen Wein oder Bier zum Essen zu bekommen, ohne befürchten zu müssen, Opfer einer Polizeirazzia zu werden?

Aber erst musste frau einmal dahin kommen.

Sie hatte schon fast die Hoffnung aufgegeben, als doch noch ein Bus anhielt. Seltsamerweise machte die Frau mit den Vogelaugen keine Anstalten, aufzustehen und ebenfalls einzusteigen. Frieda vergewisserte sich beim Schaffner, ob der Bus auch wirklich nach Pondicherry fuhr, denn das Fahrziel auf dem Schild war nur auf Tamilisch angegeben. Dafür stand auf Englisch an der Fahrertür, dass es sich um einen *Super Deluxe Bus* handelte. Das also war der Grund, warum die Alte nicht reagiert hatte – sie konnte sich die Fahrkarte nicht leisten.

Der Schaffner antwortete etwas Unverständliches. Bedeutete ihr nur, dass sie sich beeilen sollte. Auf die Idee, ihr mit dem schweren Koffer zu helfen, kam er nicht. Während sie die Fahrkarte bezahlte, bemerkte sie, wie alle sie anstarrten. Vor allem die Kinder auf den Schößen ihrer Mütter rissen Augen und Mund weit auf, als sie sie sahen. Natürlich wusste sie, dass es an ihrer Haarfarbe lag. Es war ja nicht das erste Mal, dass man sie deshalb anglotzte. Trotzdem fand sie es immer noch seltsam. Hinz und Kunz bemalte sich hierzulande die Stirn mit allen möglichen Mustern aus weißen, gelben und roten Punkten oder Strichen, je nachdem, welche Gottheit man am heftigsten verehrte. Aber wenn eine Frau sich die Haare färbte, zerrissen sie sich das Maul darüber. Es war schon eine komische Welt, in die sie da geraten war.

Der Bus fegte über die East Coast Road, als gäbe es kein Morgen. Das Hupen, eine Sirene im Dauerton. Selbst wenn sie durch eine Siedlung kamen, verminderte der Fahrer nicht das Tempo. Die Fußgänger retteten sich durch Sprünge in den Straßengraben. Niemand außer ihr schien sich daran zu stoßen. Das Recht des Stärkeren, es galt überall.

Sosehr der Fahrer eben noch gerast war, so viel Zeit schien er plötzlich zu haben, als sie nach einer Stunde an einer Raststätte hielten. Die meisten männlichen Fahrgäste nutzten die zwanzigminütige Pause, um sich mit frisch frittierten Samosas und Chai zu versorgen und im Busch auszutreten. Die Frauen hingegen blieben mehrheitlich im glühend heißen Bus und spuckten nur ab und zu aus den glaslosen, mit Eisenstangen verbarrikadierten Fenstern. Frieda stieg aus, verzichtete aber darauf, Flüssigkeit zu sich zu nehmen. Schließlich wusste sie nicht, wann und wo sie die nächste anständige Toilette vorfinden würde. Ein paar Samosas ließ aber auch sie sich in Zeitungspapier verpacken. Die mit Gemüse gefüllten und nicht zu scharf gewürzten Teigtaschen schmeckten vorzüglich.

Nach drei Stunden erreichten sie Pondicherry. Als Erstes fiel ihr auf, dass alle Straßenschilder auf Französisch und Tamilisch beschriftet waren und die Verkehrspolizisten eigenartige, zusammengestauchten Zylindern ähnelnde Kopfbedeckungen trugen. Vermutlich stammten die Uniformen der Polizisten noch aus der Zeit der französischen Besatzung. Im Vergleich zu Chennai lief der Verkehr hier gesittet ab. Nur die gelben Tuk-Tuks, die man in der Millionenstadt auf separate Fahrspuren verbannt hatte, fuhren, wie es ihnen gerade beliebte. Mit ihrer Wendigkeit waren sie trotz der wenigen PS schneller als jedes reguläre Taxi. Was auch der Grund war, dass Frieda sich nach ihrer Ankunft am Busbahnhof sofort nach einem solchen Gefährt umsah, um ins French Quarter gebracht zu werden.

„Ein kleines Hotel, möglichst nahe am Meer“, sagte sie.

„No problem“, antwortete der Fahrer in der khakifarbenen Kleidung. „Ich kenne ein gutes Quartier in der Rue Labourdonnais.“

Als sie auf der Bank Platz nahm, war ihr, als hätte sie den Mann in dem Fahrzeug gegenüber schon einmal gesehen.

*

Das Guest House hieß *Villa Créole* und befand sich gleich neben dem *Satsanga*, einem exklusiven, französischen Restaurant. Laut Dominic, der Englisch ebenso perfekt wie Französisch und Hindi sprach und sich selbst als Manager bezeichnete, war das *Satsanga* eines der besten und preiswertesten Speiselokale der Stadt. Nachdem Frieda eingecheckt und geduscht hatte, probierte sie das Restaurant gleich aus. Zu ihrer Überraschung stand Steak an oberster Stelle auf der Speisekarte. War es hier, wo der Weg der heiligen Kühe endete? Nein, nein, beeilte sich der Kellner zu versichern, es handle sich dabei um Büffelfleisch! Büffel hätten keine solchen Privilegien wie Rinder. Weshalb sie ja auch für die harte Feldarbeit eingesetzt würden und zudem dem Verzehr dienten. Tja, Pech, dachte Frieda und bestellte ein Rumpsteak, medium rare, dazu ein Glas Beaujolais. Nach der vormittäglichen Tortur hatte sie sich das redlich verdient, wie sie fand. Sie genoss das Fleisch und den Wein, als Nachspeise gönnte sie sich einen Fruchtsalat. Auf den eiskalten Melonen- und Ananasstücken lag ein Film aus rötlichem Pulver. Masala, eine scharfe Gewürzmischung, erklärte der Kellner auf Nachfrage. Es schmeckte ungewohnt, aber sehr erfrischend.

Zurück auf ihrem Zimmer checkte sie nochmals Fillingers Mail. Bernd sei direkt vor dem *Hotel Sabthagiri* von einem Lastwagen überfahren worden, schrieb Fillinger, auf einer Straße namens Maraimalai Adigal Salai. Auf Google Maps fand sie heraus, dass es sich dabei um jene große Einfallstraße handelte, an der auch der Busbahnhof lag, wo sie erst vor ein paar Stunden angekommen war. Sie wusste nicht genau, was sie sich von ihrem Besuch am Unfallort versprach, aber irgendwie war sie es Bernd einfach schuldig.

Ein Tuk-Tuk brachte sie zum *Sabthagiri*. Der Verkehr donnerte an ihr vorüber, und jetzt, wo es keinen Fahrtwind mehr gab, raubten ihr die Abgasschwaden in Kombination mit der Mittagshitze beinahe den Atem. Sie kam sich verloren vor, leer und ausgebrannt. Welch sinnlose Aktion, dachte sie, was will ich da? Ich kann ja nicht einmal ein Gebet für ihn sprechen. Plötzlich begann es in ihrem Magen zu rumoren. Sie spürte, dass sich da gefährlich schnell etwas zusammenbraute, und betrat kurz entschlossen den Hoteleingang.

„Darf ich Ihre Toilette benutzen?“, fragte sie die Frau an der Rezeption.

„Natürlich, bitte sehr.“

Gerade noch rechtzeitig erreichte sie die rettende Kabine, ehe es losging. Einen solchen Durchfall hatte sie noch nie erlebt, nicht einmal in Kuba. Schließlich musste sie sich auch noch übergeben. Als sie es nach einer halben Stunde endlich wagte, die Toilette zu verlassen, war sie so schwach, dass sie sich schon in der Hotellobby wieder hinsetzen musste.

Die Rezeptionistin blickte mit einem wissenden Lächeln zu ihr herüber, verschwand kurz und kehrte mit einem vollen Glas zurück.

„Trinken Sie, Madam“, sagte sie mitfühlend, „und nehmen Sie das. Es wird Ihnen guttun!“

Frieda nippte an der salzigen Flüssigkeit und schluckte die schwarze Kohletablette.

„Soll ich einen Arzt rufen?“

„Nein, danke, es geht schon. Ich habe wohl etwas Falsches gegessen.“

Der Fruchtsalat! Wie konnte sie nur so dämlich sein!

Als sie der Rezeptionistin erzählte, was sie als Ursache vermutete, bestätigte diese ihr, dass Masala in Kombination mit Früchten aus dem Kühlfach selbst für indische Mägen eine Herausforderung war. Frieda wagte sich nicht zu bewegen. Spontan fragte sie die Frau, ob sie von dem tödlichen Unfall gehört habe, der sich vor Weihnachten vor dem Hotel ereignet hatte.

„Natürlich“, sagte die Rezeptionistin, und ihre Miene verdüsterte sich. „Das Opfer war ein sehr charmanter Gast, er hatte bei uns ein Einzelzimmer. Tragisch, dass ausgerechnet ihm das passieren musste!"

„Wie meinen Sie das? Wieso ausgerechnet ihm?"

Noch ehe die andere antworten konnte, begann es in Friedas Magen wieder zu rumoren, und sie flüchtete erneut auf die Hoteltoilette.

Während sie wie festgenagelt auf der Brille hockte, fiel ihr ein, wie sie in einem anderen Hotel, Tausende Kilometer von hier entfernt, einmal mit Bernd gefrühstückt hatte. Auch damals war ihr übel gewesen, beide hatten sie einen ordentlichen Kater gehabt. Sie von zu viel Rum, er von zu viel Wein. Es war ihre einzige Nacht zusammen geblieben. Sie war so betrunken gewesen, dass sie sich am Morgen nicht einmal mehr erinnern konnte, wie der Sex mit ihm gewesen war. Aber was er mit der Messerspitze in die Marillenmarmelade auf seinem Brot geschrieben hatte, würde sie nie vergessen: *wer di net mog, den mog i a net*. Natürlich mit kleinem Anfangsbuchstaben. Kaum hatte sie es dechiffriert, löschte er die Schrift lächelnd mit der Breitseite des Messers. Es war mit Sicherheit das Positivste, das sie jemals mit einem Messer verbinden würde …

Als sie wieder in der Hotellobby stand, war die nette Rezeptionistin verschwunden, ein Mann hatte ihre Stelle eingenommen. Sie trat auf die Straße, warf einen letzten Blick auf die Unglücksstelle und winkte ein Taxi herbei, das sie in die *Villa Créole* brachte. Zum Glück hatte es der Fahrer eilig. Wenige Sekunden, nachdem sie die Tür ihrer Unterkunft öffnete, ging es von Neuem los.

Für die nächste Zeit brauche ich keine gröberen Pläne zu schmieden, dachte sie. Ein Fass, dem man den Boden ausgeschlagen hat, konnte nicht schneller, nicht vollständiger ausrinnen. Wenigstens hatte sie sich noch vor dem Essen zwei Liter Mineralwasser und drei Rollen Klopapier besorgt.

Mehr war in ihrer Lage nicht vonnöten.

37

Er war ihr nun schon seit drei Tagen auf den Fersen. Nicht, dass er gewusst hätte, was er machen sollte, wenn sie plötzlich vor ihm stehen würde. Der Wind wird es weisen, dachte er. Ihren Brief konnte er mittlerweile auswendig.

Auf dem Inlandflughafen von Trivandrum hatte er schnell herausgefunden, wohin Frieda geflogen war, sie und der andere. Den er noch nie gesehen hatte. Mit dem sie beabsichtigte, ihre Reinigung fortzusetzen! *Ganz und gar, mit Haut und Haar.* Es klang so ganz und gar nicht nach Frieda, komplett unauthentisch. Oder hatte er diese Seite von ihr bisher einfach übersehen? Dass sie ihre seelischen Wunden mit Alkohol und hinter rüden Worten zu verbergen pflegte, wusste er und er hatte gelernt, damit umzugehen. Und er hatte natürlich auch mitgekriegt, dass sie ihn etliche Male mit anderen betrogen hatte. Aber dieser jüngste Ausbruch, dieses letzte Fremdgehen, war von einer anderen Qualität. Es war ihm tatsächlich fremd an ihr.

Wenn du mich liebst, so wie ich bin, dann lässt du mich gehen.

Hieß das wirklich, dass sie losgelassen werden wollte? Oder war es vielmehr ein Schrei, ein verzweifelter Appell, mit dem sie ausdrückte, er, Leopold Lauber, möge sich in all seiner Kümmerlichkeit endlich um sie kümmern, mit Haut und Haar? Mittlerweile tendierte er zu Letzterem. Immerhin brachte sie, die vor dem Wort sonst zurückscheute wie Magersüchtige vor einem Schweinsbraten, in diesem seltsamen Bedingungssatz doch die Liebe ins Spiel. Was der Sturm der Hormone bei Pubertierenden alles durcheinanderwirbeln konnte, war ja hinlänglich bekannt. Er musste sich wohl damit abfinden, dass auch eine achtunddreißigjährige, gestandene Frau sich deswegen verrückt machen ließ.

Leo kaufte ein Ticket für den nächsten Flug nach Chennai, ohne einen Plan zu haben, wie es dort weitergehen sollte. In einer ihm völlig unbekannten Millionenstadt eine einzelne Person zu finden, ohne zu wissen, wo diejenige hinwollte, war ohne Frage ein Projekt der besonderen Art. Eigentlich war es ein Ding der Unmöglichkeit, Motto Nadel im Heuhaufen und so. Andererseits, wenn die Nadel auffällig genug ist …

Auf dem *Chennai Airport* erinnerte sich der Mann beim Prepaid-Schalter für Taxis sofort an die beiden. Eine weiße Lady mit knallroten Haaren, unterwegs in Begleitung eines Inders, das gab es nicht so oft. Mühsam ernährt sich das Eichhörnchen, dachte Leo. Jetzt wusste er wenigstens, welche Hautfarbe der große Unbekannte hatte. Nachdem er dem Mann am Schalter einen Schein zusteckte, konnte der sich auch wieder daran erinnern, dass das Pärchen ein Taxi zum *Hotel Turquoise* bei ihm bezahlt hatte.

„Möchten Sie vielleicht auch eines dahin?“, fragte er grinsend. Der Mann war schnell von Begriff.

Leo nickte sauer. Es war verdammt nicht lustig, den gehörnten Lappen geben zu müssen.

Im *Turquoise* erfuhr er vom Portier, dass die beiden tatsächlich hier eingecheckt hatten, allerdings nur für eine Nacht. Schon am nächsten Morgen sei die Dame bereits wieder abgereist. Alleine, wohlgemerkt! In Leo keimte Hoffnung auf.

„Wohin?“, fragte er und zog wieder einen Schein aus der Geldtasche. Der Portier ließ ihn blitzartig in seiner Jacke verschwinden.

„Kann ich leider nicht sagen, Sir.“ Als er Leos verzweifeltes Gesicht sah, fügte er lächelnd hinzu: „Aber früher oder später landen alle Touristen, die nach Chennai kommen, einmal in Mamallapuram. Die Tempel, der Strand, die vielen Lokale – es zieht sie an, wie ein Magnet. Egal, ob sie trampen oder all inclusive reisen.“

Mangels Alternativen nahm Leo den Bus nach Mamallapuram. Bereits der Dritte, den er auf der Othavadai Street fragte, wusste Bescheid: Ja, eine rothaarige Lady habe man im *Santana* gesehen, er solle einfach nach Sugu fragen. Als der ihm bestätigte, dass Frieda in seinem Guest House gewohnt hatte – alleine, wie auch er betonte –, stieg Leos Stimmung. Dass er Frieda knapp versäumt hatte, weil sie bereits wieder weitergereist war, nämlich nach Pondicherry, wie Sugu wusste, tat seiner guten Laune keinen Abbruch.

Solange sie ihre Haare nicht umfärbte, würde er sie überall finden.

38

Ajith hockte in seinem silbernen Tata Indigo und beobachtete, wie die Rothaarige der Alten Geld zusteckte.

Warum taten das diese Europäer? Weil sie ein schlechtes Gewissen hatten wegen der Jahrhunderte an Unterdrückung, Okkupation und Ausbeutung, dank derer sie so reich geworden waren, dass sie die ehemaligen Kolonialländer jetzt als Touristen bereisen konnten? Wofür man sich noch mit einem ständigen *Namaste* bedanken musste. Versprachen all die Tempelfreaks und Kurgäste doch wirtschaftliches Wachstum, wenigstens für manche im Land. Der ältere Bruder und damit auch er selbst gehörten eindeutig zu denen, die von dieser Entwicklung profitierten. Sympathisch war sie ihm deshalb dennoch nicht.

Er wusste jetzt, wie sie hieß: Frieda irgendetwas, der Familienname war unaussprechbar. Der schleimige Typ im *Hotel Santana* hatte ihm ihren Namen verraten, und er hatte ihn dafür nicht einmal bezahlen müssen. Wenn er wollte, konnte Ajith seine Augen so glühen lassen, dass sich keiner daran verbrennen wollte.

Irgendetwas an ihrem Gesicht erinnerte ihn an Chandra. An den schönsten aller Monde, der vor vier Jahren vom Himmel gefallen war. Obwohl er die besten Ärzte für sie bezahlt hatte. Sie war nicht an den körperlichen Verletzungen gestorben, davon war er überzeugt. Auch Amma nicht. Sie sei verrückt geworden, hatte Dipan gesagt, und vom Felsen in den Tod gesprungen. Verrückt? Sie hatte auf ihre Art nichts anderes gemacht als er, der Sohn, der Rächer, als er die Vergewaltiger Chandras, die letztlich auch zu ihren Mördern wurden, umbrachte. Wenn Amma verrückt geworden war, dann war auch er es. Aber er zog es vor, sie beide nicht als verrückt zu betrachten. Konsequent, so hätte er es wohl genannt, wenn er denn je mit einem anderen darüber gesprochen hätte. Er wusste sich einem höheren Gesetz verpflichtet als dem irdischen.

Ein Bus hielt an und verdeckte ihm die Sicht. Aber nachdem der Bus weg war, war auch die Rothaarige verschwunden. Er startete den Tata und machte sich an die Verfolgung. Was gar nicht so leicht war, denn sie hockte in einer dieser neuen De-Luxe-Kisten, deren Fahrer ständig beweisen mussten, dass sie die Größten waren, die Rücksichtslosesten. Einmal wurde er tatsächlich abgehängt, als sich während eines Staus eine heilige Kuh zwischen ihn und den Bus schob und in aller Seelenruhe ihr Methan ins Weltall hinausfurzte, ehe sie sich bequemte weiterzutrotten. Aber beim nächsten Rastplatz hatte Ajith den Bus wieder eingeholt und sah, wie die Rothaarige als einzige Frau ausstieg, um sich etwas zu essen zu kaufen.

Er reihte sich ebenfalls in die Schlange am Samosa-Stand ein, keinen Meter hinter ihr. In dem Getümmel hätte er ihr den dünnen Dolch problemlos in den Rücken rammen können, ohne dass jemand es bemerkt hätte. Während sie zusammenbrach, hätte er sich um sie gekümmert. Hätte sogar versucht, ihr Blut zu stillen, und um Hilfe gerufen.

So wie er es damals mit ihrem Kollegen gemacht hatte.

Er war davon überzeugt, dass die körperliche Nähe zum Opfer den Täter am unverdächtigsten machte. Er musste nur in Kauf nehmen, mit einem Sterbenden in Berührung zu kommen. Musste nur den brechenden Blick verkraften. Aber damit hatte Ajith von Anfang an keine Probleme gehabt.

Als sie sich umdrehte, wusste er, was an ihrem Gesicht ihn an die Schwester erinnerte: Es waren die Augen. Dieselbe Form, mandelförmig und mit leichten Schlupflidern. Derselbe seidenweiche Glanz auf der braunen Iris. Wie bei Chandra, als ihre Augen noch voller Lebenshunger waren. Voller Hoffnung, voller Träume.

Irgendwie hoffte er, diese weiße Frau würde nicht herausfinden, was ihr Journalistenkollege gewusst hatte. Damit er sie verschonen konnte. Aber gleichzeitig spürte er, dass die Chancen dafür nicht gut standen.

*

Er warf einen schnellen Blick in den Gastgarten und sah, dass sie ein Steak aß. Ihm, dem Veganer, war es unerklärlich, wie man sich halb rohes Fleisch in den Mund stopfen konnte. Nicht, dass er den Geschmack gekannt hätte; aber ihn ekelte bei dem bloßen Gedanken, ein Tier, egal welches, dafür schlachten zu müssen. Wenn *er* tötete, dann deshalb, weil es notwendig war. Tiere zu töten war nicht notwendig. Es war ein Verstoß gegen die Natur, gegen das Leben an sich.

Ob es wahr war, dass die Gesellschaft durch den Verzehr von Fleisch aggressiver wurde, wusste er nicht. Er selbst benötigte jedenfalls kein tierisches Eiweiß, um seinen Job zu verrichten. Aber ihn ekelte bereits vor dem Geruch gebratenen Fleisches, wenn er in Chennai durch die Straßen ging. Und täglich kamen neue Lokale dazu, die die ursprünglich ausschließlich vegetarische Küche verdrängten. Ajith war überzeugt, dass die zahlreichen Kochshows, die Tag und Nacht auf allen Fernsehkanälen liefen, daran die Hauptschuld trugen. Dem westlichen Vorbild entsprechend zeigten diese Shows vor allem die Zubereitung von Fleisch, und ihre Vorbildwirkung trug dazu bei, dass die indische Gesellschaft, bislang die weltweit größte Vegetariergemeinschaft, diesen Status bald eingebüßt haben würde. Wann immer in einem Lokal eine solche Sendung lief, kam es Ajith vor, als wäre das Geruchsfernsehen bereits Realität. Dann machte er sich schnell aus dem Staub. Er selbst besaß keinen Fernseher, aber aus der Nachbarwohnung hörte er durch die dünnen Wände nicht selten die widerlichen Anweisungen, wie das Fleisch zu filetieren, wie die Knochen auszulösen seien. Das machte ihm mehr zu schaffen, als einem Mann die Kehle zu durchtrennen.

Als sie mit dem Essen fertig war und ein Tuk-Tuk bestieg, folgte er ihr in seinem Wagen. Sie fuhren in westlicher Richtung, vorbei am heruntergekommenen Botanischen Garten und dem *Old Bus Stand* und hielten beim neuen Busbahnhof. Schräg gegenüber lag das Hotel, das er für seinen letzten Auftrag ausgewählt hatte.

Sie stieg aus, überquerte die Maraimalai Adigal Salai und hielt geradewegs auf das *Sabthagiri* zu. Er sah, wie sie die Stelle betrachtete, wo er Lussnig vor den Lastwagen gestoßen hatte. Wie sie zögerte und dann die Hotelhalle betrat.

Es war klar, sie war informiert. Zumindest den sogenannten Unfallort hatte sie bereits gefunden.

Tja, dachte er. Es bleibt dir nicht erspart. Dir nicht und mir nicht.

*

Eine halbe Stunde lang war nichts von ihr zu sehen. Er lungerte vor dem Eingang herum und überlegte, was er tun sollte. Als sie wieder zum Vorschein kam, sprach sie mit der Frau von der Rezeption, die Ajith bereits kannte. Es war dieselbe, die neben ihm gestanden war, als er geholfen hatte, den Schwerverletzten unter dem Lkw hervorzuziehen. Die, die ihn dabei so seltsam angesehen hatte. Ob sie etwas mitbekommen hatte von dem Stoß, den er dem Mann verpasst hatte? Jedenfalls hatte sie der Polizei gegenüber nichts erwähnt, so viel war sicher, denn er kannte den Polizeibericht über den Unfall. Trotzdem hatte er jetzt das Gefühl, damals einen Fehler begangen zu haben.

Was immer die Rezeptionistin der Rothaarigen zu sagen hatte, es ging schnell, denn schon lief diese wieder nach hinten. Was zum Teufel hatte sie dort zu suchen? Beabsichtigte sie, das ehemalige Zimmer Lussnigs zu inspizieren? Oder hatte sie gar ihn, ihren Verfolger, entdeckt und war auf der Flucht? Schließlich kam sie doch wieder zum Vorschein und trat seltsam wackelig auf die Straße. Diesmal nahm sie keine Autorikscha, sondern ein richtiges Taxi. Dessen Fahrer fuhr wie gehetzt, und als er bei der Kreuzung am Kanal links abbog, schaltete die Ampel vor Ajith auf Rot. Er drückte das Gaspedal bis zum Anschlag durch, doch es ging sich nicht aus. Der linke Kotflügel des Tata Indigo touchierte die Stoßstange eines entgegenkommenden Busses. Das Quietschen von Blech auf Blech war hässlich. Aber das war nicht das größte Problem.

Viel schlimmer war, dass die querstehenden Fahrzeuge und der sofortige Menschenauflauf Ajith daran hinderten, die Verfolgung fortzusetzen. Außerdem stand da plötzlich ein Verkehrspolizist, der seine Papiere sehen wollte.

Das Schlimmste in Indien war, wenn man eine heilige Kuh überfuhr. Das Zweitschlimmste, wenn man mit einem öffentlichen Bus zusammenstieß. Das ließ sich auch mit einem Bündel Banknoten nicht so einfach aus der Welt schaffen. Aber wenigstens wusste Ajith, wo sie wohnte. *Villa Créole,* Rue Labourdonnais, French Quarter.

„Bitte sehr“, sagte er und reichte dem Polizisten Führerschein und Zulassung durch das offene Fenster. Er konnte dem Uniformierten entspannt in die Augen schauen. Beide Dokumente waren natürlich nicht auf seinen richtigen Namen ausgestellt. Ajith Nair aus dem kleinen Dorf im Süden Keralas, der dort vor neun Jahren drei Morde begangen hatte, war offiziell längst tot und begraben.

Eine unwesentliche Verzögerung, dachte er. Mehr als einen kleinen Aufschub hatte sie sich damit nicht verschafft.

39

Dreißig Grad oder mehr. Diffuse Handwerkergeräusche aus dem Innenhof, das Krächzen der Krähen jenseits der geschlossenen Fensterflügel. Zwei Tage in einem verdunkelten Zimmer können lang sein. Ein kleiner Vorgeschmack auf die Ewigkeit.

Anfangs schluckte sie eine Kohletablette nach der anderen. Als sie einsah, dass diese nicht halfen, nahm sie das *Imodium* aus ihrer Reiseapotheke. Das schlug zwar an, aber sie fühlte sich zu schwach, um das Bett zu verlassen. Was mir wohl der liebe Dr. Praveen verschrieben hätte?, dachte sie. Quecksilbertabletten? Aber Ayurveda war im Moment ohnehin kein Thema, das Resort lag an einem anderen Meer. In einer anderen Welt.

Zum Glück hatte Dominic, als sie auch zum zweiten Frühstück nicht auftauchte, an die Tür geklopft. Er besorgte ihr Nachschub für das zur Neige gegangene Mineralwasser und riet, möglichst viel zu trinken. An Essen war ohnehin nicht zu denken.

„Wird schon wieder", tröstete er sie.

„Danke", hauchte sie. Ihr war zum Heulen zumute. Ein Kleinkind, dem die Mutter davongelaufen war, konnte sich nicht mieser fühlen.

„Ach ja, noch etwas", sagte er, „ein Typ wollte wissen, ob sich eine Europäerin bei uns einquartiert hat. Kam mir ein bisschen komisch vor. Ich habe gesagt, die Einzige, die hier ein Zimmer genommen hat, habe gestern früh wieder ausgecheckt. Ich hoffe, das war in Ihrem Sinn? Es gibt so viele kranke Typen in diesem Land, die es auf weiße Frauen abgesehen haben."

Sie fragte sich, ob Anand ihr gefolgt war, aber Dominics Beschreibung des Mannes traf nicht auf ihn zu. Sollte sie sich Sorgen machen? Dominic beruhigte sie und versprach, am nächsten Morgen wieder nach ihr zu sehen. Sie solle nur aufsperren, wenn sie seine Stimme hörte.

„Danke“, sagte sie nochmals und wickelte sich in das durchgeschwitzte Leintuch. Wenige Sekunden später schlief sie schon wieder.

*

Sie träumte von Bernd. Oder von dem, was aus ihm geworden war. Aus ihm und aus ihr.

Du bist doch tot, sagt sie.

Ne, reinkarniert, sagt er und grinst süffisant. Sehr praktisch, diese permanente Reinkarnation! Spart jede Menge Energie. Wenn man es recht bedenkt, handelt es sich dabei ja um so etwas wie um generationsübergreifendes, globales Recycling.

Und, fragt sie, bist du auch in deinem neuen Leben wieder Journalist?

Wo denkst du hin! Man muss nicht in jedem Leben auf derselben Baustelle roboten. Ich bin jetzt Fundamentalist, auf der Suche nach Ungläubigen. Damit ich sie mit meinem Sprenggürtel zu ihren Ahnen bomben kann.

Sie faltet die Hände, Fingerkuppe auf Fingerkuppe. Spürt ihren Puls, der das Blut durch ihren Körper jagt. Sie kann es in ihren Adern rauschen hören. Welch hymnisches Abbild des Sphärenklangs, welch Ausdruck ihres Glaubens! Endlich ist sie angekommen. Endlich gehört auch sie der großen, weltumspannenden Gemeinschaft an. Alle Skepsis beseitigt, genial, kongenial!

Ich liebe dich, Bernd, flüstert sie.

Meine Teuerste, sagt er, für so etwas habe ich keine Zeit. Du weißt doch, ich muss ab sofort Ungläubige jagen. Geh lieber zurück zu deinem Mann. Wie hieß er noch schnell: Anand oder Leopold?

Leo, schreit sie. Leo, Leo, Leo!

Na bitte, grinst er. Damit wären ja die letzten Unklarheiten beseitigt. Und vergiss nicht, kk von mir zu grüßen, wenn du ihn triffst!

Dann verdünnisiert er sich. Eine Reinkarnation, die sich durch die Kloschüssel verabschiedet.

*

Recently, there has been an increasing number of incidents of sexual violence against women on Auroville's roads. These incidents are occurring to women of all ages, during day and night, on bikes and cycles. The following are tips to help keep you safe …

Frieda überflog den Zeitungsartikel über die zunehmenden sexuellen Übergriffe gegen Frauen auf den Straßen Aurovilles, während sie das erste Mal seit zweieinhalb Tagen wieder etwas Festes zu sich nahm. Dominic hatte es sich nicht nehmen lassen, das Frühstück eigenhändig für sie zuzubereiten. Sie verzehrte die frittierten Bananen und das Toastbrot mit kleinen, bedächtigen Bissen. Öfters legte sie eine Pause ein, um ihren Magen nur ja nicht zu überfordern. Aber alles ging gut, und nach dem Essen fühlte sie sich bedeutend wohler. Sie prostete Dominic fröhlich mit der Teetasse zu. Vielleicht war das ja der erste Schritt zu meiner inneren Reinigung, dachte sie. Jedenfalls war ihr momentan nicht im Geringsten nach Alkohol oder Zigaretten zumute. Und das, obwohl sich der liebenswürdige Manager gerade eine neben ihr anzündete.

„Hast du eine Ahnung, wie ich herausfinden kann, ob es in Auroville jemanden gibt, von dem ich nur die Initialen kenne?", fragte sie Dominic.

„Es gibt da draußen ein *Visitor Centre*, wo sie auch Quartiere für Besucher anbieten. Dort würde ich es probieren. Ich könnte mir vorstellen, dass sich die meisten Aurovillianer untereinander kennen. Jedenfalls jene, die Zimmer vermieten oder ein Bürgerrecht besitzen. Wenn du willst, kannst du mit mir fahren, ich habe ohnehin in der Gegend zu tun."

Sie nahm das Angebot gerne an. Wenig später bereute sie es schon wieder, denn Dominic besaß kein Auto, nur ein klappriges Motorrad. Und er folgte, wie alle hier, nicht den international üblichen Verkehrsregeln, sondern fuhr, was das Zeug hielt und wo gerade Platz war. Einen Helm gab es natürlich nicht, was ihr zusätzlichen Stress bereitete. Nachdem sie ihre Arme fest um seinen Bauch legte, ging es besser, und als sie erst einmal aus der Stadt draußen waren, begann sie die luftige Fahrt sogar zu genießen. Der Verkehr hatte spürbar abgenommen, die Wärme streichelte ihre

Wangen, und plötzlich fühlte sie sich glücklich wie schon lange nicht mehr. Ein Stück fuhren sie auf einem breiten Highway, der von bunten Politikerplakaten gesäumt war, dann zweigte rechts eine kleine Staubstraße ab. Ein verrostetes Schild wies darauf hin, dass es jetzt nur noch drei Kilometer bis Auroville waren. Der Staub kitzelte sie in der Nase, und sie musste kräftig niesen. Dominic sagte etwas, das wie *Grießschmarren* klang. Als er bei ihrem zweiten Niesanfall das Wort wiederholte, fragte sie ihn lachend, was das zu bedeuten hatte.

„Sprichst du etwa auch Deutsch?“

Er schüttelte den Kopf. „Wir sagen *Krishna*, wenn wir jemandem Gesundheit wünschen“, rief er in den Fahrtwind.

„Krishna!“, rief sie, „Hare Krishna.“ Sie warf die Arme in die Höhe, kam sich vor wie eine übermütige Halbwüchsige in einem Roadmovie der Siebzigerjahre.

Vor dem Eingang des *Visitor Centres* standen eine Menge Leute und unterhielten sich über die Sinnhaftigkeit der *procedures*. Wer den Matrimandir, den Tempel der Mutter, besuchen wollte, musste dafür zuerst in einem kurzen Interview seine Motivation erläutern und zwei Filme über die Entstehung Aurovilles über sich ergehen lassen. *Not everybody will be allowed in – only those who are serious and sincere*, stand auf einem Infoblatt an der Tür zu lesen, und dass der Matrimandir das göttliche Bewusstsein repräsentiere.

Die mit Blattgold überzogene Betonkugel fehlte auf keiner Postkarte von Auroville. Mirra Alfassa, von ihren Anhängern nur *Die Mutter* genannt, war die spirituelle Partnerin des Gurus Sri Aurobindo gewesen und hatte sich die gigantische Kugel als glänzendes Symbol der Erleuchtung eingebildet. Zur Grabesstätte der beiden im Aurobindo-Aschram von Pondicherry pilgerten angeblich Tag für Tag Hunderte Besucher, auch Frieda hatte sich vorgenommen, diese Stätte der Verehrung noch zu besichtigen. Immerhin hatte sie über die Streitereien zwischen den Vertretern des Aschrams und den Bewohnern Aurovilles vor Jahren einen polemischen Artikel verfasst – nun wollte sie sich wenigstens im Nachhinein ein Bild von den Örtlichkeiten machen.

Als sich endlich die Tür zum *Visitor Centre* öffnete, wandte sie sich an den Mann hinter dem Schalter, der zwar aussah wie ein Westler, dessen Stirn aber ein Bindi schmückte. Schon sein Gruß bewirkte, dass sich bei Frieda alle Haare aufstellten.

„Hallo, Schwester. Mein Name ist Kiwi. Welcome home!"

„Home?" Frieda kam sich vor wie im falschen Film.

„Ja", säuselte der Typ, „wo immer unsere Seele hingehört, ist unser Zuhause. Wir haben hier schon auf dich gewartet."

„Entschuldige, aber du kennst mich doch nicht einmal!"

„Oh, ich sehe es deinen Augen an, dass du uns gesucht hast."

Wenn du dich da mal nicht irrst, dachte sie. Kiwi schwafelte noch einiges mehr über ihre wahre Bestimmung, ehe sie dazu kam, ihre Frage zu stellen.

„Habt ihr hier womöglich ein Verzeichnis aller Bewohner von Auroville?"

Er zog eine dünne Broschüre aus der Schublade und grinste breit.

„Aber selbstverständlich, Schwester, hier! Alle zweitausend alphabetisch gelistet, inklusive Telefonnummern. Hast du heute Abend schon etwas vor?"

Sie warf ihm einen mahnenden Blick zu, sagte aber nichts und vertiefte sich stattdessen in die Liste. Es gab unter den zweitausend Aurovillianern einen einzigen, auf den die Initialen KK zutrafen: Kurt Kauer lautete der Name. Kiwi kannte ihn nicht persönlich, glaubte aber zu wissen, wie er aussah.

„Ein älterer Deutscher, mit langem Haar und noch längerem Bart. War früher wohl mal ein Hippie, ein verwahrloster Vogel. Aber es können halt nicht alle so gut aussehen wie ich, oder?"

Arschloch, dachte Frieda, schenkte ihm aber einen honigsüßen Blick. Schließlich wollte sie noch etwas von diesem Früchtchen.

„Wo kann ich ihn finden?"

„Soviel ich weiß, besitzt er eine kleine Farm auf der Nordseite. Hier", er holte einen Stadtplan hervor und markierte darauf die Stelle, „zu Fuß ist es vielleicht ein bisschen anstrengend dahin. Aber ich kann dir gern mein Fahrrad für ein paar Stunden überlassen. Ein Kuss würde mir schon genügen."

Sie überlegte, was sie mit dem Möchtegerngigolo machen sollte. Normalerweise hätte sie einem wie ihm wenigstens verbal einen Tritt in die Lendengegend verpasst. Doch heute war sie zu gut drauf dafür.

„Apropos Bezahlung“, sagte sie. „Stimmt es, was man so über Auroville liest – dass ihr mit dem Aschram total zerstritten seid wegen der Finanzen und dass sogar der höchste indische Gerichtshof ein eigenes Gesetz zur Regelung der materiellen Verhältnisse hier beschlossen hat?“

Kiwi winkte lässig ab. Sein Gesichtsausdruck zeigte, wie oft er diesen Vorwurf schon gehört hatte. Und wie müde er dessen war.

„Das gehört zu den niedrigen Aspekten, was zählen die gegenüber den spirituellen? Wenn du etwas über die Niederungen des Lebens erfahren willst, Schwester, kannst du überallhin gehen: London, New York, Tokyo ... Dafür brauchst du nicht nach Auroville zu kommen.“

„Aber hat das Materielle denn keine Auswirkung auf das Geistige?“

„Wir sprechen hier nicht vom Geist des Subjekts, meine Liebe! Es ist ausschließlich das Supramentale, das uns und die ganze Menschheit weiterbringt. Du befindest dich hier in einem Labor, verstehst du? Hier leben Menschen aus der ganzen Welt, hier sprechen wir alle möglichen Sprachen und brauchen doch nur eine: die, die alle verstehen, egal, wie arm oder reich sie sind oder welche Hautfarbe sie haben. Die Sprache der Liebe.“

Sie wusste, dass dieses Labor bereits 1968 gegründet worden war, vor fünfundvierzig Jahren. Ganz schön lange, dachte sie. Aber offenbar nicht lange genug, um über die erste Phase naiver Träumerei hinausgekommen zu sein.

„Okay, Kiwi“, sagte sie. „Reden wir ein andermal weiter. Wo kann ich jetzt ein Fahrrad mieten? Ich würde doch lieber in konventioneller Währung bezahlen.“

Er lachte und zeigte ihr, wo sich der offizielle Verleih befand. Wenigstens war er ein guter Verlierer.

Das Fahrrad war klapprig und besaß keine Gangschaltung, aber es funktionierte. Ein Schloss gab es keines dazu. Als sie nach einem fragte, lachte der Mann: Das sei nicht nötig, in Auroville werde nicht gestohlen. Sie erinnerte sich an den Zeitungsartikel von heute Morgen. Wie schön, dachte sie, keine Diebe. Dafür steigt auch hier die Zahl der Übergriffe auf Frauen, wie überall in diesem Land. *These incidents are occurring to women of all ages, during day and night, on bikes and cycles …*

Kiwi hatte ihr den Stadtplan geschenkt und den Weg zu Kurt Kauers Anwesen rot eingezeichnet. Es war ein Vergnügen, im Schatten der Bäume zu radeln und den Geräuschen der Natur zu lauschen. Wieso Auroville?, dachte sie, *Aurovillage* wäre weitaus passender. Von einer Stadt konnte keine Rede sein – eher handelte es sich um eine überraschend grüne Streusiedlung, in der modernste Gebäude im Bauhausstil ebenso zu finden waren wie traditionelle, mit Palmenblättern gedeckte Hütten. Auf einmal tauchte rechter Hand ein gigantischer, glänzender Ball auf – der *Matrimandir*. Aus der Entfernung wirkte er wie ein Raumschiff, das auf der Lichtung gelandet war. Sie fragte sich, ob sie – trotz ihrer Skepsis gegenüber allem Esoterischen – diesen immerhin konfessionslosen Meditationstempel nicht doch besuchen sollte. Vielleicht würde ja auch ihr ein solcher Ort der Stille guttun, supramentales Kauderwelsch hin oder her?

Sie radelte weiter, und nachdem sie an einem Jugendcamp vorbeikam, wo im Freien gekocht und musiziert wurde, fand sie an der nächsten Kreuzung das Schild mit der Inschrift *Forest Farm*, von dem Kiwi gesprochen hatte. Darunter hatte jemand mit roter Farbe geschrieben: *Tourists not welcome!* Ein Querbalken verhinderte die Weiterfahrt. Sie kroch unten durch und schob das Fahrrad für den Rest der Strecke neben sich her.

Die Forest Farm bestand aus freien Plätzen, Baumgruppen und mehreren Hütten, die das grüne Gelände in unregelmäßigen Abständen markierten. Manche sahen aus wie Pfahlbauten, andere dienten offenbar nur als Schuppen oder Magazin und wirkten schlicht, aber zweckmäßig. In der Mitte des eingezäunten, lehmigen Platzes, der als Koppel diente, lag ein großer Heuhaufen, um den sich einige Pferde tummelten. Vereinzeltes Wiehern und das Pfeifen irgendwelcher Vögel waren die einzigen Geräusche, von menschlichen Wesen war nichts zu bemerken.

Sie lehnte das Fahrrad an einen Baum und wischte sich den Schweiß von der Stirn. Neben einer Zisterne, die mit brackigem Wasser gefüllt war, befand sich ein rostroter Wasserbehälter, auf dem zu lesen stand: *Welcome! To the divine spirit in you delighting us with your visit. Om namo baghavate.*

Sie war über den Widerspruch zur Tafel an der Absperrung verwundert. Dort hatte es doch geheißen, dass Touristen nicht willkommen seien, und hier wurde der Besucher auf das freundlichste begrüßt. Sie erschrak fürchterlich, als sich von hinten eine Hand auf ihre Schulter legte.

Die Hand war breit und schwer wie eine Bärentatze.

Auch das, was hinter den wirren Haaren an Gesichtszügen zu erkennen war, hatte etwas Animalisches an sich. Sie hatte sich von dem Schrecken noch nicht erholt, als der Mann sie auf Englisch fragte, ob sie wisse, was *Om namo baghavate* bedeute.

„Ein Mantra?" Sie hatte einfach geraten.

„Richtig. Eigentlich heißt es ja *Om namo baghavate Vasudevaya,* das *Mukti Mantra* zu Ehren des Lord Vasudeva beziehungsweise Krishna. Aber irgendein Idiot hat gemeint, es gehe nicht an, einem Hindugott zu huldigen, weil wir doch gleich große Distanz zu allen Religionen halten sollten. Deshalb hat er *Vasudevaya* übermalt."

„Und was genau ist ein Mukti Mantra?"

„*The Mantra of Liberation,* das Mantra zur Befreiung des Selbst. Würde keinem schaden, es öfter mal zu singen. Auch nicht meinen lieben Mitbürgern hier."

Sein Lachen tönte sarkastisch. Er zog eine Packung Tabak aus der Hosentasche und begann sich eine Zigarette zu drehen. Nur mit einer Hand, wie sie erstaunt feststellte. Der Mann musste eine ziemliche Übung darin haben. Dabei hatte sie gedacht, dass die Aurovillianer nicht rauchten und keinen Alkohol tranken. Schon wieder ein Vorurteil, das sie korrigieren musste.

„Frieda“, stellte sie sich vor, „Frieda Prohaska. Ich komme aus Österreich.“

„Kurt“, sagte er und wechselte ins Deutsche, „Kurt genügt. Der Nachname tut nichts zur Sache. Ebenso wenig wie meine Herkunft. Wir versuchen hier, in der Gegenwart zu leben.“

Sie verzichtete darauf, ihn darüber aufzuklären, dass sie seinen Familiennamen bereits kannte.

„Sie klingen gar nicht wie ein Deutscher“, sagte sie.

„Sollte ich?“, fragte er.

„Der Mann im *Visitor Centre* hat behauptet, Sie würden aus Deutschland stammen.“

„Deshalb arbeitet er ja dort. Ein Idiot wie Kiwi würde sonst nirgends einen Job kriegen. Also, wenn du es unbedingt wissen willst: Ich komme aus demselben Stall wie du. Niederstes Österreich, Mostviertel, aus der Gegend von Amstetten. Aber ich war schon über zwanzig Jahre nicht mehr dort. Und ich habe auch nicht vor, jemals wieder zurückzukehren. Obwohl – man soll ja niemals nie sagen, oder?“

Sie schätzte ihn auf fünfundsechzig. Sein nackter Oberkörper war tief gebräunt, das lange Kopf- und Barthaar noch immer üppig, aber angegraut. Auch er musterte sie mit seinen wachen Augen. Eine Weile fiel kein Wort zwischen ihnen, doch sie fühlte sich nicht unwohl dabei. Dann pfiff er, und augenblicklich setzte sich in der Koppel ein Rappe in Bewegung und trabte auf sie zu.

„Das ist Santos“, sagte Kauer. „Santos, das ist Frieda. Begrüße sie anständig!“

Der Rappe wieherte, stellte sich auf die Hinterbeine und ließ seine Vorderhufe in der Luft rotieren.

„Alle Achtung, das ist ja zirkusreif!“, sagte Frieda. „Wie haben Sie das hingekriegt?“

„Quatsch. Das ist die ganz normale Kommunikation zwischen zwei Wesen, die einander verstehen“, sagte Kauer. „Nur die Menschen sind so blöd, einander mit einem Sie auf Distanz zu halten.“

„Sie … Pardon … du bist wohl so etwas wie ein Pferdeflüsterer?“

„Ja, das sagen einige. Für andere bin ich der Schlangenflüsterer."

„Was soll das sein?"

„Na, eben einer, der sich um Schlangen kümmert. Es gibt kaum nützlichere Tiere als sie. Und keine, die mit einem schlechteren Image zu kämpfen haben. Die meisten Menschen haben eine konditionierte Angst vor Schlangen, die ihnen von der Mutter Kirche eingebläut worden ist. Bereits die Urfassung von *Die Schöne und das Biest* spielt ja bekanntlich im christlichen Paradies. Aber ich kann mir partout nicht vorstellen, warum ausgerechnet der Teufel sich als Schlange verkleiden sollte, wo er doch laut zahlreichen Zeugen mit Ziegenfuß und Hörnern ausgestattet ist. Okay, die Katholiken waren noch nie logisch, allenfalls theologisch: Wenn sie Marienerscheinungen haben, werden sie von ihrer Obrigkeit honoriert, bis hin zur Heiligsprechung. Im Fall dunklerer Visionen hingegen heißt es, sie seien vom Teufel besessen oder hätten mit ihm geschlafen. Was dann in der Vergangenheit gerne zu Folter und Scheiterhaufen geführt hat. Dabei handelt es sich doch nur um die beiden Seiten ein und derselben Medaille."

Wieder lachte er höhnisch.

Frieda interessierten die religionskritischen Ausführungen KKs nicht besonders. Wenigstens einen Ratschlag von Mirra Alfassa – *Denounce all religions*, kündige jedweder Religion – befolgte sie bereits seit Längerem. Dass Religion ein wesentliches Unterscheidungsmerkmal zwischen Mensch und Affe sei, glaubte sie nicht mehr. Zu oft hatte sie feststellen müssen, dass es eher die Religion war, die die meisten Menschen zu Affen machte.

Sie war viel mehr an dem interessiert, was Kauer zuvor gesagt hatte.

„Inwiefern kümmerst du dich um Schlangen?"

„Nun, wenn sie in irgendeiner Community in Auroville überhand nehmen, rufen die Leute mich an. Dann komme ich vorbei und nehme sie mit. Wir haben hier viele Arten: Kobras, Rattenschlangen, Vipern … Die einzig wirklich unangenehme ist die Kettenviper. Der geht man besser aus dem Weg, denn sie wird es nicht tun."

„Und wie tötest du sie?“

„Wer redet denn von Töten? Ich nehme sie mit, habe ich gesagt, und setze sie hier auf meiner Waldfarm wieder aus. Einige werfe ich auch aufs Dach …“ – er zeigte hinüber auf die größte der strohgedeckten Hütten –, „die kümmern sich dann um die Streifenhörnchen. Die blöden Nager machen über kurz oder lang jedes Dach kaputt. Bauen darin ihre Nester, keine zwei Meter über deiner Nase. *Das* ist das wahre Ungeziefer! Nein, da lobe ich mir eine ordentliche Schlange.“

Frieda lief ein Schauder über den Rücken. Unwillkürlich scannte sie das Gras. Kurt Kauer bemerkte es und lachte.

„Du hast wohl auch einen katholischen Hintergrund?“

„No na“, sagte Frieda, „wer denn nicht in Niederösterreich? Allerdings bin ich schon lange aus der Kirche ausgetreten.“

„Was leider auch nicht viel hilft, wie sich gerade gezeigt hat. Wenn einmal der Wurm drin ist … beziehungsweise die Schlange … Weißt du, die mit Kreuzen dekorierten Menschen lassen mich immer an einen Friedhof denken.“

„Hübscher Spruch“, sagte sie.

„Leider nicht auf meinem Mist gewachsen“, sagte er. „Stammt von einem gewissen Francis Picabia. Aber willst du mir nicht langsam verraten, was dich in dieses Schlangennest geführt hat?“

„Klar doch“, sagte sie und legte los.

*

„Schade um ihn, wirklich sehr schade!“

Das erste Mal, dass Kauer nicht schnippisch klang. Es war ihm anzuhören, dass Bernd Lussnig ihm viel bedeutet hatte.

„Und wie habt ihr euch kennengelernt?“

„Bernd hat vor etlichen Jahren mal über das Verhältnis zwischen dem *Sri Aurobindo Ashram* in Pondicherry und Auroville bei uns recherchiert. Damals hat er viele Interviews gemacht, unter anderem auch eines mit mir. Weil ich doch ein Mann der ersten Stunde war. Der Artikel ist kurz darauf im *Spiegel* erschienen. Bernd hat ihn kopiert und mir zugeschickt, das war noch vor der Zeit des Internets. Ich fand, die Story war gut geschrieben und auch inhaltlich nicht so ein Scheiß, wie sonst gerne über uns verbreitet wird. Von Leuten, die nicht einmal ihren Arsch hierher bewegen, die vom Schreibtisch aus die Welt beurteilen und jeden und alles verurteilen, was nicht in ihre engen Schubladen passt. Na ja, du weißt schon ..."

Ja, das wusste sie in der Tat! Und sie konnte nur hoffen, dass Kauer die rote Verfärbung ihres Gesichts für die Auswirkung eines Hitzestaus hielt. *Da hast du ja sicher ewig dafür recherchieren müssen ...* Bernds Kommentar zu ihrem damaligen Elaborat würde sie nie vergessen. Dabei hatte er unterschlagen, zuvor selbst schon über dasselbe Thema geschrieben zu haben! Typisch Bernd. Er war keiner gewesen, der es nötig gehabt hatte, sich irgendwelche Verdienstorden an die Brust zu heften.

„Na, und weil ich ihn für einen der Seriöseren seiner Branche hielt, hab ich ihm einen Brief geschrieben, als ich Wind von dieser Riesenschweinerei bekam", setzte Kauer fort. „Ich dachte, so etwas müsste doch für einen Journalisten interessant sein. Und das war es wohl auch, denn kurz darauf ist er vor meiner Hütte gestanden."

„Welche Schweinerei?", fragte Frieda.

Kauer sah sie nachdenklich an.

„Sag erst einmal: Welches Verhältnis hattest du zu Bernd?"

„Wir waren ... äh ... Kollegen. Befreundet, gewissermaßen. In letzter Zeit haben wir für dieselbe Zeitschrift gearbeitet", stotterte sie.

„Man kann nicht gewissermaßen befreundet sein", erwiderte Kauer. „So wie man nicht gewissermaßen ein Kind kriegen kann. Oder gewissermaßen stirbt. Du musst dich schon entscheiden, Mädchen!"

Er hatte ja recht, vollkommen. Sie versuchte, ihre Gefühle dem Toten gegenüber zu beschreiben und wunderte sich gleichzeitig darüber, wie schnell sie sich einem im Grunde Wildfremden gegenüber öffnete. Am Ende erzählte sie Kauer sogar von ihrem vermurksten Artikel über Auroville, und wie Bernd sie damals geschont hatte.

„Schon viel besser!“, lobte Kauer sie. „Jemand, der bereit ist, Fehler einzugestehen, ist mir immer sympathisch. Habe selbst genug Blödsinn angestellt in meinem Leben. Eine Zeit lang saß ich sogar in einem deutschen Gefängnis ein. Wirst dir denken können, weshalb.“

„Drogen?“

„Natürlich. Hasch, Pilze, LSD – alles, was nur entfernt nach Bewusstseinserweiterung gerochen hat, immer brav auf den Spuren von Timothy Leary und Aldous Huxley. Es hat lang genug gedauert, bis ich draufkam, wie man sein Bewusstsein wirklich erweitern kann. Aber was erzähle ich dir da, reden wir lieber über Bernd. Als er aufgetaucht ist, habe ich ihn mit ein paar Leuten zusammengebracht, die schwere gesundheitliche Probleme hatten. Symptome ähnlich jenen der Minamata-Krankheit, falls du davon schon gehört hast.“

„Nur vage – aber Genaueres weiß ich jetzt eigentlich nicht.“

„Bernd wusste jedenfalls recht gut Bescheid und hat die Parallelen sofort gecheckt. Bei dieser Krankheit handelt es sich um eine Schädigung des zentralen Nervensystems, die zu Problemen in der Muskelkoordination, zu Psychosen, Hirnlähmungen und in letzter Konsequenz zum Tod führt. Im japanischen Minamata waren Quecksilberverbindungen in Industrieabwässern daran schuld, die ein Chemiekonzern Mitte der Fünfzigerjahre des vergangenen Jahrhunderts einfach ins Meer entsorgt hatte. Über die Nahrungsmittelkette erlitten die Menschen im Lauf der Zeit eine chronische Quecksilbervergiftung, und in der Folgegeneration kam mancher Säugling bereits mit einer Hirnlähmung auf die Welt. Das Tückische an einer solchen Vergiftung ist, dass sie schwer zu erkennen ist, weil sie mit scheinbar harmlosen Symptomen wie Müdigkeit und Kopfschmerzen beginnt und sich nur langsam zu massiven körperlichen und geistigen Ausfällen steigert. Ähnlich erging es den Leuten, auf die ich stieß, als ich in den Dörfern an der Küste Spendengelder für die Tsunamiopfer verteilte. Die meisten sind Frauen. Kein Arzt konnte ihnen helfen. Sofern sie überhaupt jemals einen wegen ihrer Beschwerden aufgesucht haben.“

„Jetzt einmal langsam", sagte Frieda. „Du betreust Leute, die vergiftet wurden? Und Bernd hat davon gewusst?"

„Genau. Nur dass es sich hier nicht um eine Vergiftung durch Industrieabfälle handeln kann, denn die Betroffenen stammen aus unterschiedlichen Gegenden. Es gibt aber, wie ich herausgefunden habe, sehr wohl einen gemeinsamen Nenner."

„Nämlich?"

„Ihren Arbeitsplatz. Alle Kranken waren Angestellte ein und derselben Firma. Und alle arbeiteten in der Produktion."

„Lass mich raten. Heißt die Firma zufällig *Chennai Ayurvedic Productions*?"

Kauer sah sie verblüfft an.

„Hey, nicht übel! Woher weißt du davon?"

„Aus Bernds Aufzeichnungen. Aber erzähl weiter, bitte!"

„Nun, da gibt es nicht mehr viel zu erzählen. Bernd nahm Urinproben von den drei noch lebenden Frauen, die ich drüben im Sadhana Forest untergebracht hatte. Die wollte er wohl in irgendeinem europäischen Labor analysieren lassen. Dann brach er auf, um, wie er sagte, eine Klinik für die drei ausfindig zu machen und um einigen Herrschaften einen unangemeldeten Besuch abzustatten. Seit diesem Tag habe ich nichts mehr von ihm gehört. Ich hatte bald ein ungutes Gefühl. Aber weil ich kein Telefon und keinen Computer besitze und deshalb nicht so leicht zu erreichen bin, hab ich mir halt eingeredet, dass Bernd zu viel zu tun hatte, um mich nochmals zu besuchen. Andererseits sah es ihm nicht ähnlich, dass er sich nicht weiter um die Todkranken kümmerte. Und jetzt muss ich von dir hören, dass er gar nicht mehr dazugekommen ist, irgendetwas in der Sache zu unternehmen. Der Unfall passierte offenbar noch vor seiner geplanten Abreise aus Pondicherry."

„Wenn es überhaupt ein Unfall war", sagte Frieda dumpf.

Kauer zog die Augenbrauen hoch.

„Was spricht dagegen?"

„Bislang dachte ich, es spräche nur dagegen, dass Bernd jeden noch so dichten Kugelhagel in Bagdad oder Mogadischu überlebt hat, aber gleichzeitig dumm genug gewesen sein soll, vor seinem

Hotel im friedlichen Pondicherry in einen Lastwagen zu laufen. Das wollte mir vom ersten Moment an nicht einleuchten. Aber nach all dem, was du mir gerade erzählt hast, spricht gegen einen Unfall vor allem, dass es ein äußerst überzeugendes Motiv für einen Anschlag auf Bernd gibt: zu verhindern, dass er eine Riesenschweinerei aufdeckt, wie du selbst es genannt hast."

„Du denkst also, dass diese Chennaier Firma dahintersteckt?"

„Ja, davon gehe ich aus. Das würde auch erklären, warum ein amerikanischer Wissenschaftler, mit dem ich mich letzten Sonntag in Mamallapuram treffen wollte, plötzlich wie vom Erdboden verschwunden ist. Einer, der behauptete, dass gewisse Produkte dieses Konzerns absolut nicht förderlich für die Gesundheit sind."

„Wenn du recht hast, könnte es aber auch für dich gefährlich werden."

„Genau. Zumal ich bereits versucht habe, bei CHAP vorzusprechen."

„Scheiße", sagte Kauer und begann, sich eine neue Zigarette zu rollen."

„Könnte ich auch eine haben?", bat Frieda.

Wie schnell frau doch die hehrsten Reinigungsgelübde vergessen konnte! Angesichts dieser Giftgeschichte ließ sich das Rauchen von Tabak zumindest relativieren: Es gab immer noch etwas deutlich Schädlicheres …

40

Nicht nur vom Sternzeichen her bin ich Skorpion, dachte Ajith. Alles passt zusammen, nichts hat sich geändert. Es ist einfach wieder einmal so weit.

Vor Jahren hatte der ältere Bruder einmal gemeint, es sei typisch für Skorpione, sich ständig eingraben zu müssen. Er hatte damit auf Ajiths Art angespielt, sich rar zu machen und nicht viel von sich preiszugeben.

„Um dann aus dem Hinterhalt zuzustechen?“, hatte Ajith ihn gefragt.

„Wenn du so willst“, hatte der ältere Bruder gelächelt.

Aber was heißt Hinterhalt! Es liegt einfach in der Natur des Skorpions, sein Versteck zu verteidigen. Die, die seinen Stich zu spüren bekommen, sehen das natürlich anders und werfen ihm Arglist vor. Dabei handelt ein Löwe oder Stier oder Wassermann im Ernstfall nicht anders, nur eben mit anderen Mitteln. Jeder nutzt die Talente, die die Natur ihm gegeben hat. Auch und gerade wenn es ums Überleben geht.

Dass es jetzt um das Überleben der Firma ging, hatte der ältere Bruder bei ihrem letzten Telefongespräch unmissverständlich klargestellt. Sentimentalität liefe in solch einer Situation auf dasselbe hinaus wie Illoyalität. Noch nie hatte er dieses Thema Ajith gegenüber auf die Tagesordnung gebracht, wusste er doch, dass es keinen Treueren gab als ihn. Aber vielleicht hatte er gespürt, dass sie beide diesmal Neuland betraten. Kein Wunder, eine Frau war noch nie auf Ajiths Abschussliste gestanden.

Dass er endlich wieder ihre Fährte aufgenommen hatte, war im Grunde nur ein glücklicher Zufall gewesen. Oder hatte es mit Intuition zu tun?

Zwei Tage war er durch die Gegend gekurvt, hatte seine Kontakte in Pondicherry spielen lassen und kaum geschlafen. Sie schien wie vom Erdboden verschluckt. In dem *Guest House*, wo sie abgestiegen war, war sie offensichtlich zur selben Zeit ausgezogen, als er damit beschäftigt war, die Folgen des Unfalls an seinem Wagen notdürftig beseitigen zu lassen. Wohin würde sie sich als Nächstes wenden? Ajith versuchte, sich in ihre Situation hineinzuversetzen. Er wusste, dass Lussnig Kontakte in Auroville gehabt hatte, aber auch öfters hinaus nach Sadhana Forest gefahren war, zu einem kleinen Ökoprojekt zwischen Pondicherry und Auroville, wo eine Gruppe verrückter Ausländer seit Jahren Bäume pflanzte. Nicht das Bäumepflanzen war in Ajiths Augen verrückt – die ausgedörrte Erde hatte die Wiederaufforstung bitter nötig –, sondern die Tatsache, dass die Leute hier Tag für Tag schufteten, ohne dafür eine einzige Rupie zu kassieren. Sie lebten in Zelten und Gemeinschaftswohnungen zusammen, verbuddelten am frühen Morgen die Setzlinge, gruben Brunnen, reparierten Weidezäune, bauten solarbetriebene Aggregate und betrieben einen Kindergarten für die tamilischen Nachbarn. Ihre eigenen Kinder schickten sie nicht in die staatliche Schule, sondern unterrichteten sie selbst.

Am sympathischsten an dem Projekt war Ajith, dass alle Beteiligten vegetarisch lebten. Am unsympathischsten, dass sich in Sadhana Forest ein paar versteckt hielten, die, wenn es dumm lief, auch als Zeugen gegen den älteren Bruder aussagen konnten.

Er fuhr aufs Geratewohl hinaus. Nach der Abzweigung vom Highway wurde die Straße zu einer Staubpiste, die so tiefe Schlaglöcher aufwies, dass Ajith sein Auto stehen ließ, um es zu schonen, und zu Fuß weiterlief. Offenbar hatten die Leute hier wenig Interesse daran, Besuch zu bekommen.

Ein Taxi überholte ihn und hüllte ihn in eine Staubwolke. Auch die Autofenster waren von einem grauen Film bedeckt. Dennoch hätte er schwören können, dass *sie* es war, die neben einem älteren Mann im Fond hockte. Ihre roten Haare leuchteten wie eine Fackel aus dem schattigen Inneren des Wagens.

Eine Fackel, die er längst hätte zum Verlöschen bringen sollen.

*

Leo ging davon aus, dass Frieda nicht nach Pondicherry fahren würde, ohne den *Sri Aurobindo Ashram* und Auroville zu besuchen. In einer schwachen Stunde hatte sie ihm einmal gestanden, dass ihr schlecht recherchierter Artikel über diese beiden Stätten wie eine nicht heilen wollende Wunde in ihr brannte.

„Deine Amfortaswunde“, hatte er gemeint, „mit dem Unterschied, dass nicht ein Klingsor, sondern du selbst sie dir geschlagen hast.“

„Schlaumeier!“

Sie hatten später nie mehr darüber gesprochen, aber ihre Scham war zu offensichtlich gewesen, als dass er sie je hätte vergessen können.

Er ließ sich in die Ranga Pillai Street im Stadtzentrum fahren und betrat mit bloßen Füßen den Innenhof des *Sri Aurobindo Ashram*. Unter dem Musterexemplar eines Peltophorum Pterocarpum, eines *Service Tree*, wie die Einheimischen diesen ausladenden Baum nannten, befand sich die blumenübersäte Grabstätte des einstmaligen Kämpfers für die Unabhängigkeit Indiens und späteren Gurus Aurobindo. Neben ihm ruhte seine spirituelle Gefährtin, Mirra Alfassa. Mehr als hundert Menschen jeglichen Alters hockten im Lotussitz auf dem Boden, schweigend, entrückt. Andere defilierten vor dem mit Blumengirlanden geschmückten Stein und meditierten, die Stirn auf dem kalten Stein, ehe der Wächter durch ein dezentes Schnalzen seiner Zunge andeutete, dass sie weitergehen sollten, um anderen Gläubigen Platz zu machen. Eine ganze Schulklasse saß schweigend auf dem staubigen Boden, ohne dass ein einziges Handy zu hören gewesen wäre, für Leo ein schlagender Beweis für die auratische Wirkkraft dieses Ortes. Ein etwa Sechzigjähriger, der die längste Zeit in perfektem Lotussitz verharrt hatte, erhob sich plötzlich und – als wäre er mit einem Schlag um zwanzig Jahre gealtert – schlurfte hinkend und mit gekrümmtem Rücken aus dem Hof.

Flüsternd, um die Andacht nicht zu stören, fragte Leo den Wächter, ob er sich an eine Weiße mit roten, kurzen Haaren erinnern könne. Der Mann schüttelte den Kopf. Ebenso reagierten die Frau im kleinen Buchladen des Aschrams und das Mädchen draußen auf der Straße, bei der man die Schuhe vor dem Betreten des Geländes abgeben musste. Er ging davon aus, dass Frieda noch nicht hier gewesen war, und bestieg, ohne groß um den Fahrpreis zu feilschen, das nächste Taxi nach Auroville.

Im *Visitor Centre* landete Leo sofort einen Volltreffer.

„Eine wie die kann man nicht übersehen", sagte der Mann am Schalter, „'ne echte Superhenne! Ist sie deine Frau?"

Gute Frage, dachte Leo. Sonst war nichts gut an dem Typen. Sein zu einem Pferdeschwanz gebundenes Haar triefte vor Öl. Alles an ihm wirkte schmierig, gockelhaft. Aber er redete wie ein Wasserfall und gab bereitwillig darüber Auskunft, was Frieda hier gewollt hatte.

Dass sie sein Fahrrad abgelehnt hatte, machte ihm immer noch zu schaffen: „Barter trade, Tauschhandel, ist das Um und Auf in einer Community wie der unseren. Aber sie wollte nicht einmal ein Küsschen für das Rad einsetzen. Hatte überhaupt etwas Strenges an sich. Ich schätze, diese Frau wird zu wenig gefickt. Solltest dich darum kümmern, Bruder!"

Leo bedankte sich für den Tipp. Dann machte er sich zu Fuß auf den Weg zu Kurt Kauers Farm.

*

Als Frieda und KK in Sadhana Forest ankamen, war gerade Siestazeit. Die meisten lagen in ihren Hängematten und dösten oder lasen ein Buch. Die Kinder schliefen, auf dem gestampften Lehmboden aneinandergekuschelt, im Schatten eines hohen, alten Baumes, der vermutlich als Einziger die Abholzungsorgie zu Zeiten der englischen Besatzer überlebt hatte.

Sie hatten ein Taxi von Auroville genommen, und Kauer informierte Frieda während der Fahrt ein wenig über das internationale Hilfsprojekt in Sadhana Forest. Dass er die mit Schwermetallen verseuchten Frauen ausgerechnet hier untergebracht hatte, begründete er damit, dass sich in diesem Lager ständig jemand um sie kümmerte, vor allem in medizinischer Hinsicht, denn es gab gleich zwei israelische Ärzte, die wie alle anderen unentgeltlich an dem Wiederaufforstungsprojekt teilnahmen. Aber es war ein aussichtsloser Kampf, eher eine Art betreutes Sterben. Die Frauen, die jahrelang ohne jede Schutzbekleidung mit Quecksilber, Blei und Arsen hantiert hatten, waren oft sogar für einfachste Dienste in der Gemeinschaftsküche zu schwach. Von den sieben, die Kauer ursprünglich nach Sadhana Forest gebracht hatte, lebten gerade noch drei. Wenn man ihr Dahinvegetieren leben nennen konnte. Zwei waren gerade draußen auf dem Feld, aber eine der Frauen konnten sie besuchen.

„Das ist Meera“, sagte Kauer und zeigte auf das zusammengekrümmte Etwas auf der Bastmatte. Hager und ausgezehrt sah die Kleine aus. Ein Mädchen, was ihre Figur anlangte. Eine Greisin den Gesichtszügen nach.

„Sie kann nicht mehr laufen, fällt ständig um. Reagiert auf nichts mehr. Uri gibt ihr nur noch wenige Tage.“

Frieda beugte sich zu Meera hinab und streichelte ihr die Schulter. Ein leises Stöhnen war die Antwort.

„Kann man gar nichts für sie tun?“

„Für eine Chelat-Therapie ist es längst zu spät, sagt Uri. Sie war dem Gift jahrelang ausgesetzt, wie die anderen Arbeiterinnen auch. Ich hoffe, du kannst das an eine so große Glocke hängen, dass die indischen Behörden gezwungen werden, diesen Verbrechern das Handwerk zu legen. Ohne öffentlichen Druck geht in diesem Land nichts weiter. Denk nur an die ständigen Vergewaltigungen, so wie letztes Jahr in Delhi. Du erinnerst dich? Nach der Gruppenvergewaltigung einer Studentin in einem Bus gingen erstmals die Massen auf die Straße, und plötzlich nahmen sich auch die Medien und die Politik des Themas an.“

Frieda nickte. Einer plötzlichen Eingebung folgend legte sie sich neben die Frau auf den Boden, ihre Köpfe waren nur eine Handbreit voneinander entfernt. Meeras schwere Lider öffneten sich, und sie sahen einander die längste Zeit schweigend in die Augen. Dann sagte die Frau irgendetwas auf Tamilisch, es klang spitz und dünn, wie das verängstigte Zwitschern eines Vogeljunges. Frieda ergriff ihre federleichte Hand und drückte sie vorsichtig.

„Wir helfen dir“, flüsterte sie. *„Ich* helfe dir!“

Sie rollte sich auf den Rücken, ohne Meeras Hand loszulassen. Noch nie war sie jemandem, über den sie zu schreiben gedachte, so nahe gewesen. Sie spürte die dunklen Augen der Kranken auf sich ruhen. Über ihr befand sich ein Ventilator, der die an Fäden aufgehängten Fotos an der Wand in ständige Bewegung versetzte.

„Ihre Familie“, sagte KK, der Friedas Blick gefolgt war. „Diese Bilder sind das Einzige, was sie von ihrer Familie noch hat.“

Frieda hatte das Gefühl, selbst gelähmt zu sein. Was konnte sie tatsächlich für Menschen wie Meera tun? Selbst wenn es ihr gelang, mit ihrem Artikel Staub aufzuwirbeln, selbst wenn man die lebensgefährlichen Arbeitsbedingungen in der Produktionsstätte von CHAP abstellte – Meera und ihre Leidensgefährtinnen würden es nicht mehr erleben. Sie fragte sich, was Bernd unternehmen wollte, nachdem er das Elend hier gesehen hatte. Wollte er die Opfer tatsächlich in eine Spezialklinik bringen? Und was dann? Diese Leute würden sich eine Chelat-Therapie nie und nimmer leisten können. Hatte er vorgehabt, das aus der eigenen Tasche zu berappen oder das Geld zumindest vorzustrecken, bis er mit einer Kampagne Spendengelder für sie auftreiben würde? Es wäre nicht das erste Mal gewesen, dass er weit über das hinausging, wofür Journalisten sich normalerweise als zuständig betrachteten. Er war kein bloßer Papiertiger, er war ein Kämpfertyp. Und zwar einer mit einem verdammt großen Herz, wie sich im Nachhinein immer mehr herausstellte.

Und wie war es um ihr Herz bestellt? War sie Bernds Vorbild gewachsen? Würde sie den Mut aufbringen, an allen möglichen Fronten gleichzeitig zu kämpfen – um womöglich so zu enden wie er?

Sie stand auf und streichelte Meera noch einmal aufmunternd über den Rücken.

„Ich bin bald zurück“, sagte sie, „ich verspreche es dir.“

*

Das Taxi, mit dem sie gekommen waren, war längst wieder weg. Kauer wusste die Nummer eines Taxiunternehmens und sie versuchte, via Handy ein Tuk-Tuk zu bestellen, musste aber feststellen, dass sie sich hier in einem Funkloch befanden. Dabei hätte in dieser Einöde sicher niemand an einem noch so hässlichen Telefonmasten Anstoß genommen.

Außer ein paar Mopeds und Fahrrädern gab es keine Fahrzeuge in Sadhana Forest. „Na, dann werde ich mich wohl oder übel auf die Socken machen“, sagte sie und gab KK zwei Küsschen auf die Wangen. Es war ja nicht allzu weit bis zur Hauptstraße. Dort würde sie schnell ein Taxi finden.

„Du kommst doch alleine zurecht?“, fragte Kauer. „Ich möchte noch warten, bis die beiden anderen zurück sind.“

„Klar“, sagte sie. Um Geld abzuheben und Behälter für Urinproben zu besorgen, brauchte sie niemanden an ihrer Seite.

Sie hatten sich für den nächsten Tag wieder im Sadhana Forest verabredet. KK wollte dafür sorgen, dass alle drei Kranken anwesend wären. Es war fünfzehn Uhr, und die Luft schien zu vibrieren. Über der rötlichen Staubpiste hing ein Hitzeschleier, der die Bäume und Büsche vor ihren Augen zum Tanzen brachte. Die reinste Fata Morgana, dachte sie. Fehlte nur noch, dass irgendwo Wasser und Palmen auftauchten.

Aber es war dann nur ein silbrig glänzender Wagen, der hinter der nächsten Kurve am Wegesrand parkte. An der Fahrertür lehnte ein Mann. Unwillkürlich drückte sie ihre Handtasche fester an sich, in der sich der Pfefferspray befand. Doch der Mann lächelte nur freundlich und rührte sich nicht von der Stelle, als sie mit ihm auf gleicher Höhe war.

„Hi“, sagte sie im Vorbeigehen. Sie sah das Handy in seiner Hand.

„Hi“, sagte auch er. Es klang geistesabwesend.

Einige Meter später drehte sie sich um. Wollte sehen, ob er ihr folgte. Aber er lehnte weiterhin ruhig an seiner Karre und starrte in den Himmel, mit dem Handy am Ohr.

Er telefonierte.

Wie war das möglich? Wo sie doch eben noch keinen Empfang gehabt hatte? Vielleicht verfügte er ja über ein besseres Gerät …

Die Hitze war mörderisch, es war mit Sicherheit der heißeste Tag seit ihrer Ankunft. Und es würde in den nächsten Wochen noch schlimmer kommen, man konnte es in jedem Guide lesen: März bis Mai waren die No-go-Monate für Weiße in Südindien. Wieso musste sie ausgerechnet in dieser Glut zu Fuß durch die Wüste latschen?

„Entschuldigen Sie", rief sie. „Dürfte ich vielleicht kurz Ihr Telefon benutzen?"

Er hob die freie linke Hand, wohl um damit zu signalisieren, dass er nur noch schnell seinen Anruf beenden wolle, dann klappte er das Handy zusammen.

„Natürlich", sagte er zu ihr gewandt. „Bitte sehr."

Er streckte ihr das Gerät hin. Sie trottete die paar Meter zu ihm zurück. Der Schweiß rann ihr in die Augen, für einen Moment begann alles zu verschwimmen.

„Ich möchte nur ein Taxi rufen", erklärte sie.

„Kein Problem", meinte er. „Sie haben die Nummer? Wird allerdings eine Weile dauern, bis eines hier rauskommt."

Sie hielt das Handy unschlüssig in ihrer Hand.

„Falls Sie in die Stadt wollen, könnte ich Sie auch mitnehmen."

Sein Englisch war nahezu akzentfrei. Sie sah ihm in die Augen. Sein Blick war neutral. Über den vollen Lippen trug er einen kurz getrimmten Schnurrbart, und er war gut gekleidet. Das weiße, kurzärmelige Leinenhemd mit den aufgesetzten Brusttaschen sah teuer aus, ebenso seine schwarze Hose. Vielleicht ein Geschäftsmann, der seine Mittagspause fernab der Hektik der Stadt verbringen wollte …

Sie rang mit sich. Das tust du nicht, sagte eine Stimme in ihr, du steigst sicher zu keinem Fremden ins Auto! Wann hatte sie das überhaupt zum letzten Mal getan? Mit siebzehn vielleicht, damals war Autostoppen im Waldviertel selbst für Mädchen noch üblich gewesen. Die andere Stimme sagte, dass nicht *er* etwas von ihr gewollt hatte, sondern umgekehrt. Dass sie zu ihm zurückgekommen war. Aus freien Stücken.

„Sie fahren direkt nach Pondy?“

„Ja, ins French Quarter.“

Also vor ihre Haustüre, gewissermaßen. Ein weiterer Motivationsschub.

„Okay“, sagte sie abrupt, „ich nehme Ihr Angebot an.“

„In dem Fall“, sagte er und hielt ihr die Tür auf. Ein echter Gentleman.

Er fuhr langsam und konzentriert. Bisweilen nötigten ihn die vielen Schlaglöcher, in das verdorrte Feld auszuweichen. Er sah sie nicht an, als er ihr das Kompliment machte.

„Sie haben schöne Augen, Madam. Genau wie meine Schwester sie hatte.“

„Danke“, sagte sie leise lächelnd und musterte ihn verstohlen von der Seite. Seine Nase erinnerte an die von Anand, und seine schwarzen Haare hatten einen bläulichen Glanz.

Er blickte weiter nur geradeaus.

*

Das erste Lebewesen, das Leo auf Kurt Kauers Farm über den Weg lief, war eine fürchterlich schnatternde Gans. Sie hatte offenbar die Rolle des Wachhunds inne und Leo sah zu, dass er einen gehörigen Abstand zu ihr einhielt. Er rief ein paarmal den Namen des Besitzers, aber niemand antwortete. Als er schon umkehren wollte, bemerkte er einen dunklen Schopf mit roten Bändern hinter einem der glaslosen Fenster. Das Mädchen war höchstens zehn Jahre alt.

„Entschuldige, kannst du mir sagen, wo ich Kurt finde?“

Mit einer Geste deutete er einen langen Bart an.

Die Kleine presste die Lippen aufeinander.

„Verstehst du mich?“

Sie nickte.

„Und du kennst Kurt?“

Erneutes Nicken.

„Weißt du, wann er wiederkommt?"

Sie spitzte die Lippen und gab einen seltsamen Laut von sich. Das konnte alles Mögliche bedeuten.

Leo zog ein in Cellophan verpacktes Bonbon aus der Hosentasche.

„Magst du?"

Sie schüttelte den Kopf, aber ihr Blick verriet das Gegenteil.

Vorsichtig näherte er sich dem Fenster, sie versteckte sich sofort hinter der Mauer. Er warf das Bonbon in den Raum. Sie zog es mit den Zehen an sich, wickelte es aus und roch lange daran, ehe sie es in den Mund steckte.

„Gut?"

Wieder ein Nicken, diesmal heftiger.

„Möchtest du noch welche?" Er hielt ihr die ganze Packung hin.

Sie kratzte sich hinter den Ohren.

„Du bekommst alle, wenn du mir sagst, wo Kurt ist."

Sie zögerte einen Augenblick, dann flüsterte sie etwas.

„Du musst schon lauter sprechen", sagte er und lächelte.

„Sadhana Forest", wiederholte sie. „Er und rote Frau."

„Eine rote Frau? Meinst du eine Weiße mit roten Haaren?"

„Mhm", murmelte sie und streckte verlangend beide Arme aus. Leo ließ ein Bonbon nach dem anderen in ihre zusammengelegten Handflächen purzeln. Ihre Augen wurden immer größer, leuchteten wie Mondstein in einer schwarzen Fassung.

Auf dem einstündigen Rückmarsch zum Visitor Centre bereute er es, nicht wenigstens einige der sauren Drops behalten zu haben. Der Schweißbach, dessen Quellgebiet im Bereich von Leos Stirn lag, wuchs sich langsam zu einem alles verschlingenden Strom aus, der über Nacken, Brust und Bauch mäandrierend in seine Unterhose mündete. Kein Wunder, dass Leo für die Schönheit der Natur und des *Matrimandir*, der linker Hand auftauchte, kein Auge hatte.

Vielmehr hatte er die Schnauze voll. Gestrichen! War sie jetzt mit einem neuen Lover unterwegs? Er hatte vergessen, den Pferdeschwanz zu fragen, wie alt dieser Kauer war. Jedenfalls musste er es endlich schaffen, Frieda einzuholen.

Ein Leo Lauber war, verdammt noch einmal, nicht dafür geboren, stundenlang durch die Subtropen zu latschen.

*

Frieda hatte ihren Familiennamen noch nie ausstehen können.

Schon als Kind hatte man sie damit aufgezogen, dass sie ebensolche Locken wie ihr Namensvetter, ein bekannter österreichischer Fußballer, hatte, der mit seinem Wuschelhaar in seiner Jugend ausgesehen hatte wie ein bleichgesichtiger Jimi Hendrix und jetzt als Co-Kommentator im Fernsehen die permanenten Niederlagen des Nationalteams zu Beinahesiegen schönredete. Schneckerl, das war in Penzdorf dann auch fast zwangsläufig Friedas Spitzname gewesen. Erst als sie mit dem Plätteisen aus ihren Locken Schnittlauchlocken machte und Penzdorf für immer hinter sich ließ, wurde sie auch das Schneckerletikett los.

Es war das Angenehme in diesem Land, dass sich niemand für Familiennamen interessierte. Sogar als sie sich die SIM-Karte für ihr Handy gekauft hatte und man ihr dafür Passfotos und eine Kopie des Visums abverlangte, wurde nur „Frieda" auf das Formular gekritzelt. Im Süden Indiens setzten sie bisweilen auch noch die Initialen von Vater und Mutter hinter den eigenen Vornamen oder die Bezeichnung der Kaste. Das war's dann auch schon.

„Wie heißen Sie?", hatte er sie gefragt.

„Frieda. Und Sie?"

„Ajith."

Er musste bemerkt haben, dass sie auf die geöffnete Zigarettenpackung auf der Ablage starrte.

„Nehmen Sie sich ruhig eine. Haben Sie Feuer?"

„Danke, ja."

Sie öffnete ihre Handtasche und kramte darin herum. Das rosa Feuerzeug mit dem Schriftzug einer österreichischen Zeitung darauf lag direkt neben dem Pfefferspray.

„Und Sie – soll ich Ihnen auch eine anzünden?", fragte sie.

„Ich rauche nicht. Die Zigaretten sind für die anderen."

„Okay“, sagte sie verwundert und nahm einen tiefen Zug. Die letzte Filterzigarette hatte sie in Mamallapuram geraucht, und sie hatte ihr nicht geschmeckt. Keine Ahnung, warum sie jetzt wieder damit anfing. Bloß weil man ihr eine anbot? Kam sie über diese idiotische Konditionierung denn nie hinweg?

Sie warf die Zigarette zum offenen Fenster hinaus. Der Luftzug verwirbelte ihr Haar. Wegen der Schlaglöcher fuhren sie Slalom auf der Staubpiste. In der Entfernung tauchte die Silhouette eines Tuk-Tuk auf.

„Was hat Sie eigentlich hier herausgeführt?“, fragte sie.

Erstmals, seit sie zusammen im Auto saßen, wandte er ihr das Gesicht zu. Ihre Augen tauchten kurz ineinander. Er öffnete kaum den Mund, als er antwortete.

„Sie.“

Eine Sekunde überlegte sie, ob das wieder eines dieser verschleierten Komplimente war. Doch sein Gesichtsausdruck sprach eine andere Sprache.

Sie spürte den pelzigen Geschmack auf der Zunge, er verursachte ihr einen Brechreiz. Scheiße, dachte sie. Es wird doch nicht eine Henkerszigarette gewesen sein, die mir da angeboten wurde!

*

Die gelben Tuk-Tuks vor dem *Visitor Centre* standen in Reih und Glied, daneben die Fahrer in ihrer khakifarbenen Kluft. Sie rauchten und schwatzten, was das Zeug hielt. Leo pfiff aus dem letzten Loch, und es war ihm anzusehen. Sofort wurde das Gespräch eingestellt, und die Männer bemühten sich um den potenziellen Kunden.

„Wie weit ist es bis Sadhana Forest?“, fragte er.

„Fünf, sechs Kilometer“, lautete die Antwort.

Die dreihundert Rupien entsprachen gerade einmal zwei Euro, waren aber als Verhandlungsbasis zu verstehen. Leo war zu müde, um zu feilschen. Er ließ sich bei dem, der ihn zuerst angesprochen hatte, erschöpft auf den Rücksitz plumpsen. Die Männer redeten auf ihn ein und unterboten einander mit immer günstigeren Angeboten, aber er winkte ab.

„Go", sagte er nur. Das Tuk-Tuk setzte sich in Bewegung. Im Rückspiegel sah Leo, wie die Augen des Fahrers dankbar lächelten.

Auf dem Highway wurden sie ständig von anderen Fahrzeugen überholt und bekamen jede Menge Auspuffgase zu schlucken. Kaum waren sie rechts auf eine Staubpiste abgezweigt, erwies sich die Wendigkeit des schmalen Gefährts als Vorteil. Die Straße war in einem katastrophalen Zustand, doch der Fahrer vermied die tiefen Schlaglöcher mit großer Geschicklichkeit.

Auf einer langen Geraden kam ihnen ein Auto entgegen. Es war ein silbrig glänzender Tata Indigo, schlingernd zog er eine lange Staubfahne hinter sich her. Die beiden Fahrer hielten aufeinander zu wie zwei Ritter mit eingelegten Lanzen, keiner machte Anstalten nachzugeben. Kurz vor dem Aufprall schien sich der Fahrer des Tata doch eines Besseren zu besinnen und wich aus. Zu spät, wie sich herausstellte: Die Außenspiegel von Tata und Tuk-Tuk krachten gegeneinander, durch die offenen Fenster flogen Glassplitter ins Innere der beiden Fahrzeuge.

Leos Fahrer brüllte etwas auf Tamilisch und stieg hart auf die Bremse, ebenso der andere. Keine zehn Meter lag zwischen den Fahrzeugen. Der Wind wehte den Staub noch immer über die Straße, kein Laut war zu hören. Leo kam sich vor wie in *Duell* von Steven Spielberg, in den Sekunden vor dem Inferno. Er blickte auf seine Armbanduhr: fünfzehn Uhr fünfzehn. Leicht zu merken, dachte er, falls die Polizei die Unfallzeit wissen will. Aber welcher Polizist in Südindien würde sich wegen zwei kaputter Seitenspiegel in diese Pampa herausbemühen?

Im selben Moment wurde die ätzende Stille durch einen gellenden Schrei durchbrochen.

Es war eine Frauenstimme, die Leo nur allzu gut kannte.

*

Als Bhavani und Gauri im Dämmerlicht vor ihm standen, sah Kauer auf den ersten Blick, wie entkräftet sie waren. Niemand hatte es von ihnen verlangt, aber sie hatten darauf bestanden, ein wenig bei der Feldarbeit mitzuhelfen. Natürlich wurden sie nicht für das beschwerliche Pflanzen der Setzlinge eingesetzt, sondern versorgten die Arbeiter von Zeit zu Zeit mit Wasser und Chai. Für Gesunde eine gemütliche Tätigkeit. Aber sie waren eben nicht gesund, ganz und gar nicht. Die beiden wirkten, als würden sie jeden Augenblick kollabieren.

„Ich verbiete euch, in Zukunft auf dem Feld zu arbeiten", sagte Kauer so scharf wie möglich, „niemand hat etwas davon, wenn ihr zusammenbrecht! Hat Uri euch nicht absolute Schonung verordnet?"

Sie sahen ihn traurig an und nickten. Er verstand, dass sie mit ihrem Einsatz einfach ihre Dankbarkeit ausdrücken wollten, ihm und den Menschen im Lager gegenüber, von denen sie mit allem versorgt wurden. Dass sie nicht tatenlos zusehen wollten, wie ihr Körper verfiel, wie das Gift ihr Blut zersetzte. So wie bei ihren vier Kolleginnen, die bereits erlöst waren von ihrem Leid.

„Kommt, ich bringe euch in eure Hütte."

Sie trippelten ihm nach, auf nackten kleinen Füßen, klein wie die von Kindern. Dabei hatten sie schon jahrelang neben hundert anderen Frauen Blei und Quecksilber in Mörsern zerrieben, über offener Flamme erhitzt. Er wusste es, sie wussten es: Der ihnen zugemessene Atem, er war beinahe verbraucht.

Mit seiner rechten Pranke teilte Kurt Kauer die mit billigen Glasperlen versehenen Schnüre, mit der linken stützte er sich auf den Stock, der ihm nicht nur zum Gehen diente. Seine Augen mussten sich kurz an die Dunkelheit im Raum gewöhnen. Dann sah er Meera auf dem Boden liegen.

Eine Armlänge vor ihrem Gesicht die Viper, die eben zum Schlangenflug ansetzte.

Er zögerte keine Sekunde.

Sein Stock traf das Reptil und schleuderte es an die Wand. Blitzartig setzte er nach und fixierte die Kettenviper mit der hölzernen Gabel. Dann packte er sie hinter dem Kopf und trug sie an den entsetzten Frauen vorbei ins Freie. Als er weit genug von der Hütte entfernt war, warf er sie in die Büsche.

Er konnte sich auch diesmal nicht überwinden, eine Schlange zu töten.

*

Sie wollte nichts mehr aufdecken, wollte keinen alchemistischen Giftmischern mehr das Handwerk legen und niemand mehr retten. Außer sich selbst.

Sie wollte nur noch zurück.

Zurück zu den Tauner-Schwestern, zurück an den Herrensee; wollte die Heurigensänger mit öliger Stimme schwadronieren hören vom alten Teufel Alkohol, was so herrlich klingt, solange du ihm, dem flüssigen Gift, nicht verfallen bist; wollte der Schrammelmusik lauschen, egal, wie süß und verlogen sie auch sein mochte, unterlegt mit dem wohligen Schnurren der Kontragitarre und dem Gedudel einer Klarinette, überzuckert mit einem weinseligen Lächeln …

Aber hier gab es weit und breit keine Musik, erst recht keine Weinseligkeit. Und sie befand sich nicht droben im Waldviertel mit seinem frischen, böhmischen Wind. Das hier war die fiebrig heiße Gegenwart, das war der indische Süden.

Ohne Erbarmen, ohne Humor.

Ein Schauder überkam sie, als sie die Klinge in seiner Hand sah. Ein dünner Dolch, nicht unähnlich einem Brieföffner oder einem Schnitzelmesser. Nur um einiges schärfer.

Wahrscheinlich hatte er ihn aus dem Fach in der Fahrertür genommen. Er hielt ihn lotrecht in seiner rechten Faust, ziemlich genau in der Mitte zwischen Brust und Lenkrad. Wie ein glänzendes Symbol, das noch etwas zu warten hatte. Seine Aufmerksamkeit war auf das entgegenkommende gelbe Gefährt gerichtet, und obwohl die Staubpiste viel zu eng für beide Fahrzeuge war, verringerte er nicht die Geschwindigkeit. Erst im letzten Augenblick zog er das Lenkrad eine Nuance nach links.

Frieda hörte, wie der Außenspiegel zersplitterte. Ihre Finger fanden die Handbremse und rissen sie heftig nach oben. Es quietschte und rumpelte, dann kam der Wagen zum Stehen.

Staub wehte durchs offene Fenster. Die Luft war zum Schneiden. Ein paar Fliegen surrten die Windschutzscheibe auf und ab.

Sein Kopf lag auf dem Lenkrad, mit dem Gesicht nach unten.

Als sie ihn an der Schulter zurückzog, lösten sich seine Finger vom Griff des Dolchs. Die dünne Klinge hatte ihren Weg zwischen den Rippen hindurch gefunden, wie durch weiche Butter.

Aber er war nicht tot. Er sah nur furchtbar müde aus.

„Chandra", sagte er, ohne die Augen zu öffnen. „Bist du es?"

„Sie wollten mich töten", sagte sie. „Warum? Wer ist Ihr Auftraggeber?"

Er hustete. In seinem Mundwinkel bildete sich eine dünne rote Spur, die dem Gesetz der Schwerkraft folgend über das glatt rasierte Kinn floss und auf seine Hose tropfte.

„Rangjangar", röchelte er. „Aber ich … ich bin nicht wie er."

Sie verstand nicht, was er meinte. Erst als sein Kopf zur Seite kippte, konnte sie schreien.

Im staubigen Rückspiegel sah sie, wie eine massige Gestalt aus dem Tuk-Tuk kletterte und auf sie zuwankte.

EPILOG

Sie hockten nebeneinander auf der Rückbank des Tuk-Tuk. An der Tankstelle an der Maraimalai Adigal Salai ging es zu wie auf einem Wochenendmarkt.

Frieda blickte hinüber zu dem Hotel, von dem sie nur die Lobby und die Toilette kannte. Und eine Rezeptionistin, mit der sie sich noch einmal genauer unterhalten musste. Der Chauffeur war gerade damit beschäftigt, das Öldieselgemisch mit einem Blechtrichter in den kleinen Tank des Rikschataxis zu füllen. Für die zusätzlichen Kilometer bis zur Polizeizentrale von Pondicherry würde die Füllung nicht mehr reichen, hatte er gemeint.

Sie hatte Leo erzählt, was sie über CHAP wusste. Und darüber, was sie hier noch vorhatte. Der tote Ajith durfte nicht zum Bauernopfer dafür werden, dass es sich seine Chefs weiterhin richten konnten. Dass sie weiterhin die eigenen Arbeiterinnen giftigen Schwermetallen aussetzten und sich mit dem boomenden Handel ihrer Produkte dumm und dämlich verdienten.

„Wieso dieser Killer wohl so lange zugewartet hat?“, sinnierte Leo. „Ich meine, das ist doch nicht logisch. Und warum nimmt er dich im Auto mit? Er hätte dir gleich die Kehle durchschneiden und dich an Ort und Stelle entsorgen können. Ein besseres Versteck als die Einöde da draußen gibt es gar nicht.“

„Danke schön für das Entsorgen“, sagte Frieda.

Aber Leo hatte ja recht, es war eigenartig. Wenn dieser Ajith sie umbringen wollte, hätte er das sofort erledigen können. Müssen!

„Vielleicht lag es ja an meinen schönen Augen.“

„An deinen schönen Augen?“ Leo bellte ein Lachen in die Welt hinaus. „Hast du *ihm* womöglich auch schöne Augen gemacht? So wie diesem Anand und Kurt Kauer?“

Jetzt musste sie ebenfalls lachen.

„Leo, Kurt Kauer könnte beinahe mein Opa sein! Kein Grund zur Eifersucht, echt nicht!“

Die Blumenketten, die eine alte Frau an einem improvisierten Straßenstand feilbot, leuchteten in allen Farben. Trotz des Benzingestanks vermeinte Frieda, den Duft der Blumen in der Nase zu spüren. Aber das war wohl wieder nur eine Einbildung.

Wie so manche, die sie in letzter Zeit gehabt hatte.

Sie stieg aus und lief zu der Alten hinüber. Zeigte auf eine weiße Girlande.

„Geben Sie mir die da, bitte.“

Die Frau wollte sie ihr um den Hals hängen, aber Frieda schüttelte den Kopf.

„Nicht für mich“, sagte sie. „Für meinen Mann.“

Sie bezahlte und hoppelte zurück zum Tuk-Tuk. Die Sohle ihrer rechten Sandale wies ein ziemlich großes Loch auf.

„Bereit zur Weiterfahrt, Madam?“, fragte der Taxler.

„Fast“, lächelte sie, „nur noch eine Sekunde.“

Sie beugte sich vor und hängte Leo die Blumenkette um den Hals.

„Für dein gutes Timing“, sagte sie. „Und weil du dich nicht an das gehalten hast, was ich von dir verlangt habe.“

„Hab ich dafür einen Wunsch frei?“, fragte er.

„Okay“, murmelte sie misstrauisch.

Er rückte die weiße Blumenpracht auf seinem völlig verschwitzten Hemd zurecht.

„Nenn mich bitte nie wieder Poldi.“

GLOSSAR

Arkanum: Geheimwissen in der Esoterik

Asana: Körperstellung bzw. Übung beim Yoga

Aschram, engl. Ashram: wörtlich „Ort der Anstrengung"; klosterähnliches Meditationszentrum in Indien, wo sich Anhänger einer bestimmten Lehre versammeln

Auroville: wörtlich „Stadt der Morgenröte", ca. 130 km südlich von Chennai (Madras); geplant als internationale Stadt von Mirra Alfassa und erbaut von den Anhängern des Sri Aurobindo Ashrams von Pondicherry

Ayurveda: wörtlich „Wissen vom Leben"; alte indische Heilkunst

Benami: Bezeichnung für ein Konto, das in Indien zwecks Verschleierung der wahren Besitzverhältnisse unter dem Namen eines anderen eingerichtet wird

Bhasma: „Silbermedizin" im Ayurveda, die durch einen komplizierten Reinigungsprozess (Bhasmikaran, vgl. Kalzinierung) gewonnene feinste Asche pflanzlicher und metallischer Stoffe, angeblich ungiftig und hochpotent in ihrer Wirkung

Bindi: ein zwischen oder über den Augenbrauen aufgemalter oder aufgeklebter Punkt bei den Hindus, der das „dritte Auge" bzw. Stirnchakra symbolisiert; heute häufig nur noch aus dekorativen Gründen getragen

Chelat-Therapie: Therapie zur beschleunigten Ausleitung giftiger Schwermetalle aus dem Körper

Darshana: die genaue visuelle Beobachtung des Patienten durch den Ayurvedaarzt

Doshas: die dominanten Konstitutionstypen Vata, Pitta und Kapha bzw. deren Mischformen, welche Ayurvedaärzte ermitteln und die sie ihrer Behandlung zugrunde legen

Ghee: indische Form von Butterschmalz

Kalzinierung: in der ayurvedischen Medizin die Verbrennung und

Veraschung pflanzlicher und metallischer Stoffe mit dem Ziel, deren chemisch-physikalische Qualität zu verändern (vgl. auch Shodana und Maran)

Kurta: kragenloses Hemd

Lunghi: indisches Wickelgewand

Maran: wörtlich „töten"; nach ayurvedischer Vorstellung das Beseitigen der toxischen Eigenschaften von Schwermetallen und ihre chemische Veränderung durch einen alchemistischen Reinigungsprozess (Bhasmikaran)

Matrimandir: wörtlich „Tempel der Mutter"; ein kugelförmiger, von Mirra Alfassa initiierter überkonfessioneller Ort der Meditation im Zentrum von Auroville, mit einem Durchmesser von über 30 Metern und mit Blattgold verkleidet

Mirra Alfassa: genannt „Die Mutter" (1878–1973); spirituelle Gefährtin von Sri Aurobindo, Begründerin von Auroville

Mukti Mantra: das Mantra zur Befreiung des Selbst

Namaste: indische Grußformel mit dazugehöriger Handgeste (Mudra)

Niyamasabha: Landesparlament im Bundesstaat Kerala

Om Namo Bhagavate Vasudevaya: ein Befreiungsmantra (Mukti) aus den vedischen Schriften, das auch häufig gesungen wird

Panchakarma: wörtlich „die fünffache Behandlung"; Teil der Reinigungskur des Ayurveda unter Anwendung verschiedenster Methoden zur Ausleitung von Stoffwechselabbauprodukten, unverdauten Nahrungsbestandteilen und Umweltgiften

Pondicherry/Pondy/Puducherry: ehemals französisch besetzte Stadt, heute ein eigenes Unionsterritorium an der Südostküste Indiens inmitten des Bundesstaates Tamil Nadu

Prashana: das Anamnesegespräch, das der Ayurvedaarzt mit dem Patienten führt

Rasa: Quecksilber in der alten indischen Alchemie

Rasa shastra: mithilfe von Schwermetallen (Quecksilber, Blei, Arsen) hergestellte Präparate, die im Ayurveda zum Einsatz kommen

Samosa: gefüllte Teigtaschen, eine südindische Speise

Shirodhara: Stirnguss, eine Panchakarma-Anwendung mit warmem Öl

Shodana: Teil des Reinigungsprozesses, durch den herbometallische Produkte von ihren unreinen bzw. toxischen Eigenschaften befreit werden sollen (vgl. Bhasma, Bhasmikaran); auch verwendet für die Reinigung des menschlichen Körpers von gestörtem Dosha

Sparshana: Untersuchung eines Patienten durch Abtasten

Sri Aurobindo Ghose: Kämpfer für die Unabhängigkeit Indiens, Philosoph, Dichter und Guru (1872–1950); lebte und wirkte v. a. in Pondicherry in Südindien, wo er einen Aschram begründete

Supramental: ein Schlüsselbegriff in Sri Aurobindos integralem Yoga, das von der Einheit aller Wesen und Dinge ausgeht

Tarpanam: die Reinigung der Augen im Ayurveda durch Einträufeln von flüssigem Ghee

Thali: indische Mahlzeit, deren Bestandteile in kleinen Metallschalen auf einem Tablett serviert werden

Vaidya: traditioneller ayurvedischer Arzt; zudem Bezeichnung der entsprechenden Kaste

DANK

Viele Menschen haben mich bei meiner Arbeit an diesem Buch unterstützt, indem sie ihr fachliches Wissen mit mir teilten oder mir durch wertvolle Rückmeldungen zur Seite standen. Insbesondere bedanke ich mich ganz herzlich bei:

Walter Widder, Anton Kriegler, Birgit Waldenberger, Isabella Gerstgrasser, Sibylle Kabelka-Kecht (alle Feldkirch), Hans Poiger (Bludenz), Christa Fitz-Binder (Göfis), Willi Sieber (Bregenz) und Dieter Ratz (Wien) in Österreich

Helmut Dietrich Köster (Bremen) und Petra Koesling (Bergisch-Gladbach) in Deutschland

Robert B. Saper (Boston) in den USA

Praveen R. S. (Trivandrum), Vinod Kumar N. J. (Chowara), Apollo Kumaresan (Mamallapuram), Dominic O'Brian (Pondicherry) und Achilles Achleitner (Auroville) in Indien

Und einen ganz speziellen Dank meiner Verlegerin Gerda Schaffelhofer sowie meiner Lektorin Elisabeth Blasch von STYRIABOOKS!

ISBN 978-3-222-13466-1

Wien – Graz – Klagenfurt

Cover- und Buchgestaltung: Bruno Wegscheider
Cover: PieroAnnoni/iStockphoto.com (Foto);
Abhinav Chawla/wikimedia.org (Schlange)

Druck und Bindung:
Druckerei Theiss GmbH, St. Stefan im Lavanttal
7 6 5 4 3 2 1
Printed in Austria